最好的戏剧也不过是人生的一个缩影

——《仲夏夜之梦》第五幕第一场

对世间的一切事物，人们追求时兴致总要比享用时的兴致浓烈

——《威尼斯商人》第二幕第六场

莎士比亚喜剧

[英] 威廉·莎士比亚 著　朱生豪　译

中国友谊出版公司

图书在版编目（C I P）数据

莎士比亚喜剧 / (英) 莎士比亚 (Shakespeare, W.) 著 ; 朱生豪译. -- 北京 : 中国友谊出版公司, 2013.11 (2019.3重印)
ISBN 978-7-5057-3249-0

Ⅰ. ①莎… Ⅱ. ①莎… ②朱… Ⅲ. ①喜剧－剧本－作品集－英国－中世纪 Ⅳ. ①I561.33

中国版本图书馆CIP数据核字(2013)第252740号

书名 莎士比亚喜剧
作者 [英] 莎士比亚
译者 朱生豪
出版 中国友谊出版公司
发行 中国友谊出版公司
经销 新华书店
印刷 北京文昌阁彩色印刷有限责任公司
规格 880×1230毫米 32开
15.25印张 278千字
版次 2013年12月第1版
印次 2019年3月第5次印刷
书号 ISBN 978-7-5057-3249-0
定价 48.00元
地址 北京市朝阳区西坝河南里17号楼
邮编 100028
电话 (010) 64678009

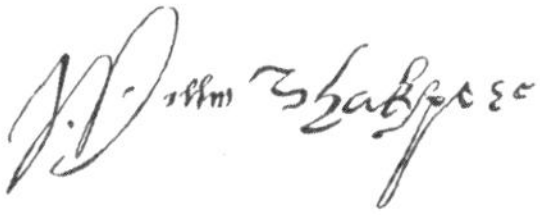

目 录

导 读

据说，在西方的家庭中都必备两本书，一本书是《圣经》，另一本书是《莎士比亚全集》。

威廉·莎士比亚（William Shakespeare 1564~1616），文艺复兴时期英国的天才戏剧家和诗人，戏剧史上的一座丰碑，与荷马、但丁、歌德并称为西方世界“四大诗人”。他的作品结构完整，情节生动，语言丰富精炼，人物个性突出，集中地代表了欧洲文艺复兴文学的最高成就，对欧洲现实主义文学的发展有深远的影响。他的剧本已经被翻译成世界各国几乎所有正在通用的语言，其作品的地位和影响力堪与《圣经》相媲美。

莎士比亚其人

威廉·莎士比亚生于英国中部埃文河畔的小镇斯特拉特福。其父约翰·莎士比亚是一位杂货商人，后来还当过镇长，他的母亲是一个富裕地主的女儿。莎士比亚幼时在当地的一个文法学校念书，在那里掌握了写作的基本技巧与较丰富的知识，还学过拉丁语和希腊语。在他十三岁时，父亲破产，家道中落，他被迫辍学，提前走上了谋生之路。他当过肉店学徒，也曾在乡村学校教过书，还干过其他各种职业，这使他增长了许多社会阅历。1582年，十八岁的莎士比亚与邻镇的农家女安妮·哈瑟维结婚，妻子比他大八岁，两人养育了三个孩子：长女苏珊娜、龙凤胎儿子哈姆雷特和小女儿朱迪思。

莎士比亚幼年时，常有著名剧团来乡间巡回演出，培养了他对戏剧的爱好。也许他自幼便立志投身戏剧舞台，也许他早年间在家乡的生活相当困窘，难以养家。1587年，这个二十三岁的年轻人抛妻别子随巡回演出剧团离乡赴伦敦寻求发展之路，由此开始了他的戏剧生涯。他先在剧院当马夫、杂役，也在戏里跑龙套，为演员当幕后提词人，这些经历使他很快熟习了剧场内外的各种环境与业务。不久他就正式加入剧团并开始戏剧创作活动。他先是改编前人的剧本，接着就独立创作。他创作的第一个剧本是历史剧《亨利六世》，上演后大获成功。由此他的戏剧创作一发而不可收。到1590年年底，莎士比亚已经成为伦敦一家顶级剧团——詹姆斯·伯比奇经营的“内务大臣供奉剧团”——的演员和剧作家。后来，他成为剧团的股东。随着莎士比亚在伦敦剧坛崭露头角，他开始结交权贵并赢得了骚桑普顿勋爵的眷顾，勋爵成了他的保护人。借助勋爵的关系，莎士比亚走进了贵族的文化沙龙，使他有机会仔细观察和深入了解上流社会，为他日后的戏剧创作提供了丰富的源泉。

莎士比亚事业成功，使他逐渐富裕起来。1597年开始，他陆续在家乡购置了一批产业。1596年，他还为父亲申请到象征乡绅地位的家族纹章。莎士比亚在伦敦住了二十多年，而在此期间他的妻子一直待在斯特拉特福。他在1610年左右回归故里。1616年4月23日莎士比亚在其五十二岁生日前后不幸去世，葬于圣三一教堂。莎士比亚的出生日期并无确切的记载，有人根据他洗礼的日期1564年4月26日推测为4月23日，这种生死同期，确实增加了莎士比亚的神秘感与传奇性。

有关莎士比亚私人生活的历史记录流传下来的很少，在他死后一百五十年，开始有人对他提出种种质疑。于是，关于他的性取向、宗教信仰，以及他的著作是否出自他人之手等方面都有多种传说，以至于有人认为莎士比亚其实另有其人（有人说是英国女王伊丽莎白一世，也有人说是弗朗西斯·培根等等）。时至今日，这些未解之谜依然引起世人探讨的兴趣。

莎士比亚的创作

莎士比亚在1590~1612年约20年间共写了三十七部戏剧（如加上与弗莱彻合写的《两位贵亲》则是三十八部），还写有两首叙事长诗《维纳斯与阿多尼》《卢克丽丝受辱记》和一百五十四首十四行诗。莎士比亚在世之日，他的剧作只有极少数出版，有些还是出版商未经他本人同意私自印行的。他死后七年，才由戏剧界的朋友搜集了他的遗作，出版了第一个莎士比亚戏剧集，即后人所谓“第一对开本”。莎士比亚的朋友、著名戏剧家本·琼生曾为这部戏剧集题词，称莎士比亚为“时代的灵魂”。

莎士比亚的戏剧大都取材于旧有剧本、小说、编年史或民间传说，但在改写中注入了自己的思想，给旧题材赋予新颖、丰富、深刻的内容。在艺术表现手法上，他继承古代希腊罗马、中世纪英国和文艺复兴时期欧洲戏剧的三大传统并加以发展，从内容到形式进行了创造性革新。另一方面，他深刻观察人生，了解社会，掌握时代的脉搏，故而得以塑造出众多栩栩如生的人物形象，描绘广阔的五光十色的社会生活图景，反映了封建社会向资本主义社会过渡的历史现实，宣扬了新兴资产阶级的人道主义思想和人性论观点。他的戏剧以其博大、深刻、富于诗意和哲理著称。

一般来说，按照莎士比亚的思想发展和艺术发展的脉络,其戏剧创作可分以下三个时期：

第一时期（1590~1600）以写作历史剧、喜剧和诗歌为主。莎士比亚一生共写有十部以英国编年史为题材的历史剧，除反映年代最近的《亨利八世》写于1612年外，九部完成于这个时期。《约翰王》是反映13世纪初英国历史的，其他八部是内容相衔接的两个四部曲：《亨利六世》上、中、下篇与《理查三世》；《理查二世》《亨利四世》上、下篇与《亨利五世》。这些历史剧系统反映了从约翰王（1199）到亨利八世（1547）近三百五十年的社会历史，展示了英国封建社会从确立巩固到成熟衰亡的整个历史进程。剧中塑造了一系列正、反面君主形象，反映了莎士比亚反对封建割据，拥护中央集权，谴责暴君暴政，要求开明君主进行自上而下改革，建立和谐社会关系的人文主义政治与道德理想。

莎士比亚的喜剧创作也主要在第一时期，共写了十部喜剧：《错误的喜剧》《驯悍记》《维洛那二绅士》《爱的徒劳》《仲夏夜之梦》《威尼斯商人》《温莎的风流娘儿们》《无事生非》《皆大欢喜》和《第十二夜》。莎士比亚喜剧大都以爱情、友谊、婚姻为主题，主人公多是一些具有人文主义智慧与美德的青年男女，通过他们争取自由、幸福的斗争，歌颂进步、美好的新人新风，同时也温和地揭露和嘲讽旧事物的衰朽和丑恶，如禁欲主义的虚矫、清教徒的伪善和高利贷者的贪鄙等。莎士比亚这一时期戏剧创作的基本情调是乐观、明朗的，充满着以人文主义理想解决社会矛盾的信心，以致写于这一时期的悲剧《罗密欧和朱丽叶》中也洋溢着喜剧气氛，因而又被称为悲喜剧。尽管主人公殉情而死，但爱的理想战胜死亡，换来了封建世仇的和解。

莎士比亚在世时以诗人与剧作家闻名，他的诗作在世时全部出版，而且很受欢迎。其诗作的结构和语言技巧都很高超。莎士比亚对十四行诗体的运用与改造得心应手，语汇丰富、用词洗练、比喻新颖、结构巧妙、音调铿锵悦耳。在英国乃至世界十四行诗的创作中，莎士比亚十四行诗是一座高峰，其中心主题是爱情和友谊，它抒发了诗人对爱情、友谊的理解和体会。有研究者认为莎士比亚是著名的同性恋者，他的十四行诗全部都是写给他的同性爱人——传说中的南安普顿伯爵三世亨利·里奥谢思利的。有评论家赞美其《十四行诗》是爱、性欲、生殖、死亡和时间的本性的深刻思索。

莎士比亚戏剧创作的第二时期（1601～1607）绝大多数作品是悲剧。四大悲剧《哈姆雷特》《奥赛罗》《李尔王》《麦克白》和悲剧《雅典的泰门》标志着作者对时代、人生的深入思考，着力塑造了这样一些新时代的悲剧主人公：他们从中世纪的禁锢和蒙昧中醒来，在近代黎明曙光的照耀下，雄心勃勃地想要发展或完善自己，但又不能克服时代和自身的局限，终于在同环境和内心敌对势力力量悬殊的斗争中，遭到不可避免的失败和牺牲。这些人物的悲剧，深刻揭示了资产阶级的利己主义，表现了人文主义理想与残酷现实之间矛盾的不可调和，具有高度的概括意义。悲剧代表了莎士比亚戏剧创作的最高成就，尤其以“四大悲剧”最为著名。

由于这一时期剧作思想深度和现实主义深度的增强，使《特洛伊罗斯与克瑞西达》《终成眷属》《一报还一报》等“喜剧”也显露出阴暗的一面，笼罩着背信弃义、尔虞我诈的罪恶阴影，因而被称为“问题剧”或“阴暗的喜剧”。

莎士比亚戏剧创作的第三时期（1608～1612）是传奇剧时期。1608年以后，莎士比亚进入创作的最后时期。这时的莎士比亚已看到人文主义理想在现实社会中无法实现，戏剧创作便从揭露批判现实社会的黑暗转向写梦幻世界。主要作品有《泰尔亲王配力克里斯》《辛白林》《冬天的故事》《暴风雨》。这个时期，他的作品往往通过神话式的幻想，借助超自然的力量来解决理想与现实之间的矛盾；作品贯串着宽恕、和解的精神，没有前期的欢乐，也没有中期的阴郁，而是充满美丽的生活幻想，浪漫情调浓郁。因此，这一时期又称莎士比亚的传奇剧时期。《暴风雨》最能代表这一时期的风格，被称为“用诗歌写的遗嘱”。

莎士比亚生活与创作的时代背景

莎士比亚生活的大时代就是欧洲文艺复兴时期。文艺复兴是指13世纪末在意大利佛罗伦萨兴起，以后扩展到西欧各国，于16世纪在欧洲盛行的一场思想文化运动。它带来一段科学与艺术的革命时期，揭开了近代欧洲历史的序幕，被认为是中古时代和近代的分界。马克思主义史学家认为是封建主义时代和资本主义时代的分界。其本质是正在形成中的资产阶级在复兴希腊、罗马古典文化的名义下发起的弘扬资产阶级思想和文化的运动。文艺复兴运动的核心思想就是人文主义，虽然至今人们对人文主义的说法不一，但是总体说来，人文主义肯定人的崇高地位，肯定人的价值和尊严，反对罗马教会所代表的“神权”的绝对统治。针对教会认为人生是苦难和罪恶的邪说，人文主义反对禁欲与来世思想，主张人生的目的是追求现世生活中的幸福，歌颂爱情，倡导个性解放。针对蒙昧主义和神秘主义，人文主义提倡理性，鼓励人们追求知识，探索自然，研究科学。针对封建等级制度和封建压迫，人文主义鼓吹仁慈、博爱，歌颂友谊和个人品德，提倡平等与冒险精神。总之，人文主义反映了新的时代精神，它表现出蓬勃的朝气、满怀信心的乐观精神与巨大的创造力。它为以后欧洲资产阶级革命做了思想与理论上的准备。

文艺复兴思潮传播到英伦三岛的时间比欧洲大陆较晚，整个英国文艺复兴的进程大约在1500～1660年间，其主要标志是诗歌和戏剧的空前繁荣。真是时势造英雄，英雄造时势，英国文艺复兴代表人物正是伟大的诗人、戏剧家威廉·莎士比亚。

莎士比亚的一生经历了英国历史上的两个朝代——都铎王朝和斯图亚特王朝。莎士比亚出生前6年，伊丽莎白一世（1533～1603）继任英格兰和爱尔兰女王。伊丽莎白是一位贤明能干的君主，她在位四十四年，有效打击了王室成员的叛乱活动，把新教定为英格兰国教，成功压制了天主教反动势力，巩固了英格兰的统一，并且使封建中央集权制度变得强大而稳定。在英王重商主义政策激励之下，英国人热衷于海外冒险，诸如海外殖民、海盗、正当贸易与贩卖黑奴等等，为了发财不择手段。英国本土的羊毛与毛纺织业兴起并带动了其他手工业快速发展。1588年，英国一举粉碎了西班牙的海上进攻，摧毁了它的“无敌舰队”。英国上下举国欢腾，欧洲大陆为之震动。此后，两国争夺海上霸权的战争又延续了二十多年，英国逐渐取代西班牙成为海上霸主。英国在北美的殖民地亦在此期间开始确立。在伊丽莎白一世近半个世纪的统治后，英格兰成为欧洲最强大的国家之一。因此，伊丽莎白一世统治时期在英国历史上被称为“黄金时代”。政治的相对稳定与经济的繁荣为英国文学的发展奠定了基础，作为当时文学与娱乐主要形式，各种传统戏剧演出十分活跃，新的剧种——喜剧、悲剧、历史剧的萌芽已经诞生，同时，白体诗作为戏剧语言也被戏剧界广泛采用。1587年，马洛的早期力作《帖木儿》拉开了文艺复兴时期英国戏剧黄金时代的大幕。在以后的三十多年里，伦敦的舞台上百花齐放，造就了一大批诸如莎士比亚、琼生、鲍蒙特、弗莱彻、韦伯斯特等著名戏剧作家，英格兰文化在此期间达到了一个顶峰。到17世纪20年代，英国的诗剧开始衰落，1642年，英国内战爆发，克伦威尔为首的清教徒下令关闭伦敦的所有剧场，英国戏剧的黄金时代终于落下了帷幕。

莎士比亚登上戏剧舞台的90年代，英国正处于伊丽莎白女王统治的鼎盛时期，王权稳固统一，经济繁荣，人民对国家与个人的前途充满信心。莎士比亚的历史剧、喜剧和悲喜剧就是在这样的时代氛围中产生的。所以，这一时期的作品，特别是喜剧作品，格调明朗、轻松、欢快，充满浓郁的抒情气氛。

历史上一些伟大的君主到了晚年往往都会失去昔日的光芒，伊丽莎白一世也不例外。她晚年体弱多病，性情也变得孤僻、多疑，任用亲信，生活奢侈。由于女王终生未婚，没有子嗣，王位继承问题也变得急迫而又复杂，各种封建势力蠢蠢欲动，导致国内政治不稳定。与西班牙争夺霸权的战争延续二十多年，特别是爱尔兰人反抗英格兰的游击战，极大地消耗了英格兰国力。战争、歉收、失业等社会问题日渐突出，使下层民众生活恶化，加剧了社会矛盾。1603年，“童贞女王”辞世，她属意的远亲、苏格兰国王詹姆士（他的母亲苏格兰女王玛丽是亨利七世的曾孙，伊丽莎白女王的表侄女）继位，史称詹姆士一世。因为新国王的血统这一特殊的原因，使当时并不具备统一的社会条件的英伦三岛偶然地统一起来，而他统领下的英格兰、苏格兰与爱尔兰尚处于族群、文化与宗教的高度分裂与对立之中。苏格兰的贵族长老议会与英格兰国会为了彼此的政治优越冲突不断，都试图支配对方并改变对方的政体，而爱尔兰对罗马天主教教廷的高度虔诚也使其与英格兰主流的国教会、新教思想水火不容——这些内部矛盾累积了几十年，到詹姆士一世之子查理任内终于爆发了血腥的内战(“清教徒革命”)。新国王不了解英国国会，鄙视下议院，鼓吹君权神授，生活穷奢极侈，想方设法增加王室收入，这就造成了代表新兴资产阶级利益的清教徒与王权之间的矛盾冲突。1611年，詹姆士一世第一次解散英格兰议会。此时资本主义的原始积累也在加速进行，所谓“羊吃人”的圈地运动把大批农民赶出土地，他们被迫成为雇佣工人，或者流离失所，整个社会风气日渐沉沦，资本原始积累时期的种种社会罪恶逐渐暴露无遗。这一时期，莎士比亚的思想和艺术走向成熟，人文主义理想同社会现实发生激烈碰撞。他开始深入思考这些问题，痛感理想难以实现，第二期戏剧创作由早期的赞美人文主义理想转变为对社会黑暗的揭露和批判。到后来，莎士比亚看到社会现实更趋黑暗，实现人文主义的理想更加渺茫，他干脆不再关注现实，转入幻想世界，借助超现实的魔幻力量来弘扬人文主义理想。第三期的戏剧创作就转向以宽恕与和解为主题的传奇剧了。

莎士比亚戏剧的艺术特色

莎士比亚的戏剧不但内容丰富，思想深刻，而且具有精湛的艺术技巧，鲜明、独特的艺术风格，在艺术上达到了炉火纯青的程度，具有巨大的审美价值。

莎士比亚的作品是现实主义的经典之作，他从生活真实出发，以非凡的艺术概括力极其全面深刻地反映了时代风貌和社会本质。他的戏剧“仿佛要给自然照一面镜子，给德行看一看自己的面貌，给荒唐看一看自己的姿态，给时代和社会看一看自己的形象和印记”。所以，马克思、恩格斯将莎士比亚推崇为现实主义的经典作家，提出戏剧创作应该更加“莎士比亚化”。

莎士比亚的戏剧情节生动丰富、跌宕起伏、扣人心弦。在他的剧作中，往往有两条或两条以上的情节线索，形成多样化的戏剧冲突。如《哈姆雷特》中有三条为父复仇的情节线索交织在一起，互相映衬，更突出了哈姆雷特复仇的社会意义。莎士比亚还非常善于在紧张尖锐的戏剧冲突中安排剧情，冲突的双方在斗争中的地位不断变化，形成波澜起伏且很富有戏剧性的情节。如哈姆雷特与奸王克劳迪斯一开始互相试探没有直接交锋，通过“戏中戏”，进入斗争的正面交锋，哈姆雷特摧毁了奸王的心理优势，但由于误杀波洛涅斯，便由主动转为被动，奸王借机将他遣送英国，重新控制局势。哈姆雷特粉碎了奸王借刀杀人的阴谋回到丹麦后，却又落入另一个借刀杀人的阴谋——“友谊比剑”。全部剧情随着人物性格的发展跌宕起伏，曲折复杂，扣人心弦。

莎士比亚的戏剧塑造了众多栩栩如生个性鲜明的人物形象。他剧作中的人物不是单一的、平面的，而是具有多面性、复杂性。如哈姆雷特既是个脱离群众的封建王子，又是个满怀抱负的人文主义者；奥赛罗既是一个忠于爱情的情种、奋勇杀敌的勇士，同时又是一个脾气暴躁的统帅、杀害无辜的凶手；夏洛克一方面是个凶残吝啬的高利贷者，一方面又是个虔诚的教徒、慈爱的父亲。剧作还写出了同一人物前后不同时期的性格发展轨迹，如哈姆雷特从一个抱有崇高信念的快乐王子到对人与社会悲观失望的忧郁王子，这样使人物更加真实可信。莎士比亚还善于在人物的对比中突出主人公性格。在《哈姆雷特》中，哈姆雷特、雷欧提斯、福丁布拉斯三人对待复仇问题上的不同态度的鲜明对比，突出了哈姆雷特作为先进人文主义者的特点。哈姆雷特与霍拉旭同样都是人文主义者，但是遭遇不同、地位不同，霍拉旭理智冷静，哈姆雷特热情深沉，更加反衬出哈姆雷特精神世界的深刻性。莎士比亚也擅长用内心独白手法直接揭示人物的内心世界。《哈姆雷特》中哈姆雷特的重要独白有六处之多，每次都推动剧情发展，为完成人物性格塑造起了关键作用。最著名的是第三幕第一场的那段："生存还是毁灭"的独白，表现了他对人生的思索、苦闷与彷徨。这种艺术手法的成功运用，使《哈姆雷特》成为心理分析剧的经典作品。

莎士比亚的戏剧语言丰富多彩，具有个性化、形象化的特点。莎翁是语言大师，他的词汇特别丰富。据统计，他剧中用到的词汇量达29000个，远远超过了同时代的其他作家。他的人物语言，不仅符合人物的身份和性格，而且贴和人物当时所处的特定环境，和人物的戏剧动作相衬相依。如哈姆雷特清醒时是典雅的语言，符合王子的身份，在装疯时用的是逻辑混乱、晦涩难解的语言，符合疯子的特点。他还善于使用恰当的比喻、双关语、成语和谐语，不仅丰富了表现力，而且有浓郁的生活气息。

说不尽的莎士比亚

莎士比亚戏剧诞生四百多年来，受到了世界人民的广泛喜爱，至今仍以各种形式在各地上演。关于莎士比亚的评论与研究文章可谓汗牛充栋，研究莎士比亚的"莎学"成为一门显学。人们常说"一千个读者就有一千个哈姆雷特"，对莎士比亚亦可作如是观，真是说不尽的莎士比亚！

19世纪中叶，莎士比亚的名字被西方的传教士介绍到中国。他是对中国文学影响深远的一位国外作家。中国现代戏剧的主要奠基人曹禺、田汉、郭沫若、老舍等都深受莎士比亚剧作的影响。莎士比亚作品的中文翻译版本众多，大多出自名家之手，译文各有所长，其中天才的翻译家朱生豪先生耗尽生命的精华完成的不朽译作最为流行。他那流畅的译笔和华赡的文采，生动还原莎翁笔下浪漫纯真的爱情，鞭挞丑陋的人性，探讨了关于爱情、友情、婚姻、家庭、人生等深邃主题，以率真而充满灵性的文字，带领我们追随着莎士比亚的足迹，去领略莎翁的艺术魅力。到目前为止没有任何一种译本超过朱生豪的译本，这是学界与读者公认的事实。此次出版的《莎士比亚悲剧》《莎士比亚喜剧》，精选了莎翁的代表作，在1947年世界书局版的朱生豪译本基础上，力求保留朱译的完美译笔，同时有所编辑、校订，尤其是对一些人名地名按照当今的通译而有所修正，以便于适应今天读者的阅读习惯。

莎士比亚戏剧创作的奥秘何在?为什么它具有永不衰退的艺术魅力?还是请读者诸君展卷阅读，到文本中去一探究竟吧。

仲夏夜之梦

剧中人物

忒修斯　雅典公爵

伊吉斯　赫米娅之父

拉山德
狄米特律斯　} 同恋赫米娅

菲劳斯特莱特　掌戏乐之官

昆　斯　木匠　戏中戏饰念开场白之人

波　顿　织工　戏中戏饰皮拉摩斯

斯纳格　细工木匠　戏中戏饰狮子

弗鲁特　修风箱者　戏中戏饰提斯柏

斯诺特　补锅匠　戏中戏饰墙

斯塔弗林　裁缝　戏中戏饰月光

希波吕忒　阿玛宗女王，忒修斯之未婚妻

赫米娅　伊吉斯之女，恋拉山德

海伦娜　恋狄米特律斯

奥布朗　仙王

提泰妮娅　仙后

迫　克　又名好汉罗宾

豆花
蛛网
飞蛾
芥子　} 小神仙

其他侍奉仙王、仙后的神仙们
忒修斯及希波吕忒的侍从

地点

雅典及附近的一座森林

第 一 幕

第一幕 第一场 **雅典。忒修斯宫中**

【忒修斯、希波吕忒、菲劳斯特莱特及其他人等上。

忒修斯 美丽的希波吕忒，现在我们的婚期已快要临近了，再过四天幸福的日子，新月便将出来。但是，唉！这个旧的月亮消逝得多么慢，她耽延了我的希望，像一个老而不死的后母或寡妇，尽是消耗着年轻人的财产。

希波吕忒 四个白昼很快地便将成为黑夜，四个黑夜很快地可以在梦中消度过去，那时月亮便将像新弯的银弓一样，在天上临视我们的良宵。

忒修斯 去，菲劳斯特莱特，激起雅典青年们的欢笑的心情，唤醒活泼泼的快乐精神，把忧愁驱到坟墓里去：那个脸色惨白的家伙，是不应该让他参加在我们的结婚行列中的。（菲劳斯特莱特下）希波吕忒，我用我的剑向你求婚，用威力的侵凌赢得了你的芳心[1]；但这次我要换一个调子，我将用豪华、夸耀和狂欢来举行我们的婚礼。

【伊吉斯、其女赫米娅、拉山德、狄米特律斯上。

伊吉斯 威名远播的忒修斯公爵，祝您幸福！

忒修斯 谢谢你，善良的伊吉斯。你有什么事情？

伊吉斯 我怀着满心的气恼，来控诉我的孩子，我的女儿赫米娅。走上前来，狄米特律斯。殿下，这个人是我答应叫他娶她的。走上前

---

[1] 忒修斯是希腊神话中英雄，曾远征阿玛宗，娶其女王希波吕忒。

来，拉山德。殿下，这个人引诱坏了我的孩子。你，你，拉山德，你写诗句给我的孩子，和她交换着爱情的纪念物；在月夜她的窗前你用做作的声调歌唱着假作多情的诗篇；你用头发编成的手镯、戒指，虚华的饰物，琐碎的玩具、花束、糖果，这些可以强烈地骗诱一个稚嫩的少女之心的信使来偷得她的痴情；你用诡计盗取了她的心，煽惑她使她对我的顺从变成倔强的顽抗。殿下，假如她现在当着您的面仍旧不肯嫁给狄米特律斯，我就要要求雅典自古相传的权利，因为她是我的女儿，我可以随意处置她；按照我们的法律，她要是不嫁给这位绅士，便应当立即处死。

忒修斯　你有什么话说，赫米娅？当心一点吧，美貌的女郎！你的父亲对于你应当是一尊神明：你的美貌是他给予你的，你就像他在软蜡上按下的钤记，他可以保全你，也可以毁灭你。狄米特律斯是一个很好的绅士呢。

赫米娅　拉山德也很好啊。

忒修斯　以他的本身而论当然不用说；但要是做你的丈夫，他不能得到你父亲的同意，就比起来差一筹了。

赫米娅　我真希望我的父亲和我同样看法。

忒修斯　实在还是应该你依从你父亲的眼光才对。

赫米娅　请殿下宽恕我！我不知道什么一种力量使我如此大胆，也不知道在这里披诉我的心思将会怎样影响到我的美名；但是我要敬问殿下，要是我拒绝嫁给狄米特律斯，就会有什么最恶的命运临到我的头上？

忒修斯　不是受死刑，便是永远和男人隔绝。因此，美丽的赫米娅，仔细问一问你自己的心愿吧！考虑一下你的青春，好好地估量一下你血脉中的搏动；倘然不肯服从你父亲的选择，想想看能不能披上尼姑的道服，终生幽闭在阴沉的庵院中，向着凄凉寂寞的明月唱着黯淡的圣歌，做一个孤寂的修道女了此一生？她们能这样抑制了热情，到老保持处女的贞洁，自然应当格外受到上天的眷宠；但是结婚的女子如同被采下炼制过的玫瑰，香气留存不散，比之孤独地自开自谢，奄然朽腐的花儿，以尘俗的眼光看来，总是要幸福得多了。

赫米娅　就让我这样自开自谢吧，殿下，我也不愿意把我的贞操奉献给我的心所不服的人。

忒修斯　回去仔细考虑一下。等到新月初生的时候——我和我的爱人缔结永久婚约的那天——你便当决定，倘不是因为违抗你父亲的意志而准备一死，便是听从他而嫁给狄米特律斯；否则就得在狄安娜的神坛前立誓严守戒律，终生不嫁。

狄米特律斯　悔悟吧，可爱的赫米娅！拉山德，放弃你那无益的要求，不要再跟我的确定的权利抗争了吧！

拉山德　你已经得到她父亲的爱，狄米特律斯，让我保有着赫米娅的爱吧；你去跟她的父亲结婚好了。

伊吉斯　无礼的拉山德！一点不错，我欢喜他，我愿意把属于我所有的给他；她是我的，我要把我在她身上的一切权利都授给狄米特律斯。

拉山德　殿下，我和他一样好的出身；我和他一样有钱；我的爱情比他深得多；我的财产即使不比狄米特律斯更多，也绝不会比他少；比起这些来更值得夸耀的是，美丽的赫米娅爱的是我。那么为什么我不能享有我的权利呢？讲到狄米特律斯，我可以当他的面前宣布，曾经向奈达的女儿海伦娜调过情，把她勾上了手；这位可爱的女郎痴心地恋着他，像崇拜偶像一样地恋着这个缺德的负心汉。

忒修斯　的确我也听到过不少闲话，曾经想和狄米特律斯谈起；但是因为自己的事情太多，所以忘了。来，狄米特律斯；来，伊吉斯；你们两人跟我来，我有些私人的话要对你们说。你，美丽的赫米娅，好好准备着依从你父亲的意志，否则雅典的法律将要把你处死，或者使你宣誓独身；我们没有法子变更这条法律。来，希波吕忒，怎样，我的爱人？狄米特律斯和伊吉斯，走吧；我必须差你们为我们的婚礼办些事务，还要跟你们商量一些和你们有点关系的事。

伊吉斯　我们敢不欣然跟从殿下。(除拉山德、赫米娅外，均下)

拉山德　怎么啦，我的爱人！为什么你的脸颊这样惨白？你脸上的蔷薇怎么会凋谢得这样快？

赫米娅　多半是因为缺少雨露，但我眼中的泪涛可以灌溉它们。

拉山德　唉！从我所能在书上读到、在传说或历史中听到的，真爱情的道路永远是崎岖多阻；不是因为血统的差异——

赫米娅　不幸啊，尊贵的要向微贱者屈节臣服！

拉山德　便是因为年龄上的悬殊——

赫米娅　可憎啊，年老的要和年轻人发生关系！

拉山德　或者因为信从了亲友们的选择——

赫米娅　倒霉啊，选择爱人要依赖他人的眼光！

拉山德　或者，即使彼此两情悦服，但战争、死亡或疾病却侵害着它，使它像一个声音，一片影子，一段梦，一阵黑夜中的闪电那样短促，在一刹那间它展现了天堂和地狱，但还来不及说一声“瞧啊！”黑暗早已张开口把它吞噬了。光明的事物，总是那样很快地变成了混沌。

赫米娅　既然真心的恋人们永远要受到磨折，似乎是一条命运的定律，那么让我们练习着忍耐吧；因为这种磨折，正和忆念、幻梦、叹息、希望和哭泣一样，都是可怜的爱情缺不了的随从者。

拉山德　你说得很对。听我吧，赫米娅。我有一个寡居的伯母，很有钱，没有儿女，她看待我就像亲生的独子一样。她的家离开雅典二十里路。温柔的赫米娅，我可以在那边和你结婚，雅典法律的利爪不能追及我们。要是你爱我，请你在明天晚上溜出你父亲的屋子，走到郊外三里路那地方的森林里，我就是在那边遇见你和海伦娜一同过五月节的[1]，我将在那边等你。

---

[1] 英国旧俗于五月一日早起以露盥身，采花唱歌。

赫米娅　我的好拉山德！凭着丘比特的最坚强的弓，凭着他的金镞的箭，凭着维纳斯的鸽子的纯洁，凭着那结合灵魂，祐佑爱情的神力，凭着古代迦太基女王焚身的烈火，当她看见她那负心的特洛亚人扬帆而去的时候，凭着一切男子所毁弃的约誓——那数目是远超过于女子所曾说过的，我发誓明天一定会到你所指定的那地方和你相会。

拉山德　愿你不要失约，爱人。瞧，海伦娜来了。

【海伦娜上。

赫米娅　上帝保佑美丽的海伦娜！你到哪里去？

海伦娜　你称我美丽吗？请你把那两个字收回了吧！狄米特律斯爱着你的美丽；幸福的美丽啊！你的眼睛是两颗明星，你的甜蜜的声音比之小麦青青、山楂蓓蕾时节牧人耳中的云雀之歌还要动听。疾病是能传染人的，唉，要是美貌也能传染的话，美丽的赫米娅，我但愿传染上你的美丽：我要用我的耳朵捕获你的声音，用我的眼睛捕获你的注视，用我的舌头捕获你那柔美的旋律。要是除了狄米特律斯之外，整个世界都是属于我所有，我愿意把一切捐弃，但求化身为你。啊！教给我你怎样流转你的眼波，用怎么一种魔术操纵着狄米特律斯的心？

赫米娅　我向他皱着眉头，但是他仍旧爱我。

海伦娜　唉，要是你的颦蹙能把那种本领传授给我的微笑就好了！

赫米娅　我给他咒骂，但他给我爱情。

海伦娜　唉，要是我的祈祷也能这样引动他的爱情就好了！

赫米娅　我越是恨他，他越是跟随着我。

海伦娜　我越是爱他，他越是讨厌我。

赫米娅　海伦娜，他的傻并不是我的错。

海伦娜　但那是你的美貌的错处；要是那错处是我的就好了！

赫米娅　宽心吧，他不会再见我的脸了；拉山德和我将要逃开此地。在我不曾遇见拉山德之前，雅典对于我就像是一座天堂；啊，有怎样一种神奇在我的爱人身上，使他能把天堂变成一座地狱！

拉山德　海伦娜，我们不愿瞒你。明天夜里，当月亮在镜波中反映她的银色的容颜，晶莹的露珠点缀在草叶尖上的时候——那往往是情奔最适当的时候，我们预备溜出雅典的城门。

赫米娅　我的拉山德和我将要会集在林中，就是你我常常在那边淡雅的樱草花的花坛上躺着彼此吐露柔情衷曲的所在，从那里我们便将离别雅典，去访寻新的朋友，和陌生人做伴了。再会吧，亲爱的游侣！请你为我们祈祷；愿你重新得到狄米特律斯的心！不要失约，拉山德，我们现在必须暂时忍受一下离别的痛苦，到明晚夜深时再见面吧！

拉山德　一定的，我的赫米娅。（赫米娅下）海伦娜，别了，如同你恋着他一样，但愿狄米特律斯也恋着你！（下）

海伦娜　有些人比起其他的人来是多么幸福！在全雅典大家都以为我跟她一样美，但那有什么相干呢？狄米特律斯是不以为如此的。除了他一个人之外大家都知道的事情，他不会知道。正如他那样错误地迷恋着赫米娅的秋波一样，我也是只知道爱慕他的才智；一切卑劣的弱点，在恋爱中都成为无足轻重，而变成美满和庄严。爱情是不用眼睛而用心灵看的，因此生着翅膀的丘比特常被描成盲目；而且爱情的判断全然没有理性，只用翅膀不用眼睛，表现出鲁莽的急性，因此爱神便据说是一个孩儿，因为在选择方面他常会弄错。正如顽皮的孩子惯爱发假誓一样，司爱情的小儿也到处赌着口不应心的咒。狄米特律斯在没有看见赫米娅之前，他也曾像雨雹一样发着誓，说他是完全属于我的；但这阵冰雹感到一丝赫米娅身上的热力，便溶解了，无数的誓言都化为乌有。我要去告诉他美丽的赫米娅的出奔；他知道了以后，明夜一定会到林中去追寻她。如果为着这次的通报消息，我能得到一些酬谢，我的代价也一定不小；但我的目的是要补报我的苦痛，使我能再一次聆接他的音容。（下）

第一幕 第二场 **同前。昆斯家中**

【昆斯、斯纳格、波顿、弗鲁特、斯诺特、斯塔弗林上。

昆斯 咱们一伙人都到了吗？

波顿 你最好照着名单一个儿一个儿地点一下名。

昆斯 这儿是每个人名字都在上头的名单，整个雅典都承认，在公爵跟公爵夫人结婚那晚上，在他们面前扮演咱们这一出插戏，这张名单上的弟兄们是再合适也没有的了。

波顿 第一，好彼得·昆斯，说出来这出戏讲的是什么，然后再把扮戏的人名字念出来，好有个头绪。

昆斯 好。咱们的戏名是《最可悲的喜剧，以及皮拉摩斯和提斯柏 的最残酷的死》[1]。

波顿 那一定是篇出色的东西，咱可以担保，而且是挺有趣的。现在，好彼得·昆斯，照着名单把你的角儿们的名字念出来吧。列位，大家站开。

昆斯 咱一叫谁的名字，谁就答应。尼克·波顿，织布的。

波顿 有。先说咱应该扮哪一个角儿，然后再挨次叫下去。

昆斯 你，尼克·波顿，派着扮皮拉摩斯。

波顿 皮拉摩斯是谁呀？一个情郎呢，还是一个霸王？

昆斯 是一个情郎，为着爱情的缘故，他挺勇敢地把自己毁了。

波顿 要是演得活龙活现，那准可以引人掉下几滴泪来。要是咱演起来的话，让看客们大家留心着自个儿的眼睛吧。咱一定把戏文念得凄凄惨惨，管保风云失色。把其余的人叫下去吧。但是扮霸王挺适合咱的胃口。咱会把赫拉克勒斯扮得非常好，或者什么大花脸的角

---

[1] 皮拉摩斯和提斯柏的故事见奥维德《变形记》。

色，管保吓破人的胆。

山岳狂怒的震动，
裂开了牢狱的门；
太阳在远方高耸，
慑服了神灵的魂。

那真是了不得！现在把其余的名字念下去吧。这是赫拉克勒斯的神气，霸王的神气；情郎还得忧愁一点。

昆斯 弗朗西斯·弗鲁特，修风箱的。

弗鲁特 有，彼得·昆斯。

昆斯 你得扮提斯柏。

弗鲁特 提斯柏是谁呀？一个游侠吗？

昆斯 那是皮拉摩斯必须爱上的姑娘。

弗鲁特 啾，真的，别叫咱扮一个娘儿们。咱的胡子已经长起来啦。

昆斯 那没有问题。你得套上面具扮演，你可以尖着嗓子说话。

波顿 咱也可以把面孔罩住，提斯柏也给咱扮了吧。咱会细声细 气地说话，“提斯妮！提斯妮！”“啊呀！皮拉摩斯，奴的情哥哥，是你的提斯柏，你的亲亲爱爱的姑娘！”

昆斯 不行，不行，你必须扮皮拉摩斯。弗鲁特，你必须扮提斯柏。

波顿 好吧，叫下去。

昆斯 罗宾·斯塔弗林，当裁缝的。

斯塔弗林 有，彼得·昆斯。

昆斯 罗宾·斯塔弗林，你扮提斯柏的母亲。汤姆·斯诺特，补锅子的。

斯诺特 有，彼得·昆斯。

昆斯 你扮皮拉摩斯的爸爸；咱自己扮提斯柏的爸爸；斯纳格，做细木工的，你扮一只狮子。咱想这本戏就此支配好了。

斯纳格 你有没有把狮子的台词写下？要是有的话，请你给我，因 为我记性不大好。

昆斯 你不用预备，你只要嚷嚷就算了。

波顿　让咱也扮狮子吧。咱会嚷嚷，叫每一个人听见了都非常高兴；咱会嚷着嚷着，连公爵都传下谕旨来说，“让他再嚷下去吧！让他再嚷下去吧！”

昆斯　你要嚷得那么可怕，吓坏了公爵夫人和各位太太小姐们，吓得她们尖声叫起来，那准可以把咱们一起给吊死了。众人那准会把咱们一起给吊死，每一个母亲的儿子都逃不了。

波顿　朋友们，你们说得很是。要是你把太太们吓昏了头，她们一定会不顾三七二十一把咱们给吊死。但是咱可以把声音压得高一些，不，提得低一些。咱会嚷得就像只吃奶的小鸽子那么温柔，就像一只夜莺。

昆斯　你只能扮皮拉摩斯，因为皮拉摩斯是一个讨人欢喜的小白脸，一个体面人，就像你可以在夏天看到的那种人；他又是一个可爱的堂堂绅士模样的人；因此你必须扮皮拉摩斯。

波顿　行，咱就扮皮拉摩斯。顶好咱挂什么须？

昆斯　那随你便吧。

波顿　咱可以挂你那稻草色的须，你那橙黄色的须，你那紫红色的须，或者你那法国金洋钱色的须，纯黄色的须。

昆斯　要是染上了法国风流病可就会掉光了须，这下你就得光着脸蛋儿演啦。列位，这儿是你们的台词。咱请求你们，恳求你们，要求你们，在明儿夜里念熟，趁着月光，在郊外一里路地方的森林里咱们碰头。在那边咱们要练习练习，因为要是咱们在城里练习，就会有人跟着咱们，咱们的玩意儿就要泄露出去。同时咱要开一张咱们演戏所需要的东西的单子。请你们大家不要误事。

波顿　咱们一定在那边碰头。咱们在那里排练起来，可以厚颜无耻一点，可以堂堂正正一点。大家辛苦干一下，要干得非常好。再会吧。

昆斯　咱们在公爵的橡树底下再见。

波顿　好了，可不许失约。（同下）

第二幕

第二幕 第一场 雅典附近的森林

【一小仙及迫克自相对方向上。

迫克 喂，精灵！你漂流到哪里去？

小仙 越过了溪谷和山陵，
  穿过了荆棘和丛薮，
越过了围场和园庭，
  穿过了激流和爝火，
我在各地漂游流浪，
轻快得像是月亮光；
我给仙后奔走服务，
草环上缀满轻轻露。
亭亭的莲馨花是她的近侍，
黄金的衣上饰着点点斑痣；
那些是仙人们投赠的红玉，
中藏着一缕缕的芳香馥郁；
我要在这里访寻几滴露水，
给每朵花挂上珍珠的耳坠。
再会，再会吧，你粗野的精灵！
因为仙后的大驾快要来临。

迫克 今夜大王在这里大开欢宴，
千万不要让他俩彼此相见；

奥布朗的脾气可不是顶好，
为着王后的固执十分着恼；
她偷到了一个印度小王子，
就像心肝一样怜爱和珍视；
奥布朗看见了有些儿眼红，
想要把他充作自己的侍童；
可是她哪里便肯把他割爱，
满头花朵她为他亲手插戴。
从此林中、草上、泉畔和月下，
他们一见面便要破口相骂；
小妖们往往吓得胆战心慌，
没命地钻进橡实中间躲藏。

小仙　要是我没有把你认错，你大概便是名叫罗宾好人儿的、狡狯的、淘气的精灵了。你就是惯爱吓唬乡村的女郎，在人家的牛乳上撮去了乳脂，使那气喘吁吁的主妇整天也搅不出奶油来；有时你暗中替人家磨谷，有时弄坏了酒使它不能发酵；夜里走路的人，你把他们引入了迷途，自己却躲在一旁窃笑；谁叫你“大仙”或是“好迫克”的，你就给他幸运，帮他做工：那就是你吗？

迫克　仙人，你说得正是；我就是那个快活的夜游者。我在奥布朗跟前想出种种笑话来逗他发笑，看见一头肥胖精壮的马儿，我就学着雌马的嘶声把它迷昏了头；有时我化作一颗焙熟的野苹果，躲在老太婆的酒碗里，等她举起碗想喝的时候，我就啪地弹到她嘴唇上，把一碗麦酒都倒在她那皱瘪的喉皮上；有时我化作三脚的凳子，满肚皮人情世故的婶婶刚要坐下来讲她那感伤的故事，我便从她的屁股底下滑走，把她翻了一个大元宝，一头喊“好家伙！”一头咳呛个不住，于是周围的人大家笑得前仰后合。他们越想越好笑，鼻涕眼泪都笑了出来，发誓说从来不曾逢到过比这更有趣的事。但是让开路来，仙人，奥布朗来了。

小仙　娘娘也来了。他要是走开了才好！

【奥布朗及提泰妮娅各带侍从，自相对方向上。

奥布朗　真不巧又在月光下碰见你，骄傲的提泰妮娅！

提泰妮娅　嘿，嫉妒的奥布朗！神仙们，快快走开；我已经发誓不和他同游同寝了。

奥布朗　等一等，坏脾气的女人！我不是你的夫君吗？

提泰妮娅　那么我也一定是你的尊夫人了。但是你从前溜出了仙境，扮作牧人的样子，整天吹着麦笛，向风骚的牧女调情，这种事我全知道。今番你为什么要从迢迢的印度平原上赶到这里来呢？无非是为着那位高傲的阿玛宗女王，你的勇武的爱人，要嫁给忒修斯了，所以你得赶来祝他们床笫欢愉、早生贵子。

奥布朗　你怎么好意思说出这种话来，提泰妮娅，把我的名字和希波吕忒牵涉在一起诬蔑我？你自己知道你和忒修斯的私情瞒不过我。不是你在朦胧的夜里引导他离开被他所俘掠的佩丽古娜？不是你使他负心地遗弃了美丽的伊葛梨、爱丽亚邓和安提奥巴[1]？

提泰妮娅　这些都是因为嫉妒而捏造出来的谎话。自从仲夏之初，我们每次在山上、谷中、树林里、草场上、细石铺底的泉旁，或是海滨的沙滩上聚集，预备和着呜啸的风声跳环舞的时候，总是要被你吵断了我们的兴致。风因为我们不理会他的吹奏，生了气，便从海中吸起了毒雾。毒雾化成瘴雨下降地上，使每一条小小的溪河都耀武扬威地泛滥到岸上：因此牛儿白白牵着轭，农夫枉费了他的血汗，青青的嫩禾还没有长上芒须，便朽烂了。空了的羊栏露出在一片江洋的田中，乌鸦饱啖着瘟死了的羊群的尸体。跳舞作乐的草坪满是泥泞，杂草丛生的小径因为无人行走，已经难以辨清。人们在五月天得穿着冬日的衣袄，晚上再听不到欢乐的颂歌。执掌潮汐的月亮，因为再也听不见夜间颂神的歌声，气得脸孔发白，在空气中播

[1] 指忒修斯情人，先后为其所弃。

满了湿气，一沾染上身就要使人害风湿症。因为天时不正，季候也反了常：白头的寒霜倾倒在红颜的蔷薇的怀里，年迈的冬神薄薄的冰冠上，却嘲讽似的缀上了夏天芬芳的蓓蕾的花环。春季、夏季、丰收的秋季、暴怒的冬季，都改换了他们素来的装束，惊愕的世界不能再从他们的出产上辨别出谁是谁来。这都因为我们的不和所致，我们是一切灾祸的根源。

奥布朗　那么你就该设法补救，这全然在你的手中。为什么提泰妮娅要违拗她的奥布朗呢？我所要求的，不过是一个小小的换儿[1]做我的侍童罢了。

提泰妮娅　请你死了心吧，整个仙境也不能从我手里换得这个孩子。他的母亲是我神坛前的一个信徒，在芬芳的印度的夜晚，她常常在我身旁闲谈，陪我坐在海神的黄沙上，凝望着水面的商船；我们一起笑着那些船帆因狂荡的风而怀孕，一个个凸起了肚皮；她那时正也怀孕着这个小宝贝，便学着船帆的样子，美妙而轻快地凌风而行，为我往岸上寻取各种杂物，回来时就像航海而归，带来了无数的商品。但她因为是一个凡人，所以在产下这孩子时便死了。为着她的缘故我才抚养她的孩子，也为着她的缘故我不愿舍弃他。

奥布朗　你预备在这林中耽搁多少时候？

提泰妮娅　也许要到忒修斯的婚礼以后。要是你肯耐心地和我们一起跳舞，看看我们月光下的游戏，那么跟我们一块儿走吧；不然的话，请你不要见我，我也决不到你的地方来。

奥布朗　把那个孩子给我，我就和你一块儿走。

提泰妮娅　把你的仙国跟我掉换都别想。小仙们，去吧！要是我再多留一刻，我们就要吵起来了。（率侍从等下）

奥布朗　好，去你的吧！为着这次的侮辱，我一定要在你离开这座林子之前给你一些惩罚。我的好迫克，过来。你记不记得有一次我坐在

[1] 传说中仙子常于夜间将人家美丽小儿窃去，以愚蠢的妖童换置其处。

一个海岬上，望见一个美人鱼骑在海豚的背上，她的歌声是这样婉转而谐美，镇静了狂暴的怒海，好几个星星都疯狂地跳出了他们的轨道，为要听这海女的音乐？

迫克　我记得。

奥布朗　就在那个时候，你看不见，但我能看见持着弓箭的丘比特在冷月和地球之间飞翔；他瞄准了坐在西方宝座上的一个童贞女，很灵巧地从他的弓上射出他的爱情之箭，好像它能刺透十万颗心的样子。可是只见小丘比特的火箭在如水的冷洁的月光中熄灭，那位童贞的女王心中一尘不染，在纯洁的思念中安然无恙。我所看见的那支箭却落下在西方一朵小小的花上，本来是乳白色的，现在已因爱情的创伤而被染成紫色，少女们把它称作“爱懒花”。去给我把那花采来。我曾经给你看过它的样子。它的汁液如果滴在睡着的人的眼皮上，无论男女，醒来一眼看见什么生物，都会发疯似的对它恋爱。给我采这种药来。在鲸鱼还不曾游过三里路之前，必须回来复命。

迫克　我可以在四十分钟内环绕世界一周。(下)

奥布朗　这种花汁一到了手，我便留心着等提泰妮娅睡了的时候把它滴在她的眼皮上，她一醒来第一眼所看见的东西，无论是狮子也好，熊也好，狼也好，公牛也好，或者好事的猕猴、忙碌的无尾猿也好，她都会用最强烈的爱情追求它。我可以用另一种草解去这种魔力，但第一我先要叫她把那个孩子让给我。可是谁到这儿来啦？他们看不见我，让我听听他们的谈话。

【狄米特律斯上，海伦娜随其后。

狄米特律斯　我不爱你，别跟着我。拉山德和美丽的赫米娅在哪儿？我要把拉山德杀死，但我的命却悬在赫米娅手中。你对我说他们私奔到这座林子里，因此我赶到这儿来；可是因为遇不见我的赫米娅，我简直要发疯啦。滚开！快走，不许再跟着我！

海伦娜　是你吸引我跟着你的，你这硬心肠的磁石！可是你所吸的却不是铁，因为我的心像钢一样坚贞。要是你去掉你的吸引力，那么我也将没有力量再跟着你了。

狄米特律斯　是我引诱你吗？我曾经向你说过好话吗？我不是曾经明明白白地告诉过你，我不爱你而且也不能爱你吗？

海伦娜　即使那样，也只是使我爱你爱得更加厉害。我是你的一条狗，狄米特律斯，你越是打我，我越是讨好你。请你就像对待你的狗一样对待我吧，踢我、打我、冷淡我、不理我，都好，只容许我跟随着你，虽然我是这么不好。在你的爱情里我要求的地位难道比一条狗还不如吗？但那对于我已经是十分可贵了。

狄米特律斯　不要过分惹起我的厌恨吧，我一看见你就头痛。

海伦娜　可是我不看见你就心痛。

狄米特律斯　你太不顾你自己的体面，擅自离开城中，把你自己交托在一个不爱你的人手里；你也不想想你的贞操多么值钱，就在黑夜中这么一个荒凉的所在，盲目地听从着不可知的命运。

海伦娜　你使我能够安心：因为当我看见你脸孔的时候，黑夜也变成了白昼，因此我并不觉得现在是在夜里。你在我的眼光里是一切的世界，因此在这座林中我也不愁缺少伴侣：要是一切的世界都在这儿瞧着我，我怎么还是单身独自呢？

狄米特律斯　我要逃开你，躲在丛林之中，任凭野兽把你怎样处置。

海伦娜　最凶恶的野兽也不像你那样残酷。你要逃开我就逃开吧；从此以后，古来的故事要改过了：逃走的是阿波罗，追赶的是达芙妮；鸽子追逐着鹰隼；温柔的牝鹿追捕着猛虎；然而弱者追求勇者，结果总是徒劳无益的。

狄米特律斯　我不高兴听你再唠叨下去。让我去吧，要是你再跟着我，相信我，在这座林中你要被我欺负的。

海伦娜　嗯，在寺庙中，在市镇上，在乡野里，你到处都欺负我。唉，狄米特律斯！你对我的虐待已经使我们女子蒙上了耻辱。我们是不会像男人一样为爱情而争斗的，我们应该被人家求爱，而不是向人家求爱。(狄米特律斯下)我要立意跟随你；我愿死在我所深爱的人

的手中，好让地狱化为天宫。（下）

奥布朗　再会吧，女郎！不等他走出这座森林，你将逃避他，他将追求你。

【迫克重上。

奥布朗　你已经把花采来了吗？欢迎啊，浪游者！

迫克　是的，它就在这儿。

奥布朗　请你把它给我。

我知道一处茴香盛开的水滩，
长满着樱草和盈盈的紫罗兰，
馥郁的金银花，芗泽的野蔷薇，
漫天张起了一幅芬芳的锦帷。
有时提泰妮娅在群花中酣醉，
柔舞清歌低低地抚着她安睡；
在那里蛇儿蜕下斑斓的旧皮，
小精灵拾来当作合身的彩衣。
我要洒一点花汁在她的眼上，
让她充满了各种可憎的幻象。
其余的你带了去在林中访寻
一个娇好的少女见弃于情人；
倘见那薄幸的青年在她近前，
就把它轻轻地点上他的眼边。
他的身上穿着雅典人的装束，
你须仔细辨认清楚不许弄错；
小心地执行着我谆谆的吩咐，
让他无限的柔情都向她倾吐。
等第一声雄鸡啼时我们再见。

迫克　放心吧，主人，一切如你的意念。（各下）

第二幕 第二场 **林中另一处**

【提泰妮娅及侍从等上。

提泰妮娅 来，跳一回舞，唱一曲神仙歌，然后在一分钟内余下来的三分之一的时间里，大家散开去：有的去杀死麝香玫瑰嫩苞中的蛀虫；有的去和蝙蝠作战，剥下它们的翼革来为我的小妖儿们做外衣；其余的人去赶逐每夜啼叫，看见我们这些伶俐的小精灵们而惊骇的猫头鹰。现在唱歌给我催眠吧。唱罢之后，大家各做各的事，让我休息一会儿。

小仙们 两舌的花蛇，多刺的猬，
不要打扰着她的安睡；
蝾螈和蜥蜴不要行近，
仔细毒害了她的宁静。
　夜莺，鼓起你的清弦，
　为我们唱一曲催眠：
睡啦，睡啦，睡睡吧！睡啦，睡啦，睡睡吧！
一切害物远走高扬，
不会行近她的身旁；
　晚安，睡睡吧！
织网的蜘蛛，不要过来；
长脚的蛛儿，快快走开！
黑背的蜣螂，不许走近；
不许莽撞，蜗牛和蚯蚓。
　夜莺，鼓起你的清弦，
　为我们唱一曲催眠：
睡啦，睡啦，睡睡吧！睡啦，睡啦，睡睡吧！

一切害物远走高扬，
不会行近她的身旁；
晚安，睡睡吧！（提泰妮娅睡）

一小仙　去吧！现在一切都已完成，
只需留着一个人作哨兵。（众小仙下）

【奥布朗上，挤花汁滴提泰妮娅眼皮上。

奥布朗　　等你眼睛一睁开，
你就看见你的爱，
为他担起相思债：
山猫、豹子、大狗熊，
野猪身上毛蓬蓬；
等你醒来一看见，
芳心可可为他恋。（下）

【拉山德及赫米娅上。

拉山德　好人，你在林中跋涉着，疲乏得快要昏倒了。说老实话，我已经忘记了我们的路。要是你同意，赫米娅，让我们休息一下，等待天亮再说吧。

赫米娅　就照你的意思吧，拉山德。你去给你自己找一处睡眠的地方，因为我要在这水滨好好躺躺。

拉山德　一块草地可以作我们两人枕首的地方；两个胸膛一条心，应该合睡一个眠床。

赫米娅　哎，不要，亲爱的拉山德；为着我的缘故，我的亲亲，再躺远一些，不要挨得那么近。

拉山德　啊，爱人！不要误会了我的无邪的本意，恋人们是应该明白彼此所说的话的。我是说我的心和你的心连结在一起，已经打成一片分不开来；两个心胸彼此用盟誓连系，共有着一片的忠贞。因此不要拒绝我睡在你的身旁，赫米娅，我一点没有坏心肠。

赫米娅　拉山德真会说话。要是赫米娅疑心拉山德有坏心肠，愿她从此不能堂堂做人。但是好朋友，为着爱情和礼貌的缘故，请睡得远一些。在人间的礼法上，这样的隔分对于束身自好的未婚男女，是最为合适的。这么远就行了。晚安，亲爱的朋友！愿爱情永无更改，直到你生命的尽头！

拉山德　依着你那祈祷我应和着阿门！阿门！我将失去我的生命，如其我失去我的忠贞！这里是我的眠床了，但愿睡眠给予你充分的休养！

赫米娅　那愿望我愿意和你分享！(二人入睡)

【迫克上。

迫克　　我已经在森林中间走遍，

但雅典人可还不曾瞧见，

我要把这花液在他眼上

试一试激动爱情的力量。

静寂的深宵！啊，谁在这厢？

他身上穿着雅典的衣裳。

这正是我主人所说的他，

狠心地欺负那美貌娇娃；

她正在这一旁睡得酣熟，

不顾到地上的潮湿龌龊；

美丽的人儿！她竟然不敢

睡近这没有心肝的恶汉。(挤花汁滴拉山德眼上)

我要在你眼睛上，坏东西！

倾注着魔术的力量神奇；

等你醒来的时候，让爱情

从此扰乱你睡眠的安宁！

别了，你醒来我早已去远，

奥布朗在盼我和他见面。(下)

【狄米特律斯及海伦娜奔驰上。

海伦娜　你杀死了我也好，但是请你停步吧，亲爱的狄米特律斯！

狄米特律斯　我命令你走开，不要这样缠扰着我！

海伦娜　啊！你要把我丢在黑暗中吗？请不要这样！

狄米特律斯　站住！否则叫你活不成。我要独自走我的路。(下)

海伦娜　唉！这痴心的追赶使我乏得透不过气来。我越是千求万告，越是惹他憎恶。赫米娅无论在什么地方都是那么幸福，因为她有一双天赐的迷人的眼睛。她的眼睛怎么会这样明亮呢？不是为着泪水的缘故，因为我的眼睛被眼泪洗着的时候比她更多。不，不，我是像一头熊那么难看，就是野兽看见我也会因害怕而逃走；因此一点也不奇怪狄米特律斯会这样逃避着我，就像逃避一个丑妖怪。哪一面欺人的坏镜子使我居然敢把自己跟赫米娅的明星一样的眼睛相比呢？但是谁在这里？拉山德！躺在地上！死了吗？还是睡了？我看不见有血，也没有伤处。拉山德，要是你没有死，好朋友，醒醒吧！

拉山德　(醒)我愿为着你赴汤蹈火，玲珑剔透的海伦娜！上天在你身上显出他的本领，使我能在你的胸前看彻你的心。狄米特律斯在哪里？嘿！那个难听的名字让他死在我的剑下多么合适！

海伦娜　不要这样说，拉山德！不要这样说！即使他爱你的赫米娅又有什么关系？上帝！那又有什么关系？赫米娅仍旧是爱着你的，所以你应该心满意足了。

拉山德　跟赫米娅心满意足吗？不，我真悔恨和她在一起度过的那些可厌的时辰。我不爱赫米娅，我爱的是海伦娜；谁不愿意把一只乌鸦换一只白鸽呢？人们的意志是被理性所支配的，理性告诉我你比她更值得敬爱。凡是生长的东西，不到季节，总不会成熟：我一向因为年轻的缘故，我的理性也不曾成熟；但是现在我的智慧已经充分成长，理性指挥着我的意志，把我引到了你的眼前；在你的眼睛里，我可以读到写在最丰美的爱情的经典上的故事。

海伦娜　我怎么忍受得下这种尖刻的嘲笑呢？我什么时候得罪了你，使你这样讥讽我呢？我从来不曾得到过，也永远不会得到，狄米特律斯的一瞥爱怜的眼光，难道那还不够，难道那还不够，年轻人，而你必须再这样挖苦我的短处吗？真的，你侮辱了我；真的，用这种卑鄙的样子向我假意献媚。但是再会吧！我还以为你是个较有教养的上流人。唉！一个女子受到了这一个男人的摈拒，还得忍受那一个男子的揶揄！(下)

拉山德　她没有看见赫米娅。赫米娅，睡你的吧，再不要走近拉山德的身边了！一个人吃饱了太多的甜食，能使胸胃中发生强烈的厌恶，改信正教的人，最是痛心疾首于以往欺骗他的异端邪说；你也正是这样。让你被一切的人所憎恶吧，但没有别人比之我更为憎恶你了。我的一切生命之力啊，用爱和力来尊崇海伦娜，做她的忠实的骑士吧！(下)

赫米娅　(醒)救救我，拉山德！救救我！用出你全身力量来，替我在胸口上撵掉这条蠕动的蛇。哎呀，天哪！做了怎样的梦！拉山德，瞧我怎样因害怕而颤抖着。我觉得仿佛一条蛇在嚼食我的心，而你坐在一旁，瞧着它的残酷的肆虐微笑。拉山德！怎么，换了地方了？拉山德！好人！怎么，听不见？去了？没有声音，不说一句话？唉！你在哪儿？要是你听见我，答应一声呀！凭着一切爱情的名义，说话呀！我差不多要因害怕而晕倒了。仍旧一声不响！我明白你已不在近旁；要是我寻不到你，我定将一命丧亡！(下)

第 三 幕

第三幕 第一场 林中。提泰妮娅熟睡未醒

【众小丑：波顿、昆斯、斯诺特、斯塔弗林、弗鲁特、斯纳格上。

波顿 咱们都会齐了吗？

昆斯 妙极妙极，这儿真是给咱们排戏用的一块再方便也没有的地方。这块草地可以做咱们的戏台，这一丛山楂树便是咱们的后台。咱们可以认真扮演一下；就像当着公爵殿下的面一样。

波顿 彼得·昆斯，——

昆斯 你说什么，波顿好家伙？

波顿 在这本《皮拉摩斯和提斯柏》的戏文里，有几个地方准难叫人家满意。第一，皮拉摩斯该拔出剑来结果自己的性命，这是太太小姐们受不了的。你说可对不对？

斯诺特 凭着圣母娘娘的名字，这可真的不是玩儿的事。

斯塔弗林 我说咱们把什么都做完之后，这一段自杀可不用表演。

波顿 不必，咱有一个好法子。给咱写一段开场诗，让这段开场诗大概是这么说：咱们的剑是不会伤人的；实实在在皮拉摩斯并不真的把自己干掉了。顶好再那么声明一下，咱扮着皮拉摩斯的，并不是皮拉摩斯，实在是织工波顿；这么一来她们就不会吓了。

昆斯 好吧，就让咱们有这么一段开场诗，咱可以把它写成八六体。

波顿 把它再加上两个字，让它是八个字八个字那么的吧。

斯诺特 太太小姐们见了狮子不会起哆嗦吗？

斯塔弗林 咱担保她们一定会害怕。

波顿　列位，你们得好好想一想：把一头狮子，老天爷保佑咱们！带到太太小姐们的中间，还有比这更荒唐得可怕的事吗？在野兽中间，狮子是最凶恶不过的。咱们可得考虑考虑。

斯诺特　那么说，就得再写一段开场诗，说他并不真的是狮子。

波顿　不，你应当把他的名字说出来，他的脸蛋的一半要露在狮子头颈的外边；他自己就该说着这样或者诸如此类的话："太太小姐们"，或者说，"尊贵的太太小姐们，咱要求你们"，或者说，"咱请求你们"，或者说，"咱恳求你们，不用害怕，不用发抖；咱可以用生命给你们担保。要是你们想咱真是一头狮子，那咱才真是倒霉啦！不，咱完全不是这种东西；咱是跟别人一个样儿的人。"这么着让他说出自己的名字来，明明白白地告诉她们，他是细木工匠斯纳格。

昆斯　好吧，就是这么办。但是还有两件难事：第一，咱们要把月亮光搬进屋子里来；你们知道皮拉摩斯和提斯柏是在月亮底下相见的。

斯纳格　咱们演戏的那天可有月亮吗？

波顿　拿历本来，拿历本来！瞧历本上有没有月亮，有没有月亮。

昆斯　有的，那晚上有好月亮。

波顿　啊，那么你就可以把大厅上的一扇窗打开，月亮就会打窗子 里照进来啦。

昆斯　对了，否则就得叫一个人一手拿着柴枝，一手举起灯笼，登场说他是代表着月亮。现在还有一件事，咱们在大厅里应该有一堵墙，因为故事上说，皮拉摩斯和提斯柏是凑着一条墙缝彼此讲话的。

斯纳格　你可不能把一堵墙搬进来。你怎么说，波顿？

波顿　让什么人扮作墙头，让他身上带着些灰泥黏土之类，表明他是墙头；让他把手指举起作成那个样儿，皮拉摩斯和提斯柏就可以在手指缝里低声谈话了。

昆斯　那样的话，一切就都齐全了。来，每个老娘的儿子都坐下来，念着你们的台词。皮拉摩斯，你开头，你说完了之后，就走进那簇树后。这样大家可以按着尾白[1]挨次说下去。

【迫克自后上。

迫克　哪一群伧夫俗子胆敢在仙后卧榻之旁鼓唇弄舌？哈，在那儿演戏！让我作一个听戏的吧；要是看到机会，也许我还要做一个演员哩。

昆斯　说吧，皮拉摩斯。提斯柏，站出来。

波顿　提斯柏，

花儿开得十分香——

昆斯　十分香，十分香。

波顿　——开得十分香；

你的气息，好人儿，也是一个样。

听，那边有一个声音，你且等一等，

一会儿咱再来和你诉衷情。（下）

迫克　请看皮拉摩斯变成了怪妖精。（下）

弗鲁特　现在该咱说了吧？

昆斯　是的，该你说。你得弄清楚，他是去瞧瞧什么声音去的，等一会儿就要回来。

弗鲁特　最俊美的皮拉摩斯，脸孔红如红玫瑰，

肌肤白得赛过纯白的百合花，

活泼的青年，最可爱的宝贝，

忠心耿耿像一头顶好的马。

皮拉摩斯，

咱们在尼内的坟头相会[2]。

昆斯　“尼纳斯的坟头”，老兄。你不要就把这句说出来，那是要你答应皮拉摩斯的。你把要你说的话不管什么尾白不尾白，都一股脑儿说出来啦。皮拉摩斯，进来。你的尾白已经给你说过了，是“忠心

[1]　尾白，指一句特定的介词，第一个演员念到“尾白”时，第二个演员便开始接话。

[2]　尼内是尼纳斯之讹，尼尼微城的建立者。尼内照字面讲有“傻子”之意。

耿耿”。

弗鲁特 噢。

忠心耿耿像一头顶好的马。

【迫克重上；波顿戴驴头随上。

波顿 美丽的提斯柏，咱是整个儿属于你的！

昆斯 怪事！怪事！咱们见了鬼啦！列位，快逃！快逃！救命哪！(众下)

迫克 我要把你们带领得团团乱转，
经过一处处沼泽、草莽和林薮；
有时我化作马，有时化作猎犬，
化作野猪，没头的熊，或是磷火；
我要学马样嘶，犬样吠，猪样嗥，
熊一样的咆哮，野火一样燃烧。(下)

波顿 他们干吗都跑走了呢？这准是他们的恶计，要把咱吓一跳。

【斯诺特重上。

斯诺特 啊，波顿！你变了样子啦！你头上是什么东西呀？

波顿 是什么东西？你瞧见你自己变成了一头蠢驴啦，是不是？(斯诺特下)

【昆斯重上。

昆斯 天哪！波顿！天哪！你变啦！(下)

波顿 咱看透他们的鬼把戏；他们要把咱当作一头蠢驴，想出法子来吓咱。可是咱决不离开这块地方，瞧他们怎么办。咱要在这儿跑来跑去；咱要唱个歌儿，让他们听见了知道咱可一点不怕。(唱)

山乌嘴巴黄沉沉，
浑身长满黑羽毛，
画眉唱得顶认真，
声音尖细是欧鹪。

提泰妮娅 (醒)什么天使使我从百花的卧榻上醒来呢？

波顿 (唱)鹩鸽，麻雀，百灵鸟，

还有杜鹃爱骂人，
大家听了心头恼，
可是谁也不回声。

真的，谁耐烦跟这么一头蠢鸟斗口舌呢？即使它骂你是乌龟，谁又高兴跟他争辩呢？

提泰妮娅　温柔的凡人，请你唱下去吧！我的耳朵沉醉在你的歌声里，我的眼睛又为你的状貌所迷惑；在第一次见面的时候，你的美姿已使我不禁说出而且矢誓着我爱你了。

波顿　咱想，奶奶，您这可太没有理由。不过说老实话，现今世界上理性可真难得跟爱情碰头；也没有哪位正直的邻居大叔给他俩撮合撮合做朋友，真是抱歉得很。哈，我有时也会说说笑话。

提泰妮娅　你真是又聪明又美丽。

波顿　不见得，不见得。可是咱要是有本事跑出这座林子，那已经很够了。

提泰妮娅　请不要跑出这座林子！不论你愿不愿，你一定要留在这里。我不是一个平常的精灵，夏天永远听从着我的命令；我真是爱你，因此跟我去吧。我将使神仙们侍候你，他们会从海底里捞起珍宝献给你；当你在花茵上睡去的时候，他们会给你歌唱；而且我要给你洗涤去俗体的污垢，使你身轻得像个精灵一样。豆花！蛛网！飞蛾！芥子！

【四神仙上。

豆花　有。

蛛网　有。

飞蛾　有。

芥子　有。

四仙　(合)差我们到什么地方去？

提泰妮娅　恭恭敬敬地侍候这先生，
窜窜跳跳地追随他前行；

给他吃杏子、鹅莓和桑椹，
紫葡萄和无花果儿青青。
去把野蜂的蜜囊儿偷取，
剪下蜂股的蜜蜡做烛炬，
在流萤的火睛里点了火，
照着我的爱人晨兴夜卧；
再摘下彩蝶儿粉翼娇红，
扇去他眼上的月光溶溶。
来，向他鞠一个深深的躬。

四仙 (合)万福，凡人！

波顿 请你们列位先生多多担待担待在下。请教大号是——

蛛网 蛛网。

波顿 很希望跟您交个朋友，好蛛网先生；要是咱指头儿割破了的话，咱要大胆用到您[1]。善良的先生，您的尊号是——

豆花 豆花。

波顿 啊，请多多给咱向您令堂豆荚奶奶和令尊豆壳先生致意。好豆花先生，咱也很希望跟您交个朋友。先生，您的雅号是——

芥子 芥子。

波顿 好芥子先生，咱知道您是个饱历艰辛的人。那块恃强凌弱的大牛排曾经把您家里好多人都吞去了。不瞒您说，您的亲戚们曾经把咱辣出眼水来。咱希望跟您交个朋友，好芥子先生。

提泰妮娅 来，侍候着他，引路到我的闺房。
月亮今夜有一颗多泪的眼睛；
小花们也都陪着她眼泪汪汪，
悲悼一些失去了的童贞。
吩咐那好人静静走不许作声。(同下)

[1] 俗云蛛丝能止血。

第三幕 第二场　林中的另一处

【奥布朗上。

奥布朗　不知道提泰妮娅有没有醒来；她一醒来就要热烈地爱上她第一眼所看到的无论什么东西了。这边来的是我的使者。

【迫克上。

奥布朗　啊，疯狂的精灵！在这座夜的魔林里现在有什么事情发生？

迫克　娘娘爱上一个怪物了。当她昏昏睡熟的时候，在她隐秘的神圣卧室之旁，来了一群村汉。他们都是在雅典市集上做工过活的粗鲁的手艺人，聚集在一起排着戏，预备在忒修斯结婚的那天表演。在这一群蠢货的中间，一个最蠢的蠢材扮演着皮拉摩斯；当他退场而走进一簇丛林里去的时候，我就抓住了这个好机会，给他的头上罩上一只死驴的头壳。一会儿他因为必须去答应他的提斯柏，所以这位好伶人又出来了。他们一看见了他，就像大雁望见了蹑足行近的猎人，又像一大群灰鸦听见了枪声，轰然飞起乱叫，四散着横扫过天空一样，全都没命逃走了。又因为我们的跳舞震动了地面，一个个横仆竖倒，嘴里乱喊着救命。他们本来就是那么糊涂，这回吓得完全丧失了神智，没有知觉的东西也都来欺侮他们了：野茨和荆棘抓破了他们的衣服；有的失去了袖子，有的落掉了帽子，败军之将，无论什么东西都是予取予求的。在这种惊惶中我领着他们走去，把变了样子的可爱的皮拉摩斯孤单单地留下；就在那时候，提泰妮娅醒过来，立刻就爱上这头驴子了。

奥布朗　这比我所能想得到的计策还好。但是你有没有依照我的吩咐，把那爱汁滴在那个雅典人的眼上呢？

迫克　那我也已经趁他睡熟的时候办好了。那个雅典女人就在他的身边，因此他一醒来，一定便会看见她。

【狄米特律斯及赫米娅上。

奥布朗 站住，这就是那个雅典人。

迫克 这女人一点不错；那男人可不是。

狄米特律斯 唉！为什么你这样骂着深爱你的人呢？那种毒骂是应该加在你仇敌身上的。

赫米娅 现在我不过把你数说数说罢了；我应该更厉害地对付你，因为我相信你是可诅咒的。要是你已经趁着拉山德睡着的时候把他杀了，那么把我也杀了吧；已经两脚踏在血泊中，索性让杀人的血淹没你的膝盖吧。太阳对于白昼，也没有像他对于我那样的忠心。当赫米娅睡熟的时候，他会悄悄地离开她吗？我宁愿相信地球的中心可以穿成孔道，月亮会从里面钻了过去，在地球的那一端跟她的兄长白昼捣乱。一定是你已经把他杀死了；因为只有杀人的凶徒，脸上才会这样惨白而可怖。

狄米特律斯 被杀者的脸色应该是这样的，你的残酷已经洞穿我的心，因此我应该有那样的脸色；但是你这杀人的，却瞧上去仍然是那么辉煌莹洁，就像那边天上闪耀着的金星一样。

赫米娅 你这种话跟我的拉山德有什么关系？他在哪里呀？啊，好狄米特律斯，把他还给了我吧！

狄米特律斯 我宁愿把他的尸体喂我的猎犬。

赫米娅 滚开，贱狗！滚开，恶狗！你使我再也忍不住了。你真的把他杀了吗？从此之后，别再把你算作人吧！啊，看在我的面上，老老实实告诉我，告诉我，你，一个清醒的人，看见他睡着，而把他杀了吗？哎唷，真勇敢！一条蛇，一条毒蛇，都比不上你；因为它的分叉的毒舌，还不及你的毒心更毒！

狄米特律斯 你的脾气发得好没来由。我可以告诉你，我并没有杀死拉山德，他也并没有死。

赫米娅 那么请你告诉我他是平安的。

狄米特律斯 要是我告诉你，我将得到什么好处呢？

赫米娅　你可以得到永远不再看见我的权利。我从此离开你那可憎的脸；无论他死也罢活也罢，你再不要和我相见。（下）

狄米特律斯　在她这样盛怒之中，我还是不要跟着她。让我在这儿暂时停留一会儿。

睡眠欠下了沉忧的债，
心头加重了沉忧的担；
我且把黑甜乡暂时寻访，
还了些还不尽的糊涂账。（卧下睡去）

奥布朗　你干了些什么事呢？你已经大大地弄错了，把爱汁去滴在一个真心的恋人的眼上。为了这次错误，本来忠实的将要变了心肠，而不忠实的仍旧和以前一样。

迫克　一切都是命运在做主；保持着忠心的不过一个人，变心的，把盟誓起了一个毁了一个的，却有百万个人。

奥布朗　比风还快地去往林中各处访寻名叫海伦娜的雅典女郎吧！她是全然为爱情而憔悴的，痴心的叹息耗去她脸上的血色。用一些幻象把她引到这儿来；我将在他的眼睛上施上魔术，准备他们的见面。

迫克　我去，我去，瞧我一会儿便失了踪迹；鞑靼人的飞箭都赶不上我的迅疾。（下）

奥布朗　这一朵紫色的小花，
尚留着爱神的箭疤，
让它那灵液的力量，
渗进他眸子的中央。
当他看见她的时光，
让她显出庄严妙相，
如同金星照亮天庭，
让他向她宛转求情。

【迫克重上。

迫克　报告神仙界的头脑，

海伦娜已被我带到，
她后面随着那少年，
正在哀求着她眷怜。
瞧瞧那痴愚的形状，
人们真蠢得没法想！

奥布朗　站开些；他们的声音
将要惊醒睡着的人。

迫克　两男合爱着一女，
这把戏已够有趣；
最妙是颠颠倒倒，
看着才叫人发笑。

【拉山德及海伦娜上。

拉山德　为什么你要以为我的求爱不过是向你嘲笑呢？嘲笑和戏谑是永不会伴着眼泪而来的。瞧，我在起誓的时候，是多么感泣着！这样的誓言是不会被人认作虚谎的。明明有着可以证明是千真万确的表记，为什么你会以为我这一切都是出于讪笑呢？

海伦娜　你越来越俏皮了。要是人们所说的真话都是互相矛盾的，那么相信那一句真话好呢？这些誓言都是应当向赫米娅说的，难道你把她丢弃了吗？把你对她和对我的誓言放在两个秤盘里，一定称不出轻重来，因为都是像空话那样虚浮。

拉山德　当我向她起誓的时候，我实在一点见识都没有。

海伦娜　照我想起来，你现在把她丢弃了也不像是有见识的。

拉山德　狄米特律斯爱着她，但他不爱你。

狄米特律斯　(醒)啊，海伦！完美的女神！圣洁的仙子！我要用什么来比并你的秀眼呢，我的爱人？水晶是太昏暗了。啊，你的嘴唇，那吻人的樱桃，瞧上去是多么成熟，多么诱人！你一举起你那洁白的妙手，被东风吹着的滔勒斯高山上的积雪，就显得像乌鸦那么黯黑了。让我吻一吻那纯白的女王，这幸福的象征吧！

海伦娜　唉，倒霉！该死！我明白你们都在把我取笑；假如你们是懂得礼貌有教养的人，一定不会这样侮辱我。我知道你们都讨厌着我，那么就讨厌我好了，为什么还要联合起来讥讽我呢？你们瞧上去都像堂堂男子，如果真是堂堂男子，就不该这样对待一个有身份的妇女：发着誓，赌着咒，过誉着我的好处，但我能断定你们的心里却在讨厌我。你们两人一同爱着赫米娅，现在转过身来一同把海伦娜嘲笑，真是大丈夫的行为！为着取笑的缘故逼一个可怜的女人流泪，高尚的人绝不会这样轻侮一个闺女，只是因为给你们寻寻开心，要逼到她忍无可忍。

拉山德　你太残忍，狄米特律斯，不要这样；因为你爱着赫米娅，这你知道我是十分明白的。现在我用全心和好意把我在赫米娅的爱情中的地位让给你，但你也得把海伦娜的让给我，因为我爱她，并且将要爱她到死。

海伦娜　从来不曾有过嘲笑者浪费过这样无聊的口舌。

狄米特律斯　拉山德，保留着你的赫米娅吧，我不要；要是我曾经爱过她，那爱情现在也已经消失了。我的爱不过像过客一样暂时驻留在她的身上，现在它已经回到它的永远的家，海伦娜的身边，再不到别处去了。

拉山德　海伦，他的话是假的。

狄米特律斯　不要侮蔑你所不知道的真理，否则你将以生命的危险重重补偿你的过失。瞧！你的爱人来了；那边才是你的爱人。

【赫米娅上。

赫米娅　黑夜使眼睛失去它的作用，但却使耳朵的听觉更为灵敏。我的眼睛不能寻到你，拉山德，但多谢我的耳朵，使我能听见你的声音。你为什么那样忍心地离开了我呢？

拉山德　爱情驱赶一个人走的时候，为什么他要滞留呢？

赫米娅　哪一种爱情能把拉山德驱开我的身边？

拉山德　拉山德的爱情使他一刻也不能停留；美丽的海伦娜，她照耀着夜天，使一切明亮的繁星黯然无色。为什么你要来寻找我呢？难道这还不能使你知道我因为厌恶你的缘故，才这样离开了你吗？

赫米娅　你说的不是真话，那不会是真的。

海伦娜　瞧！她也是他们的一党。现在我明白了，他们三个人一起联合用这种恶作剧欺凌我。欺人的赫米娅！最没有良心的丫头！你竟然和这种人一同算计着向我开这种卑鄙的玩笑捉弄我吗？难道我们两人从前的种种推心置腹，约为姊妹的盟誓，在一起怨恨疾足的时间这样快便把我们拆分的那种时光，啊！都已经忘记了吗？我们在同学时的那种情谊，一切童年的天真，都已经完全在脑后了吗？赫米娅，我们两人曾经像两个巧手的神匠，在一起绣着同一朵花，描着同一个图样，我们同坐在一个椅垫上，齐声地曼吟着同一个歌儿，就像我们的手，我们的身体，我们的声音，我们的思想，都是连在一起不可分的样子。我们这样生长在一起，正如并蒂的樱桃，看似两个，其实却连生在一起；我们是结在同一茎上的两颗可爱的果实，我们的身体虽然分开，我们的心却只有一个。难道你竟把我们从前的友好丢弃不顾，而和男人们联合着嘲弄你的可怜的朋友吗？这种行为太没有朋友的情谊，而且也不合一个少女的身份。不单是我，我们全体女人都可以攻击你，虽然受到委屈的只是我一个。

赫米娅　你这种愤激的话真使我惊奇。我并没有嘲弄你；似乎你在嘲弄我哩。

海伦娜　你不曾唆使拉山德跟随我，假意称赞我的眼睛和脸孔吗？你那另一个爱人，狄米特律斯，不久之前还曾要用他的脚踢开我，你不曾使他称我为女神、仙子，神圣而稀有的、珍贵的、超乎一切的人吗？为什么他要向他所讨厌的人说这种话呢？拉山德的灵魂里是充满了你的爱的，倘不是因为你的指使，因为你们曾经预先商量好，为什么他反而要摈斥你，却要把他的热情奉献给我？即使我不像你那样得人爱怜，那样被人追求不舍，那样好幸运，而是那样倒霉因为得不到我所爱的人的爱情，那和你又有什么关系呢？你应该可怜我而不应该侮蔑我。

赫米娅　我不懂你说这种话的意思。

海伦娜　好，尽管装腔下去，扮着这一副苦脸，等到我一转背，就要向我作鬼脸了；大家彼此眨眨眼睛，把这个绝妙的玩笑尽管开下去吧，将来会登载在历史上的。假如你们是有同情心、懂得礼貌的，就不该把我当作这样的笑柄。再会吧，一半也是我自己的不好，死别或生离不久便可以补赎我的错误。

拉山德　不要走，温柔的海伦娜！听我解释。我的爱！我的生命！我的灵魂！美丽的海伦娜！

海伦娜　多好听的话！

赫米娅　亲爱的，不要那样嘲笑她。

狄米特律斯　要是她的恳求不能使你不说那种话，我将强迫你闭住你的嘴。

拉山德　她也不能恳求我，你也不能强迫我。你的威胁正和她的软弱的祈告同样没有力量。海伦，我爱你！凭着我的生命起誓，我爱你！谁说我不爱你的，我愿意用我的生命证明他说谎；为了你我是乐意把生命捐弃的。

狄米特律斯　我说我比他更要爱你得多。

拉山德　要是你这样说，那么把剑拔出来证明一下吧。

狄米特律斯　好，快些，来！

赫米娅　拉山德，这一切究竟是怎么一回事呢？

拉山德　走开，你这黑丫头[1]！

狄米特律斯　你可不能骗我而自己逃走；假意说着来来，却在准备趁机溜去。你是个不中用的汉子，去吧！

拉山德　（向赫米娅）放开手，你这猫！你这牛蒡子！贱东西，放开手！否则我要像撵走一条蛇那样撵走你了。

---

[1] 因赫米娅肤色微黑，故云。第二幕中有“把乌鸦换白鸽”之语，亦此意；海伦娜肤色白皙，故云白鸽也。

赫米娅　为什么你变得这样凶暴？究竟是什么缘故呢，爱人？

拉山德　什么爱人！走开，黑鞑子！走开！可厌的毒物，给我滚吧！

赫米娅　你还是在开玩笑吗？

海伦娜　是的，你也是。

拉山德　狄米特律斯，我一定不失信于你。

狄米特律斯　你的话可有些不能算数，因为人家的柔情在牵系住 你。我可信不过你的话。

拉山德　什么！难道要我伤害她、打她、杀死她吗？虽然我厌恨 她，我还不至于这样残忍。

赫米娅　啊！还有什么事情比之你厌恨我更残忍呢？厌恨我！为什么呢？天哪！究竟是怎么一回事呢，我的好人？难道我不是赫米娅了吗？难道你不是拉山德了吗？我现在生得仍旧跟以前一个样子。就在这一夜里你还曾爱过我；但就在这一夜里你离开了我。那么你真的——唉，天哪！真的存心离开我吗？

拉山德　一点不错，而且再不要看见你的脸了。因此你可以断了念头，不必疑心，我的话是千真万确的：我厌恨你，我爱海伦娜，一点不是开玩笑。

赫米娅　天啊！你这骗子！你这花中的蛀虫！你这爱情的贼！哼！你趁着黑夜，悄悄地把我的爱人的心偷了去吗？

海伦娜　真好！难道你一点女人家的羞耻都没有，一点不晓得难为情了吗？哼！你一定要引得我破口说出难听的话来吗？哼！哼！你这装腔作势的人！你这给人家愚弄的小玩偶！

赫米娅　小玩偶！噢，原来如此。现在我才明白了她把她的身材跟我比较；她自夸她生得长，用她那身材，那高高的身材，赢得了他的心。因为我生得矮小，所以他便把你看得高不可及了吗？我是怎样一个矮法？你这涂脂抹粉的花棒儿！请你说，我是怎样矮法？矮虽矮，我的指爪还挖得着你的眼珠哩！

海伦娜　先生们，虽然你们都在嘲弄我，但我求你们别让她伤害我。我从来不曾使过性子，我也完全不懂得怎样跟人家吵架，我是一个胆小怕事的女子。不要让她打我。也许你们以为她比我生得矮些，我可以打得过她。

赫米娅 生得矮些！听，又来了！

海伦娜 好赫米娅，不要对我这样凶！我一直是爱你的，赫米娅，有什么事总跟你商量，从来不曾对你做过欺心的事。除了这次，为了对狄米特律斯的爱情的缘故，我把你私奔到这座林中的事告诉了他。他追踪着你；为了爱，我又追踪着他；但他一直是斥骂着我，威吓着我说要打我，踢我，甚至于要杀死我。现在你让我悄悄地去了吧，我愿带着我的愚蠢回到雅典去，不再跟着你们了。让我去；你瞧我是多么傻多么痴心！

赫米娅 好，你去就去吧，谁在拦住你？

海伦娜 一颗发痴的心，但我把它丢弃在这里了。

赫米娅 噢，给了拉山德了是不是？

海伦娜 不，是狄米特律斯。

拉山德 不要怕，她不会伤害你的，海伦娜。

狄米特律斯 当然不会的，先生；即使你帮着她也不要紧。

海伦娜 啊，她一发起怒来，真是又凶又狠。在学校里她就是出名的雌老虎；长得很小的时候，便已是那么凶了。

赫米娅 又是“很小”！老是矮啊小啊的说个不住！为什么你让她这样讥笑我呢？让我跟她拼命去。

拉山德 滚开，你这矮子！你这发育不全的二寸丁！你这小佛珠子！你这小青豆！

狄米特律斯 她用不着你的帮忙，因此不必那样乱献殷勤。让她去，不许你嘴里再提到海伦娜。要是你再向她献殷勤，就请你当心着吧！

拉山德 现在她已经不再拉住我了；你要是有胆子，跟我来吧，我们倒要试试看究竟海伦娜该是属于谁的。

狄米特律斯 跟你来？嘿，我要和你并着肩走呢！(拉山德、狄米特律斯

二人下)

赫米娅　你，小姐，这一切的纷扰都是因为你的缘故。哎，别逃啊！

海伦娜　我怕你，我不敢跟脾气这么大的你在一起。打起架来，你的手比我快得多，但我的腿比你长些，逃起来你追不上我。(下)

赫米娅　我简直莫名其妙，不知道要说些什么话好。(下)

奥布朗　这都是因为你的粗心大意。倘不是你弄错了，就一定是你故意在捣蛋。

迫克　相信我，仙王，是我弄错了。你不是对我说只要认清楚那人穿着雅典的衣裳？照这样说起来我完全不曾错，因为我是把花汁滴在一个雅典人的眼上。事情会弄到这样我是满快活的，因为他们的吵闹看着怪有趣味。

奥布朗　你瞧这两个恋人找地方决斗去了。因此，罗宾，快去把夜天遮暗了；你就去用像冥河的水一样黑的浓雾盖住星空，再引这两个声势汹汹的仇人迷失了路，不要让他们碰在一起。有时你学着拉山德的声音痛骂狄米特律斯，有时学着狄米特律斯的样子斥责拉山德：用这种法子把他们两个分开，直到他们奔波得精疲力竭，让死一样的睡眠拖着铅样沉重的腿和蝙蝠的翅膀爬到他们的额上；然后你把这草挤出汁来涂在拉山德的眼睛上，它能够解去一切的错误，使他的眼睛恢复从前的眼光。等他们醒来之后，这一切的戏谑，就会像是一场梦境或是空虚的幻象；这一班恋人们便将回到雅典去，一同走着无穷的人生的路程直到死去。在我差遣你去做这件事的时候，我要去访问我的王后，向她讨那个印度孩子；然后我要解除她眼中所见的怪物的幻觉，一切事情都将和平解决。

迫克　这事我们必须赶早办好，主公，
因为黑夜已经驾起他的飞龙；
晨星，黎明的先驱，已照亮苍穹.
一个个鬼魂四散地奔返殡宫：
还有那横死的幽灵抱恨长终，

道旁水底有他们的白骨成丛，
为怕白昼揭破了丑恶的形容，
早已向重泉归寝相伴着蛆虫；
他们永远照不到日光的融融，
只每夜在暗野里凭吊着凄风。

奥布朗 但你我可完全不能比并他们；
晨光中我惯和猎人一起游巡，
如同林居人一样踏访着丛林：
即使东方开启了火红的天门，
大海上照耀万道灿烂的光针，
青碧的波涛化成了一片黄金。
但我们应该早早办好这事情。
最好别把它迁延着直到天明。（下）

迫克 奔到这边来，奔过那边去；
我要领他们，奔来又奔去。
林间和市上，无人不怕我；
我要领他们，走尽林中路。

这儿来了一个。

【拉山德重上。

拉山德 你在哪里，骄傲的狄米特律斯？说出来！

迫克 在这儿，恶徒！把你的剑拔出来准备着吧。你在哪里？

拉山德 我立刻就过来。

迫克 那么跟我来吧，到平坦一点的地方。（拉山德随声音下）

【狄米特律斯重上。

狄米特律斯 拉山德，你再开口啊！你逃走了，你这懦夫！你逃走了吗？说话呀！躲在哪一堆树丛里吗？你躲在哪里呀？

迫克 你这懦夫！你在向星星们夸口，向树林子挑战，但是却不敢过来吗？来，卑怯汉！来，你这小孩子！我要好好抽你一顿。谁要跟你比剑才真倒霉！

狄米特律斯　呀，你在那边吗？

迫克　跟我的声音来吧，这儿不是适宜我们战斗的地方。（同下）

【拉山德重上。

拉山德　他走在我的前头，老是挑激着我上前；一等我走到他叫喊着的地方，他又早已不在。这个坏蛋比我脚步快得多，我越是追得快，他可逃走得更快，使我在黑暗崎岖的路上绊跌了一跤。让我在这儿休息一下吧。（躺下）来吧，你仁心的白昼！只要你一露出你的一线灰白的微光，我就可以看见狄米特律斯而洗雪这次仇恨了。（睡去）

【迫克及狄米特律斯重上。

迫克　呵！呵！呵！懦夫！你为什么不来？

狄米特律斯　要是你有胆量的话，等着我吧；我全然明白你跑在我前面，从这儿窜到那儿，不敢站住，也不敢当着我的面。你现在在什么地方？

迫克　过来，我在这儿。

狄米特律斯　哼，你在摆布我。要是天亮了我看见你的脸孔，你好好地留点儿神。现在，去你的吧！疲乏逼着我倒卧在这寒冷的地上，等候着白天的降临。（躺下睡去）

【海伦娜重上。

海伦娜　疲乏的夜啊！冗长的夜啊！减少一些你的时辰吧！从东方出来的安慰，快照耀起来啊！好让我借着晨光回到雅典去，离开这一群人，他们大家都讨厌可怜的我。慈悲的睡眠，有时你闭上了悲伤的眼睛，求你暂时让我忘却了自己的存在吧！（躺下睡去）

迫克　　两男加两女，四个无错误；
　　三人已在此，一人在何处？
　　哈哈她来了，满脸愁云罩；
　　爱神真不好，惯惹女人恼！

【赫米娅重上。

赫米娅　从来不曾这样疲乏过，从来不曾这样伤心过！我的身上沾满了露水，我的衣裳被荆棘抓破。我跑也跑不动，爬也爬不动了，我的两条腿再也不能从着我的心愿。让我在这儿休息一下以待天明。要是他们真要格斗的话，愿天保佑拉山德啊！（躺下睡去）

迫克　梦将残，睡方酣，
神仙药，祛幻觉，
百般迷梦全消却。（挤草汁于拉山德眼上）
醒眼见，旧人脸，
乐满心，情不禁，
从此欢爱复深深。
一句俗语说得好，
各人各有各的宝，
待你醒来就知晓：
哥儿爱姐儿，
两两无参差；
失马复得马，
一场大笑话！（下）

第四幕

第四幕 第一场　林中

【提泰妮娅及波顿上，众仙随侍；奥布朗潜随其后。

提泰妮娅　来，坐在这花床上。我要爱抚你的可爱的脸颊；我要把麝香玫瑰插在你柔软光滑的头颅上；我要吻你的美丽的大耳朵，我的温柔的宝贝！

波顿　豆花呢？

豆花　有。

波顿　替咱把头搔搔，豆花儿。蛛网先生在哪儿？

蛛网　有。

波顿　蛛网先生，好先生，把您的刀拿好，替咱把那蓟草叶尖上的红屁股的野蜂儿杀了。然后，好先生，替咱把蜜囊儿拿来。干那事的时候可别太性急，先生，而且，好先生，当心别把蜜囊儿给弄破了；要是您在蜜囊里头淹死了，那咱可不很乐意，先生。芥子先生在哪儿？

芥子　有。

波顿　把您的小手儿给我，芥子先生。请您不用多礼了吧，好先生。

芥子　你有什么吩咐？

波顿　没有什么，好先生，只是帮蛛网君替咱搔搔痒。咱一定得理发去，先生，因为咱觉得脸上毛得很。咱是一头感觉非常灵敏的驴子，要是一根毛把咱触痒了，咱就非得搔一下子不可。

提泰妮娅　你要不要听一些音乐，我的好人？

波顿　咱很懂得一点儿音乐。咱们来点儿响亮的吧。

提泰妮娅　好人，你要吃些什么呢？

波顿　真的，来一堆刍秣吧。您要是有好的干麦秆，也可以给咱大嚼一顿。咱想咱怪想吃那么一捆干草，好干草，美味的干草，什么也比不上它。

提泰妮娅　我有一个善于冒险的小神仙，可以给你到松鼠的仓里取下些新鲜的榛栗来。

波顿　咱宁可吃一把两把干豌豆。但是谢谢您，吩咐您那些人们别惊动咱吧，咱想要睡一个觉。

提泰妮娅　睡吧，我要把你抱在我怀里。神仙们，往各处散开去吧。(众仙下)菟丝也正是这样温柔地缠附着芬芳的金银花；女萝也正是这样缱绻着榆树的臂枝。啊，我是多么爱你！我是多么热恋着你！(同睡去)

【迫克上。

奥布朗　(上前)欢迎，好罗宾！你见不见这种可爱的情景？我对于她的痴恋开始有点不忍了。刚才我在树林后面遇见她正在为这个可憎的蠢货找寻爱情的礼物，我就谴责她，因为那时她把芬芳的鲜花制成花环环绕着他那毛茸茸的额角；原来在嫩蕊上晶莹饱满，如同东方的明珠一样的露水，如今却含在那一朵朵美艳的小花的眼中，像是盈盈欲泣的眼泪，痛心着它们所受的耻辱。我把她尽情嘲骂一番之后，她低声下气地请求我息怒，于是我便趁机向她索讨那个换儿；她立刻把他给了我，差她的仙侍把他送到了我的寝宫里。现在我已经到手了这个孩子，我将解去她眼中这种可憎的迷惑。好迫克，你去把这雅典村夫头上的变形的头盖揭下，好让他和大家一同醒来的时候，可以回到雅典去，把这晚间一切发生的事，只当作了一场梦魇。但是先让我给仙后解去了魔法吧。(以草触她的眼睛)

回复你原来的本性，
解去你眼前的幻景；

这一朵女贞花采自月姊园庭，

它会使爱情的小卉失去功能。

喂，我的提泰妮娅，醒醒吧，我的好王后！

提泰妮娅　我的奥布朗！我看见了怎样的幻景！好像我爱上了一头驴子啦。

奥布朗　那边就是你的爱人。

提泰妮娅　这一切事情怎么会发生的呢？啊，现在我看见他的样子是多么来气！

奥布朗　静一会儿。罗宾，把他的头壳揭下了。提泰妮娅，叫他们奏起音乐来吧，让这五个人睡得全然失去了知觉。

提泰妮娅　来，奏起催眠的乐声柔婉！（轻柔的音乐）

迫克　等你一醒来的时候，蠢汉，

用你自己的傻眼睛瞧看。

奥布朗　奏下去，音乐！（乐音渐强）来，我的王后，让我们携手同行，让我们的舞蹈震动这些人睡着的地面。现在我们已经言归于好，明天夜半将要一同到忒修斯公爵的府中跳着庄严的欢舞，祝福他家繁荣昌盛。这两对忠心的恋人也将在那里和忒修斯同时举行婚礼，大家心中充满了喜乐。

迫克　仙王，仙王，留心听，

我闻见云雀歌吟。

奥布朗　王后，让我们静静

追随着夜的踪影；

我们环绕着地球，

快过明月的光流。

提泰妮娅　夫君，请你在一路

告诉我一切缘故，

这些人来自何方，

当我熟睡的时光。（同下。幕内号角声）

【忒修斯、希波吕忒、伊吉斯及侍从等上。

忒修斯 你们中间谁去把猎奴唤来。我们已把五月节的仪式遵行，现在还不过是清晨，我的爱人应当听一听猎犬的音乐。把它们放在西面的山谷里；快去把猎奴唤来。（一侍从下）美丽的王后，让我们到山顶上去，领略着猎犬们的吠叫和山谷中的回声应和在一起的妙乐吧。

希波吕忒 我曾经同赫拉克勒斯和卡德摩斯一起在克里特林中行猎，他们用斯巴达的猎犬追赶着巨熊，那种雄壮的吠声我真是第一次听到；除了丛林之外，天空和群山，以及一切附近的区域，似乎混成了一片交互的呐喊。我从来不曾听见过那样谐美的喧声，那样悦耳的雷鸣。

忒修斯 我的猎犬也是斯巴达种，一样的颊肉下垂，一样的黄沙的毛色。它们的头上垂着两片挥拂晨露的耳朵；它们的膝骨是弯曲的，并且像塞萨利亚种的公牛一样喉头长着垂肉。它们在追逐时不很迅速，但它们的吠声彼此高下相应，就像钟声那样合调。无论在克里特、斯巴达，或是塞萨利亚，都不曾有过这么一队吠得更好听的猎犬；你听见了之后便可以自己判断。但是且慢！这些都是什么仙女？

伊吉斯 殿下，这是我的女儿；这是拉山德；这是狄米特律斯；这是海伦娜，奈达老人的女儿。我不知道他们怎么都躺在这儿。

忒修斯 他们一定早起守五月节，因为闻知了我们的意旨，所以赶到这儿来参加我们的典礼。但是，伊吉斯，今天不是赫米娅应该决定她的选择的日子了吗？

伊吉斯 是的，殿下。

忒修斯 去，叫猎奴们吹起号角来惊醒他们。（一侍从下，幕内号角及呐喊声；拉山德、狄米特律斯、赫米娅、海伦娜惊醒跳起）早安，朋友们！情人节早已过去了，你们这一辈林鸟到现在才配起对来吗？

拉山德 请殿下恕罪！（偕余人并跪下）

忒修斯 请你们站起来吧。我知道你们两人是对头冤家，怎么会变得这样和气，大家睡在一块儿，没有一点猜忌了呢？

拉山德　殿下，我现在还是糊里糊涂，不知道应当怎样回答您的问话，但是我敢发誓说我真的不知道怎么会在这儿，但是我想——我要说老实话，我现在记起了，一点不错，我是和赫米娅一同到这儿来的。我们想要逃出雅典，避过了雅典法律的峻严，我们便可以——

伊吉斯　够了，够了，殿下，话已经说得够了。我要求依法，依法惩办他。他们打算，他们打算逃走，狄米特律斯，用那种手段欺弄我们，使你的妻子落了空，使我给你的允许也落了空。

狄米特律斯　殿下，海伦娜告诉了我他们的出奔，告诉了我他们到这儿林中来的目的；我在盛怒之下追踪他们，同时海伦娜因为痴心的缘故也追踪着我。但是，殿下，我不知道一种什么力量——但一定是有一种力量——使我对于赫米娅的爱情会像霜雪一样溶解，现在想起来就像一段童年时所爱好的一件玩物的记忆一样。我一切的忠信，一切的心思，一切乐意的眼光，都是属于海伦娜一个人了。我在没有认识赫米娅之前，殿下，就已经和她订过盟约，但正如一个人在生病的时候一样，我厌弃着这一道珍馐，等到健康恢复，就会回复了正常的胃口。现在我希求着她，珍爱着她，思慕着她，将要永远忠心于她。

忒修斯　俊美的恋人们，我们相遇得很巧；等会儿我们便可以再听你们把这段话讲下去。伊吉斯，你的意志只好屈服一下了：这两对少年不久便将跟我们一起在庙堂中缔结永久的鸳盟。现在清晨快将过去，我们本来准备的行猎只好中止。跟我们一起到雅典去吧，三三成对地，我们将要大张盛宴。来，希波吕忒。（忒修斯、希波吕忒、伊吉斯及侍从下）

狄米特律斯　这些事情似乎微细而无从捉摸，好像化为云雾的远山一样。

赫米娅　我觉得好像这些事情我都用昏花的眼睛看着，一切都化作了层叠的两重似的。

海伦娜　我也是这样想。我得到了狄米特律斯，像是得到了一颗宝石，好像是我自己的，又好像不是我自己的。

狄米特律斯　你们真能断定我们现在是醒着吗？我觉得我们还是在睡着做梦。你们是不是以为公爵在这儿，叫我们跟他走吗？

赫米娅　是的，我的父亲也在。

海伦娜　还有希波吕忒。

拉山德　他确曾叫我们跟他到庙里去。

狄米特律斯　那么我们真已经醒了。让我们跟着他走，一路上讲着我们的梦。（同下）

波顿　（醒）轮到咱的尾白的时候，请你们叫咱一声，咱就会答应。咱下面的一句是，“最美丽的皮拉摩斯”。喂！喂！彼得·昆斯！弗鲁特，修风箱的！斯诺特，补锅子的！斯塔弗林！他妈的！悄悄地溜走了，把咱撇下在这儿一个人睡觉吗？咱做了一个奇怪得了不得的梦。没有人说得出那是怎样的一个梦；要是谁想把这个梦解释一下，那他一定是一头驴子。咱好像是——没有人说得出那是什么东西；咱好像是——咱好像有——但要是谁敢说出来咱好像有什么东西，那他一定是一个蠢材。咱那个梦啊，人们的眼睛从来没有听到过，人们的耳朵从来没有看见过，人们的手也尝不出来是什么味道，人们的舌头也想不出来是什么道理，人们的心也说不出来究竟那是怎样的一个梦。咱要叫彼得·昆斯给咱写一首歌儿咏一下这个梦，题目就叫做“波顿的梦”。咱要在演完戏之后当着公爵大人的面前唱这个歌——或者还是等咱死了之后再唱吧。（下）

第四幕　第二场　**雅典。昆斯家中**

【昆斯、弗鲁特、斯诺特、斯塔弗林上。

昆斯　你们差人到波顿家里去过了吗？他还没有回家吗？

斯塔弗林　一点消息都没有。他准是给妖精拐了去了。

弗鲁特　要是他不回来，那么咱们的戏就要搁起来啦。它不能再演下去，是不是？

昆斯　那当然演不下去啰。整个雅典城里除了他之外就没有第二个人可以演皮拉摩斯。

弗鲁特　谁也演不了。他在雅典手艺人中间简直是最聪明的一个。

昆斯　对，而且也是顶好的人。他有一副好喉咙，吊起膀子来真是顶呱呱的。

弗鲁特　你说错了，你应当说“吊嗓子”。吊膀子，天老爷！那是一件难为情的事。

【斯纳格上。

斯纳格　列位，公爵大人刚从庙里出来，还有两三位贵人和小姐们也在同时结了婚。要是咱们的玩意儿能够干下去，咱们一定大家都有好处。

弗鲁特　哎呀，可爱的波顿好家伙！他从此就不能再拿到六便士一天的恩俸了。他准可以拿到六便士一天的。咱可以赌咒公爵大人见了他扮演皮拉摩斯，一定会赏给他六便士一天。他应该可以拿到六便士一天的；扮演了皮拉摩斯，应该拿六便士一天，少一个子儿都不行。

【波顿上。

波顿　孩儿们在什么地方？心肝们在什么地方？

昆斯　波顿！哎呀，顶好顶好的日子！顶吉利顶吉利的时辰！

波顿　列位，咱要讲古怪事儿给你们听，可不许问咱什么事。要是咱对你们说了，咱不算是真的雅典人。咱要把一切全都告诉你们，一个字也不漏掉。

昆斯　讲给咱们听吧，好波顿。

波顿　关于咱自己的事可一个字也不能告诉你们。咱要报告给你们知道的是，公爵大人已经用过正餐了。把你们的行头收拾起来，胡须上要用坚牢的穿绳，乌靴上要结簇新的缎带。立刻在宫门前集合，各人温熟了自己的台词。总而言之一句话，咱们的戏已经送上去了。无论如何，可得叫提斯柏穿一件干净一点的衬衫；还有扮演狮子的那位别把指甲修去，因为那是要露出在外面当作狮子的脚爪的。顶要紧的，列位老板们，别吃洋葱和大蒜，因为咱们可不能把人家熏倒了胃口。咱一定会听见他们说，“这是一出风雅的喜剧”。完了，去吧！去吧！（同下）

第 五 幕

第五幕 第一场 **雅典。忒修斯宫中**

【忒修斯、希波吕忒、菲劳斯特莱特及大臣、侍从等上。

希波吕忒　忒修斯，这些恋人们所说的话真是奇怪得很。

忒修斯　奇怪得不像会是真实。我永不相信这种古怪的传说和神仙的游戏。情人们和疯子们都富于纷乱的思想和成形的幻觉，他们所理会到的永远不是冷静的理智所能充分了解。疯子、情人和诗人，都是空想的产儿：疯子眼中所见的鬼，多过于广大的地狱所能容纳；情人，同样是那么狂妄地能从埃及人的黑脸上看见海伦的美貌；诗人的眼睛在神奇的狂放的一转中，便能从天上看到地下，从地下看到天上。想象会把不知名的事物用一种方式呈现出来，诗人的笔再使它们具有如实的形象，空虚的无物也会有了居处和名字。强烈的想象往往具有这种本领，只要一领略到一些快乐，就会相信那种快乐的背后有一个赐予的人；夜间一转到恐惧的念头，一株灌木一下子便会变成一头熊。

希波吕忒　但他们所说的一夜间全部的经历，以及他们大家心理上都受到同样影响的一件事实，可以证明那不会是幻想。虽然那故事是怪异而惊人，却并不令人不能置信。

忒修斯　这一班恋人们高高兴兴地来了。

【拉山德、狄米特律斯、赫米娅、海伦娜上。

忒修斯　恭喜，好朋友们！恭喜！愿你们心灵里永远享受着没有阴翳的爱情日子！

拉山德　愿更大的幸福永远追随着殿下的起居！

忒修斯　来，我们应当用什么假面剧或是舞蹈来消磨在尾餐和就寝之间的三点钟悠长的岁月呢？我们一向掌管戏乐的人在哪里？有哪几种余兴准备着？有没有一出戏剧可以袪除难挨的时辰里按捺不住的焦灼呢？叫菲劳斯特莱特过来。

菲劳斯特莱特　有，伟大的忒修斯。

忒修斯　说，你有些什么可以缩短这黄昏的节目？有些什么假面剧？有些什么音乐？要是一点娱乐都没有，我们怎么把这迟迟的时间消度过去呢？

菲劳斯特莱特　这儿是一张预备好的各种戏目的单子，请殿下自己拣选哪一项先来。(呈上单子)

忒修斯　“与半人马作战，由一个雅典太监和竖琴而唱。”那个我们不要听；我已经告诉过我的爱人这一段表彰我的姻兄赫拉克 勒斯武功的故事了。“醉酒者之狂暴，色雷斯歌人惨遭肢裂的 始末。”那是老调，当我上次征服忒拜凯旋回来的时候就已经 表演过了。“九缪斯神痛悼学术的沦亡。”那是一段犀利尖刻 的讽刺，不适合于婚礼时的表演。“关于年轻的皮拉摩斯及其 爱人提斯柏的冗长的短戏，非常悲哀的趣剧。”悲哀的趣剧！冗长的短戏！那简直是说灼热的冰，发烧的雪。这种矛盾怎么能调和起来呢？

菲劳斯特莱特　殿下，一出一共只有十来个字那么长的戏，当然是 再短没有了；然而即使只有十个字，也会嫌太长，叫人看了厌倦；因为在全剧之中，没有一个字是用得恰当的，没有一个演员是支配得适如其分的。那本戏的确很悲哀，殿下，因为皮拉摩斯在戏里要把自己杀死。那一场我看他们预演的时候，我得承认确曾使我的眼中充满了眼泪；但那些泪都是在纵声大笑的时候忍俊不住而流着的，再没有人流过比那更开心的泪了。

忒修斯　扮演这戏的是些什么人呢？

菲劳斯特莱特　都是在这儿雅典城里做工过活的胼手胝足的汉子。他们从来不曾用过头脑，今番为了准备参加殿下的婚礼，才辛辛苦苦地把这本戏记诵起来。

忒修斯　好，就让我们听一下吧。

菲劳斯特莱特　不，殿下，那是不配烦渎您的耳朵的。我已经听完过他们一次，简直一无足取——除非你嘉纳他们的一片诚心和苦苦背诵的辛勤。

忒修斯　我要把那本戏听一次，因为纯朴和忠诚所呈献的礼物，总是可取的。去把他们带来。各位夫人女士们，大家请坐下。（菲劳斯特莱特下）

希波吕忒　我不欢喜看见贱微的人做他们力量所不及的事，忠诚因为努力的狂妄而变成毫无价值。

忒修斯　啊，亲爱的，你不会看见他们糟到那地步。

希波吕忒　他说他们根本不会演戏。

忒修斯　那更显得我们的宽宏大度，虽然他们的劳力毫无价值，他们仍能得到我们的嘉纳。我们可以把他们的错误作为取笑的资料。我们不必计较他们那可怜的忠诚所不能达到的成就，而该重视他们的辛勤。凡是我所到的地方，那些有学问的人都预先准备好欢迎辞迎接我；但是一看见了我，便发抖脸色变白，句子没有说完便中途顿住，话儿梗在喉中，吓得说不出来，结果是一句欢迎我的话都没有说。相信我，亲爱的，从这种无言中我却领受了他们一片欢迎的诚意；在诚惶诚恐的忠诚的畏怯上表示出来的意味，并不少于一条娓娓动听的辩舌。因此，爱人，照我所能观察到的，无言的纯朴所表示的情感，才是最丰富的。

【菲劳斯特莱特重上。

菲劳斯特莱特　请殿下示，念开场诗的预备登场了。

忒修斯　让他上来吧。（喇叭奏花腔）

【昆斯上，念开场诗。

昆斯　要是咱们，得罪了请原谅。

咱们本来是，一片的好意，

想要显一显。薄薄的伎俩，

那才是咱们原来的本意。

因此列位咱们到这儿来。

为的要让列位欢笑欢笑，

否则就是不曾。到这儿来，

如果咱们。惹动列位气恼，

一个个演员，都将，要登场，

你们可以仔细听个端详。

忒修斯　这家伙简直乱来。

拉山德　他念他的开场诗就像骑一头顽劣的小马一样，乱冲乱撞，该停的地方不停，不该停的地方偏偏停下。殿下，这是一个好 教训：单是会讲话不能算数，要讲话总该讲得像个路数。

希波吕忒　真的他就像一个小孩子学吹笛，呜哩呜哩了一下，可是全不入调。

忒修斯　他的话像是一段纠缠在一起的链索，并没有毛病，可是全弄乱了。跟着是谁登场呢？

【一号手前导，皮拉摩斯及提斯柏、墙、月光、狮子上。

昆斯　列位大人，也许你们会奇怪这一班人跑出来干什么。不必寻根究底，自然而然地你们总会明白过来。这个人是皮拉摩斯，要是你们想要知道的话；这位美丽的姑娘不用说便是提斯柏啦。这个人手里拿着石灰和黏土，是代表着墙头，那堵隔开这两个情人的坏墙头；他们这两个可怜的人只好在墙缝里低声谈话，这是要请大家明白的。这个人提着灯笼，牵着犬，拿着柴枝，是代表着月亮；因为你们要知道，这两个情人只在月光底下才肯在尼纳斯的坟头聚首谈情。这一头可怕的畜生名叫狮子，那晚上忠实的提斯柏先到约会的地方，给它吓跑了，或者不如说是被它惊走了；她在逃走的时候脱落了她的外套，那件外套因为给那恶狮子咬住在它那张血嘴里，所以沾满了血斑。隔了不久，皮拉摩斯，那个勇敢的美少年，也来了，一见他那忠实的提斯柏的外套死在地上，便赤楞楞地一声拔出一把血淋淋的剑来，对准他那热辣辣的胸脯里豁拉拉地刺了进去。那时提斯柏却躲在桑树的树荫里，等到她发现了这回事，便把他身上的剑拔出来，结果了她自己的性命。至于其余的一切，可以让狮子、月光、墙头和两个情人详详细细地告诉你们，当他们上场的时候。（昆斯及皮拉摩斯、提斯柏、狮子、月光同下）

忒修斯　我不知道狮子要不要说话。

狄米特律斯　殿下，这可不用怀疑，要是一班驴子都会讲人话，狮子当然也会说话啦。

墙　小子斯诺特是也，在这本戏文里扮做墙头。须知此墙不是他墙，乃是一堵有裂缝的墙，在那条裂缝里皮拉摩斯和提斯柏两个情人常常偷偷地低声谈话。这一把石灰，这一撮黏土，这一块砖头，表明咱是一堵真正的墙头，并非滑头冒牌之流。这便是那个鬼缝儿，这两个胆小的情人在那儿谈着知心话儿。

忒修斯　石灰和泥土筑成的东西，居然这样会说话，难得难得！

狄米特律斯　殿下，这是我所听到的中间最俏皮的一段。

忒修斯　皮拉摩斯走近墙边来了。静听！

【皮拉摩斯重上。

皮拉摩斯　板着脸的夜啊！漆黑的夜啊！
夜啊！白天一去，你就来啦！
夜啊！夜啊！唉呀！唉呀！唉呀！
咱担心咱的提斯柏要失约啦！
墙啊！亲爱的，可爱的墙啊！
你硬生生地隔分了咱们两人的家！
墙啊！亲爱的，可爱的墙啊！
露出你的裂缝，让咱向里头瞧瞧吧！（墙举手叠指作裂缝状）

谢谢你，殷勤的墙！上帝大大保佑你！

但是咱瞧见些什么呢？咱瞧不见伊。

刁恶的墙啊！不让咱瞧见可爱的伊；

愿你倒霉吧，因为你竟这样把咱欺！

忒修斯　这墙并不是没有知觉的，我想他应当反骂一下。

皮拉摩斯　没有的事，殿下，真的，他不能。“把咱欺”是该提斯柏接下去的尾白；她现在就要上场啦，咱就要在墙缝里看她。你们瞧着吧，下面做下去正跟咱告诉你们的完全一样。那边她 来啦。

【提斯柏重上。

提斯柏　墙啊！你常常听得见咱的呻吟，

怨你生生把咱共他两两分拆！

咱的樱唇常跟你的砖石亲吻，

你那用泥胶得紧紧的砖石。

皮拉摩斯　咱瞧见一个声音；让咱去望望，

不知可能听见提斯柏的脸庞。

提斯柏！

提斯柏　那是咱的好人儿，咱想。

皮拉摩斯　尽你想吧，咱是你风流的情郎。

好像里芒德，咱此心永无变更[1]。

提斯柏　咱就像海伦，到死也决不变心。

皮拉摩斯　沙发勒斯对待普洛克勒斯不过如此[2]。

提斯柏　你就是普洛克勒斯，咱就是沙发勒斯。

皮拉摩斯　啊，在这堵万恶的墙缝中请给咱一吻！

提斯柏　咱吻着墙缝，可全然吻不到你的嘴唇。

---

[1]　里芒德是里昂德之讹，爱恋少女希罗，游水过河时淹死。下行扮提斯柏的弗鲁特又误以海伦为希罗。

[2]　沙发勒斯为色发勒斯之讹，为黎明女神所恋，但他忠于其妻普洛克里斯，此处误为普洛克勒斯。

皮拉摩斯　你肯不肯到尼内的坟头去跟咱相聚？

提斯柏　活也好，死也好，咱一准立刻动身前去。(二人下)

墙　现在咱已把墙头扮好，

因此咱便要拔脚去了。(下)

忒修斯　现在隔在这两份人家之间的墙头已经倒下了。

狄米特律斯　殿下，墙头要是都像这样随随便便偷听人家的谈话，可真没法好想。

希波吕忒　我从来没有听到过比这再蠢的东西。

忒修斯　最好的戏剧也不过是人生的一个缩影；最坏的只要用想象补足一下，也就不会坏到什么地方去。

希波吕忒　那该是你的想象，而不是他们的想象。

忒修斯　要是我们对于他们的想象并不比他们对于自己的想象更坏，那么他们也可以算得顶好的人。两只好东西登场了，一只是人，一只是狮子。

【狮子及月光重上。

狮子　各位太太小姐们，你们那柔弱的心一见了地板上爬着的一头顶小的老鼠就会害怕，现在看见一头凶暴的狮子发狂地怒吼，多半要发起抖来的吧？但是请你们放心，咱实在是细木工匠斯纳格，既不是凶猛的公狮，也不是一头母狮。要是咱真的是一头狮子而冲到这儿来，那咱才大倒其霉！

忒修斯　一头非常善良的畜生，有一颗好良心。

狄米特律斯　殿下，这是我所看见过的最好的畜生了。

拉山德　要说他的勇气，这头狮子实在像只狐狸。

忒修斯　要论智识，实在像只笨鹅。

狄米特律斯　殿下，不见得。他的勇气是撑不起他的知识的，可一只狐狸却拖得走一只鹅。

忒修斯　我敢说，他的知识绝撑不起他的勇气，正如一只鹅拖不动一头狐狸。好啦，随他去吧，让我们听听月亮说些什么。

月亮　这盏灯笼代表着角儿弯弯的新月——

狄米特律斯　他应当把角装在头上。

忒修斯　他并不是新月，圆圆的哪里有什么角儿？

月亮　这盏灯笼代表着角儿弯弯的新月；咱好像就是月亮里的仙人。

忒修斯　这该是最大的错误了。应该把这个人放进灯笼里去；否则他怎么会是月亮里的仙人呢？

狄米特律斯　他因为怕蜡烛不敢进去。瞧，他恼了。

希波吕忒　这月亮真使我厌倦。他应该变化变化才好！

忒修斯　照他那知觉欠缺的样子看起来，他大概是一个残月；但是为着礼貌和一切的理由，我们得忍耐一下。

拉山德　说下去，月亮。

月亮　总而言之，咱要告诉你们的是，这灯笼便是月亮；咱便是月亮里的仙人；这柴枝是咱的柴枝；这狗是咱的狗。

狄米特律斯　嗨，这些都应该放进灯笼里去才对，因为它们都是在月亮里的。但是静些，提斯柏来了。

【提斯柏重上。

提斯柏　这是尼内老人的坟。咱的好人儿呢？

狮子　(吼)呜……呜！(提斯柏奔下)

狄米特律斯　吼得好，狮子！

忒修斯　奔得好，提斯柏！

希波吕忒　照得好，月亮！真的，月亮照得姿势很好。(狮子撕破提斯柏的外套)

【皮拉摩斯重上。

狄米特律斯　于是皮拉摩斯来了。（狮子下）

拉山德　于是狮子不见了。

皮拉摩斯　可爱的月亮，咱多谢你的阳光；

谢谢你，因为你照得这么皎洁！

靠着你那慈和的闪烁的金光，

咱将要饱餐着提斯柏的秀色。
但是且住，啊该死！
瞧哪，可怜的骑士，
这是一场什么惨景！
眼睛，你看不看见？
这种事怎会出现？
可爱的宝贝啊，亲亲！
你的好外套一件，
怎么全都是血点？
过来吧，狰狞的凶神！
快把生命的羁缠
从此后一刀割断；
今朝咱了结了残生！

忒修斯　这一种情感再加上一个好朋友的死，很可以使一个人脸带愁容。

希波吕忒　该死！我倒真有点可怜这个人。

皮拉摩斯　苍天啊！你为什么要造下狮子，
让它在这里蹂躏了咱的爱人？
她在一切活着爱着的人中，是
一个最美最美最最美的美人。
淋漓地流吧，眼泪！
咱要把宝剑一挥，
当着咱的胸头划破：
一剑刺过了左胸，
叫心儿莫再跳动，
这样咱就死啰死啰！(以剑自刺)
现在咱已经身死，
现在咱已经去世，
咱灵魂儿升到天堂；

太阳，不要再照耀！

月亮，给咱拔脚跑！(月亮下)

咱已一命，一命丧亡。(死)

狄米特律斯　不是双亡，是单亡，因为他是孤零零地死去。

拉山德　他现在死去，不但成不了双，而且成不了单；他已经变成“没有”啦。

忒修斯　要是就去请外科医生来，也许还可以把他医活过来，叫他做一头驴子。

希波吕忒　提斯柏还要回来找她的爱人，月亮怎么这样性急便去了呢？

忒修斯　她可以在星光底下看见他的。现在她来了。她再痛哭流涕一下子，戏文也就完了。

【提斯柏重上。

希波吕忒　我想对于这样一个宝货的皮拉摩斯，她可以不必浪费口舌，我希望她说得短一点儿。

狄米特律斯　她跟皮拉摩斯较量起来真是旗鼓相当。上帝保佑我们不要嫁到这种男人，也保佑我们不要娶着这种妻子！

拉山德　她那秋波已经看见他了。

狄米特律斯　于是悲声而言曰：

提斯柏　睡着了吗，好人儿？

啊！死了，咱的鸽子？

皮拉摩斯啊，快醒醒！

说呀！说呀！哑了吗？

唉，死了！一堆黄沙

将要盖住你的美睛。

嘴唇像百合花开，

鼻子像樱桃可爱，

黄花像是你的面孔，

一齐消失，消失了，

有情人同声哀悼！

他眼睛绿得像青葱。

命运主宰三巫婆，

快快走近我身边。

伸出玉腕凝霜雪，

鲜血里面涮一涮。

喀嚓一声命剪断，

少年青春若琴弦。

舌头，不许再多言！

凭着这一柄好剑，

赶快把咱胸膛刺穿。(以剑自刺)

再会，亲爱的友朋！

提斯柏已经毕命。

再见吧，再见吧，再见！(死)

忒修斯　他们的葬事要让月亮和狮子来料理了吧？

狄米特律斯　是的，还有墙头。

波顿　(跳起)不，咱对你们说，那堵隔开他们两家的墙早已经倒了。你们要不要瞧瞧收场诗，或者听一场咱们两个伙计的贝格摩舞[1]？

忒修斯　请把收场诗免了吧，因为你们的戏剧无须再有什么解释；扮戏的人一个个死了，我们还能责怪谁不成？真的，要是写那本戏的人自己来扮皮拉摩斯，把他自己吊死在提斯柏的裤带上，那倒真是一出绝妙的悲剧。实在你们这次演得很不错。现在把你们的收场诗搁在一旁，还是跳起你们的贝格摩舞来吧。(跳舞)夜钟已经敲过了十二点。恋人们，睡觉去吧，现在已经差不多是神仙们游戏的时间了。我担心我们明天早晨会起不来，因为今天晚上睡得太迟。这出粗劣的戏剧却使我们不觉打发了冗长的时间。好朋友们，去睡吧。我们

[1] 贝格摩为米兰东北地名，以产小丑著称。

要用半月工夫把这喜庆延续，夜夜有不同的寻欢作乐。（众下）

第五幕 第二场 同前

【迫克上。

迫克 饿狮在高声咆哮，
豺狼在向月长嗥，
农夫们鼾息沉沉，
完毕一天的辛勤。
炭火还留着残红，
　鸱鸮叫得人胆战，
传进愁人的耳中，
　仿佛见殓衾飘飐。
现在夜已经深深，
　坟墓都裂开大口，
吐出了百千幽灵，
　荒野里四散奔走。
我们跟着赫卡忒[1]，
　离开了阳光赫奕，
像一场梦境幽凄，
　追随黑暗的踪迹。
且把这空屋打扫，
供大家一场欢闹；
驱走扰人的小鼠；
还得揩干净门户。

[1] 赫卡忒为希腊神话中下界的女神。

【奥布朗、提泰妮娅及侍从等上。

奥布朗　屋中消沉的火星

　　微微地尚在闪耀；

　跳跃着每个精灵

　　像花枝上的小鸟；

　随我唱一支曲调，

　一齐轻轻地舞蹈。

提泰妮娅　先要把歌儿练熟，

　　每个字玉润珠圆；

　然后齐声唱祝福，

　　手搀手缥缈回旋。(歌舞)

奥布朗　趁东方没有发白，

　让我们满屋溜达；

　先去看一看新床，

　祝福它吉利祯祥。

　这三对新婚伉俪，

　愿他们永无离弃，

　生下来小小儿郎，

　一个个相貌堂堂，

　不生黑痣不缺唇，

　再没有半点瘢痕。

　用这神圣的野露，

　你们去浇洒门户，

　祝福屋子的主人，

　永享着福禄康宁。

　快快去，莫犹豫，

　天明时我们重聚。(除迫克外皆下)

迫克　要是我们这辈影子

有拂了诸位的尊意，
就请你们这样思量，
一切便可得到补偿：
这种种幻景的显现，
不过是梦中的妄念；
这一段无聊的情节，
真同诞梦一样无力。
先生们，请不要见笑！
倘蒙原宥，定当补报。
万一我们幸而免脱
这一遭嘘嘘的指斥，
我们决不忘记大恩，
迫克生平不会骗人。
再会了！肯赏个脸子的话，
就请拍两下手，多谢多谢！(下)

威尼斯商人

剧中人物

威尼斯公爵

摩洛哥亲王 } 鲍西娅的求婚者
阿拉贡亲王 }

安东尼奥　威尼斯商人

巴萨尼奥　安东尼奥的朋友

葛莱西安诺 }
萨莱尼奥 } 安东尼奥和巴萨尼奥的朋友
萨拉里诺 }

罗兰佐　杰西卡的恋人

夏洛克　犹太富翁

杜伯尔　犹太人，夏洛克的朋友

朗斯洛特·高波　小丑，夏洛克的仆人

老高波　朗斯洛特的父亲

里奥那多　巴萨尼奥的仆人

鲍尔萨泽 } 鲍西娅的仆人
斯丹法诺 }

鲍西娅　富家嗣女

尼莉莎　鲍西娅的侍女

杰西卡　夏洛克的女儿

威尼斯众士绅、法庭官吏、狱吏、鲍西娅家中的仆人及其他侍从

地点

威尼斯；鲍西娅邸宅所在地贝尔蒙特

第 一 幕

第一场　威尼斯。街道

【安东尼奥、萨拉里诺及萨莱尼奥上。

安东尼奥　真的，我不知道我为什么这样忧郁。这真叫我厌烦。你们说这也让你们觉得厌烦；可是我是怎么染上这种忧郁的呢？怎么发现它、撞上它的呢？这种忧郁究竟是什么玩意儿，它是打哪儿钻出来的？对此，我却全不知道。忧郁已经使我变成了一个傻瓜，我简直有点自己都不明白自己了。

萨拉里诺　您的心是跟着您那些扯着满帆的大船，在海洋上簸荡着呢。它们就像水上的富绅，炫示着它们的豪华，那些随波跳荡的小商船向它们点头敬礼，它们却睬也不睬地扬帆飞驶。

萨莱尼奥　相信我，老兄，要是我也有这么一笔买卖在大洋上，那么这种海外的希望定会使我梦魂牵绕。我一定常常拔草观测风吹的方向，在地图上查看港口码头的名字，凡是足以使我担心我的货物的命运的一切事情，不用说都会使我忧愁。

萨拉里诺　当我想到海面上的一阵暴风，将会造成怎样一场灾祸的时候，吹凉我的粥的一口气，也会吹痛我的心。一看见沙漏的时计，我就会想起海边的沙滩，仿佛看见我那艘满载货物的商船栽进沙里，它的高高的桅樯吻着它的葬身之地。要是我到教堂里去，看见那用石头筑成的神圣的殿堂，我怎么会不立刻想起那些危险的礁石？它们只要略微碰一碰我那艘好船的船舷，就会把满船的香料倾泻在水里，让汹涌的波涛披戴着我的绸缎绫罗——方才还是价值连城，一转瞬尽归乌有。要是我想到了这种情形，我怎么会不担心这种事也许果然会发生而忧愁起来呢？不用对我说，我知道安东尼奥是因为想到他的货物而忧愁。

安东尼奥　不，请相信我：感谢我的命运，我的买卖的成败，并不完全寄托在一艘船上，更不是孤注一掷；我的全部财产，也不会因为这一年的盈亏而受到影响。我的货物问题并不能使我忧愁。

萨拉里诺　啊，那么您是坠入情网了。

安东尼奥　嗨！哪儿的话！

萨拉里诺　也不是在恋爱吗？那么我们就说，您因为不快乐，才忧愁；这就像您笑笑跳跳，就说您不忧愁，所以才快乐一样，再简单没有了。凭二脸神雅努斯起誓，老天造下人来，真是无奇不有：有的人老是半睁笑眼，好像鹦鹉对着吹风笛的人一样；有的人终日皱着眉头，即使涅斯托[1]发誓说那笑话很可笑，他也不肯露一露他的牙齿，装出一个笑容来。

【巴萨尼奥、罗兰佐及葛莱西安诺上。

萨莱尼奥　您的一位最尊贵的朋友，巴萨尼奥，跟葛莱西安诺、罗兰佐都来了。再见，您现在有了更好的同伴，我们可以少陪啦。

萨拉里诺　倘不是因为您的好朋友来了，我一定要叫您快乐了才走。

安东尼奥　你们的友谊我是十分看重的。照我看来，恐怕还是你们自己有事，才借着这个机会抽身离开的吧？

萨拉里诺　早安，各位老爷。

巴萨尼奥　两位先生，咱们什么时候再聚在一起谈谈笑笑？你们近来跟我越来越疏远了，难道这是必不可免的吗？

萨拉里诺　您什么时候有空，我们一定奉陪。（萨拉里诺、萨莱尼奥下）

罗兰佐　巴萨尼奥老爷，您现在已经找到安东尼奥，我们也要少陪啦，可是请您千万别忘记咱们吃饭的时候在什么地方会面。

---

[1]　涅斯托，荷马史诗中的希腊将领，以严肃著称。

巴萨尼奥　我一定不失约。

葛莱西安诺　安东尼奥先生，您的脸色不大好。您太关心俗事了。要知道过犹不及。请相信我，您现在比起从前来可真是判若两人啦。

安东尼奥　葛莱西安诺，我把这世界不过看作一个世界；每一个人必须在这舞台上扮演一个角色，我扮演的是一个悲哀的角色。

葛莱西安诺　让我扮演一个小丑吧，让我在嘻嘻哈哈的欢笑声中渐渐长出苍老的皱纹。宁可酒暖肝肠，不使愁结冰心。为什么一个身体里面流着热血的人，要那么正襟危坐，就像他的祖宗爷爷的石膏像一样呢？明明醒着的时候，为什么偏要像睡去了一般？为什么动不动翻脸生气，把自己气出了一场黄疸病来？我告诉你吧，安东尼奥，我爱你，所以用爱心对你说话：世界上有一种人，他们的脸上装出一副心如止水的神气，故意表示他们的冷静，好让人家称赞他们一声智慧深沉，思想渊博；他们的神气之间，好像说，“我是天使下凡，我要是一张开嘴来，不许有一头狗乱叫！”啊，我的安东尼奥，我看透这一种人，他们只是因为不说话，博得了智慧的名声；可是我可以确定说一句，要是他们说起话来，听见的人谁都会骂他们是傻瓜的。等有机会的时候，我再告诉你关于这种人的笑话吧；可是请你千万别再用悲哀做钓饵，去钓这种无聊的名誉了。来，好罗兰佐。回头见，等我吃完了饭，再来向你结束我的劝告。

罗兰佐　好，咱们在吃饭的时候再见吧。我一定也是他所说的那种装聋作哑的聪明人，因为葛莱西安诺从不让我有说话的机会。

葛莱西安诺　嘿，你只要再跟我两年，就会连你自己说话的声音也听不出来。

安东尼奥　再见，有你这一番话，我会变得能说会道起来。

葛莱西安诺　那就再好没有；只有干牛舌和没人要的老处女，才是应该沉默的。（葛莱西安诺、罗兰佐下）

安东尼奥　确实是这样的——或者说你想怎么样就是怎么样的！

巴萨尼奥　葛莱西安诺比全威尼斯城里无论哪一个人都更会拉上一大堆

废话。他的道理就像藏在两桶砻糠里的两粒麦子，你必须费去整天工夫方才能够把它们找到，可是找到了它们以后，你会觉得费这许多气力找它们出来，是一点不值得的。

安东尼奥　好，您现在告诉我您发誓要去秘密拜访的那位姑娘的名字吧，你今天答应过要告诉我的。

巴萨尼奥　安东尼奥，您是知道的，我为了维持体面的生活排场，入不敷出地花销，都快倾家荡产了。我现在倒不是在哀叹家道中落；我的最大的烦恼是怎样才可以了清我过去由于铺张浪费而积欠下的重重债务。无论在钱财方面或是友谊方面，安东尼奥，我欠您的债都是顶多的；因为你我交情深厚，我才敢大胆把我心里所打算的怎样了清这一切债务的计划全部告诉您。

安东尼奥　好巴萨尼奥，请您告诉我吧。只要您的计划跟您向来的立身行事一样光明正大，那么我的钱囊可以让您任意取用，我自己也可以供您驱使。我愿意用我所有的力量，帮助您达到目的。

巴萨尼奥　我在学校里练习射箭的时候，每次把一支箭射得不知去向，便用另一支箭向着同一方向射过去，眼睛看准了它掉在什么地方，这样往往可以把那失去的箭也找回来。所以，我冒了双倍的危险，也就往往有双倍的收获。我提起这一件儿童时代的往事，因为我下面要对您说的话，完全出于一种儿童式的天真。我欠了您很多的债，而且像一个不听话的孩子一样，把借来的钱全都挥霍完了；可是您要是愿意向着您放射第一支箭的方向，再把您的第二支箭射过去，那么这一回我一定会把目标看准，即使不把两支箭一起找回来，至少也可以把第二支箭交还给您，让我仍旧对于您先前给我的援助做一个知恩图报的负债者。

安东尼奥　您是知道我的为人的，现在您用这种机巧的比喻来试探我的友谊，不过是浪费时间罢了。要是您怀疑我不肯尽力相助，那就要比把我所有的钱一起花掉还要对我不起。所以您只要对我说我应该怎么做，如果您知道那件事是我的力量所能办到的，我一定会乐于效劳。您说吧。

巴萨尼奥　在贝尔蒙特有一位富家的嗣女，长得非常美貌，尤其值得称道的，是她有非常卓越的德性。她的双眼有时对我暗送秋波。她的名字叫作鲍西娅，比起古代凯图的女儿，勃鲁托斯的贤妻鲍西娅来，她也毫无逊色。这广大的世界也没有漠视了她的优点，四方的风从每一处海岸上带来了声名赫赫的求婚者。她的光亮的长发就像是传说中的金羊毛，引诱着无数的伊阿宋[1]前来追求她。啊，我的安东尼奥！只要我有相当的财力，可以和他们中间的某一个人匹敌，那么我觉得我有充分的把握，一定会达到愿望的。

安东尼奥　你知道我的全部财产都在海上。我现在既没有钱，也没有可以变换一笔现款的货物。所以我们还是去试一试我的信用，看它在威尼斯城里有些什么效力吧。我一定凭着我这一点面子，尽力供给你到贝尔蒙特去见那位美貌的鲍西娅。去，我们两人就去分头打听什么地方可以借得到钱，我就用我的信用作担保，或者用我自己的名义给你借下来。（同下）

第一幕　第二场　**贝尔蒙特。鲍西娅家中一室**

【鲍西娅及尼莉莎上。

鲍西娅　真的，尼莉莎，我这小小的身体已经厌倦了这个广大的世界了。

尼莉莎　好小姐，您的不幸要是跟您的好运气一样大，那么无怪您会厌倦这个世界的；可是照我的愚见看来，吃得太饱的人，跟挨着饿不吃东西的人一样，是会害病的，所以行中庸之道才是最大的幸福：富贵催人生白发，布衣蔬食易长年呀。

鲍西娅　妙语，念得好。

---

[1]　伊阿宋是希腊神话中的英雄，曾率众英雄远征黑海东获取金羊毛。

尼莉莎　要是能够照着它做去，那就更好了。

鲍西娅　倘使做一件事情，就跟知道什么事情是应该做的一样容易，那么小教堂都要变成大礼拜堂，穷人的草屋都要变成王侯的宫殿了。言行一致的牧师才算好牧师。我可以教导二十个人，吩咐他们应该做些什么事，可是要我做这二十个人中间的一个，履行我自己的教训，我就要敬谢不敏了。理智可以制定法律来约束感情，可是热情激动起来，就会蔑弃冷酷的法令；年轻人是一头不受拘束的野兔，它会跳过老年人所设立的理智的藩篱。可是我这样大发议论，是不会帮助我选择一个丈夫的。唉，说什么选择！我既不能选择我所中意的人，又不能拒绝我所憎厌的人；一个活着的女儿的意志，却要被一个死了的父亲的遗嘱所钳制。尼莉莎，像我这样不能选择，也不能拒绝，不是太叫人难堪了吗？

尼莉莎　老太爷生前德高望重，大凡有道君子，临终之时，必有神悟。他既然定下这抽签取决的方法，叫谁能够在这金银铅三匣之中选中了他预定的一只，便可以跟您匹配成亲，那么能够选中的人，一定是值得您倾心相爱的。可是在这些已经到来向您求婚的王孙公子中间，您对于哪一个最有好感呢？

鲍西娅　请你列举他们的名字，当你提到什么人的时候，我就对他下几句评语；凭着我的评语，你就可以知道我对于他们各人的印象。

尼莉莎　第一个是那不勒斯的亲王[1]。

鲍西娅　嗯，他真是一匹小马。他不讲话则已，讲起话来，老是说他的马怎么怎么，让人感到他最大本事就是能够替他自己的马装上蹄铁。我很有点儿疑心他母亲跟某位铁匠有过勾搭。

尼莉莎　还有那位巴拉廷伯爵呢？

鲍西娅　他一天到晚皱着眉头，好像说，“你要是不爱我，随你的便。”他听见笑话也不露一丝笑容。我看他年纪轻轻，就这么愁眉

[1] 莎士比亚时代的那不勒斯人颇善治马。

苦脸，到老来只好一天到晚痛哭流涕了。我宁愿嫁给一个骷髅，也不愿嫁给这两人中间的任何一个。上帝保佑我不要落在这两个人的手里！

尼莉莎　您说那位法国贵族勒·滂先生怎样？

鲍西娅　既然上帝造下他来，就算他是个人吧。凭良心说，我知道讥笑人家是一桩罪过，可是他！嘿！他的马比那不勒斯亲王那一头好一点，他的皱眉头的坏脾气也胜过那位巴拉廷伯爵。什么人的坏处他都有一点，可是一点没有自己的特色。听见画眉鸟唱歌，他就会手舞足蹈；见了自己的影子，也会跟它比剑。我倘然嫁给他，等于嫁给二十个丈夫。要是他瞧不起我，我会原谅他，因为即使他爱我爱到发狂，我也是永远不会报答他的。

尼莉莎　那么您说那个英国的少年男爵，福根勃立琪呢？

鲍西娅　你知道我没有对他说过什么话，因为我的话他听不懂，他的话我也听不懂。他既不会说拉丁话、法国话，也不会说意大利话，至于我的英国话的程度，你是可以替我出席法庭作证的。他的模样倒还长得不错，可是，唉！谁高兴跟一个哑巴做手势谈话呀？他的装束多么古怪！我想他的紧身衣是在意大利买的，他的长筒袜是在法国买的，他的软帽是在德国买的，至于他的行为举止，那是他从四方八面学得来的。

尼莉莎　您觉得他的邻居，那位苏格兰贵族怎样？

鲍西娅　他很懂得礼尚往来的睦邻之道，因为那个英国人曾经赏给他一记耳光，他发誓说，一有机会，立即奉还；我想那法国人是他的保人，他已经签署契约，声明将来加倍报偿哩。

尼莉莎　您看那位德国少爷，撒克逊公爵的侄子怎样？

鲍西娅　他在早上清醒的时候，就已经很坏了，一到下午喝醉了酒，尤其坏透。当他顶好的时候，叫他是个人还有点不够资格，当他顶坏的时候，他简直比畜生好不了多少。要是最不幸的祸事降临到我身上，我也希望永远不要跟他在一起。

尼莉莎　要是他要求选择，结果居然给他选中了预定的匣子，那时候您如果拒绝嫁给他，岂不是违背了老太爷的遗命了吗？

鲍西娅　为了预防万一起见，所以我要请你替我在错误的匣子上放好一杯满满的莱茵河葡萄酒；要是魔鬼在他的心里，诱惑在他的面前，我相信他一定会选了那一只匣子的。什么事情我都愿意做，尼莉莎，只要不让我嫁给一个酒鬼。

尼莉莎　小姐，您放心吧，您再也不会嫁给这些贵族中间的任何一个的。他们已经把他们的决心告诉了我，说除了您父亲所规定的用选择匣子决定取舍的办法以外，要是他们不能用别的方法取得您的应允，那么他们决定动身回国，不再麻烦您了。

鲍西娅　要是没有人愿意照我父亲的遗命把我娶去，那么即使我长命如西比尔，也只好终身不嫁如狄安娜[1]。我很高兴这一群求婚者都是这么懂事，因为他们中间没有一个人我不是唯望其速去的。求上帝赐给他们一路顺风吧！

尼莉莎　小姐，您还记不记得，当老太爷在世的时候，有一个跟着蒙脱佛拉侯爵到这儿来的文武全才的威尼斯人？

鲍西娅　是的，是的，那是巴萨尼奥，我想这是他的名字。

尼莉莎　正是，小姐。照我这双痴人的眼睛看起来，他是一切男子中间最值得匹配一位佳人的。

鲍西娅　我很记得他，他果然值得你的夸奖。

【一仆人上。

鲍西娅　啊！什么事？

仆人　小姐，那四位客人要来向您告别，另外第五位客人摩洛哥亲王差了一个人先来报信，说他今天晚上就要到这儿来了。

鲍西娅　要是我能够竭诚欢迎这第五位客人，就像我竭诚欢送那四位客人一样，那就好了。假如他有圣人般的德性，偏偏生着一副魔鬼样

---

[1]　西比尔，希腊神话中美女。阿波罗想赢得西比尔的爱，答应她想要什么就给什么。于是西比尔拿出一把沙子，说沙子有多少粒。她就想要活多少年。狄安娜，罗马神话中处女神。

的面貌，那么与其让他做我的丈夫，还不如让他听我的忏悔。来，尼莉莎，前面带路。正是——

垂翅狂蜂方出户，寻芳浪蝶又登门。(同下)

第一幕 第三场 威尼斯。广场

【巴萨尼奥及夏洛克上。

夏洛克 三千块钱，嗯？

巴萨尼奥 是的，大叔，三个月为期。

夏洛克 三个月为期，嗯？

巴萨尼奥 我已经对你说过了，这一笔钱可以由安东尼奥签立借据。

夏洛克 安东尼奥签立借据，嗯？

巴萨尼奥 你愿意帮助我吗？你愿意应承我吗？可不可以让我知道你的答复？

夏洛克 三千块钱，借三个月，安东尼奥签立借据。

巴萨尼奥 你的答复呢？

夏洛克 安东尼奥是个好人。

巴萨尼奥 你有没有听见人家说过他不是个好人？

夏洛克 啊，不，不，不，不。我说他是个好人，我的意思是说他是个有资格的人。可是他的财产却还有些问题：他有一艘商船开到特里坡利斯，另外一艘开到西印度群岛，我在交易所里还听人说起，他有第三艘船在墨西哥，第四艘到英国去了，此外还有遍布在海外各国的买卖。可是船不过是几块木板钉起来的东西，水手也不过是些血肉之躯，岸上有旱老鼠，水里也有水老鼠，陆地有强盗，水里也有强盗，我是说有海盗，还有风波礁石各种危险。不过话虽这么说，他这个人还算有些家底的。三千块钱，我想我可以接受他的契约。

巴萨尼奥 你放心吧，不会有错的。

夏洛克　我一定要放了心才敢把债放出去，所以还是让我再考虑考虑吧。我可不可以跟安东尼奥谈谈？

巴萨尼奥　不知道你愿不愿意陪我们吃一顿饭？

夏洛克　是的，叫我去闻猪肉的味道，吃你们拿撒勒先知[1]把魔鬼赶进去的脏东西的身体！我可以跟你们做买卖、讲交易、谈天散步，以及诸如此类的事情，可是我不能陪你们吃东西喝酒做祷告。交易所里有些什么消息？那边来的是谁？

【安东尼奥上。

巴萨尼奥　是安东尼奥先生。

夏洛克　（旁白）他的样子多么像一个摇尾乞怜的税吏！我恨他因为他是个基督徒，可是尤其因为他是个傻子，借钱给人不取利钱，把咱们在威尼斯城里放债这一行的利息都压低了。要是我有一天抓住他的把柄，一定要痛痛快快地向他报复我的深仇宿怨。他憎恶我们神圣的民族，甚至在商人会集的地方当众辱骂我，辱骂我的交易，辱骂我辛辛苦苦赚下来的钱，说那些都是些暴利。要是我饶过了他，让我们的民族永远没有翻身的日子！

巴萨尼奥　夏洛克，你听见吗？

夏洛克　我正在估计我手头的现款，照我大概记得起来的数目，要一时凑足三千块钱，恐怕办不到。可是那没有关系，我们族里有一个犹太富翁杜伯尔，可以借给我必要的数目。且慢！您打算借几个月？（向安东尼奥）您好，好先生，哪一阵好风把尊驾吹了来啦？

安东尼奥　夏洛克，虽然我跟人家互通有无，从来不讲利息，可是为了我的朋友的急需，这回我要破一次例。（向巴萨尼奥）他有没有知道你需要多少？

夏洛克　嗯，嗯，三千块钱。

安东尼奥　三个月为期。

[1]　拿撒勒先知即耶稣。

夏洛克　我倒忘了，正是三个月，(转对巴萨尼奥)您对我说过的。好，您的借据呢？让我瞧一瞧。可是听着，好像您说您借钱不管是向别人借钱还是借钱给别人，都从来不讲利息。

安东尼奥　我从来不讲利息。

夏洛克　当雅各替他的舅父拉班牧羊的时候[1]——这个雅各是我们圣祖亚伯兰的后裔，他的聪明的母亲设计使他做第三代的族长，是的，他是第三代——

安东尼奥　为什么说起他呢？他也是取利息的吗？

夏洛克　不，不是取利息，不是像你们所说的那样直接取利息。听好雅各用些什么手段：拉班跟他约定，生下来的小羊凡是有条纹斑点的，都归雅各所有，作为他的牧羊的酬劳。到晚秋的时候，那些母羊因为淫情发动，跟公羊交合，这个狡猾的牧人就趁着这些毛畜正在进行传种工作的当儿，削好了几根木棒，插在淫浪的母羊的面前，它们这样怀下了孕，一到生产的时候，产下的小羊都是有斑纹的，所以都归雅各所有。这是致富的妙法，上帝也祝福他——只要不是偷窃，会打算盘总是好事。

安东尼奥　雅各虽然幸而获中，可是这也是他按约应得的酬报；上天的意旨成全了他，却不是出于他自己的力量。你提起这一件事，是不是要证明取利息是一件好事？还是说金子银子就是你的公羊母羊？

夏洛克　这我倒说不清；我只是叫它像母羊生小羊一样地快快生利息。可是先生，您听我说。

安东尼奥　你听，巴萨尼奥，魔鬼也会引证《圣经》来替自己辩护哩。一个指着神圣的名字作证的恶人，就像一个脸带笑容的奸徒，又像一只外观美好中心腐烂的苹果。唉，奸伪的表面是多么动人！

夏洛克　三千块钱，这是一笔可观的整数。一年十二个月中的三个月，让我看看利钱应该有多少。

---

[1] 见《旧约·创世记》。

安东尼奥　好，夏洛克，我们可不可以仰仗你这一次？

夏洛克　安东尼奥先生，好多次您在交易所里骂我，说我盘剥取利，我总是忍气吞声，耸耸肩膀，没有跟您争辩，因为忍受迫害，本来是我们民族的特色。您骂我异教徒，杀人的狗，把唾沫吐在我的犹太长袍上，只因为我用我自己的钱博取几个利息。好，看来现在是您要来向我求助了。您跑来见我，您说，“夏洛克，我们要几个钱。”您这样对我说。您曾把唾沫吐在我的胡子上，用您的脚踢我。好像我是您门口的一条野狗一样；现在您却来问我要钱，我应该怎样对您说呢？我要不要这样说，“一条狗会有钱吗？一条狗能够借人三千块钱吗？”或者我应不应该弯下身子，像一个奴才似的低声下气、恭恭敬敬地说，“好先生，您上星期三将唾沫吐在我身上；有一天您用脚踢我；还有一天您骂我狗；为了报答您的这许多恩典，所以我应该借给您这么些钱吗？”

安东尼奥　我巴不得再这样骂你唾你踢你。要是你愿意把这钱借给我，不要把它当作借给你的朋友，哪有朋友之间通融几个臭钱也要斤斤计较地计算利息的道理？你就把它当作借给你的仇人吧，倘使我失了信用，你尽管拉下脸来照约处罚就是了。

夏洛克　哎哟，瞧您生这么大的气！我愿意跟您交个朋友，大家要好好的。您从前加在我身上的种种羞辱，我愿意完全忘掉；您现在需要多少钱，我愿意如数供给您，而且不要您一个子儿的利息；可是您却不愿意听我说下去。我这完全是一片好心哩。

安东尼奥　这倒果然是一片好心。

夏洛克　我要叫你们看看我到底是不是一片好心。跟我去找一个公证人，就在那儿签好了约。我们不妨开个玩笑，在约里写明，要是您不能按照约中所规定的条件，在某日某地还给我一笔某某数目的钱，那你就得随我的意思，在您身上的任何部分割下一磅白肉，作为处罚。

安东尼奥　很好，就是这么办吧。我愿意签下这样一张约，还要对人家说这个犹太人的心肠倒不坏呢。

巴萨尼奥　我宁愿安守贫困，也不能让你为了我的缘故签这样的约。

安东尼奥　老兄，你怕什么！我绝不会受罚的。就在这两个月之内，离开这约的满期还有一个月，我就可以有十倍这借款的数目进门。

夏洛克　亚伯兰老祖宗啊！瞧这些基督徒因为自己待人刻薄，所以疑心人家也对他们不怀好意。请您告诉我，要是他到期不还，我照着约上规定的条款向他执行处罚了，那对我又有什么好处？从人身上割下来的一磅肉，它的价值可以比得上一磅羊肉、牛肉或是山羊肉吗？我为了要博得他的好感，所以才向他买这样一个交情。要是他愿意接受我的条件，很好，否则也就算了。千万请你们不要误会了我这一番诚意。

安东尼奥　好，夏洛克，我愿意签约。

夏洛克　那么就请您先到公证人的地方等我，告诉他这一张游戏契约怎样写法；我马上就去把钱凑起来，还要回到家里去瞧瞧，让一个不知俭省的奴才看守着门户，有点放心不下。然后我立刻就来瞧您。

安东尼奥　那快去吧，善良的犹太人。（夏洛克下）这犹太人快要变作基督徒了，他的心肠变好多啦。

巴萨尼奥　我不喜欢口蜜腹剑的人。

安东尼奥　好了好了，这又有什么要紧？再过两个月，我的船就要回来了。（同下）

第 二 幕

第二幕 第一场 贝尔蒙特。鲍西娅家中一室

【喇叭吹花腔。摩洛哥亲王率侍从，鲍西娅、尼莉莎及婢仆等同上。

摩洛哥亲王　不要因为我的肤色而憎厌我，我是骄阳的近邻，我这一身黝黑的制服，便是它的威焰的赐予。给我到终年不见阳光、冰山雪柱的极北，找一个最白皙姣好的人来，让我们刺血察验对您的爱情，看看究竟是他的血红还是我的血红。我告诉你，小姐，我这副容貌曾经吓破了勇士的肝胆，可是凭着我的爱情起誓，我们国土里最有声誉的少女也曾为它害过相思。我不愿变更我的肤色，除非为了取得您的欢心，我的温柔的女王！

鲍西娅　讲到选择这一件事，我倒并不单单信赖一双善于挑剔的少女的眼睛，而且我的命运由抽签决定，自己也没有任意去选择的权力。要是我的父亲倘不曾用他的聪明办法把我束缚住，使我只能委身于按照他所规定的方法赢得我的男子，那么您，声名卓著的王子，您的容貌在我的心目之中，并不比我所已经看到的那些求婚者有什么逊色。

摩洛哥亲王　谢谢您这一番话，请您带我去瞧瞧那几个匣子，试一试我的命运吧。凭着这一柄曾经手刃波斯王，并且使一个三次战败苏里曼苏丹的波斯王子授首的宝剑起誓：我要瞪眼吓退世间最狰狞的猛汉，跟全世界最勇武的壮士比赛胆量，从母熊的胸前夺下哺乳的小熊；当一头饿狮咆哮攫食的时候，我要嘲弄它——只为博得你的垂青，小姐。可是，唉！即使像赫拉克勒斯那样的盖世英雄，要是跟

他的奴仆赌起骰子来，也许他的运气还不如一个下贱之人。我现在听从着盲目的命运的指挥，也许结果终于失望，眼看着一个不如我的人把我的意中人夺走，而自己在悲哀中死去。

鲍西娅　您必须信任命运，或者死了心放弃选择的尝试，或者当您开始选择以前，先发誓，要是选得不对，终身不再向任何女子求婚；所以还是请您考虑考虑吧。

摩洛哥亲王　我的主意已决，不必考虑了。来，带我去试我的运气吧。

鲍西娅　先去教堂。吃过饭后，您就可以试试您的命运。

摩洛哥亲王　好，但愿走运！不是传为佳话，就是遗臭万年。（奏喇叭；众下）

第二幕 第二场　威尼斯。街道

【朗斯洛特·高波上。

朗斯洛特　要是我从我的主人这个犹太人的家里逃走，我的良心是一定要责备我的。可是魔鬼拉着我的臂膀，引诱着我，对我说，“高波，朗斯洛特·高波，好朗斯洛特，快撒开你的腿儿，跑吧！”我的良心说，“不，留心，老实的朗斯洛特。留心，老实的高波。”或者就是这么说，“老实的朗斯洛特·高波，别逃跑，用你的脚跟把逃跑的念头踢得远远的。”好，那个大胆的魔鬼却劝我卷起铺盖滚蛋！“去呀！”魔鬼说，“去呀！看在老天的面上，提起勇气来，跑吧！”好，我的良心挽住我心里的脖子，很聪明地对我说，“朗斯洛特我的老实朋友，你是一个老实人的儿子！”——或者还不如说一个老实妇人的儿子，因为我的父亲的确有点儿不大老实，有点儿很丢脸的坏脾气——好，我的良心说，“朗斯洛特，别动！”魔鬼说，“动！”我的良心说，“别动！”“良心，”我说，“你说得不错。”“魔鬼，”我说，“你说得有理。”要是听良心的话，我就应该留在我的犹太主人家里，上帝恕我这样说，我的主人是一个魔鬼；要是从犹太人的地方逃走，那么我就要听从魔鬼的话，对不住，他本身就是魔鬼。可是我说，那犹太人一定就是魔鬼的化身。凭良心说话，我的良心劝我留在犹太人家里，未免良心太狠。还是魔鬼的话说得像个朋友。我要跑，魔鬼，我的脚跟听从着你的指挥。我一定要逃跑。

【老高波携篮上。

老高波　年轻的先生，请问一声，到犹太老爷的家里是怎么去的？

朗斯洛特　（旁白）天啊！这是我的亲生的父亲，因为他的眼睛差不多瞎了，所以认不出我。待我把他戏弄一下。

老高波　年轻的少爷先生，请问一声，到犹太老爷的家里是怎么去的？

朗斯洛特　你在转下一个弯的时候，往右手转过去；临了一次转弯的时候，往左手转过去；再下一次转弯的时候，什么手也不用转，曲曲弯弯地转下去，就转到那犹太人的家里了。

老高波　哎哟，这条路可不容易走哩！您知道不知道有一个住在他家里的朗斯洛特，现在还在不在他家里？

朗斯洛特　你说的是朗斯洛特少爷吗？（旁白）瞧着我吧，现在我要诱他流起眼泪来了——你说的是朗斯洛特少爷吗？

老高波　不是什么少爷，先生，他是一个穷人的儿子；他的父亲，不是我说一句，是个老老实实的穷光蛋——多谢上帝，他还活得好好儿的。

朗斯洛特　好，不要管他的父亲是个什么人，咱们讲的是朗斯洛特少爷。

老高波　他是您少爷的朋友，他就是叫朗斯洛特。

朗斯洛特　对不住，老人家，所以我要问你，你说的是朗斯洛特少爷吗？

老高波　是朗斯洛特，少爷。

朗斯洛特　所以就是朗斯洛特少爷。老人家，你别提起朗斯洛特少爷啦，因为这位年轻的少爷，根据天命气数鬼神这一类阴阳怪气的说法，是已经去世啦，或者说得明白一点，是已经归天啦。

老高波　哎哟，天哪！这孩子是我老年的拐杖，我的唯一的靠傍哩。

朗斯洛特　（旁白）我难道像一根棒儿，或是一根柱子吗？父亲，您不认识我吗？

老高波　唉，我不认识您，年轻的少爷，可是请您告诉我，我的孩子——上帝安息他的灵魂——究竟是活着还是死了？

朗斯洛特　您不认识我吗，父亲？

老高波　唉，少爷，我是个瞎子，我不认识您。

朗斯洛特　嗳，真的，您就是眼睛明亮，也许会不认识我，只有聪明的父亲才会认识他自己的儿子。好，老人家，让我告诉您关于您儿子的消息吧。请您给我祝福；真理总会显露出来，杀人的凶手总会给人捉住；儿子虽然会暂时躲了过去，事实到临了总是瞒不过的。

老高波　少爷，请您站起来。我相信您一定不会是朗斯洛特，我的孩子。

朗斯洛特　废话少说，请您给我祝福。我是朗斯洛特，从前是您的孩子，现在是您的儿子，将来也还是您的小子。

老高波　我不能想象您是我的儿子。

朗斯洛特　那我倒不知道应该怎样想法，可是我的确是在犹太人家里当仆人的朗斯洛特，我也相信您的妻子玛葛蕾就是我的母亲。

老高波　她的名字果真是玛葛蕾。你倘然真的就是朗斯洛特，那么你是我的亲生血肉了。如果是这样真该谢谢上帝！瞧！你长了多长的一把胡子啦[1]！你脸上的毛，比我那拖车子的马儿道平尾巴上的毛还多呐！

朗斯洛特　这样看起来，那么道平的尾巴一定是越长越短的；我还清楚记得，上一次我看见它的时候，它尾巴上的毛比我脸上的毛多得多哩。

老高波　上帝啊！你多么变了样子啦！你跟主人合得来吗？我给他带了点儿礼物来了。你们现在合得来吗？

朗斯洛特　嗯，是，是，可是从我自己这一方面讲，我既然已经决定逃

---

[1]　朗斯洛特可能低着头，他父亲摸到了他的头发，以为是胡子。

跑，那么非到跑走了一程路之后，我是决不会停止下来的。我的主人是个十足的犹太人。给他礼物？还是给他一根上吊的绳子吧。我替他做事情，把个身体都饿瘦了；您可以用我的肋骨摸出我的每一条手指来。爸爸，您来了我很高兴。把您的礼物送给一位叫巴萨尼奥的大爷吧，他是会赏漂亮的新衣服给佣人穿的。我要是不能服侍他，我宁愿跑到地球的尽头去。啊，运气真好！正是他来了。到他跟前去，爸爸。我要是再继续服侍这个犹太人，连我自己都要变作犹太人了。

【巴萨尼奥率里奥那多及其他仆人上。

巴萨尼奥　你们就这样做吧，可是要赶快，晚饭最迟必须在五点钟预备好。这几封信替我分别送出；叫裁缝把制服做起来；回头再请葛莱西安诺立刻到我的寓所里来。（一仆人下）

朗斯洛特　上去，爸爸。

老高波　上帝保佑老爷！

巴萨尼奥　谢谢你，有什么事？

老高波　老爷，这是我的儿子，一个苦命的孩子——

朗斯洛特　不是苦命的孩子，老爷，我是那位犹太富翁的跟班。不瞒老爷说，我想要——我的父亲会说明白的——

老高波　老爷，正像人家说的，他一心一意地想要伺候——

朗斯洛特　总而言之一句话，我本来是伺候那个犹太人的，可是我很想要——我的父亲会说明白的——

老高波　不瞒老爷说，他的主人跟他有点儿意见不合——

朗斯洛特　干脆一句话，实实在在说，这犹太人欺侮了我，所以我——我希望就像我的父亲，他是个老头子，会向你说明白的——

老高波　我这儿有一盘烹好的鸽子送给老爷，我要请求老爷一件事——

朗斯洛特　废话少说，这请求是关于我的事情，这位老实的老人家可以告诉您。不是我说一句，我这父亲虽然是个老头子，却是个苦人儿。

巴萨尼奥　让一个人说话。你们究竟要什么？

朗斯洛特　伺候您，老爷。

老高波　正是这一件事，老爷。

巴萨尼奥　我认识你。我可以答应你的要求。你的主人夏洛克今天曾经向我说起，要把你举荐给我。可是你不去伺候一个有钱的犹太人，反要来做一个穷绅士的跟班，恐怕没有什么好处吧？

朗斯洛特　老爷，一句老古话刚好在我的主人夏洛克跟您之间分成两半[1]：他有钱；您呢，有上帝的恩惠。

巴萨尼奥　你说得很好。老人家，你带着你的儿子，先去向他的旧主人告别，然后再来打听我的住址。（向仆人）给他做一身比别人格外鲜艳一点的制服，不可有误。

朗斯洛特　爸爸，进去吧。我不能得到一个好差使吗？我生了嘴不会说话吗？好，（视手掌）要是在意大利有谁生得一手比我还要好的命运掌纹，我一定会交好运的。好，这儿是一条不显眼的寿命线；这儿有不多几个老婆；唉！十五个老婆算得什么，十一个寡妇，再加上九个黄花闺女，对于一个男人也不算太多啊！还要三次溺水不死，有一次几乎在一张天鹅绒的床边送了性命，好几次死里逃生！好，要是命运之神是个女的，她倒是个很好的娘儿们。爸爸，来，我要用一眨眼的工夫向那犹太人告别。（朗斯洛特及老高波下）

巴萨尼奥　好里奥那多，请你记好，这些东西买到以后，把它们安排停当，就赶紧回来，因为我今晚要宴请我的最有名望的相识。快去吧。

里奥那多　我一定给您尽力办去。

【葛莱西安诺上。

葛莱西安诺　你家主人呢？

里奥那多　他就在那边走着，先生。（下）

葛莱西安诺　巴萨尼奥老爷！

---

[1]　这句老古话的全句是：“有上帝恩惠者有钱。”

巴萨尼奥　葛莱西安诺！

葛莱西安诺　我要向您提出一个要求。

巴萨尼奥　我答应你。

葛莱西安诺　您不能拒绝我；我一定要跟您到贝尔蒙特去。

巴萨尼奥　啊，那么我只好让你去了。可是听着，葛莱西安诺，你这个人太随便，太不拘礼节，太爱高声说话了。这几点本来对于你是再合适不过的，在我们的眼睛里也不以为嫌，可是在陌生人的地方，那就好像有点儿放肆啦。请你千万留心在你的活泼的天性里尽力放进几分冷静进去，否则人家见了你这样狂放的行为，也许会对我发生误会，害我不能达到我的希望。

葛莱西安诺　巴萨尼奥老爷，听我说。我一定会装出一副安详的态度，说起话来恭而敬之，难得赌一两句咒，口袋里放一本祈祷书，脸孔上堆满了庄严。不但如此，在念食前祈祷的时候，我还要把帽子拉下来遮住我的眼睛，叹一口气，说一句“阿门”。我一定遵守一切礼仪，就像人家有意装得循规蹈矩，去讨他老祖母的欢喜一样。要是我不照这样的话去做，您以后不用相信我好了。

巴萨尼奥　好，我们倒要瞧瞧你装得像不像。

葛莱西安诺　今天晚上可不算，您不能按照我今天晚上的行动来判断我。

巴萨尼奥　不，那未免太煞风景了。我倒要请你今天晚上痛痛快快地欢畅一下，因为我已经跟几个朋友约定，大家都要尽兴狂欢。现在我还有点事情，等会儿见。

葛莱西安诺　我也要去找罗兰佐及别的那些人。吃晚饭的时候我们一定来看您。（各下）

第二幕 第三场 **同前。夏洛克家中一室**

【杰西卡及朗斯洛特上。

杰西卡 你这样离开我的父亲，使我很不高兴。我们这个家是一座地狱，幸亏有你这淘气的小鬼，多少解除了几分闷气。可是再会吧，朗斯洛特，这一块钱你且拿了去；你在晚饭的时候，可以看见一位叫作罗兰佐的，是你新主人的客人，这封信你替我交给他，留心别让旁人看见。现在你快去吧，我不敢让我的父亲瞧见我跟你谈话。

朗斯洛特 再见！眼泪哽住了我的舌头。顶美丽的异教徒，顶温柔的犹太人！倘不是一个基督徒跟你母亲私通，生了你下来，就算我有眼无珠。再会吧！这些傻气的泪点，快要把我的男子气概都淹沉啦。再见！

杰西卡 再见，好朗斯洛特。（朗斯洛特下）唉，我真是罪恶深重，竟会羞于做我父亲的孩子！可是虽然我在血统上是他的女儿，在行为上却不是他的女儿。罗兰佐啊！你要是能够守信不渝，我将要结束我的内心的冲突，皈依基督教，做你的亲爱的妻子。（下）

第二幕 第四场 **同前。街道**

【葛莱西安诺、罗兰佐、萨拉里诺、萨莱尼奥同上。

罗兰佐 不，咱们就在吃晚饭的时候溜出去，在我的寓所里化装好，只消一点钟工夫就可以把事情办好回来。

葛莱西安诺 咱们还没有好好儿准备过呢。

萨拉里诺 咱们还没有提到过拿火炬的人。

萨莱尼奥 那一定要经过一番训练，否则叫人瞧着笑话。依我看来，还是不用了吧。

罗兰佐　现在还不过四点钟，咱们还有两个钟点可以准备起来。

【朗斯洛特持函上。

罗兰佐　朗斯洛特朋友，有什么消息吗？

朗斯洛特　请您把这封信拆开吧，它会告诉您的。

罗兰佐　我认识这一手字；真是一手漂亮好字；而那写这封信的手，比这信纸还要洁白。

葛莱西安诺　一定是情书。

朗斯洛特　老爷，小的告辞了。

罗兰佐　你还要到哪儿去？

朗斯洛特　呃，老爷，我要去请我的犹太旧主人今天晚上陪我的基督徒新主人吃饭。

罗兰佐　慢着，这几个钱赏给你；你去回复温柔的杰西卡，我不会误她的约。留心说话的时候别给旁人听见。各位，去吧。（朗斯洛特下）你们愿意去准备今天晚上的假面跳舞会吗？我已经有了一个拿火炬的人了。

萨拉里诺　是，我立刻就去准备。

萨莱尼奥　我也去。

罗兰佐　再过一点钟左右，我和诸位在葛莱西安诺的寓里所会面。

萨拉里诺　这样最好。（萨拉里诺、萨莱尼奥同下）

葛莱西安诺　那封信不是杰西卡写给你的吗？

罗兰佐　我必须把一切都告诉你。她已经教我怎样带着她逃出她父亲的家，还告诉我她随身带了多少金银珠宝，并已经准备好怎样一身小童的服装。要是她的那个犹太人父亲有一天会上天堂，那一定因为上帝看在他善良的女儿面上特别开恩。厄运再也不敢侵犯她，除非因为她的父亲是一个奸诈的犹太人。来，跟我一块儿去，你可以一边走一边读这封信。美丽的杰西卡将是替我举着火炬的人。（同下）

第二幕 第五场 同前。夏洛克家门前

【夏洛克及朗斯洛特上。

夏洛克 好，你就可以知道，你就可以亲眼瞧瞧，夏洛克老头子跟巴萨尼奥有什么不同啦。喂，杰西卡！——你再不能狼吞虎咽了，你在我家里放肆惯了——喂，杰西卡！——又睡觉，又打鼾，又撕破衣服——喂，杰西卡！

朗斯洛特 喂，杰西卡！

夏洛克 谁叫你喊的？我没有叫你喊呀。

朗斯洛特 您老人家不是常常怪我没有人吩咐，我就什么都不会干吗？

【杰西卡上。

杰西卡 是叫我吗？有什么吩咐？

夏洛克 杰西卡，人家请我去吃晚饭；这儿是我的钥匙，你好生收管着。可是我去干什么呢？人家又不是真心邀请我，他们不过拍拍我的马屁而已。可是我因为恨他们，倒要去这一趟，受用受用这个浪子基督徒的酒食。杰西卡，我的孩子，留心照看门户。我实在有点不愿意去，昨天晚上我做梦看见钱袋，恐怕不是个吉兆。

朗斯洛特 老爷，请您一定去，我家少爷在等着您赏光呢。

夏洛克 我也在等着他赏我一记耳光哩。

朗斯洛特 他们已经商量好了。我并不说您可以看到一场假面跳舞，可是您要是果然看到了，那就怪不得我在上一个黑色星期一早上六点钟会流起鼻血来啦，那一年正是在圣灰节星期三第四年的下午。

夏洛克 怎么，还有假面跳舞吗？听好，杰西卡，把家里的门锁上！听见鼓声和弯笛子的怪叫声音，不许爬到窗格子上张望，也不要伸出头去，瞧那些脸上涂得花花绿绿的傻基督徒们打街道上走过。所有的窗都给我关起来，别让那些无聊的胡闹的声音钻进我的清静的屋

子里。凭着雅各的牧羊杖发誓，我今晚真有点不想出去参加什么宴会。可是就去这一次吧。小子，你先回去，说我就来了。

朗斯洛特　那么我先去了，老爷。小姐，甭管他的吩咐，留心看好窗外——（下）

夏洛克　嘿，那个夏甲的傻瓜后裔[1]说些什么？

杰西卡　没有说什么，他只是说，“再会，小姐。”

夏洛克　这蠢材心肠倒还好，就是食量太大；做起事来，慢吞吞像条蜗牛一般；白天睡觉的本领，比野猫还胜过几分。我家里可容不得懒惰的黄蜂，所以才打发他走了，让他去跟着那个人，好把他借来的钱花个精光。好，杰西卡，进去吧，也许我一会儿就回来。记住我的话，把门儿随手关了。“缚得牢，跑不了”，这是一句千古不磨的至理名言。（下）

杰西卡　再会，要是我的命运不跟我作梗，那么我将要失去一个父亲，你也要失去一个女儿了。（下）

第二幕 第六场　同 前

【葛莱西安诺及萨拉里诺戴假面同上。

葛莱西安诺　这儿屋檐下便是罗兰佐叫我们守望的地方。

萨拉里诺　他约定的时间快要过去了。

葛莱西安诺　他会迟到真是件怪事，因为恋人们总是赶在时钟前面的。

萨拉里诺　啊！维纳斯的鸽子飞去缔结新欢的盟约，比之履行旧日的诺言，总是要快上十倍。

葛莱西安诺　那是一定的道理。谁在席终人散以后，他的食欲还像初入座时候那么强烈？哪一匹马在冗长的归途上，会像它起程时那么长

[1]　夏甲为犹太人始祖亚伯兰之妾。此处“夏甲后裔”表“贱种”之意。见《旧约·创世记》。

驱疾驰？对世间的一切事物，人们追求时兴致总要比享用时的兴致浓烈。一艘新下水的船只扬帆出港的当儿，多么像一个娇养的少年，给那轻狂的风儿爱抚搂抱！可是等到它回来的时候，船身已遭风日的侵蚀，船帆也变成了百结的破衲，它又多么像一个落魄的浪子，给那轻狂的风儿肆意欺凌！

萨拉里诺　罗兰佐来啦；这些话你留着以后再说吧。

【罗兰佐上。

罗兰佐　两位好朋友，累你们久等了，对不起得很，实在是因为我有点事情，急切里抽身不出。等你们将来也要偷妻子的时候，我一定也替你们守这么些时候。过来，这儿就是我的犹太岳父所住的地方。喂！里面有人吗？

【杰西卡着男装自上方上。

杰西卡　你是哪一个？我虽然认识你的声音，可是为了免得错认了人，请你把名字告诉我。

罗兰佐　我是罗兰佐，你的爱人。

杰西卡　你果然是罗兰佐，也的确是我的爱人，谁会使我爱得像你一样呢？罗兰佐，除了你之外，谁还知道我究竟是不是属于你的呢？

罗兰佐　上天和你的思想，都可以证明你是属于我的。

杰西卡　来，把这匣子接住了，你拿了去大有好处的。幸亏在夜里，你瞧不见我，我改扮成这个怪样子，怪不好意思哩。可是恋爱是盲目的，恋人们瞧不见他们自己所干的傻事；要是他们瞧得见的话，那么丘比特瞧见我变成一个男孩子，也会脸红起来哩。

罗兰佐　下来吧，你必须替我拿着火炬。

杰西卡　怎么？我必须拿着烛火，照亮自己的羞耻吗？像我这样子，已经太轻狂了，应该遮掩遮掩才是，怎么反而要在别人面前露脸？

罗兰佐　亲爱的，你穿上这一身漂亮的男孩子衣服，人家不会认出你来的。快来吧，夜色已经在不知不觉中深了起来，巴萨尼奥在等着我们去赴宴呢。

杰西卡　让我把门窗关好，再收拾些银钱带在身边，然后立刻就来。（自上方下）

葛莱西安诺　凭着我的头巾发誓，她真是个基督徒，不是个犹太人。

罗兰佐　我从心底里爱着她。要是我有判断的能力，那么她是聪明的；要是我的眼睛没有欺骗我，那么她是美貌的；她已经替自己证明她是忠诚的。像她这样又聪明，又美丽，又忠诚，怎么不叫我把她永远放在自己的灵魂里呢？

【杰西卡上。

罗兰佐　啊，你来了吗？朋友们，走吧！我们的舞伴们现在一定在那儿等着我们了。（罗兰佐、杰西卡、萨拉里诺同下）

【安东尼奥上。

安东尼奥　那边是谁？

葛莱西安诺　安东尼奥先生！

安东尼奥　咦，葛莱西安诺！还有那些人呢？现在已经九点钟啦，我们的朋友们，大家在那儿等着你们。今天晚上的假面跳舞会取消了。风势已转，巴萨尼奥就要立刻上船。我已经差了二十个人来找你们了。

葛莱西安诺　那好极了！我巴不得今天晚上就开船出发。（同下）

第二幕　第七场　贝尔蒙特。鲍西娅家中一室

【喇叭奏花腔。鲍西娅及摩洛哥亲王各率侍从上。

鲍西娅　去把帐幕揭开，让这位尊贵的王子瞧瞧那几个匣子。现在请殿下自己选择吧。

摩洛哥亲王　第一只匣子是金的，上面刻着这几个字：“谁选择了我，将要得到众人所希求的东西。”第二只匣子是银的，上面刻着这样的约许：“谁选择了我，将要得到他所应得的东西。”第三只匣子

是用沉重的铅打成的，上面刻着像铅一样冷酷的警告：“谁选择了我，必须准备把他所有的一切作为牺牲。”我怎么可以知道我选得错不错呢？

鲍西娅　这三只匣子中间，有一只里面藏着我的小像；您要是选中了那一只，我就是属于您的了。

摩洛哥亲王　求神明指示我！让我看，我且先把匣子上面刻着的字句再推敲一遍。这一个铅匣子上面说些什么？“谁选择了我，必须准备把他所有的一切作为牺牲。”必须准备牺牲？为什么？为了铅吗？为了铅而牺牲一切吗？这匣子说的话儿倒有些吓人。人们为了希望得到重大的利益，才会不惜牺牲一切；一颗贵重的心，决不会屈躬俯就鄙贱的外表。我不愿为了铅的缘故而作任何的牺牲。那个色泽皎洁的银匣子上面说些什么？“谁选择了我，将要得到他所应得的东西。”得到他所应得的东西！且慢，摩洛哥，把你自己的价值作一下公正的估计吧。照你自己判断起来，你应该得到很高的评价，可是也许凭着你这几分长处，还不配娶到这样一位小姐；然而我要是疑心我自己不够资格，那未免太小看自己了。得到我所应得的东西！当然那就是指这位小姐而说的。讲到家世、财产、人品、教养，我在哪一点上配不上她？可是超乎这一切之上，凭着我这一片深情，也就应该配得上她了。那么我不必迟疑，就选了这一个匣子吧。让我再瞧瞧那金匣子上说些什么话：“谁选择了我，将要得到众人所希求的东西。”啊，那正是这位小姐了！整个儿的世界都希求着她，从地球的四角他们迢迢而来，顶礼这位尘世的仙真：希尔卡尼亚的沙漠和广大的阿拉伯辽阔荒野，现在已经成为各国王子们前来瞻仰美貌的鲍西娅的通衢大道；把唾沫吐在天庭面上的傲慢不逊的海洋，也不能阻止外邦的远客，他们越过汹涌的波涛，就像跨过一条小河一样，为了要看一看鲍西娅的绝世姿容。在这三只匣子中间，有一只里面藏着她的天仙似的小像。难道那铅匣子里会藏着她吗？想起这样一个卑劣的思想，就是一种亵渎。那么她是会藏在那价值只及纯金十分之一的银匣子里面吗？啊，罪恶的思想！这样一颗珍贵的珠宝，绝不会装在比金子低贱的匣子里。把钥匙交给我！我已经选定了，但愿我的希望能够实现！

鲍西娅 亲王，请您拿着这钥匙。要是这里边有我的小像，我就是您的了。（摩洛哥亲王开金匣）

摩洛哥亲王 哎哟，该死！这是什么？一个死人的骷髅，那空空的眼眶里藏着一张有字的纸卷。让我读一读上面写着什么。

闪光的不全是黄金，
这话常听人说得分明；
多少世人出卖了一生，
不过看到了我的外形，
蛆虫占据着镀金的坟。
你要是又大胆又聪明，
手脚年轻，见识却老成，
就不会得到这样回音：
再见，劝你冷却这片心。

冷却这片心！真的是枉费辛劳。
永别了，热情！欢迎，凛冽的寒风！
再见，鲍西娅；悲伤塞满了心胸，
莫怪我这败军之将去得匆匆。（率侍从下；喇叭奏花腔）

鲍西娅 他去得倒还知趣。把帐幕拉下来。但愿像他一样肤色的人，都像他一样选不中。（同下）

第二幕 第八场 威尼斯。街道

【萨拉里诺及萨莱尼奥上。

萨拉里诺 啊，朋友，我看见巴萨尼奥开船，葛莱西安诺也跟他同船去。我相信罗兰佐一定不在他们船里。

萨莱尼奥　那个恶犹太人大呼小叫地吵到公爵那儿去，公爵已经跟着他去搜巴萨尼奥的船了。

萨拉里诺　他去迟了一步，船已经开出。可是有人告诉公爵，说他们曾经看见罗兰佐跟他的多情的杰西卡在一艘平底船里，而且安东尼奥也向公爵证明他们并不在巴萨尼奥的船上。

萨莱尼奥　那犹太狗在街上一路乱叫乱喊，我从未听到过有人这样用充满混乱的、奇特的、狂怒的激情颠三倒四地叫喊："我的女儿！啊，我的银钱！啊，我的女儿！跟一个基督徒逃走啦！啊，我的基督徒的银钱！公道啊！法律啊！我的银钱，我的女儿！一袋封好的，两袋封好的银钱，给我的女儿偷去了！还有珠宝！两颗宝石，两颗珍贵的宝石，都给我的女儿偷去了！公道啊！把那女孩子找出来！她身边带着宝石，还有银钱。"

萨拉里诺　威尼斯城里所有的小孩子们，都跟在他背后，喊着：他的宝石呀，他的女儿呀，他的银钱呀。

萨莱尼奥　安东尼奥应该留心那笔债款不要误了期，否则他要在他身上报复的。

萨拉里诺　对了，你想得不错。昨天我跟一个法国人谈天，他对我说起，在英法两国之间的狭隘的海面上，有一艘从咱们国里开出去的满载着货物的船只出了事了。我一听见这句话，就想起安东尼奥，但愿那艘船不是他的才好。

萨莱尼奥　你最好把你听见的消息告诉安东尼奥；可是你要轻描淡写地说，免得害他着急。

萨拉里诺　世上没有一个比他更仁厚的君子。我看见巴萨尼奥跟安东尼奥告别，巴萨尼奥对他说，他一定尽早回来，他回答说，"不必，巴萨尼奥，不要为了我的缘故而误了你的正事，你等到一切事情圆满完成以后再回来吧；至于我在那犹太人那里签下的约，你不必放在心上，你只管高高兴兴，一心一意地进行你的好事，施展你的全副精神，去博得美人的欢心吧。”说到这里，他不禁热泪盈眶，就回转身去，把手伸到背后，亲亲热热地握着巴萨尼奥的手。他们就这样分别了。

萨莱尼奥　我看他只是为了他的缘故才爱这世界的。咱们现在就去找他，想些开心的事儿替他解解愁闷，你看好不好？

萨拉里诺　很好很好。（同下）

第二幕 第九场　贝尔蒙特。鲍西娅家中一室

【*尼莉莎及一仆人上。*

尼莉莎　快，快，扯开那帐幕。阿拉贡亲王已经宣过誓，就要来选匣子啦。

【*喇叭奏花腔。阿拉贡亲王及鲍西娅各率侍从上。*

鲍西娅　瞧，尊贵的王子，那三个匣子就在这儿。您要是选中了有我的小像藏在里头的那一只，我们就可以立刻举行婚礼；可是您要是失败了的话，那么殿下，不必多言，您必须立刻离开这儿。

阿拉贡亲王　我已经宣誓遵守三项条件：第一，不得告诉任何人我所选的是哪一只匣子；第二，要是我选错了，终身不得再向任何女子求婚；第三，要是我选不中，必须立刻离开此地。

鲍西娅　为了我这微贱的身子来此冒险的人，没有一个不曾立誓遵守这几个条件。

阿拉贡亲王　我也是这样宣誓过了。但愿命运满足我的心愿！一只是金的，一只是银的，还有一只是下贱的铅的。“谁选择了我，必须准备牺牲他所有的一切。”你要我为你牺牲，应该再好看一点才是。那个金匣子上面说的什么？“谁选择了我，将要得到众人所希求的东西。”众人所希求的东西！那“众人”也许是指那无知的群众，他们只知道凭着外表取人，信赖着一双愚妄的眼睛，不知道窥察到

内心，就像暴风雨中的燕子，把巢筑在屋外的墙壁上，自以为可保万全，不想到灾祸就会接踵而至。我不愿选择众人所希求的东西，因为我不愿随波逐流，与粗俗的群众为伍。那么还是让我瞧瞧你吧，你这白银的宝库，待我再看一遍刻在你上面的字句："谁选择了我，将要得到他所应得的东西。"说得好，一个人要是自己没有货真价实的长处，怎么可以妄图非分？尊荣显贵，原来不是无德之人所可以忝窃的。唉！要是世间的爵禄官职，都能够因功授赏，不借钻营，那么多少脱帽侍立的人将会高冠盛服，多少发号施令的人将会俯首听命，多少卑劣鄙贱的渣滓将从高贵的种子中间剔分出来，多少隐暗不彰的贤才异能，可以从世俗的糠粃中间筛选出来，大放它们的光泽！闲话少说，还是让我考虑考虑怎样选择吧。"谁选择了我，将要得到他所应得的东西。"那么我要取之无愧了。把这匣子上的钥匙给我，让我立刻开匣放出藏在这里面的我的命运。

(开银匣)

鲍西娅　您在这里面瞧见些什么？怎么呆住了一声也不响？

阿拉贡亲王　这是什么？一个眯着眼睛的傻瓜的画像，上面还写着字句！让我读一下看。唉！你跟鲍西娅相去得多么远！你跟我的希望又相去得多么远！"谁选择了我，将要得到他所应得的东西。"难道我只应得到一副傻瓜的嘴脸吗？那便是我的奖品吗？我不该得到好一点的东西吗？

鲍西娅　毁谤和评判，是两件作用不同、性质相反的事。

阿拉贡亲王　这儿写着什么？

这银子在火里烧过七遍；
那永远不会错误的判断，
也必须经过七次的试炼。
有的人终身向幻影追逐，
只好在幻影里寻求满足。
我知道世上尽有些呆鸟，

空有着一个镀银的外表。

随你娶一个怎样的妻房，

摆脱不了这傻瓜的皮囊。

去吧，先生，莫再耽搁时光！

我要是再留在这儿发呆，

愈显得是个十足的蠢材；

顶一颗傻脑袋来此求婚，

带两个蠢头颅回转家门。

别了，美人，我愿遵守誓言，

默忍着厄运带来的熬煎。（阿拉贡亲王率侍从下）

鲍西娅　正像飞蛾在烛火里伤身，

这些傻瓜们自恃着聪明，

免不了被聪明误了前程。

尼莉莎　古话说得好，上吊娶媳妇，

都是一个人注定的天数。

鲍西娅　来，尼莉莎，把帐幕拉下了。

【一仆人上。

仆人　小姐呢？

鲍西娅　在这儿。有什么事？

仆人　小姐，门口有一个年轻的威尼斯人，说是来通知一声，他的主人就要来啦。他说他的主人叫他先来向小姐致意，除了一大堆恭维的客套以外，还带来了几件很贵重的礼物。小的从来没有见过这么一位体面的爱神的使者；预报繁茂的夏季快要来临的四月的天气，也不及这个为主人先驱的俊仆的温雅。

鲍西娅　请你别说下去了吧。你这样天花乱坠地称赞他，我怕你就要说他是你的亲戚了。来，来，尼莉莎，我倒很想瞧瞧这一位爱神差来的体面的使者。

尼莉莎　爱神啊，但愿来的是巴萨尼奥！（同下）

第 三 幕

第三幕 第一场　**威尼斯。街道**

【萨莱尼奥及萨拉里诺上。

萨莱尼奥　交易所里有什么消息？

萨拉里诺　他们都在那里说安东尼奥有一艘满装着货物的船在海峡里倾覆了。那地方的名字好像是古德温，是一处很危险的沙滩，听说有许多大船的残骸埋葬在那里，要是那些传闻之辞不是来自长舌妇之口的话。

萨莱尼奥　我但愿那些谣言就像那些吃饱了饭没事做，嚼嚼生姜，或者一把鼻涕一把眼泪地假装为了她第三个丈夫死去而痛哭的那些婆子们所说的鬼话一样靠不住。可是那的确是事实——不说啰里啰唆的废话，也不说枝枝节节的闲话——这位善良的安东尼奥，正直的安东尼奥——啊，但愿我有一个可以充分形容他的好处的字眼！

萨拉里诺　好了好了，别说下去了吧。

萨莱尼奥　嘿！你说什么！总归一句话，他损失了一艘船。

萨拉里诺　但愿这是他最末一次的损失。

萨莱尼奥　让我赶快喊“阿门”，免得给魔鬼打断了我的祷告，因为他已经扮成一个犹太人的样子来啦。

【夏洛克上。

萨莱尼奥　啊，夏洛克！商人们有什么消息？

夏洛克　有什么消息！我的女儿逃走啦，这件事情是你比谁都格外知道得详细的。

萨拉里诺　那当然啦，就是我也知道她飞走的那对翅膀是哪一个裁缝替她做的。

萨莱尼奥　夏洛克自己也何尝不知道，她羽毛已长，当然要离开娘家啦。

夏洛克　她干出这种不要脸的事来，死了一定要下地狱。

萨拉里诺　假如是魔鬼做她的判官，那是当然的事情。

夏洛克　我自己的血肉向我造反！

萨莱尼奥　（故意曲解）老不死的，你都这把年纪了，还有那种肉欲？

萨拉里诺　你的肉跟她的肉比起来，比黑炭和象牙还差得远；你的血跟她的血比起来，比红葡萄酒和白葡萄酒还差得远。可是告诉我们，你听不听见人家说起安东尼奥在海上遭到了损失？

夏洛克　说起他，又是我的一桩倒霉事情。这个败家精，这个破落户，他不敢在交易所里露一露脸。他平常到市场上来，穿着得多么齐整，现在可变成一个叫花子啦。让他留心他的借约吧。他老是骂我盘剥取利，让他留心他的借约吧。他是本着基督徒的精神，放债从来不取利息的，让他留心他的借约吧！

萨拉里诺　我相信要是他不能按约偿还借款，你一定不会要他的肉的，那有什么用处呢？

夏洛克　拿来钓鱼也好，即使他的肉不中吃，至少也可以出出我这一口气。他曾经羞辱过我，夺去我几十万块钱的生意，讥笑我亏了本，挖苦我赚了钱，侮蔑我的民族，破坏我的买卖，离间我的朋友，煽动我的仇敌。他的理由是什么？只因为我是一个犹太人。难道犹太人没有眼睛吗？难道犹太人没有五官四肢，没有知觉，没有感情，没有血气吗？他不是吃着同样的食物，同样的武器可以伤害他，同样的医药可以疗治他，冬天同样会冷，夏天同样会热，就像一个基督徒一样吗？你们要是用刀剑刺我们，我们不是也会出血的吗？你们要是搔我们的痒，我们不是也会笑起来吗？你们要是用毒药谋害我们，我们不是也会死的吗？那么要是你们欺侮了我们，我们难道不会复仇吗？要是在别的地方我们都跟你们一样，那么在这一点上也是彼此相同的。要是一个犹太人欺侮了一个基督徒，那基督徒会忍耐吗？不。他怎样？报仇。要是一个基督徒欺侮了一个犹太人，那么照着基督徒的榜样，那犹太人应该怎样？报仇呀。你们已经把残虐的手段教给我，我一定会照着你们的教训实行，而且还要加倍奉敬哩。

【一仆人上。

仆人　两位先生，我家主人安东尼奥在家里，要请两位过去谈谈。

萨拉里诺　我们正在到处找他呢。

【杜伯尔上。

萨莱尼奥　又是一个他的族中人来啦。世上再也找不到第三个像他们这样的人，除非魔鬼自己也变成了犹太人。（萨莱尼奥、萨拉里诺及仆人下）

夏洛克　啊，杜伯尔！热那亚有什么消息？你有没有找到我的女儿？

杜伯尔　我所到的地方，往往听见人家说起她，可是总找不到她。

夏洛克　哎呀，糟糕！糟糕！糟糕！我在法兰克福出两千块钱买来的那颗金刚钻也丢啦！诅咒到现在才降落到咱们民族头上；我到现在才觉得它的厉害。那一颗金刚钻就是两千块钱，还有别的贵重的珠宝。我希望我的女儿死在我的脚下，那些珠宝都挂在她的耳朵上；我希望她就在我的脚下入土安葬，那些银钱都放在她的棺材里！不知道他们的下落吗？哼，我不知道为了寻访他们，又花去了多少钱。你这你这——损失上再加损失！贼子偷了这么多走了，还要花这么多去访寻贼子，结果仍旧是一无所得，出不了这一口怨气。只有我一个人倒霉，只有我一个人叹气，只有我一个人流眼泪！

杜伯尔　倒霉的不单是你一个人。我在热那亚听人家说，安东尼奥——

夏洛克　什么？什么？什么？他也倒了霉吗？他也倒了霉吗？

杜伯尔　——有一艘从特里坡利斯来的大船，在途中触礁。

夏洛克　谢谢上帝！谢谢上帝！是真的吗？是真的吗？

杜伯尔　我曾经跟几个从那船上出险的水手谈过话。

夏洛克　谢谢你，好杜伯尔。好消息，好消息！哈哈！什么地方？在热那亚吗？

杜伯尔　听说你的女儿在热那亚一个晚上花去八十块钱。

夏洛克　你把一把刀戳进我心里了！我也再瞧不见我的金子啦！一下子就是八十块钱！八十块钱！

杜伯尔　有几个安东尼奥的债主跟我同路到威尼斯来，他们肯定地说他这次一定要破产。

夏洛克　我很高兴。我要摆布摆布他，我要整治整治他。我很高兴。

杜伯尔　有一个人给我看一个指环，说是你女儿用它向他换了一只猴子。

夏洛克　该死该死！杜伯尔，你提起这件事，真叫我心里难过；那是我的绿玉指环，是我的妻子莉莎在我没有结婚的时候送给我的，即使人家把一大群猴子来向我交换，我也不愿把它给人。

杜伯尔　可是安东尼奥这次一定完了。

夏洛克　对了，这是真的，一点不错。去，杜伯尔，现在离借约满期还有半个月，你先给我到衙门里走动走动，花费几个钱。要是能罚他，我要挖出他的心来；即使他不在威尼斯，我也不怕他逃出我的掌心。去，去，杜伯尔，咱们在会堂里见面。好杜伯尔，去吧，会堂里再见，杜伯尔。（各下）

第三幕　第二场　**贝尔蒙特。鲍西娅家中一室**

【巴萨尼奥、鲍西娅、葛莱西安诺、尼莉莎及侍从等上。

鲍西娅　请您不要太急，停一两天再选吧，因为要是您选得不对，咱们就不能再在一块儿，所以请您暂时缓一下吧。我心里仿佛有一种什么感觉——可是那不是爱情——告诉我我不愿失去您，您一定也知道，嫌憎是不会向人说这种话的。一个女孩儿家本来不该信口说话，可是因为怕您不能懂得我的意思，我真想留您在这儿住上一两个月，然后再让您为我而冒险一试。我可以教您怎样选才不会有错——可是这样我就要违犯了誓言，那是断断不可的。然而您如果自行其是，您也许会选错；要是您选错了，您一定会使我起了一个有罪的愿望，懊悔我不该为了不敢背誓而忍心让您失望。顶可恼的是您这一双眼睛，它们已经瞧透了我的心，把我分成两半：半个我是您的，还有那半个我也是您的——不，我的意思是说那半个我是我的，可是既然是我的，也就是您的，所以整个儿的我都是您的。唉！都是这些无聊的世俗的礼法，使人们不能享受他们合法的权利，所以我虽然是您的，却又不是您的。如果情形果真如此，该下地狱的是命运，不是我。我说得太啰唆了，可是我的目的是要尽量拖延时间，不放您马上就去选择。

巴萨尼奥　让我选吧。我现在提心吊胆，正像给人拷问一样活受罪。

鲍西娅　给人拷问，巴萨尼奥！那么你给我招认出来，在你的爱情之中，隐藏着什么奸谋？

巴萨尼奥　没有什么奸谋，我只是有点怀疑忧惧，但恐我的痴心化为徒劳；奸谋跟我的爱情正像冰炭一样，是无法相容的。

鲍西娅　嗯，可是我怕你是因为受不住拷问的痛苦，才说这样的话。

巴萨尼奥　您要是答应赦我一死，我愿意招认真情。

鲍西娅　好，赦你一死，你招认吧。

巴萨尼奥　“爱”便是我所能招认的一切。多谢我的刑官，您教给我怎样免罪地答话了！可是让我去瞧瞧那几个匣子，试试我的运气吧。

鲍西娅　那么去吧！在那三个匣子中间，有一个里面锁着我的小像，您要是真的爱我，您会把我找出来的。尼莉莎，你跟其余的人都站开些。在他选择的时候，把音乐奏起来，要是他失败了，好让他像天鹅一样在音乐声中死去；把这比喻说得更恰当一些，我的眼睛就是他葬身的清流。也许他会胜利的，那么那音乐又像什么呢？那时候音乐就像忠心的臣子俯伏迎接新加冕的君王的时候所吹奏的号角，又像是黎明时分送进正在做着好梦的新郎的耳中，催他起来举行婚礼的甜柔的琴韵。现在他去了，他的沉毅的姿态，就像少年赫拉克勒斯奋身前去，在特洛亚人的呼叫声中，把他们祭献给海怪的处女拯救出来一样，可是他心里却藏着更多的爱情。我站在这儿作牺牲，她们站在旁边，就像泪眼模糊的特洛亚妇女们，出来看这场争斗的结果。去吧，赫拉克勒斯！我的生命悬在你手里，但愿你安然生还；我这观战的人心中，比你上场作战的人还要惊恐万倍！

（巴萨尼奥独白时，乐队奏乐唱歌。）

歌

告诉我爱情生长在何方？
是在脑海里，还是在心房？
它怎样发生？它怎样成长？
回答我，回答我。
爱情的火在眼睛里点亮，
凝视是爱情生活的滋养，
它的摇篮便是它的坟堂。
让我们把爱的丧钟鸣响，
叮当！叮当！
叮当！叮当！(众和)

巴萨尼奥　外观往往和事物的本身完全不符，世人却容易为表面的装饰所欺骗。在法律上，哪一件卑鄙邪恶的陈诉，不可以用娓娓动听的言词掩饰它的罪状？在宗教上，哪一桩罪大恶极的过失，不可以引经据典，文过饰非，证明它的确上合天心？任何彰明昭著的罪恶，都可以在外表上装出一副道貌岸然的样子。多少没有胆量的懦夫，他们的心其实软散如沙，他们的肝其实白如牛奶，可他们的颊上却长着天神一样威武的须髯，让人们只看着他们的外表，就不禁生出敬畏之心！再看那些世间所谓美貌吧，那是完全靠着脂粉装点出来的，愈是轻浮的女人，所涂的脂粉也愈重。至于那些随风飘扬，像蛇一样的金丝卷发，看上去果然漂亮，不知道却是从坟墓中死人的骷髅上借下来的。所以装饰不过是一道把船只诱进凶涛险浪的怒海中去的陷人的海岸，又像是遮掩着一个黑丑蛮女的一道美丽的面幕，总而言之，它是狡诈的世人用来欺诱智士的似是而非的真理。所以，你，炫目的黄金，迈达斯王的坚硬的食物[1]，我不要你；你，惨白的银子，在人们手里来来去去的下贱的奴才，我也不要你；可是你，寒伧的铅，你的形状只能使人退走，一点没有吸引人的力量，然而你的质朴却比巧妙的言辞更能打动我的心，我就选了你吧，但愿结果美满！

鲍西娅　（旁白）一切纷杂的思绪、多心的疑虑、鲁莽的绝望、战栗的恐惧、酸性的猜忌，多么快地烟消云散了！爱情啊！把你的狂喜节制一下，不要让你的欢乐溢出界限，让你的情绪越过分寸；你使我感觉到太多的幸福，请你把它减轻几分吧，我怕我快要给快乐窒息而死了！

巴萨尼奥　这里面是什么？（开铅匣）美丽的鲍西娅的副本！这是谁的神功之笔，描画出这样一位绝世的美人？这双眼睛是在转动吗？还是因为我的眼球在转动，所以仿佛它们也在随着转动？她的微启的双唇，是因为她嘴里吐出来的甘美芳香的气息而分裂了；无论怎样亲密的朋友，受到了这样的麻醉，都会变成路人的。画师在描画她的头发的时候，一定曾经化身为蜘蛛，织下了这么一个金丝的发网，来诱捉男子们的心；哪一个男子见了它，不会比飞蛾投入蛛网还快地陷下网罗呢？可是她的眼睛！他怎么能够睁了眼睛把它们画出来呢？他在画了一只眼睛以后，我想它的逼人的光芒，一定会使他自己目眩神夺，再也描画不成另外的一只。可是瞧，我用尽一切赞美的字句，还不能充分形容出这一个画中幻影的美妙；然而这幻影跟它的实体比较起来，又是多么望尘莫及！这儿是一纸手卷，宣判着

[1] 迈达斯，古代传说中弗里吉亚王，向神求得点金术，结果手触到的食物也成了金而无法进食。

我的命运。

你选择不凭着外表，
　果然给你直中鹄心！
胜利既已入你怀抱，
　你莫再往别处追寻。
这结果倘使你满意，
　就请接受你的幸运，
赶快回转你的身体，
　给你的爱深深一吻。

温柔的纶音！美人，请恕我大胆，（吻鲍西娅）

我奉命来把彼此的深情交换。
像一个夺标的健儿驰骋身手，
耳旁只听见沸扬的人声如吼，
虽然明知道胜利已在他手掌，
却不敢相信人们在把他赞赏。
绝世的美人，我现在神眩目晕，
仿佛闯进了一场离奇的梦境；
除非你亲口证明这一切是真，
我再也不相信我自己的眼睛。

鲍西娅　巴萨尼奥公子，您瞧我站在这儿，不过是这样的一个人。虽然为了我自己的缘故，我不愿妄想自己比现在的我更好一点；可是为了您的缘故，我希望我能够六十倍胜过我的本身，再加上一千倍的美丽，一万倍的富有；我但愿我有无比的贤德、美貌、财产和亲友，好让我在您的心目中占据一个很高的位置。可是我这一身却是一无所有，我只是一个不学无术、没有教养的女子。幸亏她的年纪还不是顶大，来得及发愤学习；她的天资也不是顶笨，可以加以教导之功；尤其大幸的，她有一颗柔顺的心灵，愿意把它奉献给您，听从您的指导，把您当作她的主人，她的统治者和她的君王。我自己以及我所有的一切，现在都变成您的所有了。刚才我还拥有着这一座华丽的大厦，我的仆人都听从着我的指挥，我是支配我自己的女王，可是就在现在，这屋子、这些仆人和这一个我，都是属于您的了，我的夫君。凭着这一个指环，我把这一切完全呈献给您；要是您让这指环离开您的身边，或者把它丢了，或者把它送给别人，那就预示着您的爱情的毁灭，我可以因此责怪您的。

巴萨尼奥　小姐，您使我说不出一句话来，只有我的热血在我的血管里跳动着向您陈诉。我的精神是在一种恍惚的状态中，正像喜悦的群众在听到他们所爱戴的君王的一篇美妙的演辞以后那种心灵眩惑的神情，除了口头的赞叹和内心的欢乐以外，一切的一切都混和起来，化成白茫茫的一片模糊。可是这指环要是有一天离开这手指，那么我的生命也一定已经终结；那时候您可以放胆地说，巴萨尼奥已经死了。

尼莉莎　姑爷，小姐，我们站在旁边，眼看我们的愿望成为事实，现在该让我们来道喜了。恭喜姑爷！恭喜小姐！

葛莱西安诺　巴萨尼奥老爷和我的温柔的夫人，愿你们享受一切的快乐！我还有一个请求，要是你们决定在什么时候举行嘉礼，我也想跟你们一起结婚。

巴萨尼奥　很好，只要你能够找到一个妻子。

葛莱西安诺　谢谢老爷，您已经替我找到一个了。不瞒老爷说，我这一双眼睛瞧起人来，并不比您老爷慢。您瞧见了小姐，我也瞧见了使女；您发生了爱情，我也发生了爱情。您的命运靠那几个匣子决定，我也是一样；因为我在这儿千求万告，身上的汗出了一身又是一身，指天誓日地说到唇干舌燥，才算得到这位好姑娘的一句回音，答应我要是您能够得到她的小姐，我也可以得到她的爱情。

鲍西娅　这是真的吗，尼莉莎？

尼莉莎　是真的，小姐，要是您赞成的话。

巴萨尼奥　葛莱西安诺，你也是出于真心吗？

葛莱西安诺　是的，老爷。

巴萨尼奥　我们的喜筵有你们的婚礼添兴，那真是喜上加喜了。

葛莱西安诺　我们要跟他们打赌一千块钱，看谁先养儿子。可是谁来啦？罗兰佐和他的异教徒吗？什么！还有我那威尼斯老朋友萨莱尼奥？

【罗兰佐、杰西卡及萨莱尼奥上。

巴萨尼奥　罗兰佐，萨莱尼奥，虽然我也是初履此地，让我僭用着这里主人的名义，欢迎你们的到来。亲爱的鲍西娅，请您允许我接待我这几个同乡朋友。

鲍西娅　我也是竭诚欢迎他们。

罗兰佐　谢谢。巴萨尼奥老爷，我本来并没有想到要到这儿来看您，因为在路上碰见萨莱尼奥，给他不由分说地硬拉着一块儿来啦。

萨莱尼奥　是我拉他来，老爷，我是有理由的。安东尼奥先生叫我替他向您致意。（给巴萨尼奥一信）

巴萨尼奥　在我没有拆开这信以前，请你告诉我，我的好朋友近来好吗？

萨莱尼奥　他没有病，除非有点儿心病；您看了他的信，就可以知道他的近况。

葛莱西安诺　尼莉莎，招待招待那位客人。把你的手给我，萨莱尼奥，威尼斯有些什么消息？那位善良的商人安东尼奥怎样？我知道他听见了我们的成功，一定会十分高兴；我们是两个伊阿宋，把金羊毛取了来啦。

萨莱尼奥　我希望你们能够把他失去的金羊毛取了回来，那就好了。

鲍西娅　那信里一定有些什么坏消息，巴萨尼奥的脸色都变白了；多半是一个什么好朋友死了，否则不会有别的事情会把一个堂堂男子激动到这个样子的。怎么，还有更坏的事情吗？恕我冒渎，巴萨尼奥，我是您自身的一半，这封信所带给您的任何不幸的消息，也必须让我分担一半。

巴萨尼奥　啊，亲爱的鲍西娅！这信里所写的，是自有纸墨以来最悲惨的字句。好小姐，当我初次向您倾吐我的爱慕之情的时候，我坦白地告诉您，我的高贵的家世是我仅有的财产，那时我并没有对您说谎；可是，亲爱的小姐，单单把我说成一个两袖清风的寒士，还未免有点自夸，因为我不但一无所有，而且还负着一身的债务；不但欠了我的一个好朋友许多钱，还累他为了我的缘故，欠了他仇家的钱。这一封信，小姐，那信纸就像是我朋友的身体，上面的每一个字，都是一处血淋淋的创伤。可是，萨莱尼奥，那是真的吗？难道他的船舶都一起遭难了？竟没有一艘平安到港吗？从特里坡利斯，从墨西哥，从英国、里斯本、巴巴里和印度来的船只，没有一艘能够逃过那些毁害商船的礁石的可怕的撞击吗？

萨莱尼奥　一艘也没有逃过。而且即使他现在有钱还那犹太人，那犹太人也不肯收他。我从来没有见过这样一个样子像人的家伙，一心一意只想残害他的同类；他不分昼夜地在公爵耳边唠叨，说是他们倘不给他主持公道，那么威尼斯根本不成其为一个自由邦。二十个商人、公爵自己，还有那些最有名望的士绅，都曾劝过他，可是谁也不能叫他回心转意，放弃他那狠毒的起诉。他一口咬定：要求公道，照约行罚。

杰西卡　我在家里的时候，曾经听见他向杜伯尔和丘斯，他的两个同族的人谈起，说他宁可取安东尼奥身上的肉，不愿收受比他的欠款多二十倍的钱。要是法律和威权不能拒绝他，那么可怜的安东尼奥恐怕在劫难逃了。

鲍西娅　遭到这样危难的人，是不是您的好朋友？

巴萨尼奥　我的最亲密的朋友，一个心肠最仁慈的人，热心为善，多情尚义，在他身上存留着比任何意大利人更多的古代罗马的仁侠精神。

鲍西娅　他欠那犹太人多少钱？

巴萨尼奥　他为了我的缘故，向他借了三千块钱。

鲍西娅　什么，只有这一点数目吗？还他六千块钱，把那借约毁了！两倍六千块钱，或者照这数目再倍三倍都可以，可是万万不能因为巴萨尼奥的过失，害这样一位好朋友损伤一根毛发。先陪我到教堂里去结为夫妇，然后你就到威尼斯去看你的朋友；鲍西娅决不让你抱着一颗不安宁的良心睡在她的身旁。你可以带偿还这笔小小借款的二十倍那么多的钱去，债务清了以后，就带你的忠心的朋友到这儿来。我的侍女尼莉莎陪着我在家里，仍旧像未嫁的时候一样，守候着你们的归来。来，今天就是你结婚的日子，大家快快乐乐，好好招待你的朋友们。你既然是用这么大的代价买来的，我也一定加倍地爱你。可是让我听听你朋友的信。

巴萨尼奥　“巴萨尼奥挚友如握：弟船只悉数遇难，债主煎迫，家业荡然。犹太人之约，业已衍期；履行罚则，殆无生望。足下前此欠弟债项，一切勾销，惟盼及弟未死之前，来相临视。或足下燕婉情浓，不忍遽别，则亦不复相强，此信置之可也。”

鲍西娅　啊，亲爱的，快把一切事情办好，立刻就去吧！

巴萨尼奥　既然蒙您允许，我就赶快收拾动身，可是——

此去经宵应少睡，长留魂魄系相思。(同下)

第三幕 第三场　威尼斯。街道

【夏洛克、萨拉里诺、安东尼奥及狱吏上。

夏洛克　狱官，留心看住他，不要对我讲什么慈悲。这就是那个放债不取利息的傻瓜。狱官，留心看住他。

安东尼奥　再听我说句话，好夏洛克。

夏洛克　我一定要照约实行；你如果想推翻这一张契约，那还是请你免开尊口的好。我已经发过誓，非得照约实行不可。你曾经无缘无故骂我是狗，既然我是狗，那么你就小心我的狗牙吧。公爵一定会给我主持公道的。你这糊涂的狱官，我真不懂你老是会答应他的请求，陪着他到外边来。

安东尼奥　请你听我说。

夏洛克　我一定要照约实行，不要听你讲什么鬼话。我一定要照约实行，所以请你闭嘴吧。我不像那些软心肠流眼泪的傻瓜们一样，听了基督徒的几句劝告，就会摇头叹气，懊悔屈服。别跟着我，我不要听你说话，我要照约实行。（下）

萨拉里诺　这是人世间一头最顽固的恶狗。

安东尼奥　别理他。我也不愿再费无益的唇舌向他哀求了。他要的是我的命，他这样做原因我很清楚。常常有许多人因为不堪他的剥削，向我诉苦，是我帮助他们脱离他的压迫，所以他才恨我。

萨拉里诺　我相信公爵一定不会允许他实行这一种处罚。

安东尼奥　公爵不能变更法律的规定，因为威尼斯的繁荣，完全倚赖着各国人民的来往通商，要是剥夺了异邦人应享的权利，一定会使人对威尼斯的法治精神发生重大的怀疑。去吧，这些不如意的事情，已经把我搅得心力交瘁，我怕到明天身上也许割不下一磅肉来偿还我这位不怕血腥气的债主了。狱官，走吧。求上帝，让巴萨尼奥来亲眼看见我替他还债，我就死而无怨了！（同下）

第三幕　第四场　**贝尔蒙特。鲍西娅家中一室**

【鲍西娅、尼莉莎、罗兰佐、杰西卡及鲍尔萨泽上。

罗兰佐　夫人，不是我当面恭维您，您的确有一颗高贵真诚、不同凡俗的仁爱之心。尤其像这次敦促尊夫上路，宁愿割舍儿女的私情，这一种精神毅力，真令人万分钦佩。可是您倘使知道受到您这种好意的是个什么人，您所救援的是怎样一个正直的君子，他对于尊夫的交情又是怎样深挚，我相信您一定会格外因为做了这一件好事而自傲，不仅仅认为这是在人道上一件不得不尽的义务而已。

鲍西娅　我做了好事从来不后悔，现在当然也不会。因为凡是常在一块儿谈心游戏的朋友，彼此之间都有一种相互的友爱，他们在容貌上、风度上、习性上，也必定相去不远。所以在我想来，这位安东尼奥既然是我丈夫的心腹好友，他的为人一定很像我的丈夫。要是我的猜想果然不错，那么我把一个跟我的灵魂相仿的人从残暴的迫害下救赎出来，花了这点点儿代价，算得什么！可是这样的话，太近于自吹自擂了，所以别说了吧，还是谈些其他的事情。罗兰佐，在我的丈夫没有回来以前，我要劳驾您替我照管家里；我自己已经向天许下密誓，要在祈祷和默念中过着生活，只让尼莉莎一个人陪着我，直到我们两人的丈夫回来。在两里路之外有一所修道院，我们就预备住在那儿。我向您提出这一个请求，不只是为了个人的私情，还有其他事实上的必要，请您不要拒绝我。

罗兰佐　夫人，您有什么吩咐，我无不乐于遵命。

鲍西娅　我的仆人们都已知道我的决心，他们会把您和杰西卡当作巴萨尼奥和我自己一样看待。后会有期，再见了。

罗兰佐　但愿美妙的思想和安乐的时光追随在您的身旁！

杰西卡　愿夫人一切如意！

鲍西娅　谢谢你们的好意，我也愿意用同样的愿望祝福你们。再见，杰西卡。（杰西卡、罗兰佐下）鲍尔萨泽，我一向知道你诚实可靠，希望你现在仍然诚实可靠。这一封信你给我火速送到帕度亚，交给我的表兄培拉里奥博士亲手收拆；要是他有什么回信和衣服交给你，你就赶快带着它们到码头上，乘公共渡船到威尼斯去。不要多说话，去吧，我会在威尼斯等你。

鲍尔萨泽　小姐，我尽快去就是了。（下）

鲍西娅　来，尼莉莎，我现在还要干一些你尚不知道的事情，我们要在我们的丈夫还没有想到我们之前去跟他们相会。

尼莉莎　我们要让他们看见我们吗？

鲍西娅　他们将会看见我们，尼莉莎，可是我们要打扮得叫他们认不出我们的本来面目。我可以跟你打赌无论什么东西，要是我们都扮成了少年男子，我一定比你漂亮点儿，带起刀子来也比你格外神气点儿。我会沙着喉咙讲话，就像一个正在发育的男孩子一样；我会把两个姗姗细步变成一个男人家的阔步；我会学着那些爱吹牛的哥儿们的样子，谈论一些击剑比武的玩意儿，再随口编造些巧妙的谎话，什么谁家的千金小姐爱上了我啦，我不接受她的好意，她害起病来死啦，我怎么心中不忍，后悔不该害了人家的性命啦，以及二十个诸如此类的无关重要的谎话。人家听见了，一定以为我走出学校的门还不满一年。这些爱吹牛的娃娃们的鬼花样儿我有一千种在脑袋里，都可以搬出来应用。

尼莉莎　怎么，我们要扮成男人吗？

鲍西娅　为什么不？来，车子在门口等着我们。我们上了车，我可以把我的整个计划一路告诉你。快去吧，今天我们要赶二十里路呢。（同下）

第三幕 第五场　**同前。花园**

【朗斯洛特及杰西卡上。

朗斯洛特　真的，不骗您，父亲的罪恶是要子女承当的，所以我倒真的在替您捏着一把汗呢。我一向喜欢对您说老实话，所以现在我也老老实实地把我心里所担忧的事情告诉您。您放心吧，我想您总免不了下地狱。只有一个希望也许可以帮帮您的忙，可是那也是个不大高妙的希望。

杰西卡　请问你，是什么希望呢？

朗斯洛特　嗯，您可以存着一半儿的希望，希望您不是您的父亲所生，不是这个犹太人的女儿。

杰西卡　这个希望可真的太不高妙啦；这样说来，我母亲的罪恶又要降到我的身上来了。

朗斯洛特　那倒也是真的，您不是为您的父亲下地狱，就是为您的母亲下地狱；逃过了凶恶的礁石，逃不过危险的漩涡。好，您下地狱是下定了。

杰西卡　我可以靠着我的丈夫得救，他已经使我变成一个基督徒。

朗斯洛特　这就是他大大的不该。咱们本来已经有很多的基督徒，简直快要挤都挤不下啦。要是再这样把基督徒一批一批制造出来，猪肉的价钱一定会飞涨，大家吃起猪肉来，恐怕每人只好分到一片薄薄的咸肉了。

杰西卡　朗斯洛特，你这样胡说八道，我一定要告诉我的丈夫。他来啦。

【罗兰佐上。

罗兰佐　朗斯洛特，你要是再拉着我的妻子在壁角里说话，我真的要吃起醋来了。

杰西卡　不，罗兰佐，你放心好了，我已经跟朗斯洛特翻脸啦。他老实不客气地告诉我，上天不会对我发慈悲，因为我是一个犹太人的女儿；他又说你不是国家的好公民，因为你把犹太人变成了基督徒，提高了猪肉的价钱。

罗兰佐　要是政府向我质问起来，我自有话说。可是，朗斯洛特，你把那黑人的女儿弄大了肚子，这该作何解释呢？

朗斯洛特　那摩尔姑娘如果是失去理智而干了那事，那倒非同小可；但如果她本来就不是良家妇女，倒要算是我把她抬举了一番。

罗兰佐　瞧，哪一个笨蛋都可以玩一点文字游戏！这样一来，盖世无双的辩才只好哑口无言，唯有八哥口里的话才受人称道了。进去，小鬼，叫他们预备吃饭了。

朗斯洛特　先生，他们早已预备好了。他们都是有肚子的呢。

罗兰佐　嘿，你的嘴真尖利！那么，就叫他们把饭预备好吧。

朗斯洛特　那也准备好了，老爷，就只差说："安排饭桌。"

罗兰佐　那么，先生，您愿意"安排饭桌"吗？

朗斯洛特　先生，小的不敢，惟知恪守本职。

罗兰佐　竟是一个机会都不肯放过！你想把你的全部才智在一转眼里全部和盘端出吗？我是个老实人，不会跟你歪扯。去对你那些同伴们说，桌子可以铺起来，饭菜可以端上来，我们要进来吃饭啦！

朗斯洛特　是，先生，我就去叫他们把饭菜铺起来，桌子端上来；至于您进不进来吃饭，那可悉随尊便。（下）

罗兰佐　瞧他毫无破绽，瞧他的话真是说得珠联璧合。傻瓜把大量好话都栽种在记忆里。我确实知道，有许多傻瓜跟他一样装束，地位也比他高，会为了一句俏皮话而抛开正事不管。你好吗，杰西卡？亲爱的好人儿，现在告诉我，你对于巴萨尼奥的夫人有什么意见？

杰西卡　好到没有话说。巴萨尼奥大爷娶到这样一位好夫人，享尽了人世天堂的幸福，自然应该不会走上邪路了。要是有两个天神打赌，各自拿一个人间的女子做赌注，如其中一个是鲍西娅，那么还有一个必须另外加上些什么，才可以彼此相抵，因为这一个寒伧的世界还不能产生一个跟她同样好的人来。

罗兰佐　他娶到了她这么一个好妻子，你也嫁着了我这么一个好丈夫。

杰西卡　那可要先问问我的意见。

罗兰佐　可以可以，可是先让我们吃了饭再说。

杰西卡　不，让我趁着胃口没有倒之前，先把你恭维两句。

罗兰佐　不，你有话还是留到吃饭的时候说吧，那么不论你说得好说得坏，我都可以连着饭菜一起吞下去。

杰西卡　好，你且等着听我怎样说你吧。（同下）

第四幕

第四幕 第一场 威尼斯。法庭

【公爵、众绅士、安东尼奥、巴萨尼奥、葛莱西安诺、萨拉里诺、萨莱尼奥及余人等同上。

公爵 安东尼奥来了吗?

安东尼奥 来了，殿下。

公爵 我很为你发愁。你是来跟一个心如铁石的对手当庭质对，那是个不懂得怜悯，没有一丝慈悲心的不近人情的恶汉。

安东尼奥 听说殿下曾经用尽力量，劝他不要把事情做绝，可是他一味坚执，不肯略作让步。既然没有合法的手段可以使我脱离他的怨毒的掌握，我只有默然承受他的愤怒，安心等待着他的残暴的处置。

公爵 来人，传那犹太人到庭。

萨拉里诺 他在门口等着，他来了，殿下。

【夏洛克上。

公爵 大家让开些，让他站在我的面前。夏洛克，人家都以为你不过故意装出这一副凶恶的姿态，到了最后关头，就会显出你的仁慈恻隐来，比你现在这种表面上的残酷更加出人意料。现在你虽然坚持着照约处罚，一定要从这个不幸的商人身上割下一磅肉来，但到了那时候，你不但愿意放弃这一种处罚，而且因为受到良心上的感动，说不定还会豁免他一部分的欠款。人家都这样说，我也这样猜想着。你看他最近接连遭逢的巨大损失，足以使无论怎样富有的商人倾家荡产，即使铁石一样的心肠，从来不知道人类同情的野蛮人，也不能不对他的境遇发生怜悯。犹太人，我们都在等候你一句温和的回答。

夏洛克　我的意思已经向殿下禀告过了。我也已经指着我们的圣安息日起誓，一定要照约行罚；要是殿下不准许我的请求，那就是蔑视宪章，我要到京城里上告去，要求撤销贵邦的特权。您要是问我为什么不愿接受三千块钱，宁愿拿一块腐烂的臭肉，那我可没有什么理由可以回答您，我只能说我欢喜这样。这是不是一个回答？要是我的屋子里有了耗子，我高兴出一万块钱叫人把它们赶掉，谁管得了我？这不是回答了您吗？有的人不爱看张开嘴的猪，有的人瞧见一头猫就要发脾气，还有人听见人家吹风笛的声音，就忍不住要小便；因为一个人的感情完全受着喜恶的支配，谁也作不了自己的主。现在我就这样回答您：为什么有人受不住一头张开嘴的猪，有人受不住一头有益无害的猫，还有人受不住咿咿唔唔的风笛的声音，这些都是毫无充分的理由的，只是因为天生的癖性，使他们一受到感触，就会情不自禁地现出丑相来。所以我不能举什么理由，也不愿举什么理由，只是因为我对于安东尼奥抱着久积的仇恨和深刻的反感，所以才会向他进行一场对于我自己并没有好处的诉讼。现在您不是已经得到我的回答了吗？

巴萨尼奥　你这冷酷无情的家伙，这样的回答辩解不了你目前的残忍。

夏洛克　我的回答本来不是为要讨你的欢喜。

巴萨尼奥　难道人们对于他们所不喜欢的东西，都一定要置之死地吗？

夏洛克　哪一个人会恨他所不愿意杀死的东西？

巴萨尼奥　初次的冒犯，不应该就引为仇恨。

夏洛克　什么！你愿意给毒蛇咬两次吗？

安东尼奥　请你想一想，你现在跟这个犹太人讲理，就像站在海滩上，叫那大海的怒涛减低它的奔腾的威力，责问豺狼为什么害母羊为了失去它的羔羊而哀啼，或是叫那山上的松柏，在受到天风吹拂的时候，不要摇头摆脑，发出簌簌的声音。要是你能够叫这个犹太人的心变软——世上还有什么东西比它更硬呢？——那么还有什么难事不可以做到？所以我请你不用再跟他商量什么条件，也不用替我想什么办法，让我爽爽快快受到判决，满足这犹太人的心愿吧。

巴萨尼奥　借了你三千块钱，现在拿六千块钱还你好不好？

夏洛克　即使这六千块钱中间的每一块钱都可以分做六份，每一份都可以变成一块钱，我也不要。我只要照约处罚。

公爵　你这样一点没有慈悲之心，将来怎么能够希望人家对你慈悲呢？

夏洛克　我又不干错事，怕什么刑罚？你们买了许多奴隶，把他们当作驴狗骡马一样看待，叫他们做种种卑贱的工作，因为他们是你们出钱买来的。我可不可以对你们说，让他们自由，叫他们跟你们的子女结婚吧！为什么他们要在重担之下流着血汗呢？让他们的床铺得跟你们的床同样柔软，让他们的舌头也尝尝你们所吃的东西吧！你们会回答说："这些奴隶是我们所有的。"所以我也可以回答你们：我向他要求的这一磅肉，是我出了很大的代价买来的。它是我的所有，我一定要把它拿到手。您要是拒绝了我，那么你们的法律根本就是骗人的东西！我现在等候着判决，请快些回答我，我可不可以拿到这一磅肉？

公爵　我已经差人去请培拉里奥，一位有学问的博士，来替我们审判这件案子了。要是他今天不来，我可以有权宣布延期判决。

萨拉里诺　殿下，外面有一个使者刚从帕度亚来，带着这位博士的书信，等候着殿下的召唤。

公爵　把信拿来给我，叫那使者进来。

巴萨尼奥　高兴起来吧，安东尼奥！喂，老兄，不要灰心！这犹太人可以把我的肉、我的血、我的骨头，我的一切都拿去，可是我决不让你为了我的缘故流一滴血。

安东尼奥　我是羊群里一头不中用的病羊，死是我的应分；最软弱的果子最先落到地上，让我也就这样结束了我的一生吧。你应当继续活下去，巴萨尼奥；我的墓志铭除了你以外，是没有人写得好的。

【尼莉莎扮律师书记上。

公爵　你是从帕度亚培拉里奥那里来的吗？

尼莉莎　是，殿下。培拉里奥叫我向殿下致意。（呈上一信）

巴萨尼奥　你这样使劲儿磨着刀干什么？

夏洛克　从那破产的家伙身上割下那磅肉来。

葛莱西安诺　狠心的犹太人，你的刀不应该放在你的靴底磨，应该放在你的灵魂里磨，才可以磨得锐利；就是刽子手的钢刀，也及不上你的刻毒的心肠厉害。难道什么恳求都不能打动你吗？

夏洛克　不能，无论你说得多么婉转动听，都没有用。

葛莱西安诺　万恶不赦的狗，看你死后不下地狱！让你这种东西活在世上，真是公道不生眼睛。你简直使我的信仰发生摇动，相信起毕达哥拉斯所说畜生的灵魂可以转生人体的议论来了。你的前生一定是一头豺狼，因为吃了人给人捉住吊死，它那凶恶的灵魂就从绞架上逃了出来，钻进了你那老娘的肮脏的胎里，因为你的性情正像豺狼一样残暴贪婪。

夏洛克　除非你能够把我这一张契约上的印章骂掉，否则像你这样拉开了喉咙直嚷，不过白白伤了你的肺，何苦来呢？好兄弟，我劝你还是修养修养你的聪明吧，免得它将来一起毁坏得不可收拾。我在这儿要求法律的裁判。

公爵　培拉里奥在这封信上介绍一位年轻有学问的博士出席我们的法庭。他在什么地方？

尼莉莎　他就在这儿附近等着您的答复，不知道殿下准不准许他进来？

公爵　非常欢迎。来，你们去三四个人，恭恭敬敬领他到这儿来。现在让我们把培拉里奥的来信当庭宣读。

书记　（读）“尊翰到时，鄙人抱疾方剧；适有一青年博士鲍尔萨泽君自罗马来此，致其慰问，因与详讨犹太人与安东尼奥一案，遍稽群籍，折中是非，遂恳其为鄙人庖代，以应殿下之召。凡鄙人对此案所具意见，此君已深悉无遗；其学问才识，虽穷极赞辞，亦不足道其万一，务希勿以其年少而忽之，盖如此少年老成之士，实鄙人生平所仅见也。倘蒙延纳，必能不辱使命。敬祈钧裁。”

公爵　你们已经听到了博学的培拉里奥的来信。这儿来的大概就是那位博士了。

【鲍西娅扮律师上。

公爵　把您的手给我。足下是从培拉里奥老前辈那儿来的吗？

鲍西娅　正是，殿下。

公爵　欢迎欢迎，请上坐。您有没有明了今天我们在这儿审理的这件案子的两方面的争议点？

鲍西娅　我对于这件案子的详细情形已经完全知道了。这儿哪一个是那商人，哪一个是犹太人？

公爵　安东尼奥，夏洛克，你们两人都上来。

鲍西娅　你的名字就叫夏洛克吗？

夏洛克　夏洛克是我的名字。

鲍西娅　你这场官司打得倒也奇怪，可是按照威尼斯的法律，你的控诉是可以成立的。（向安东尼奥）你的生死现在操在他的手里，是不是？

安东尼奥　他是这样说的。

鲍西娅　你承认这借约吗？

安东尼奥　我承认。

鲍西娅　那么犹太人应该慈悲一点。

夏洛克　为什么我应该慈悲一点？把您的理由告诉我。

鲍西娅　慈悲不是出于勉强，它是像甘霖一样从天上降下尘世；它不但给幸福于受施的人，也同样给幸福于施予的人。它有超乎一切的无上威力，比皇冠更足以显出一个帝王的高贵：御杖不过象征着俗世的威权，使人民对于君上的尊严凛然生畏；慈悲的力量却高出于权力之上，它深藏在帝王的内心，是一种属于上帝的德性。执法的人倘能把慈悲调剂着公道，人间的权力就和上帝的神力没有差别。所以，犹太人，虽然你所要求的是公道，可是请你想一想，要是真的按照公道执行起赏罚来，谁也没有死后得救的希望。我们既然祈祷着上帝的慈悲，就应该自己做一些慈悲的事。我说了这一番话，为的是希望你能够从你的法律的立场上作几分让步；可是如果你坚持着原来的要求，那么威尼斯的法庭是执法无私的，只好把那商人宣判定罪了。

夏洛克　我只要求法律允许我照约行罚。

鲍西娅　他是不是不能清还你的债款？

巴萨尼奥　不，我愿意替他当庭还清，照原数加倍也可以。要是这样他还不满足，那么我愿意签署契约，还他十倍的数目，倘然不能如约，他可以割我的手，砍我的头，挖我的心。要是这样还不能使他满足，那就是存心害人，不顾天理了。请堂上运用权力，把法律稍为变通一下，犯一次小小的错误，干一件大大的功德，别让这个残忍的恶魔逞他杀人的兽欲。

鲍西娅　那可不行，在威尼斯谁也没有权力变更既成的法律；要是开了这一个恶例，以后谁都可以借口有例可援，什么坏事情都可以干了。这是不行的。

夏洛克　一个但尼尔[1]来做法官了！真的是但尼尔再世！聪明的青年法官啊，我真佩服你！

鲍西娅　请你让我瞧一瞧那借约。

夏洛克　在这儿，可尊敬的博士，请看吧。

鲍西娅　夏洛克，他们愿意出三倍的钱还你呢。

夏洛克　不行，不行，我已经对天发过誓啦，难道我可以让我的灵魂背上毁誓的罪名吗？不，把整个儿的威尼斯给我我都不能答应。

鲍西娅　好，那么就应该照约处罚。根据法律，这犹太人有权要求从这商人的胸口割下一磅肉来。还是慈悲一点，把三倍原数的钱拿去，

---

[1] 但尼尔，以色列人的著名士师，以善于折狱著称。

让我撕了这张约吧。

夏洛克　等他按照约中所载条款受罚以后，再撕不迟。您瞧上去像是一个很好的法官；您懂得法律，您讲的话也很有道理，不愧是法律界的中流砥柱，所以现在我就用法律的名义，请您立刻进行宣判。凭着我的灵魂起誓，谁也不能用他的口舌改变我的决心。我现在但等着执行原约。

安东尼奥　我也诚心请求堂上从速宣判。

鲍西娅　好，那么就是这样：你必须准备让他的刀子刺进你的胸膛。

夏洛克　啊，尊严的法官！好一位优秀的青年！

鲍西娅　因为这约上所订定的惩罚，就法律条文而言，是完全有效的。

夏洛克　对极了！啊，聪明正直的法官！想不到你瞧上去这样年轻，见识却这么老练！

鲍西娅　所以你应该把你的胸膛袒露出来。

夏洛克　对了，“他的胸部”，约上是这么说的，不是吗，尊严的法官？“附近心口的所在”，约上写得明明白白的。

鲍西娅　不错，称肉的天平有没有预备好？

夏洛克　我已经带来了。

鲍西娅　夏洛克，你应该自己拿出钱来，请一位外科医生替他堵住伤口，免得他流血而死。

夏洛克　约上有这样的规定吗？

鲍西娅　约上并没有这样的规定，可是那又有什么相干呢？为了仁慈起见，你这样做总是不错的。

夏洛克　我找不到。这一条约上没有这样写。

鲍西娅　商人，你还有什么话要说吗？

安东尼奥　我没有多少话要说。我已经准备好了。把你的手给我，巴萨尼奥，再会吧！不要因为我为了你的缘故遭到这种结局而悲伤，因为命运对我已经特别照顾了：她往往让一个不幸的人在家产荡尽以后继续活下去，用他凹陷的眼睛和满是皱纹的额角去接受贫困的暮年。这一种拖延时日的刑罚，她已经对我豁免了。替我向尊夫人致意，告诉她安东尼奥的结局；对她说我怎样爱你，替我在死后说几句好话。等到你把这一段故事讲完以后，再请她判断一句，巴萨尼奥是不是曾经有过一个真心爱他的朋友。不要因为你将要失去一个朋友而懊恨，替你还债的人是死而无怨的。只要那犹太人的刀刺得深一点，我就可以在一刹那的时间把那笔债完全还清。

巴萨尼奥　安东尼奥，我爱我的妻子，就像我自己的生命一样；可是我的生命、我的妻子，以及整个的世界，在我的眼中都不比你的生命更为贵重。我愿意丧失一切，把它们献给这恶魔做牺牲，来救出你的生命。

鲍西娅　尊夫人要是就在这儿听见您说这样话，恐怕不见得会感谢您吧。

葛莱西安诺　我有一个妻子，我可以发誓我是爱她的；可是我希望她马上归天，好去求告上帝改变这恶狗一样的犹太人的心。

尼莉莎　幸亏尊驾在她的背后说这样的话，否则府上一定要吵得鸡犬不宁了。

夏洛克　这些便是相信基督教的丈夫！我有一个女儿，我宁愿她嫁给强盗的子孙，不愿她嫁给一个基督徒！别再浪费光阴了，请快些儿宣判吧。

鲍西娅　那商人身上的一磅肉是你的。法庭判给你，法律许可你。

夏洛克　最公平正直的法官！

鲍西娅　你必须从他的胸前割下这磅肉来。法律许可你，法庭判给你。

夏洛克　最博学多才的法官！判得好！来，预备！

鲍西娅　且慢，还有别的话哩。这约上并没有允许你取他的一滴血，只是写明着“一磅肉”。所以你可以照约拿一磅肉去，可是在割肉的时候，要是流下一滴基督徒的血，你的土地财产，按照威尼斯的法律，就要全部充公。

葛莱西安诺　啊，公平正直的法官！听着，犹太人！啊，博学多才的法官！

夏洛克　法律是这样说的吗？

鲍西娅　你自己可以去查查明白。既然你要求公道，我就给你公道，不管这公道是不是你所希望的。

葛莱西安诺　啊，博学多才的法官！听着，犹太人！好一个博学多才的法官！

夏洛克　那么我愿意接受还款。照约上的数目三倍还我，放了那基督徒吧。

巴萨尼奥　钱在这儿。

鲍西娅　别忙！这犹太人必须得到绝对的公道。别忙！他除了照约处罚以外，不能接受其他的赔偿。

葛莱西安诺　啊，犹太人！一个公平正直的法官，一个博学多才的法官！

鲍西娅　所以你准备着动手割肉吧。不准流一滴血，也不准割得超过或是不足一磅的重量。要是你割下来的肉，比一磅略微轻一点或是重一点，即使相差只有一丝一毫，或者仅仅一根汗毛之微，就要把你抵命，你的财产全部充公。

葛莱西安诺　一个再世的但尼尔，一个但尼尔，犹太人！现在你可掉在我的手里了，你这异教徒！

鲍西娅　那犹太人为什么还不动手？

夏洛克　把我的本钱还我，放我去吧。

巴萨尼奥　钱我已经预备好在这儿，你拿去吧。

鲍西娅　他已经当庭拒绝过了。我们现在只能给他公道，让他履行原约。

葛莱西安诺　好一个但尼尔，一个再世的但尼尔！谢谢你，犹太人，你教会我说这句话。

夏洛克　难道我不能单单拿回我的本钱吗？

鲍西娅　犹太人，除了冒着你自己生命的危险，割下那一磅肉以外，你不能拿一个钱。

夏洛克　好，那么魔鬼保佑他去享用吧！我不要打这场官司了。

鲍西娅　等一等，犹太人，法律上还有一点牵涉你。威尼斯的法律规定：凡是一个异邦人企图用直接或间接手段，谋害任何公民，查明确有实据者，他的财产的半数应当归被企图谋害的一方所有，其余的半数没收入公库；犯罪者的生命悉听公爵处置，他人不得过问。你现在刚巧陷入这一条法网，因为根据事实的发展，已经足以证明你确有运用直接间接手段，危害被告生命的企图，所以你已经遭逢着我刚才所说起的那种危险了。快快跪下来，请公爵开恩吧。

葛莱西安诺　求公爵开恩，让你自己去寻死，因为你的财产现在充了公，一根绳子也买不起啦，所以还是要让公家破费把你吊死。

公爵　让你瞧瞧我们基督徒的精神，你虽然没有向我开口，我自动饶恕了你的死罪。你的财产一半划归安东尼奥，还有一半没收入公库；要是你能够诚心悔过，也许还可以减处你一笔较轻的罚款。

鲍西娅　这是说没收入公库的那一部分，不是说划归安东尼奥的那一部分。

夏洛克　不，把我的生命连着财产一起拿了去吧，我不要你们的宽恕。你们夺去了我的养家活命的根本，就是夺去了我的家，活活的要了我的命。

鲍西娅　安东尼奥，你能给他一点慈悲吗？

葛莱西安诺　白送给他一根上吊的绳子吧！看在上帝的面上，不要给他别的东西！

安东尼奥　要是殿下和堂上愿意从宽发落，免予没收他的财产的一半，我就十分满足了，只是要他能够让我接管他的另外一半的财产，等他死了以后，把它交给最近和他的女儿私奔的那位绅士。可是还要有两个附带的条件：第一，他接受了这样的恩典，必须立刻改信基督教；第二，他必须当庭写下一张文契，声明他死了以后，他的全部财产传给他的女婿罗兰佐和他的女儿。

公爵　他必须办到这两个条件，否则我就撤销刚才所宣布的赦令。

鲍西娅　犹太人，你满意吗？你有什么话说？

夏洛克　我满意。

鲍西娅　书记，写下一张授赠产业的文契。

夏洛克　请你们允许我退庭，我身子不大舒服。文契写好了送到我家里，我在上面签名就是了。

公爵　去吧，可是临时变卦是不成的。

葛莱西安诺　你在受洗礼的时候，可以有两个教父；要是我做了法官，我一定给你请十二个教父，不是领你去受洗，是送你上绞架。（夏洛克下）

公爵　先生，我想请您到舍间去用餐。

鲍西娅　请殿下多多原谅，我今天晚上要回帕度亚去，必须现在就动身，恕不奉陪了。

公爵　您这样匆忙，不能容我略尽寸心，真是抱歉得很。安东尼奥，谢谢这位先生，你这回全亏了他。（公爵、众士绅及侍从等下）

巴萨尼奥　最可尊敬的先生，我跟我这位敝友今天多赖您的智慧，免去了一场无妄之灾。为了表示我们的敬意，这三千块钱本来是预备还那犹太人的，现在就奉送给先生，聊以报答您的辛苦。

安东尼奥　您的大恩大德，我们是永远不忘记的。

鲍西娅　一个人做了心安理得的事，就是得到了最大的酬报；我这次能使二位解脱困境，心里已十分满足，用不到再谈什么酬谢了。但愿咱们下次见面的时候，两位仍旧认识我。现在我就此告辞了。

巴萨尼奥　好先生，我不能不再向您提出一个请求，请您随便从我们身上拿些什么东西去，不算是酬谢，只好算是留个纪念。请您答应接受我两件礼物，赏我这一个面子，原谅我的礼轻意重。

鲍西娅　你们这样殷勤，我只好却之不恭了。（向安东尼奥）把您的手套送给我，让我戴在手上留个纪念吧；（向巴萨尼奥）为了纪念您的盛情，让我拿了这戒指去。不要缩回您的手，我不再向您要什么了；

您既然是一片诚意，想来总也不会拒绝我吧。

巴萨尼奥　这指环吗，好先生？唉！它是个不值钱的玩意儿，我不好意思把这东西送给您。

鲍西娅　我什么都不要，就是要这指环。现在我想我非得把它要了来不可。

巴萨尼奥　这指环的本身并没有什么价值，可是因为有其他的关系，我不能把它送人。我愿意搜访威尼斯最贵重的一枚指环来送给您，可是这一枚却只好请您原谅了。

鲍西娅　先生，您原来是个口惠而实不至的人。您先教我怎样乞讨，然后再教我怎样应付别人的乞讨。

巴萨尼奥　好先生，这指环是我的妻子给我的；她把它套上我的手指的时候，曾经叫我发誓永远不把它出卖、送人或是遗失。

鲍西娅　人们在吝惜他们的礼物的时候，都可以用这样的话做推托的。要是尊夫人不是一个疯婆子，她知道了我对于这指环是多么受之无愧，一定不会因为您把它送掉了而跟您长久反目的。好，愿你们平安！（鲍西娅、尼莉莎同下）

安东尼奥　我的巴萨尼奥少爷，让他把那指环拿去吧；看在他的功劳和我的交情分上，违犯一次尊夫人的命令，想来不会有什么要紧。

巴萨尼奥　葛莱西安诺，你快追上他们，把这指环送给他；要是可能的话，领他到安东尼奥的家里去。去，赶快！（葛莱西安诺下）来，我就陪着你到你府上，明天一早咱们两人就飞到贝尔蒙特去。来，安东尼奥。（同下）

第四幕 第二场 **同前。街道**

【鲍西娅及尼莉莎上。

鲍西娅 打听打听这犹太人住在什么地方，把这文契交给他，叫他签了字。我们要比我们的丈夫先一天到家，所以一定得在今天晚上动身。罗兰佐拿到了这一张文契，一定高兴得不得了。

【葛莱西安诺上。

葛莱西安诺 好先生，我好容易追上了您。我家老爷巴萨尼奥再三考虑之下，决定叫我把这指环拿来送给您，还要请您赏光陪他吃一顿饭。

鲍西娅 那可没法应命。他的指环我收下了，请你替我谢谢他。我还要请你给我这小兄弟带路到夏洛克老头儿的家里。

葛莱西安诺 可以可以。

尼莉莎 大哥，我要向您说句话儿。（向鲍西娅旁白）我要试一试我能不能把我丈夫的指环拿下来，我曾经叫他发誓永远保存的。

鲍西娅 你一定能够。我们回家以后，一定可以听听他们指天发誓，说他们把指环送给了男人；可是我们要压倒他们，比他们发更厉害的誓。你快去吧，你知道我会在什么地方等你。

尼莉莎 来，大哥，请您给我带路。（各下）

第 五 幕

第五幕 第一场 贝尔蒙特。通至鲍西娅住宅的林荫路

【罗兰佐及杰西卡上。

罗兰佐 好皎洁的月色！微风轻轻地吻着树枝，不发出一点声响；我想正是在这样一个夜里，特洛伊罗斯登上了特洛亚的城墙，遥望着克瑞西达所寄宿的希腊人的军营，发出他深心中的悲叹。

杰西卡 正是在这样一个夜里，提斯柏心惊胆颤地踩着露水，去赴她情人的约会，因为看见了一头狮子的影子，吓得远远逃走。

罗兰佐 正是在这样一个夜里，狄多手拿柳枝，站在辽阔的海滨，招她的爱人回到迦太基来。

杰西卡 正是在这样一个夜里，美狄亚采集了灵芝仙草，使衰迈的伊阿宋返老还童。

罗兰佐 正是在这样一个夜里，杰西卡从犹太富翁的家里逃出来，跟着一个不中用的情郎从威尼斯一直走到贝尔蒙特。

杰西卡 正是在这样一个夜里，年轻的罗兰佐发誓说他爱她，用许多忠诚的盟言偷去了她的灵魂，可是没有一句话是真的。

罗兰佐 正是在这样一个夜里，可爱的杰西卡像一个小泼妇似的，信口毁谤她的情人，可是他饶恕了她。

杰西卡 倘不是有人来了，我可以搬弄出比你所知道得更多的夜的典故来。可是听！这不是一个人的脚步声吗？

【斯丹法诺上。

罗兰佐 谁在这静悄悄的深夜里跑得这么快？

斯丹法诺 一个朋友。

罗兰佐 一个朋友！什么朋友？请问朋友尊姓大名？

斯丹法诺 我的名字是斯丹法诺，我来向你们报个信，我家女主人在天明以前，就要到贝尔蒙特来了；她一路上看见圣十字架，便停步下来，长跪祷告，祈求着婚姻的美满。

罗兰佐 谁陪她一起来？

斯丹法诺 没有什么人，就是一个修道的隐士和她的侍女。请问我家主人有没有回来？

罗兰佐 他没有回来，我们也没有听到他的消息。可是，杰西卡，我们进去吧，让我们按照着礼节，准备一些欢迎这屋子的女主人的仪式。

【朗斯洛特上。

朗斯洛特 索拉！索拉！哦哈呵！索拉！索拉！

罗兰佐 谁在那儿嚷？

朗斯洛特 索拉！你看见罗兰佐老爷吗？罗兰佐老爷！索拉！索拉！

罗兰佐 别嚷啦，朋友，他就在这儿。

朗斯洛特 索拉！哪儿？哪儿？

罗兰佐 这儿。

朗斯洛特 对他说我家主人差一个人带了许多好消息来了。他在天明以前就要回家来啦。（下）

罗兰佐 亲爱的，我们进去，等着他们回来吧。不，还是不用进去。我的朋友斯丹法诺，请你进去通知家里的人，你们的女主人就要来啦，叫他们准备好乐器到门外来迎接。（斯丹法诺下）月光多么恬静地睡在山坡上！我们就在这儿坐下来，让音乐的声音悄悄送进我们的耳边；柔和的静寂和夜色，是最足以衬托出音乐的甜美的。坐下来，杰西卡。瞧，天宇中嵌满了多少灿烂的金钹；你所看见的每一颗微小的天体，在转动的时候都会发出天使般的歌声，永远应和着嫩眼的天婴的妙唱。在永生的灵魂里也有这一种音乐，可是当它套上这一具泥土制成的俗恶易朽的皮囊以后，我们便再也听不见了。

【众乐工上。

罗兰佐　来啊！奏起一支圣歌来唤醒狄安娜女神；用最温柔的节奏倾注到你们女主人的耳中，让她被乐声吸引着回来。（音乐）

杰西卡　我听见了柔和的音乐，总觉得有些惆怅。

罗兰佐　这是因为你有一颗敏感的灵魂。你只要看一群野性未驯的小马，逞着它们奔放的血气，乱跳狂奔，高声嘶叫，倘若偶尔听到一声喇叭，或是任何乐调，就会一齐立定，它们狂野的眼光，因为中了音乐的魅力，变成了温和的注视。所以诗人会造出俄耳甫斯用音乐感动木石、平息风浪的故事，因为无论怎样坚硬顽固狂暴的事物，音乐都可以立刻改变它们的性质。灵魂里没有音乐，或是听了甜蜜和谐的乐声而不会感动的人，都是善于为非作恶，使奸弄诈的。他们的灵魂像黑夜一样昏沉，他们的感情像鬼蜮一样幽暗。这种人是不可信任的。听这音乐！

【鲍西娅及尼莉莎自远处上。

鲍西娅　那灯光是从我家里发出来的。一支小小的蜡烛，它的光照耀得多么远！一件善行也正像这支蜡烛一样，在这罪恶的世界发出广大的光辉。

尼莉莎　月光明亮的时候，我们就瞧不见灯光。

鲍西娅　小小的荣耀也正是这样给更大的光荣所掩盖。国王出巡的时候，摄政的威权未尝不就像一个君主，可是一等国王回来，他的威权就归于无有，正像溪涧中的细流注入大海一样。音乐！听！

尼莉莎　小姐，这是我们家里的音乐。

鲍西娅　没有比较，就显不出长处；我觉得它比在白天好听得多呢！

尼莉莎　小姐，那是因为晚上比白天静寂的缘故。

鲍西娅　当自唱自赏的时候，乌鸦也可以唱得和云雀一样；要是夜莺在白天杂在群鹅的聒噪里歌唱，人家决不以为它比鹪鹩唱得更美。多少事情因为逢到有利的环境，才能够达到尽善的境界，博得一声恰

当的赞赏！喂，静下来！月亮正在拥着她的情郎！酣睡，不肯醒来呢。(音乐停止)

罗兰佐　要是我没有听错，这分明是鲍西娅的声音。

鲍西娅　我的声音太难听，所以一下子就给他听出来了；正像瞎子能够辨认杜鹃一样。

罗兰佐　好夫人，欢迎您回家来！

鲍西娅　我们在外边为我们的丈夫祈祷平安，希望他们能够因我们的祈祷而多福。他们已经回来了吗？

罗兰佐　夫人，他们还没有来；可是刚才有人来送过信，说他们就要来了。

鲍西娅　进去，尼莉莎，吩咐我的仆人们，叫他们就当我们两人没有出去过一样。罗兰佐，您也给我保守秘密；杰西卡，您也不要多说。(喇叭声)

罗兰佐　您的丈夫来啦，我听见他的喇叭的声音。我们不是搬嘴弄舌的人，夫人，您放心好了。

鲍西娅　我觉得这样的夜色就像一个昏沉沉的白昼，不过略微惨淡点儿；没有太阳的白天，瞧上去也不过如此。

【巴萨尼奥、安东尼奥、葛莱西安诺及从者等上。

巴萨尼奥　要是您在没有太阳的地方走路，我们就可以和地球那一面的人共同享有着白昼。

鲍西娅　让我发出光辉，可是不要让我像光一样轻浮；因为一个轻浮的妻子，是会使丈夫的心头沉重的，我决不愿意巴萨尼奥为了我而心头沉重。可是一切都是上帝做主！欢迎您回家来，夫君！

巴萨尼奥　谢谢您，夫人。请您欢迎我这位朋友。这就是安东尼奥，我曾经受过他无穷的恩惠。

鲍西娅　他的确使您受惠无穷，因为我听说您曾经使他受累无穷呢。

安东尼奥　没有什么，现在一切都已经圆满解决了。

鲍西娅　先生，我们非常欢迎您的光临；可是口头的空言不能表示诚意，所以一切客套的话，我都不说了。

葛莱西安诺　（向尼莉莎）我凭着那边的月亮起誓，你冤枉了我；我真的把它送给了那法官的书记。好人，你既然把这件事情看得这么重，那么我但愿拿了去的人是个割掉了鸡巴的。

鲍西娅　啊！已经在吵架了吗？为了什么事？

葛莱西安诺　为了一个金圈圈儿，她给我的一个不值钱的指环，上面刻着的诗句，就跟那些刀匠们刻在刀子上的差不多，什么“爱我毋相弃”。

尼莉莎　你管它什么诗句，什么值钱不值钱？我当初给你的时候，你曾经向我发誓，说你要戴着它直到死去，死了就跟你一起葬在坟墓里；即使不为我，为了你所发的重誓，你也应该把它看重，好好儿地保存着。送给一个法官的书记！呸！上帝可以替我判断，拿了这指环去的那个书记，一定是个脸上永远不会长毛的人。

葛莱西安诺　他年纪长大起来，自然会有胡子的。

尼莉莎　一个女人也会长成男子吗？

葛莱西安诺　我举手起誓，我的确把它送给一个少年人，一个年纪小小、发育不全的孩子。他的个儿并不比你高。这个法官的书记，他是个多话的孩子，一定要我把这指环给他作酬劳，我实在不好意思不给他。

鲍西娅　恕我说句不客气的话，这是你的不对。你怎么可以把你妻子的第一件礼物随随便便给了人？你已经发过誓把它套在你的手指上，它就是你身体上不可分的一部分。我也曾经送给我的爱人一个指环，使他发誓永不把它抛弃；他现在就在这儿，我敢代他发誓，即使把世间所有的财富向他交换，他也不肯丢掉它或是把它从他的手指上取下来。真的，葛莱西安诺，你太对不起你的妻子了；倘然是我的话，我早就发起脾气来啦。

巴萨尼奥　（旁白）哎哟，我应该把我的左手砍掉了，就可以发誓说，因为强盗要我的指环，我不肯给他，所以连手都给砍下来了。

葛莱西安诺　巴萨尼奥老爷也把他的指环给了那法官了，因为那法官一定要向他讨那指环；其实他就是拿了那指环去，也一点不算过分。那个孩子，那法官的书记，因为写了几个字，也就讨了我的指环去做酬劳。他们主仆两人什么都不要，就是要这两个指环。

鲍西娅　我的爷，您把什么指环送了人哪？我想不会是我给您的那一个吧？

巴萨尼奥　要是我可以用说谎来加重我的过失，那么我会否认的，可是您瞧我的手指上没有指环。它已经没有了。

鲍西娅　正像你的虚伪的心里没有一丝真情。我对天发誓，除非等我见了这指环，我再也不跟你同床共枕。

尼莉莎　要是我看不见我的指环，我也再不跟你同床共枕。

巴萨尼奥　亲爱的鲍西娅，要是您知道我把这指环送给什么人，要是您知道我为了谁的缘故把这指环送人，要是您能够想到为了什么理由我把这指环送人，我又是多么舍不下这个指环，可是人家偏偏什么也不要，一定要这个指环，那时候您就不会生这么大的气了。

鲍西娅　要是你知道这指环的价值，或是把这指环给你的那人的一半好处，或是你自己保存着这指环的光荣，你就不会把这指环抛弃。只要你用诚恳的话向他恳切解释，世上哪有这样不讲理的人，会好意思硬要人家留作纪念品的东西？尼莉莎讲的话一点不错，我可以用我的生命赌咒，一定是什么女人把这指环拿了去了。

巴萨尼奥　不，夫人，我用我的名誉、我的灵魂起誓，并不是什么女人拿去，的确是送给那位法学博士的。他不接受我送给他的三千块钱，一定要讨这指环，我不答应，他就老大不高兴地去了。就是他救了我的好朋友的性命，我应该怎么说呢，好太太？我没有法子，只好叫人追上去送给他。人情和礼貌逼着我这样做，我不能让我的名誉上沾上忘恩负义的污点。原谅我，好夫人，凭着天上的明灯起誓，要是那时候您也在那儿，我想您一定会恳求我把这指环送给这位贤能的博士的。

鲍西娅　让那博士再也不要走近我的屋子。他既然拿去了我所珍爱的宝物，又是你所发誓永远为我保存的东西，那么我也会像你一样慷慨。我会把我所有的一切都给他，即使他要我的身体，或是我的丈夫的眠床，我都不会拒绝他。我总有一天会认识他的。你还是一夜也不要离开家里，像个百眼怪人那样看守着我吧，否则我可以凭着我的尚未失去的贞操起誓，要是你让我一个人在家里，我一定要跟这个博士睡在一床的。

尼莉莎　我也要跟他的书记睡在一床，所以你还是留心不要走开我的身边。

葛莱西安诺　好，随你的便，只要不让我碰到他；要是他给我捉住了，我就折断这个少年书记的那支笔。

安东尼奥　都是我的不是，引出你们这一场吵闹。

鲍西娅　先生，这跟您没有关系。您来我们是很欢迎的。

巴萨尼奥　鲍西娅，饶恕我这一次出于不得已的错误；当着这许多朋友们的面前，我向你发誓，凭着你的这一双美丽的眼睛，在它们里面我可以看见我自己——

鲍西娅　你们听他的话！我的左眼里也有一个他，我的右眼里也有一个他；你用你的两重人格发誓，我还能够相信你吗？

巴萨尼奥　不，听我说。原谅我这一次错误，凭着我的灵魂起誓，我以后再不违犯对你所作的誓言。

安东尼奥　我曾经为了他的幸福，把我自己的身体向人抵押，倘不是幸亏那个把您丈夫的指环拿去的人，我几乎送了性命。现在我敢再立一张契约，把我的灵魂作为担保，保证您的丈夫决不会再有故意背信的行为。

鲍西娅　那么就请您做他的保证人，把这个给他，叫他比上回那一个保存得牢一些。

安东尼奥　拿着，巴萨尼奥，请您发誓永远保存这一个指环。

巴萨尼奥　天哪！这就是我给那博士的那一个！

鲍西娅　我就是从他手里拿来的。原谅我，巴萨尼奥，因为凭着这个指环，那博士已经跟我睡过觉了。

尼莉莎　原谅我，我的好葛莱西安诺，就是那个发育不全的孩子，那个博士的书记，因为我问他讨这指环，昨天晚上已经跟我睡在一起了。

葛莱西安诺　哎哟，这就像是在夏天把铺得好好的道路重新翻造。嘿！我们就这样冤冤枉枉地当了王八了吗？

鲍西娅　不要说得那么难听。你们大家都有点莫名其妙。这儿有一封信，拿去慢慢念吧，它是培拉里奥从帕度亚寄来的。你们从这封信里，就可以知道那位博士就是鲍西娅，她的书记便是这位尼莉莎。罗兰佐可以向你们证明，当你们出发以后，我就立刻动身。我回家来还没有多少时候，连大门也没有进去过呢。安东尼奥，我们非常欢迎您到这儿来，我还带着一个您所意料不到的好消息给您，请您拆开这封信，您就可以知道您有三艘商船，已经满载而归，快要到港了。您再也想不出这封信怎么会巧巧儿地到了我的手里。

安东尼奥　我傻眼了。

巴萨尼奥　你就是那个博士，我却不认识你吗？

葛莱西安诺　你就是要叫我当王八的那个书记吗？

尼莉莎　是的，可是除非那书记会长成一个男子，他再也不能叫你当王八。

巴萨尼奥　好博士，你今晚就陪着我睡觉吧；当我不在的时候，你可以睡在我妻子的床上。

安东尼奥　好夫人，您救了我的命，又给了我一条活路。我从这封信里得到了确实的消息，我的船只已经平安到港了。

鲍西娅　喂，罗兰佐！我的书记也有一件好东西要给您哩。

尼莉莎　是的，我可以免费送给他。这儿是那犹太富翁亲笔签署的一张授赠产业的文契，声明他死了以后，全部遗产都传给您和杰西卡，请你们收下了。

罗兰佐　两位好夫人，你们像是散布玛哪[1]的天使，救济着饥饿的人们。

鲍西娅　天已经差不多亮了，可是我知道你们还想把这些事情知道得详细一点。我们大家进去吧；你们还有什么疑惑的地方，尽管再向我们发问，我们一定老老实实地回答一切的问题。

葛莱西安诺　很好，我要我的尼莉莎宣誓答复的第一个问题，是现在离白昼只有两小时了，我们还是就去睡觉呢，还是等明天晚上再睡？正是——

不惧黄昏近，但愁白日长；
翩翩书记俊，今夕喜同床。
金环束指间，灿烂自生光。
为恐娇妻骂，莫将弃道旁。（众下）

[1] 玛哪，天降的食粮，见《旧约·出埃及记》。

温莎的风流娘儿们

剧中人物

约　翰　福斯塔夫爵士

范　顿　少年绅士

夏　禄　乡村法官

斯兰德　夏禄的侄儿

福　德
培　琪　} 温莎地方的两个绅士

威　廉　培琪的幼子

休·爱文斯师父　威尔士籍牧师

卡厄斯大夫　法国籍医生

嘉德饭店的店主

巴道夫
毕斯托尔
尼　姆　} 福斯塔夫的随从

罗　宾　福斯塔夫的侍童

辛普儿　斯兰德的仆人

鲁格比　卡厄斯大夫的仆人

福德太太

培琪太太

安·培琪　培琪的女儿，与范顿相恋

快嘴桂嫂　卡厄斯的女仆

培琪、福德两家的仆人及其他

地点

温莎及其附近

第　一　幕

第一幕 第一场　温莎。培琪家门前

【夏禄、斯兰德及休·爱文斯上。

夏禄　休师父，别劝我，我一定要告到御前法庭里去；就算他是二十个约翰·福斯塔夫爵士，他也不能欺侮夏禄老爷。

斯兰德　夏禄老爷是葛罗斯特州的治安法官。

夏禄　说得对，斯兰德侄儿，还是个档案管理官员呢。

斯兰德　说得对，还是一个档案呢。牧师先生，我告诉您吧，他出身就是个绅士，签起名字来，总是要加上“大人”两个字，无论什么公文、笔据、账单、契约，写起来总是“夏禄大人”。

夏禄　对了，这三百年来，一直都是这样。

斯兰德　他的子孙在他以前就是这样了，他的祖宗在他以后也可以这样；他们家里那件绣着十二条白梭子鱼的外套可以作为证明。

夏禄　那是一件古老的外套。

爱文斯　一件古老的外套配上十二条白虱子，那才真正是配得妙极了；白虱是人类的老朋友，也是爱的象征。

夏禄　白梭子鱼，不是白虱子，是一种淡水鱼，咸水鱼才是一种古老的纹章。

斯兰德　我可以把它们挪动到俺家的纹章中去，叔叔。

夏禄　那就得通婚了[1]。

---

[1]　欧洲封建贵族都有代表其家族的纹章，通婚的夫家可以将妻家纹章图样移入自己家的纹章。

爱文斯　没错儿，他一乱动起来，准把人捅昏。

夏禄　哪儿的话。

爱文斯　圣母娘娘在上，依不才之见，要是他挪走了你四分之一的外套，你就只剩下三条裙子了。可是闲话少说，要是福斯塔夫爵士有什么地方得罪了您，我是个出家人，以慈悲为怀，很愿意尽力替你们两位和解和解。

夏禄　我要把这事情向枢密院提出，这是暴乱。

爱文斯　不要把暴乱的事情告诉枢密院，暴乱是不敬上帝的行为。枢密院希望听见人民个个敬畏上帝，不欢喜听见有什么暴乱；您还是考虑考虑吧。

夏禄　嘿！他妈的！我要是再年轻点儿，早就一刀了结了。

爱文斯　冤家宜解不宜结嘛，还是大家和和气气的好。我脑壳里还有一个计划，要是能够成功，倒是一件美事儿。培琪老爷有一位女儿叫安，她是一个标致的姑娘。

斯兰德　安小姐吗？她有一头棕色的头发，说起话来细声细气，像个娘儿们似的。

爱文斯　正是这位小姐，全世界找不出第二个来了。她的爷爷在临死的时候——上帝接引他上天堂享福！——给她七百镑钱，还有金子银子，等她满了十七岁，这笔财产就可以到她手里。我们现在还是把那些吵吵闹闹的事情搁在一旁，想法子替斯兰德少爷和安·培琪小姐做个媒吧。

夏禄　她的爷爷传给她七百镑钱吗？

爱文斯　是的，还有她父亲给她的钱。

夏禄　这姑娘我也认识，她的人品倒不错。

爱文斯　七百镑钱还有其他的嫁妆，那还会错吗？

夏禄　好，让我们去瞧瞧培琪老爷吧。福斯塔夫也在里边吗？

爱文斯　我要对您说谎吗？我顶讨厌的就是说谎的人，正像我讨厌说假话的人，或是不老实的人一样。约翰爵士是在里边，请您看在大家朋友分上，耐心点儿吧。让我去打门。(敲门)喂！有人吗？上帝祝福你们这一家！

培琪　(在内)谁呀？

爱文斯　上帝祝福你们，是您的朋友，还有夏禄法官和斯兰德少爷，我们要跟您谈些事情，也许您听了会高兴的。

【培琪上。

培琪　我很高兴看见你们各位的气色都是这样好。夏禄老爷，我还要谢谢您的鹿肉呢！

夏禄　培琪老爷，我很高兴看见您，您心肠好，福气一定也好！鹿肉弄得实在不成样了，您别见笑。嫂夫人好吗？——我从心坎儿里谢谢您！

培琪　我才要谢谢您哪。

夏禄　我才要谢谢您。干脆一句话，我谢谢您。

培琪　斯兰德少爷，我很高兴看见您。

斯兰德　培琪大叔，您那头黄毛的猎狗怎么样啦？听说它在最近的赛狗会里跑不过人家，有这回事吗？

培琪　那可不能这么说。

斯兰德　您还不肯承认，您还不肯承认。

夏禄　他当然不肯承认的；这是你的不好，这是你的不好。那是一头好狗哩。

培琪　是头不中用的畜生。

夏禄　不，它是头好狗，很漂亮的狗。那还用说吗？它又好又漂亮。福斯塔夫爵士在里边吗？

培琪　他是在里边。我很愿意给你们两位彼此消消气。

爱文斯　真是一个好基督徒说的话。

夏禄　培琪老爷，他侮辱了我。

培琪　是的，他自己也有几分认错。

夏禄　认了错不能就算完了事呀，培老爷，您说是不是？他侮辱了我，真的，他侮辱了我。一句话，他侮辱了我。你们听着，夏禄老爷说，他给人家侮辱了。

培琪　约翰爵士来啦。

【福斯塔夫爵士、巴道夫、尼姆、毕斯托尔上。

福斯塔夫　喂，夏禄老爷，您要到王上面前去告我吗？

夏禄　爵士，你打了我的佣人，杀了我的鹿，闯进我的屋子里。

福斯塔夫　可是没有亲过你家看门人女儿的脸吧？

夏禄　他妈的，什么话！我一定要跟你算账。

福斯塔夫　打开天窗说亮话：这一切事都是我干的。现在咱们了账啦。

夏禄　我要告到枢密院里去。

福斯塔夫　我看你还是私了的好，你就不怕人家笑话你？

爱文斯　少说为佳。约翰爵士，好言好语吧。

福斯塔夫　好言好语？好个蠢货。斯兰德，我要砸碎你的头，你还能跟我算账吗？

斯兰德　呃，爵士，我也想跟您还有您那几位流氓跟班：巴道夫、尼姆和毕斯托尔算一算账呢。他们带我到酒店里去，把我灌了个醉，偷了我的钱袋去。

巴道夫　你这又酸又臭的干酪！

斯兰德　好，随你骂吧。

毕斯托尔　喂，骷髅精！

斯兰德　好，随你骂吧。

尼姆　喂，风干肉片！这别号我给你取得好不好？

斯兰德　我的跟班辛普儿呢？叔叔，您知道吗？

爱文斯　请你们大家别闹，让我们看：关于这一场争执，已经有了三位公证人，第一位是培琪老爷，第二位是我自己，第三位也就是最后一位，是嘉德饭店的老板。

培琪　咱们三个人要听一听两方面的曲直，替他们调停出一个结果来。

爱文斯　很好，让我先在笔记簿上把要点记录下来，然后我们可以仔细研究一个方案出来。

福斯塔夫　毕斯托尔！

毕斯托尔　他用耳朵听见了。

爱文斯　见他妈的鬼！这算什么话。“他用耳朵听见了”？嘿，这简直是矫揉造作。

福斯塔夫　毕斯托尔，你有没有偷过斯兰德少爷的钱袋？

斯兰德　凭着我这双手套起誓，他偷了我七个六便士的锯边银币，还有两个爱德华朝的银币，我用每个两先令两便士的价钱去换来的。假如我冤枉了他，我就不是斯兰德。

福斯塔夫　毕斯托尔，这是真实的吗？

爱文斯　不，扒钱袋这种事肯定是不老实的事。

毕斯托尔　嘿，你这个威尔士山野匹夫！约翰爵士，我的主人，我要和这把“软钢剑”决一死战。我要当面叫你说谎者！说谎者！你这废铜烂铁，你说谎！

斯兰德　那么我赌咒一定是他。

尼姆　说话留点儿神吧，朋友，大家客客气气。你要是想在太岁头上动土，咱老子可也不是好惹的——我正告你。

斯兰德　凭着这顶帽子起誓，那么一定是那个红脸的家伙偷的。我虽然不记得我给你们灌醉以后做了些什么事，可是我还不是头十足的驴子哩。

福斯塔夫　你怎么说，红脸？

巴道夫　我说，这位先生一定是喝酒喝得六精无主啦。

爱文斯　应该是六神无主。呸，真无知。

巴道夫　老爷，就像他们所说的，他喝得出了神，就信口胡说起来啦。

斯兰德　嗨，那时你还讲拉丁文来着。好，随你们怎么说吧，我以后再不喝醉了；我要是喝酒，一定跟规规矩矩敬重上帝的人在一起喝，决不再跟这种恶棍在一起喝了。

爱文斯　鄙意以为这是一句有志气的话！

福斯塔夫　各位先生，你们已经听见了，什么都否认了，你们都已经听见了。

【安·培琪持酒具与福德娘子、培琪娘子同上。

培琪　不，女儿，你把酒拿进去，我们就在里面喝酒。（安·培琪下）

斯兰德　天啊！这就是安小姐。

培琪　您好，嫂子！

福斯塔夫　福德太太，我今天能够碰见您，真是三生有幸。恕我冒昧，好嫂子。（吻福德太太）

培琪　娘子，请你招待招待各位客人。来，我们今天烧好一盘滚热的鹿肉馒头，要请诸位尝尝新。来，各位朋友，我希望大家一杯在手，旧怨全忘。（除斯兰德、夏禄、爱文斯外，皆下）

斯兰德　要是现在有人给我四十个先令，我宁愿有一本诗集在手里。

【辛普儿上。

斯兰德　啊，辛普儿，你到哪儿去了？难道我必须自己服侍自己吗？你有没有把那本猜谜的书带来？

辛普儿　猜谜的书！怎么，您不是在上一次万圣节，即米迦勒节的前两个星期，把它借给矮饽饽爱丽丝了吗[1]？

夏禄　来，侄儿。来，侄儿，咱们等着你哪。侄儿，我有句话要对你说，是这样的，侄儿，刚才休师父曾经提起过这么一个意思；你懂得我的意思吗？

斯兰德　嗯，叔叔，我是个好说话的人，只要是合理的事，我总是愿意的。

夏禄　不，你听我说。

斯兰德　我在听着您哪，叔叔。

爱文斯　斯少爷，听好他的意思；您要是愿意的话，我可以把这件事情向您解释。

---

[1]　米迦勒节是九月二十九日，而万圣节是十一月一日，此处是辛普儿说错。

斯兰德　不，我的夏禄叔叔叫我怎么做，我就怎么做。请您原谅，他是个治安法官，谁人不知，哪个不晓？

爱文斯　不是这个意思，我们现在所要谈的，是关于您的婚姻问题。

夏禄　对了，就是这一回事。

爱文斯　就是这一回事，我们要给您跟培琪小姐做个媒。

斯兰德　噢，原来是这么一回事。只要条件合理，我是总可以答应娶她的。

爱文斯　可是您能不能喜欢这一位姑娘呢？我们必须从您自己嘴里——因为很多哲学家认为嘴唇乃嘴之一部分——知道您的意思，所以请您明明白白回答我们，您能不能对这位姑娘发生好感呢？

夏禄　斯兰德贤侄，你能够爱她吗？

斯兰德　叔叔，我希望我总是照着道理去做。

爱文斯　哎哟，天上的爷爷奶奶们！您一定要讲得明白点儿，您想不想要她？

夏禄　你一定要明明白白地讲。要是她有很丰盛的嫁妆，你愿意娶她吗？

斯兰德　叔叔，您叫我做的事，只要是合理的，比这更重大的事我也会答应下来。

夏禄　不，你得明白我的意思，好侄儿。我所做的事，完全是为了你的幸福。你能够爱这姑娘吗？

斯兰德　叔叔，您叫我娶她，我就娶她；也许在起头的时候彼此之间没有多大的爱情，可是结过了婚以后，大家有了进一步的了解，我希望我们会日久生厌地变得更满意，终于减少了天作之合的爱情。可是只要您说一声“跟她结婚”，我就跟她结婚，这是我的坚定的永远动摇的决心。

爱文斯　这是一个很明理的回答，虽然措辞有点不妥，应该说“永远不动摇的决心”。他的本意是很好的。

夏禄　嗯，我的侄儿的本意是很好的。

斯兰德　要不然的话，我就是个该死的畜生了！

夏禄　安小姐来了。

【安·培琪重上。

夏禄　安小姐，为了您的缘故，我但愿自己再年轻起来。

安·培琪　酒菜已经预备好了，家父叫我来请各位进去。

夏禄　我愿意奉陪，好安小姐。

爱文斯　哎哟！念起餐前祈祷来，我可不能缺席哩。（夏禄、爱文斯下）

安·培琪　斯兰德世兄，您也进去吧。

斯兰德　不，谢谢您，真的，托福托福。

安·培琪　大家都在等着您哪。

斯兰德　我不饿，我真的谢谢您。喂，你虽然是我的跟班，还是进去伺候我的夏禄叔叔吧。（辛普儿下）一个治安法官一定得有个跟班，才不失体面。现在家母还没有死，我随身只有三个跟班一个书童，可是这算得上什么呢？我的生活还是过得一点也不舒服。

安·培琪　您要是不进去，那么我也不能进去了；他们都要等您到了才坐下来呢。

斯兰德　真的，我不要吃什么东西；可是我多谢您的好意。

安·培琪　世兄，请您进去吧。

斯兰德　我还是在这儿走走的好，我谢谢您。我前天跟一个击剑教师比赛刀剑，三个回合赌一碟蒸熟的梅子，结果把我的胫骨也弄伤了。不瞒您说，从此以后，我闻到烧热的肉味道就受不了。你家的狗为什么叫得这样厉害？城里有熊吗？

安·培琪　我想是有的，我听见人家讲起过。

斯兰德　我喜欢这一行当，但我也像别的英格兰人一样会很快在这个问题上弄别扭的。您要是看见关在笼子里的熊逃了出来，您怕不怕？

安·培琪　我怕。

斯兰德　我现在可把它当作家常便饭一样没有什么稀罕了。我曾经看见巴黎花园里那头著名的撒克逊大熊逃出来二十次，我还亲手拉住它的链条。可是我告诉您吧，那些女人们一看见了，就哭呀叫呀地闹得天翻地覆；实在说起来，也无怪她们受不了，那些畜生都是又难看又粗暴的家伙。

【培琪重上。

培琪 来，斯兰德少爷，来吧，我们等着您哪。

斯兰德 我不要吃什么东西，我谢谢您。

培琪 这怎么可以呢？您不吃也得吃，来，来。

斯兰德 那么您先请吧。

培琪 您先请。

斯兰德 安小姐，还是您先请。

安·培琪 不，您别客气了。

斯兰德 真的，我不能走在你们前面，真的，那不是太无礼了吗？

安·培琪 您何必这样客气呢？

斯兰德 既然这样，与其让你们讨厌，还是失礼的好。你们可不能怪我放肆呀。（同下）

第一幕 第二场 **同 前**

【爱文斯及辛普儿上。

爱文斯 你去打听打听，有一个卡厄斯大夫住在哪儿。他的家里有一个叫作快嘴桂嫂的，是他的看护，或者是他的保姆，或者是他的厨娘，或者是帮他洗洗衣服的女人。

辛普儿 好的，师父。

爱文斯 慢着，还有更要紧的话哩。你把这封信交给她，因为她跟培琪家小姐是很熟悉的，这封信里的意思，就是要请她代你的主人向培琪家小姐传达他的爱慕之忱。请你快点儿去吧，我要先吃完饭，还有一道苹果跟干酪在后头呢。（各下）

第一幕 第三场　嘉德饭店的一室

【福斯塔夫、店主、巴道夫、尼姆、毕斯托尔及罗宾上。

福斯塔夫　我的嘉德店老板！

店主　怎么说，我的大好佬？说得有学问、有智慧。

福斯塔夫　不瞒你说，我要辞掉一两个跟班啦。

店主　好，我的大力士，辞掉。叫他们滚蛋，滚！滚！滚！

福斯塔夫　我一个星期也要开销十镑钱。

店主　当然啰，你就像个皇帝，像个恺撒。我可以把巴道夫收留下来，让他做个酒保，你看好不好？我的大英雄。

福斯塔夫　老板，那好极啦。

店主　那么就这么办，叫他跟我来吧。（下）

福斯塔夫　巴道夫，跟他去。酒保也是一种很好的行业。旧外套可以改做新褂子；一个不中用的跟班，也可以变成一个出色的酒保。去吧，再见。

巴道夫　这种生活我正是求之不得，我一定会从此交运。

毕斯托尔　哼，没出息的东西！你要去开酒桶吗？（巴道夫下）

尼姆　他是酒桶里孕育出来的。我这话说得巧妙吧？

福斯塔夫　我很高兴把这火种[1]这样打发走了；他的偷窃太公开啦，他在偷偷摸摸的时候，就像一个不会唱歌的人一样，一点不懂得轻重缓急。

尼姆　偷盗的唯一妙诀，是看准下手的时刻。

毕斯托尔　聪明的人把它叫做“顺手牵羊”。“偷盗”！啐！好难听的话儿！

---

[1]　暗指巴道夫的红脸孔。

福斯塔夫　孩儿们，我快要穷得鞋子都没有后跟啦。

毕斯托尔　好，那么就让你的脚跟上长起老大的冻疮来吧。

福斯塔夫　没有法子，我必须想个办法，捞一些钱来。

毕斯托尔　小乌鸦们不吃东西也是不行的呀。

福斯塔夫　你们有谁知道本地有一个叫福德的家伙？

毕斯托尔　我知道那家伙，他很有几个钱。

福斯塔夫　我的好孩儿们，现在我要倾诉我这肚内衷肠。

毕斯托尔　总长度两码以上。

福斯塔夫　休得取笑，毕斯托尔！我的腰腹是有两码宽，但我现在要谈的不是妖妇，而是情妇。一句话——我想去吊福德老婆的膀子。我觉得她对我很有几分意思；她跟我讲话的那种口气，给我切肉的那种姿势，还有她那一瞟一瞟的脉脉含情的眼光，都好像在说，“我的心是福斯塔夫爵士的。”

毕斯托尔　你果然把她的心理研究得非常透彻，居然把它一个字一个字翻译出来啦。

尼姆　这锚抛得够深的了。我这比喻不赖吧？

福斯塔夫　听说她丈夫的钱都是她一手经管的。他有数不清的钱藏在家里。

毕斯托尔　财多招鬼忌，咱们应该去给他消消灾。我说，向她进攻吧！

福斯塔夫　我已经写下一封信在这儿预备寄给她；这儿还有一封，是写给培琪老婆的，她刚才也向我眉目传情，她那双水汪汪的眼睛一眨不眨地望着我身上的各部分，一会儿瞧着我的脚，一会儿瞧着我的大肚子。

毕斯托尔　正好比太阳照在粪堆上。

尼姆　这个比喻好极了！

福斯塔夫　啊！她用贪馋的神气把我从上身望到下身，她的眼睛里简直要喷出火来炙我。这一封信是给她的。她也经管着钱财，她就像是一座取之不竭的金矿。我要去接管她们两人的全部富源，她们两人便是我的两个国库；她们一个是东印度，一个是西印度，我就在这两地之间开辟我的生财大道。你给我去把这信送给培琪太太；你给我去把这信送给福德太太。孩儿们，咱们从此可以有舒服日子过啦！

毕斯托尔　我是身佩钢刀的军人，你要我给你拉皮条吗？鬼才干这种事！

尼姆　这种龌龌龊龊的事情我也不干；把这封宝贝信儿拿回去吧。我的名誉要紧。

福斯塔夫　（向罗宾）来，小鬼，你给我把这两封信送去，小心别丢了。你就像我的一艘快船一样，赶快开到这两座金山的脚下去吧。（罗宾下）你们这两个混蛋，一起给我滚吧！再不要让我看见你们的影子！像狗一样爬得远远的，我这里容不得你们。滚！这年头儿大家都要讲究个紧缩，福斯塔夫也要学学法国人的算计，留着一个随身的童儿，也就够了。（下）

毕斯托尔　让饿老鹰把你的心肝五脏一起抓了去！你用假骰子到处诈骗人家，看你作孽到几时！等你有一天穷得袋里一个子儿都没有的时候，再瞧瞧老子是不是一定要靠着你才得活命，这万恶不赦的老贼！

尼姆　我心里正在转着一个念头，我要复仇。

毕斯托尔　你要复仇吗？

尼姆　天日在上，此仇非报不可！

毕斯托尔　用计策还是用武力？

尼姆　两样都要用；我先去向培琪报告有人正在勾搭他的老婆。

毕斯托尔　我就去叫福德加倍留神，说福斯塔夫，那混账东西，想把他的财产一口侵吞，还要占夺他的美貌娇妻。

尼姆　我的脾气想到就做。我要去煽动培琪，让他心里充满了醋意，叫他用毒药毒死这家伙。谁要是对我不起，让他知道咱老子也不是好惹的——我就是生性如此。

毕斯托尔　你就是个天煞星，我愿意跟你合作，走吧。（同下）

第一幕 第四场　卡厄斯医生家中一室

【快嘴桂嫂及辛普儿上。

桂嫂　喂，鲁格比！

【鲁格比上。

桂嫂　请你到窗口去瞧瞧看，咱们这位东家有没有来；要是他来了，看见屋子里有人，一定又要给他昏天黑地一顿骂。

鲁格比　好，我去看看。

桂嫂　去吧，今天晚上等我们烘罢了火，我请你喝杯老酒。（鲁格比下）他是一个老实的听话的和善的家伙，你找不到第二个像他这样的仆人。他又不会说长道短，他的唯一的缺点，就是太喜欢祷告了，他祷告起来，简直像个呆子，可是谁都有几分错处，那也不用说他了。你说你的名字叫辛普儿吗？

辛普儿　是，人家就是这样叫我。

桂嫂　斯兰德少爷就是你的主人吗？

辛普儿　正是。

桂嫂　他不是留着一大把像手套商的削皮刀一样的胡须的吗？

辛普儿　不，他只有一张小小的白白的脸，略微有几根黄胡子。

桂嫂　他是一个很文弱的人，是不是？

辛普儿　是的，可是真要比起力气来，他也不怕人家；他曾经跟看守猎苑的人打过架呢。

桂嫂　你怎么说？啊，我记起来啦！他不是走起路来大摇大摆，把头抬得高高的吗？

辛普儿　对了，一点不错，他正是这样子。

桂嫂　好，天老爷保佑培琪小姐嫁到这样一位好郎君吧！你回去对休牧师先生说，我一定愿意尽力帮你家少爷的忙。安是个好孩子，我但愿——

【鲁格比重上。

鲁格比 不好了，快出去，我们老爷来啦！

桂嫂 咱们大家都要挨一顿臭骂了。这儿来，好兄弟，快快钻进这个壁橱里去。（将辛普儿关在壁橱内）他一会儿就要出去的。喂，鲁格比！喂，你在哪里？鲁格比，你去瞧瞧老爷去，他现在还不回来，不知道人好不好。（鲁格比下，桂嫂唱歌）得儿郎当，得儿郎当……

【卡厄斯上。

卡厄斯 你在唱些什么？我讨厌这种调调儿。请你快给我到壁橱里去，把一只匣子，一只绿的匣子，找来给我。听见我的话吗？一只绿的匣子。

桂嫂 好，好，我就去给您找来。（旁白）谢天谢地他没有自己去找，要是给他看见了壁橱里有一个小伙子，他一定要暴跳如雷了。

卡厄斯 快点，快点，热得很，我要上朝去，有大事哩。

桂嫂 是这一个吗，老爷？

卡厄斯 对了，给我放在口袋里，快点。鲁格比那个混蛋呢？

桂嫂 喂，鲁格比！鲁格比！

【鲁格比重上。

鲁格比 有，老爷。

卡厄斯 鲁格比，把剑拿来，跟我到宫廷里去。

鲁格比 剑已经放在门口了，老爷。

卡厄斯 我已经耽搁得太久了。该死！我又忘了！壁橱里还有点儿药草，一定要带去。

桂嫂 （旁白）糟了！他看见了那个小子，一定要发疯啦。

卡厄斯 见鬼！见鬼！什么东西在我的壁橱里？混蛋！狗贼！（将辛普儿拖出）鲁格比，把我的剑拿来！

桂嫂 好老爷，您息怒吧！

卡厄斯　我为什么要息怒？嘿！

桂嫂　这个年轻人是个好人。

卡厄斯　是好人躲在我的壁橱里干什么？躲在我的壁橱里，就不是好人。

桂嫂　请您别发这么大的脾气。老实告诉您吧，是休牧师叫他来的。

卡厄斯　好。

辛普儿　正是，休牧师叫我来请这位太太——

桂嫂　你不要说话。

卡厄斯　闭你自己的嘴！你说。

辛普儿　请这位太太替我家少爷去向培琪家小姐说亲。

桂嫂　真的，就只有这么一回事。可是我才不愿多管这种闲事，把手指头伸到火里去呢，又不是跟我有什么相干。

卡厄斯　是休牧师叫你来的吗？——鲁格比，拿张纸来。你再等一会儿。（写）

桂嫂　我很高兴他今天这么安静，要是他真的动起怒来，那才会吵得日月无光呢。可是别管他，我一定尽力帮你家少爷的忙；不瞒你说，这个法国医生，我的主人——我可以叫他作我的主人，因为你瞧，我替他管屋子，还给他洗衣服、酿酒、烘面包、扫地抹桌、烧肉烹茶、铺床叠被，什么都是我一个人做的——

辛普儿　一个人做这许多事，那真太辛苦啦。

桂嫂　不是吗？真把人都累死了，天一亮就起身，老晚才睡觉；可是这些话也不用说了，让我悄悄儿告诉你，你可不许对人家说起，我那个东家他自己也爱着培琪家小姐。可是安小姐的心思我是知道的，她的心既不在这儿也不在那儿。

卡厄斯　猴儿崽子，你去把这封信交给休牧师，这是一封挑战书，我要割断他的喉咙；我要教训教训这个猴儿崽子的牧师，问他以后再多管不管闲事。你去吧，你留在这儿没有好处。哼，我要把他的两颗睾丸一起割下来，哼，他就连用来喂狗的睾丸也没有了。（辛普

儿下）

桂嫂　唉！他也不过帮他朋友说句话儿罢了。

卡厄斯　我可不管。你不是对我说培琪一定会嫁给我的吗？哼，我要是不把那个狗牧师杀掉，我就不是个人。我要叫嘉德饭店的老板替我们做公证人。哼，我要是不娶培琪为妻，我就不是个人。

桂嫂　老爷，那姑娘喜欢您哩，包您万事如意。人家高兴嚼嘴嚼舌，就让他们去嚼吧。真是哩！

卡厄斯　鲁格比，跟我到宫廷里去。哼，要是我娶不到培琪为妻，我不把你赶出门，我就不是个人。跟我来，鲁格比。（卡厄斯、鲁格比下）

桂嫂　呸！做你的梦！安小姐的心思我是知道的；在温莎地方，谁也没有像我一样明白安的心思了。谢天谢地，她也只肯听我的话。别人的话她才不理呢。

范顿　（在内）里面有人吗？喂！

桂嫂　谁呀？进来吧。

【范顿上。

范顿　啊，娘子，你好哇？

桂嫂　多承老爷问起，托福托福。

范顿　有什么消息？安小姐近来好吗？

桂嫂　凭良心说，老爷，她真是位又标致、又端庄、又温柔的好姑娘；范顿老爷，我告诉您吧，她很佩服您哩，谢天谢地。

范顿　你认为我有几分希望吗？我的求婚不会失败吗？

桂嫂　真的，老爷，什么事情都是天老爷注定了的。可是，范老爷，我可以发誓她是爱您的。您的眼皮上不是长着一颗小疙瘩吗？

范顿　是有颗疙瘩，那便怎样呢？

桂嫂　啾，这上面就有一段话儿呢。真的，我们这位小安就像换了个人似的，我们讲那颗疙瘩足足讲了一点钟。人家讲的笑话一点不好笑，那姑娘讲的笑话才叫人打心窝儿里笑出来。可是我可以跟无论什么人打赌，她是个顶规矩的姑娘。她近来也实在太喜欢一个人发呆了，老是像在想着什么心事似的。至于讲到您——那您尽管放心吧。

范顿　好，我今天要去看她。这几个钱请你收下，多多拜托你帮我说句好话。要是你比我先看见她，请你替我向她致意。

桂嫂　那还用说吗？下次要是有机会，我还要给您讲起那个疙瘩哩。我也可以告诉您还有些什么人在转她的念头。

范顿　好，回头见。我现在还有要事，不多谈了。

桂嫂　回头见，范老爷。（范顿下）这人是个规规矩矩的绅士，可是安并不爱她，谁也不及我更明白安的心思了。该死！我又忘了什么啦？（下）

第　二　幕

第二幕 第一场　**培琪家门前**

【培琪太太持书信上。

培琪太太　什么！我在年轻貌美的时候，都不曾收到过什么情书，现在倒有人写起情书来给我了吗？我倒要看看："不要问我为什么我爱你；因为爱情虽然会用理智来作疗治相思的药饵，它却是从来不听理智的劝告的。你并不年轻，我也是一样；好吧，咱们同病相怜。你爱好风流，我也是一样；哈哈，那尤其是同病相怜。你欢喜喝酒，我也是一样；咱们俩岂不是天生的一对？要是一个军人的爱可以使你满足，那么培琪娘子，请你相信我是爱你的。我不愿意说，可怜我吧，因为那不是一个军人所应该说的话；可是我说，爱我吧。吾乃汝忠心武将，不分昼短夜长，不顾天光火光，披肝沥胆，蹈火赴汤。约翰·福斯塔夫上。"哎哟，万恶的万恶的世界！一个快要老死了的家伙，还要自命风流！真是见鬼！这个酒鬼究竟从我的谈话里抓到了什么出言不检的地方，才敢用这种话儿试探我？我还没有见过他三次面呢！我应该怎样对他说呢？那个时候，上帝饶恕我！我的确是说说笑笑得太高兴了点儿。哼，我要到议会里去上一个条陈，请他们把天下男人一概格杀勿论。我应该怎样报复他呢？毫无疑问这一口气非出不可，就像他肚子里的玩意儿全是灌肠一样。

【福德太太上。

福德太太　培琪嫂子！我正要到您府上来呢。

培琪太太　我也正要到您家去呢。您脸色可不大好看呀。

福德太太　那我可不信，我应该满脸红光才是呢。啊，培琪嫂子！您给我出个主意吧。

培琪太太　什么事，大姐？

福德太太　啊，大姐，我如果不是因为觉得这种事情太不好意思，我就可以高贵起来啦！

培琪太太　大姐，管他什么好意思不好意思，高贵起来不好吗？是怎么一回事？是怎么一回事？

福德太太　我只要高兴下地狱走一趟，我就可以封爵啦。

培琪太太　什么？你在胡说。艾丽丝·福德爵士！现在这种爵士满街都是，你还是不用改变你的头衔吧。

福德太太　废话少说，你读一读这封信。你瞧了以后，就可以知道我怎么可以封起爵来。从此以后，只要我长着眼睛，我要永远瞧不起那些胖子。是哪一阵暴风把这条肚子里装满了许多吨油的鲸鱼吹到了温莎的海岸上来？我应该怎样报复他呢？我想最好的办法，是假意敷衍他，却永远不让他达到目的，直等罪恶的孽火把他熔化在他自己的脂油里。你有没有听见过这样的事情？

培琪太太　你有一封信，我也有一封信，就是换了个名字！你瞧吧，这是你那封信的孪生兄弟。我敢说他有一千封这样的信写好着，只要在空白的地方填下了姓名，就可以寄给人家；也许还不止一千封，咱们的已经是再版的了。他一定会把这种信刻成板子印起来的，因为他会把咱们两人的名字都放上去，可见他无论刻下了些什么乱七八糟的东西，都会一样不在乎。我要是跟他在一起睡觉，还是让一座山把我压死了吧。嘿，你可以找到二十头贪淫的乌龟，却不容易找到一个规规矩矩的男人。

福德太太　哎哟，这两封信简直是一个印版里印出来的，同样的笔迹，同样的字句。他到底把我们看作什么人啦？

培琪太太　那我可不知道。我看见了这样的信，真有点儿自己不相信自己了。以后我一定得留心察看自己的行动，因为他要是不在我身上看出了一点我自己也没有知道的不大规矩的地方，一定不会肆无忌惮到这个样子。

福德太太　哼，肆无忌惮么？我一定要叫他知道个厉害。

培琪太太　对。如果他居然使我受辱，我誓不为人。我们一定要向他报复。让我们约他一个日子相会，把他哄骗得心花怒放，然后我们采取长期诱敌的计策，只让他闻到鱼腥气，不让他尝到鱼儿的味道，逗得他馋涎欲滴，饿火雷鸣，吃尽当光，把他的马儿都变卖给嘉德饭店的老板为止。

福德太太　好，为了捉弄这个坏东西，我什么恶毒的事情都愿意干，只要对我自己的名誉没有损害。啊，要是我的男人见了这封信，那还了得！他那股醋劲儿才大呢。

培琪太太　哎哟，你瞧，他来啦，我的那个也来啦；我不给他吃醋的理由，他就绝不吃醋。但愿他永远不吃醋。

福德太太　那你的运气比我好得多啦。

培琪太太　我们再商量商量怎样对付这个好色的骑士吧。过来。（二人退后）

【福德、毕斯托尔、培琪、尼姆同上。

福德　我希望不会有这样的事。

毕斯托尔　希望，在有些事情上是靠不住的。福斯塔夫在转你老婆的念头哩。

福德　我的妻子年纪也不小了。

毕斯托尔　他玩起女人来，不论贵贱贫富老少，在他都是一样。福德，你可留点儿神吧。

福德　爱上我的妻子！

毕斯托尔　他心里火一样的热呢。你要是不赶快防备，只怕将来你头上长角——唉，头衔不雅哩。

福德　什么头衔？

毕斯托尔　王八哪。再见。偷儿总是趁着黑夜行事的，千万留心门户，否则夏天尚未到，杜鹃鸟儿就叫开了。走吧，尼姆伍长！培琪，他说的都是真话，你不可不信。（下）

福德　（旁白）我必须忍耐一下，把这事情调查明白。

尼姆　（向培琪）这是真的，我不喜欢撒谎。他在许多地方对不起我。他本来叫我把那鬼信送给她，可是我就是真没有饭吃，也可以靠着我的剑过日子。总而言之一句话，他爱你的老婆。我的名字叫做尼姆伍长，我说的话全是真的；我的名字叫尼姆，福斯塔夫爱你的老婆。我可不喜欢老吃福斯塔夫那份面包干酪。再见。（下）

培琪　（旁白）“面包干酪”？这家伙缠七夹八的，不知在讲些什么！

福德　我要去找那福斯塔夫。

培琪　我从来没有听见过这样一个啰里啰唆莫名其妙的家伙。

福德　要是给我发觉了，哼！

培琪　尽管城里的牧师称赞他是真正的男子汉，我就不相信这种狗东西的话。

福德　他的话说得倒是很有理，好。

培琪　啊，娘子！

培琪太太　官人，你到哪儿去？——我对你说。

福德太太　哎哟，我的爷！你怎么忧心忡忡的？

福德　我怎么忧心忡忡的？我忧什么！你回家去吧，去吧。

福德太太　真的，你一定又在转着些什么古怪的念头。培琪嫂子，咱们去吧。

培琪太太　好，你先请。官人，你今天回来吃饭吗？（向福德太太旁白）瞧，那边来的是什么人？咱们可以叫她去带信给那个下流的骑士。

福德太太　我刚才还想起过她，叫她去是再好没有了。

【快嘴桂嫂上。

培琪太太　你是来瞧我的女儿安的吗？

桂嫂　正是呀，请问我们那位好安小姐好吗？

培琪太太　你跟我们一块儿进去瞧瞧她吧，我们还有很多话要跟你讲哩。(培琪太太、福德太太及桂嫂同下)

培琪　福德老爷，您怎么啦？

福德　你听见那家伙告诉我的话了吗？听见了吗？

培琪　我听见了。你听见了另一个家伙告诉我的话吗？

福德　你想他们说的话靠不靠得住？

培琪　理他呢，这些狗东西！那个骑士固然不是好人，可是这两个说他意图勾诱你我妻子的人，都是他的革退的跟班，现在没有事做了，什么坏话都会说得出来的。

福德　他们都是他的跟班吗？

培琪　是的。

福德　那倒很好。他是住在嘉德饭店里的吗？

培琪　正是。他要是真想勾搭我的妻子，我可以假作痴聋，给他一个下手的机会，看他除了一顿臭骂之外，还会从她身上得到什么好处。

福德　我并不疑心我的妻子，可是我也不放心让她跟别个男人在一起。一个男人太相信他的妻子，也是危险的。我不愿戴头巾，这事情倒不能就这样一笑置之。

【店主上。

培琪　瞧，咱们那位爱吵闹的嘉德饭店的老板来了。他瞧上去这样高兴，倘不是喝醉了酒，定是袋里有了几个钱。老板，您好？

店主　啊，老狐狸！你是个好人。喂，法官先生！

【夏禄上。

夏禄　我在这儿，老板，我在这儿。晚安，培琪先生！培琪先生，您跟我们一块儿去好吗？我们有新鲜的玩意儿看呢。

店主　告诉他，法官先生；告诉他，老狐狸。

夏禄　那个威尔士牧师休·爱文斯跟那个法国医生卡厄斯要有一场决斗。

福德　老板，我跟您讲句话儿。

店主　你怎么说，我的老狐狸？（二人退立一旁）

夏禄　（向培琪）您愿意跟我们一块儿瞧瞧去吗？我们这位淘气的店主已经替他们把剑量过了，而且我相信已经跟他们约好了两个不同的地方，因为我听人家说那个牧师是个挺认真的家伙。来，我告诉您，我们将要有怎样一场玩意儿。（二人退立一旁）

店主　客人先生，你不是跟我的骑士有点儿过不去吗？

福德　不，绝对没有。我愿意送给您一瓶烧酒，请您让我去见见他，对他说我的名字是白罗克，那不过是跟他开开玩笑而已。

店主　很好，我的好汉，你可以自由出入，你说好不好？你的名字就叫白罗克。他是个淘气的骑士哩。诸位，咱们走吧。

夏禄　好，老板，请你带路。

培琪　我听人家说，这个法国人的剑术很不错。

夏禄　这算得什么！我在年轻时候，也着实来得一手呢。那时候这种讲究剑法的，一个站在这边，一个站在那边，你这么一刺，我这么一挥，还有各式各样的名目，我记也记不清楚；可是培琪先生，顶要紧的毕竟还要看自己有没有勇气。不瞒您说，我从前凭着一支长剑，就可以叫四个高大的汉子抱头鼠窜哩。

店主　喂，孩儿们，来！咱们该走了！

培琪　好，你先请吧。我倒不喜欢看他们真的打起来，宁愿听他们吵一场嘴。（店主、夏禄、培琪同下）

福德　培琪是个胆大的傻瓜，他以为他的老婆一定不会背着他偷汉子，可是我却不能把事情看得这样大意。我的女人在培琪家的时候，他也在那儿，他们两人捣过些什么鬼我也不知道。好，我还要仔细调查一下。我要先假扮了去试探试探福斯塔夫。要是侦察的结果，她并没有做过不规矩的事情，那我也可以放下心来；如果不是那样，我也至少不会被他们蒙在鼓里。（下）

第二幕 第二场 嘉德饭店中之一室

【福斯塔夫及毕斯托尔上。

福斯塔夫 我一个子儿也不借给你。

毕斯托尔 那么我要凭着我的宝剑，去打出一条生路来了。你要是答应借给我，我将来一定如数奉还，决不拖欠。福斯塔夫一个子儿也没有。我让你倚仗我的势力去欠债，从来不曾向你计较过；我曾经不顾人家的讨厌，给你和你那个同伙尼姆一次两次三次向人家求情说项，否则你们早已像一对大猩猩一样，给他们抓起来关在铁笼子里了。我不惜违背良心，向我的朋友们发誓说你们都是很好的军人，堂堂的男子；白律治太太丢了她的扇柄，我还用我的名誉替你辩护，说你没有把它偷走。毕斯托尔你不是也分到好处的吗？我不是给你十五便士吗？

福斯塔夫 混蛋，一个人总要讲理呀，我难道白白出卖良心吗？一句话，别尽缠着我了，我又不是你的绞刑架。去——操一把划钱袋的小刀钻人堆去吧——快给我滚回你的贼窝里去！你不肯替我送信，你这混蛋！你的名誉要紧？哼，你这不要脸的东西！就说我，我，我自己吧，有时为了没有办法，也只好横一横良心，把我的名誉置之不顾，去干一些偷偷摸摸的勾当；可是像你这样一个衣衫褴褛、野猫样的脸孔、满嘴醉话、动不动赌咒骂人的家伙，却也要讲起什么名誉来了！你不肯替我送信，好，你这混蛋！

毕斯托尔 我现在认错了，难道还不够吗？

【罗宾上。

罗宾 爵爷，外面有一个妇人要和您说话。

福斯塔夫 叫她进来。

【快嘴桂嫂上。

桂嫂　爵爷，您好？

福斯塔夫　你好，好媳妇儿。

桂嫂　请爵爷别这么称呼我。

福斯塔夫　那么称呼你好小妞儿。

桂嫂　我可以发誓，当我刚出娘胎倒真是个和我妈一样的好小妞儿。

福斯塔夫　我坚信你的誓言。你有什么事见我？

桂嫂　我可以跟爵爷讲一两句话吗？

福斯塔夫　好美人儿，你就是跟我讲两千句话，我也愿意洗耳恭听呢。

桂嫂　爵爷，有一位福德家娘子——请您再过来点儿，我自己是住在卡厄斯大夫家里的。

福斯塔夫　好，你说下去吧，你说那位福德家娘子——

桂嫂　爵爷说得一点不错——请您再过来点儿。

福斯塔夫　你放心吧。这儿没有外人，都是自家人，自家人。

桂嫂　真的吗？上帝保佑他们，收留他们做他的仆人！

福斯塔夫　好，你说吧，那位福德家娘子——

桂嫂　哎哟，爵爷，她真是个好人儿。天哪，天哪！您爵爷可真是个风流郎！但愿天老爷饶恕您，也饶恕我们众人吧！

福斯塔夫　福德家娘子，说呀，福德家娘子——

桂嫂　好，干脆一句话，她一见了您，说来也叫人不相信，简直的就给您迷住啦；就是王上驾幸温莎的时候，那些头儿脑儿顶儿尖儿的官儿们，也没有您这样中她的意。不瞒您说，那些骑士们、老爷子们、数一数二的绅士们，去了一辆马车来了一辆马车，一封接一封的信，一件接一件的礼物，他们的身上都用麝香熏得香喷喷的，穿着用金线绣花的绸缎衣服，满口都是文绉绉的话儿，还有顶好的酒、顶好的糖，无论哪个女人都会给他们迷醉的，可是天地良心，她向他们眼睛也不曾眨过一眨。不瞒您说，今天早上人家还想塞给我二十块钱哩，可是我不要这种人家说的不明不白的钱。说句老实话，就是叫他们中间坐第一把交椅的人来，也休想叫她陪他喝一口酒。可是尽有那些伯爵们呀、王上身边的官员们呀，一个一个在转她的念头；可是天地良心，她一点不把他们放在眼里。

福斯塔夫　可是她对我说些什么话？说简单一点，我的好牵线人。

桂嫂　她要我对您说，您的信她接到啦，她对您的好意千恩万谢；她叫我通知您，她的丈夫在十点到十一点钟之间不在家。

福斯塔夫　十点到十一点钟之间？

桂嫂　对啦，一点不错。她说，您可以在那个时候来瞧瞧您所知道的那幅画像，她的男人不会在家里的。唉！那位好好的娘子，跟着福德老爷才真是倒霉；他是个妒心很重的男人，老是无缘无故跟她闹别扭。

福斯塔夫　十点到十一点钟之间。娘子，请你替我向她致意，我一定不失约。

桂嫂　哎哟，您说得真好。可是我还有一个信要带给您，培琪家娘子也叫我望望您。让我悄悄儿的告诉您吧，她是位贤惠端庄的好娘子，清早晚上从来不忘记祈祷。她要我对您说，她的丈夫在家的日子多，不在家的日子少，可是她希望总会找到一个机会。我从来不曾看见过一个女人会这么喜欢一个男人；我想您一定有些迷魂法，哎，这是一定的。

福斯塔夫　实不相瞒，我并无所谓迷魂法，只不过有些出色的资质而已。

桂嫂　您真是太客气啦。

福斯塔夫　可是我还要问你一句话，福德家的和培琪家的两位娘子有没有让对方知道她们两个人都爱着我一个人？

桂嫂　那真是笑话了！她们怎么会这样不害羞把这种事情告诉人呢？要是真有那样的事，才笑死人哩！可是培琪家娘子要请您把您那个小童儿送给她，因为她的丈夫很欢喜那个小厮；天地良心，培琪老爷是个好人。在温莎地方，谁也不及培琪娘子那样享福啦。她爱做什么，就做什么，爱说什么，就说什么，要什么有什么，不愁吃，不愁穿，高兴睡就睡，高兴起来就起来，什么都称她的心；可是天地良心，也是她自己做人好，才会享到这样的好福气，在温莎地方，她是位心肠再善不过的娘子了。您千万要把您那童儿送给她，可别忘了啊。

福斯塔夫　好，那一定可以。

桂嫂　一定这样办吧，您看，他可以在你们两人之间来来去去传递消息；要是有不便明言的事情，你们可以自己商量好一个暗号，只有你们两人自己心里明白，不必让那孩子懂得，因为小孩子们是不应该知道这些坏事情的，不比上了年纪的人，懂得世事，识得是非，那就不要紧了。

福斯塔夫　再见，请你替我向她们两位多多致意。这几个钱你先拿去，我以后还要重谢你哩。孩子，跟这位娘子去吧。（桂嫂、罗宾同下）这消息倒害得我意乱如麻。

毕斯托尔　这雌儿是爱神手下的传书鸽，待我追上前去，拉满弓弦，把她一箭射下，岂不有趣！（下）

福斯塔夫　老家伙，你说竟会有这等事吗？真有你的！从此以后，我要格外喜欢你这副老皮囊了。人家真的还会看中你吗？你在花费了这许多本钱以后，现在才发起利市来了吗？好皮囊，谢谢你。人家嫌你长得太胖，只要胖得有样子，再胖些又有什么关系！

【巴道夫持酒杯上。

巴道夫　爵爷，下面有一位白罗克大爷想跟您说话，他说很想跟您交个朋友，特意送了一瓶白葡萄酒来给您解解渴。

福斯塔夫　他的名字是叫白罗克吗？

巴道夫　是，爵爷。

福斯塔夫　叫他进来。（巴道夫下）只要有得酒喝，管他什么白罗克黑罗克，我都是一样欢迎。哈哈！福德太太，培琪太太，你们果然给我钓上了吗？哈，上钩吧，接着上！

【巴道夫偕福德化装成的白罗克重上。

福德　您好，爵爷！

福斯塔夫　您好，先生！您有什么话要对我说吗？

福德　素昧平生，就这样前来打搅您，实在是冒昧得很。

福斯塔夫　不必客气。请问有何见教？酒保，你去吧。（巴道夫下）

福德　爵爷，贱名是白罗克，我是一个素来喜欢随便花钱的绅士。

福斯塔夫　久仰久仰！白罗克先生，我很希望咱们以后常常来往来往。

福德　倘蒙爵爷不弃下交，真是三生有幸。不瞒爵爷说，我现在总算身边还有几个钱，您要是需要的话，随时问我拿好了。人家说的，有钱路路通，否则我也不敢惊动大驾啦。

福斯塔夫　不错，金钱是个好兵士，有了它就可以使人勇气百倍。

福德　不瞒您说，我现在带着一袋钱在这儿，因为嫌它拿着太累赘了，想请您帮帮忙，不论是分一半去也好，完全拿去也好，好让我走步路也轻松一点。

福斯塔夫　白罗克先生，我怎么可以无功受禄呢？

福德　您要是不嫌烦琐，请您耐心听我说下去，就可以知道我还要多多仰仗大力哩。

福斯塔夫　说吧，白罗克先生，凡有可以效劳之处，我一定愿意为您出力。

福德　爵爷，我一向听说您是一位博学明理的人，今天一见之下，果然名不虚传，我也不必向您多说废话了。我现在所要对您说的事，提起来很是惭愧，因为那等于宣布了我自己的弱点；可是爵爷，当您一面听着我供认我的愚蠢的时候，一面也要请您反躬自省一下，那时您就可以知道一个人是怎么容易犯这种过失，也就不会过分责备我了。

福斯塔夫　很好，请您说下去吧。

福德　本地有一个良家妇女，她的丈夫名叫福德。

福斯塔夫　嗯。

福德　我已经爱得她长久了，不瞒您说，在她身上我也花过了不少钱；

我用一片痴心追求着她，千方百计找机会看见她一面；不但买了许多礼物送给她，并且到处花钱打听她喜欢人家送给她什么东西。总而言之，我追逐她就像爱情追逐我一样，一刻都不肯放松。可是费了这许多心思气力的结果，一点不曾得到什么报酬，偌大的代价，只换到了一段痛苦的经验，正所谓“痴人求爱，如形捕影，瞻之在前，即之已冥”。

福斯塔夫　她从来不曾有过什么答应您的表示吗？

福德　从来没有。

福斯塔夫　那么您的爱究竟是怎么一种爱呢？

福德　就像是建筑在别人地面上的一座华厦，因为看错了地位方向，使我的一场辛苦完全白费。

福斯塔夫　您把这些话告诉我，是什么用意呢？

福德　请您再听我说下去，您就可以完全明白我今天的来意了。有人说，她虽然在我面前装模作样，好像是十分规矩，可是在别的地方，她却是非常放荡，已经引起不少人的闲话了。爵爷，我的用意是这样的：我知道您是一位教养优美、谈吐风雅、交游广阔的绅士，无论在地位上人品上都是超人一等，您的武艺、您的礼貌、您的学问，是谁都佩服的。

福斯塔夫　您太过奖啦！

福德　我说的是真话。我这儿有的是钱，您尽管用吧，把我的钱全都用完了都可以，只要请您分出一部分时间来，去把这个福德家的女人弄上手，尽量发挥您的风流解数，把她征服下来。这件事情请您去办，一定比谁都要便当得多。

福斯塔夫　您把您心爱的人让给我去享用，那不会使您心里难过吗？我觉得老兄这样的主意，未免太不近情理啦。

福德　啊，请您明白我的意思。她靠着她的冰清玉洁的名誉做掩护，我虽有一片痴心，却不敢妄行非礼；她的光彩过于耀目了，使我不敢向她抬头仰望。可是假如我能够抓住她的一个把柄，知道她并不是神圣不可侵犯的，我就可以放大胆子，去实现我的愿望了。什么贞操，什么名誉，什么有夫之妇以及诸如此类的她的一千种振振有词的借口，到了那个时候便可以完全推翻了。爵爷，您看怎么样？

福斯塔夫　白罗克先生，第一，我要老实不客气收下您的钱；第二，让我握您的手；第三，我要用我自己的身份向您担保，您一定会把福德老婆搞到手里的。

福德　哎哟，您真是太好了！

福斯塔夫　我说您一定会把她搞到您手里的。

福德　不要担心没有钱用，爵爷，一切都包在我身上。

福斯塔夫　不要担心福德太太会拒绝您，白罗克先生，一切都包在我身上。不瞒您说，刚才她还差了个人来约我跟她相会呢；就在您进来的时候，替她送信的人刚刚出去。十点到十一点钟之间，我就要看她去，因为在那个时候，她那吃醋的混蛋男人不在家里。您今晚再来看我吧，我可以让您知道我进行得顺利不顺利。

福德　能够跟您结识，真是幸运万分。您认不认识福德？

福斯塔夫　哼，这个死乌龟！谁跟这种东西认识？人家说这个爱吃醋的王八倒很有钱，所以我才高兴去勾搭他的老婆。我可以用她做钥匙，去打开这个王八的钱箱，这才是我的真正的目的。

福德　我很希望您认识那个福德，因为您要是认识他，看见他的时候也可以躲避躲避。

福斯塔夫　哼，去他的！这种下贱的咸黄油混蛋！我只要向他瞪一瞪眼，就会把他吓坏了。我要用棒子收拾他，并把我的棒子挂在这王八的头上。白罗克先生，您放心吧，这种家伙不在我的眼里，您一定可以跟他的老婆睡觉。天一晚您就来。福德是个混蛋，可是白罗克先生，您瞧着我吧，我会给他加上一重头衔，混蛋而兼王八，他就是个混账王八蛋了。今夜您早点来吧。（下）

福德　好一个万恶不赦的淫贼！我的肚子都几乎给他气破了。谁说这是我的瞎疑心？我的老婆已经寄信给他，约好钟点和他相会了。谁想得到会有这种事情？娶了一个不贞的妻子，真是倒霉！我的床要给他们弄龌龊了，我的钱要给他们偷了，还要让别人在背后讥笑我；这样害苦我不算，还要听那奸夫当着我的面辱骂我！骂我别的名字倒也罢了，魔鬼夜叉，都没有什么关系，偏偏口口声声的乌龟王八！乌龟！王八！这种名字就是魔鬼听了也要摇头的。培琪是个呆子；是个粗心的呆子，他居然会相信他的妻子，他不吃醋！哼，我可以相信猫儿不会偷荤，我可以相信我们那位威尔士牧师休师父不爱吃干酪，我可以把我的烧酒瓶交给一个爱尔兰人，我可以让一个小偷把我的马儿拖走，可是我不能放心让我的妻子一个人住在家里。让她一个人在家里，她就会千方百计地出起花样来，她们一想到要做什么事，简直可以什么都不顾，非把它做到了决不罢休。感谢上帝赐给我这一副爱吃醋的脾气！他们约定在十一点钟会面，我要去打破他们的好事，侦察我的妻子的行动，向福斯塔夫出出我胸头这一口冤气，还要把培琪取笑一番。我马上就去，宁可早三点钟，不可迟一分钟。哼！哼！乌龟！王八！（下）

第二幕 第三场 **温莎附近的野地**

【卡厄斯及鲁格比上。

卡厄斯 鲁格比！

鲁格比 有，老爷？

卡厄斯 鲁格比，现在几点钟了？

鲁格比 老爷，休师父约好的时间已经过去了。

卡厄斯 哼，他不来，便宜了他的狗命；他在念圣经做祷告，所以他不来。哼，鲁格比，他要是来了，早已一命呜呼了。

鲁格比 老爷，这是他的聪明，他知道他要是来了，一定会给您杀死的。

卡厄斯　哼，我要是不把他杀死，我就不是个人。鲁格比，拔出你的剑来，我要告诉你我怎样杀死他。

鲁格比　哎哟，老爷！我可抵挡不住呀。

卡厄斯　狗才，拔出你的剑来。

鲁格比　且慢，有人来啦。

【店主、夏禄、斯兰德及培琪上。

店主　你好，老头儿！

夏禄　卡厄斯大夫，您好！

培琪　您好，大夫！

斯兰德　早安，大夫！

卡厄斯　你们一个，两个，三个，四个，来干什么？

店主　瞧你斗剑，瞧你招架，瞧你回手；瞧你这边一跳，瞧你那边一闪；瞧你仰冲俯刺，旁敲侧击，进攻退守。他死了吗，我的黑金刚？他死了吗？我的法国佬？哈，我的医神怎么说？我的希腊大医生怎么说？我的胆小鬼怎么说？好家伙！你怎么说，我的好医生？他死了吗？

卡厄斯　哼，他是个没有种的狗牧师，他不敢到这儿来露脸。

店主　你是尿缸里的元帅，希腊英雄赫克托，好家伙[1]！

卡厄斯　你们大家给我证明，我已经等了他六七个钟头，两个钟头，三个钟头，他还是没有来。

夏禄　大夫，这是他的有见识之处；他给人家医治灵魂，您给人家医治肉体，要是你们打起架来，那不是违反了你们平日的宗旨了吗？培琪老爷，您说我这句话对不对？

培琪　夏老爷，您现在喜欢替人家排难解纷，从前却也是一名打架的好手哩。

夏禄　可不是吗？培琪老爷，我现在虽然老了，人也变得好说话了，可

[1]　当时治病须查尿，故此处用尿缸影射医生。

是看见人家拔出刀剑来，我的手指还是觉得痒痒的。培琪老爷，我们虽然做了法官，做了医生，做了教士，总还有几分年轻人的血气；我们都是女人生下来的呢，培琪老爷。

培琪　正是正是，夏禄老爷。

夏禄　培琪老爷，您看吧，我的话是不会错的。卡厄斯大夫，我想来送您回家去。我是一向主张什么事情都可以和平解决的。您是一个明白道理的好医生，休师父是一个明白道理、很有涵养的好教士，大家何必伤了和气。卡厄斯大夫，您还是跟我一起回去吧。

店主　对不起，法官先生，有一句话要跟您说，臭水先生[1]。

卡厄斯　臭水？什么意思？

店主　“臭水”，在我们英国话中，就是“特棒”的意思。好人。

卡厄斯　老天爷，那我的臭水和英国人一样地多啦。这狗杂种牧师！老天在上，我要割掉他的耳朵。

店主　那他可要把你揍扁了，好人。

卡厄斯　揍扁？什么意思？

店主　就是说他要向你道歉。

卡厄斯　老天在上，我看他就是该把我“揍扁”；老天在上，他不把我“揍扁”我也不答应。

店主　那我非得煽动他“揍扁”你不可，否则还不如让他滚蛋的好。

卡厄斯　谢谢，劳你大驾了。

店主　还有，好人——不过，客官！（向夏禄等旁白）你跟培琪老爷和斯兰德少爷从大路走，先到弗劳莫去。

培琪　休师父就在那边吗？

店主　是的，你们去看看他在那里发些什么牢骚，我再领着这个医生从小路也到那里。你们看这样好不好？

夏禄　很好。

[1]　与前面的尿缸相照应，同时此处暗示胆小。

培琪、夏禄、斯兰德　卡厄斯大夫，我们先走一步，回头见。（下）

卡厄斯　哼，我要是不杀死这个牧师，我就不是个人；谁叫他多事，替一个猴儿崽子向安·培琪说亲。

店主　这种人让他死了也好。来，把你的怒气平一平，跟我在田野里走走，我带你到弗劳莫去，安·培琪小姐正在那边一家乡下人家吃酒，你可以当面向她求婚。你说我这主意好不好？

卡厄斯　谢谢你，谢谢你，你是我的好朋友。我一定要介绍许多主顾给你，那些阔佬大官，我都看过他们的病。

店主　你这样帮我忙，我一定帮助你娶到安·培琪。我说得好不好？

卡厄斯　很好很好，好得很。

店主　那么咱们走吧。

卡厄斯　跟我来，鲁格比。（同下）

第　三　幕

第三幕 第一场　**弥劳莫附近的野地**

【爱文斯及辛普儿上。

爱文斯　斯兰德少爷的尊驾，辛普儿我的朋友，我叫你去大路上瞭望一下，那个自称为医生的卡厄斯大夫究竟来不来，请问你是在哪一条路上瞭望他的？

辛普儿　师父，我每一条路都去瞭望过了，就是那条通到城里去的路没有瞭望。

爱文斯　千万请你再到那一条路上去望一望。

辛普儿　好的，师父。（下）

爱文斯　祝福我的灵魂！我气得心里在发抖。我倒希望他欺骗我。真的气死我也！我恨不得把他的便壶摔在他那狗头上。祝福我的灵魂！（唱）

众鸟嘤鸣其相和兮，
　临清流之潺湲，
展蔷薇之芳茵兮，
　缀百花以为环。

上帝可怜我！我真的要哭出来啦。（唱）

众鸟嘤鸣其相和兮，
　余独处乎巴比伦，
缀百花以为环兮，
　临清流——

【辛普儿重上。

辛普儿　他就要来了，在这一边，休师父。

爱文斯　他来得正好。(唱)

临清流之潺湲——

上帝保佑好人！——他拿着什么家伙？

辛普儿　他没有带什么家伙，师父。我家少爷，还有夏禄老爷和另外一位老爷，也跨过阶梯从那边一条路上来了。

爱文斯　请你把我的道袍给我。不，还是你拿在手里吧。(读书)

【培琪、夏禄及斯兰德上。

夏禄　啊，牧师先生，您好？又在用功了吗？真的是赌鬼手里的骰子，学士手里的书本，夺也夺不下来的。

斯兰德　(旁白)啊，可爱的安·培琪！

培琪　您好，休师父？

爱文斯　上帝祝福你们！

夏禄　啊，怎么，一手宝剑，一手经典！牧师先生，难道您竟然要文武全才吗？

培琪　在这样阴寒的天气，您这样短衣长袜，外套也不穿一件，精神倒着实不比年轻人坏哩！

爱文斯　这都是有缘故的。

培琪　牧师先生，我们是来给您做一件好事的。

爱文斯　很好，是什么事？

培琪　我们刚才碰见一位很有名望的绅士，好像是受了什么人的委屈，在那儿大发脾气。

夏禄　我活了八十多岁了，从来不曾听见过一个像他这样有地位有学问的人，会这样有失身份。

爱文斯　他是谁？

培琪　我想您也一定认识他的，就是那位著名的法国医生卡厄斯大夫。

爱文斯　哎哟，气死我也！你们向我提起他的名字，还不如向我提起一块烂糨糊。

培琪　为什么？

爱文斯　他懂得什么医经药典！他是个坏蛋，一个十足没有种的坏蛋！

培琪　您跟他打起架来，才知道他厉害呢。

斯兰德　（旁白）啊，可爱的安·培琪！

夏禄　看样子他们真的要打起来呢。卡厄斯大夫来了，别让他们碰在一起。

【店主、卡厄斯及鲁格比上。

培琪　不，好牧师先生，把您的剑收起来吧。

夏禄　卡厄斯大夫，您也收起来吧。

店主　把他们的剑夺下来，君子动口不动手，让他们尽管糟蹋我们的英语，但保全四肢吧。

卡厄斯　请你让我在你的耳边问你一句话，你为什么失约不来？

爱文斯　（向卡厄斯旁白）不要生气，有话慢慢儿讲。

卡厄斯　哼，你是个懦夫，你是个狗东西猴儿崽子！

爱文斯　（向卡厄斯旁白）别人在寻我们的开心，我们不要上他们的当，伤了各人的和气。咱们交个朋友，来日当回报。（高声）我要把你的便壶摔在你的狗头上，谁叫你约了人家自己不来！

卡厄斯　他妈的！鲁格比——老板，我没有等他来送命吗？我不是在约定的地方等了他好久吗？

爱文斯　我是个相信耶稣基督的人，我不会说假话，这儿才是你约定的地方，我们这位老板可以替我证明。

店主　我说，你这位法国大夫，你这位威尔士牧师，一个替人医治身体，一个替人医治灵魂，你也不要吵，我也不要闹，大家算了吧！

卡厄斯　嗯，那倒是很好，好极了！

店主　我说，大家静下来，听本店主说话。你们看我的手段巧不巧？主意高不高？计策妙不妙？咱们少得了这位医生吗？少不了，他要给我开方服药。咱们少得了这位牧师，这位休师父吗？少不了，他要给我念经讲道。来，一位在家人，一位出家人，大家跟我握握手儿。好，老实告诉你们吧，你们两个人都给我骗啦，我叫你们一个人到这儿，一个人到那儿，大家扑了个空。现在我们已经知道你们两位都是好汉子，谁的身上也不曾伤了一根毛，落得喝杯酒儿，大家讲和了吧。来，把他们的剑拿去当了。来，孩儿们，大家跟我来。

夏禄 真是一个疯老板！——各位，大家跟着他去吧。

斯兰德 （旁白）啊，可爱的安·培琪！（夏禄、斯兰德、培琪及店主同下）

卡厄斯 嘿！有这等事！你把我们当作傻瓜了吗？嘿！嘿！

爱文斯 好得很，他简直在拿我们开玩笑。我说，咱们还是言归于好，大家商量出个办法，来向这个欺人的坏家伙、这个嘉德饭店的老板，报复一下吧。

卡厄斯 很好，我完全赞成。他答应带我来看安·培琪，原来也是句骗人的话，他妈的！

爱文斯 好，我要打破他的头。咱们走吧。（同下）

第三幕 第二场 **温莎街道**

【培琪太太及罗宾上。

培琪太太 走慢点儿，小滑头，你一向都是跟在人家屁股后面跑的，现在倒要抢上人家前头啦。我问你，你愿意我跟着你走呢，还是愿意你跟着主人走？

罗宾 我愿意像一个男子汉那样的在您前头走，不愿意像一个矮子那样的跟着他走。

培琪太太 唷！你倒真是个小甜嘴，我看你将来很可以到宫廷里去呢。

【福德上。

福德 培琪娘子，咱们碰见得巧极啦。您是往哪儿去的？

培琪太太　福德老爷，我正要去瞧您家娘子去哩。她在家吗？

福德　在家，她因为没有伴，正在闷得发慌。照我看起来，要是你们两人的男人都死掉啦，你们两人倒不妨结为夫妻。

培琪太太　您不用担心，我们会各人再去嫁一个男人的。

福德　您这可爱的小鬼头是哪儿来的？

培琪太太　我总是记不起来把他送给我丈夫的那个人叫什么名字。喂，你说你那个骑士姓甚名谁？

罗宾　约翰·福斯塔夫爵士。

福德　约翰·福斯塔夫爵士！

培琪太太　对了，对了，正是他。我顶不会记人家的名字。他跟我的丈夫非常要好。您家娘子真的在家吗？

福德　真的在家。

培琪太太　那么，少陪了，福德老爷，我巴不得立刻就看见她呢。(培琪太太及罗宾下)

福德　培琪难道没有脑子吗？他难道一点都看不出，一点不会思想吗？哼，他的眼睛跟脑子一定都是睡着了，因为他就是生了它们也不会去用的。嘿，这孩子可以送一封信到二十里外的地方去，就像炮弹从炮口射出二百四十码一样容易。他放纵他的妻子，让她想入非非，为所欲为；现在她要去瞧我的妻子，还带着福斯塔夫的小厮！谁都看得出这里有点鬼名堂。好计策！他们已经完全布置好了；我们两家不贞的妻子，已经串通一气，一块儿去干这种不要脸的事啦。好，让我先去捉住那家伙，再去教训教训我的妻子，把这位假正经的培琪太太的假面具揭了下来，让大家知道培琪是个冥顽不灵的王八。我干了这一番轰轰烈烈的事情，人家一定会称赞我。(钟鸣)时间已经到了，事不宜迟，我必须马上就去；我相信一定可以把福斯塔夫找到。人家都会称赞我，不会讥笑我，因为福斯塔夫一定跟我妻子在一起，就像地球是结实的一样毫无疑问。我就去。

【培琪、夏禄、斯兰德、店主、爱文斯、卡厄斯及鲁格比上。

培琪、夏禄等　福德老爷，咱们遇见得巧极啦。

福德　真是巧极啦。我正要请各位到舍间去喝杯酒呢。

夏禄　福德老爷，我有事不能奉陪，请您原谅。

斯兰德　福德大叔，我也要请您原谅，我们已经约好到安小姐家里吃饭，人家无论给我多少钱，也不能使我失了她的约。

夏禄　我们打算替培琪家小姐跟我这位斯兰德贤侄攀一头亲事，今天就可以得到回音。

斯兰德　培琪大叔，我希望您不会拒绝我。

培琪　我是一定答应的，斯兰德少爷；可是卡厄斯大夫，我的内人却中意您哩。

卡厄斯　嗯，是的，而且那姑娘也爱着我，我家那个快嘴桂嫂已经这样告诉我了。

店主　您觉得那位年轻的范顿怎样？他会跳舞，他的眼睛里闪耀着青春，他会写诗，他会说漂亮话，他的身上有春天的香味。他一定会成功的，他一定会成功的。

培琪　可是他要是不能得到我的允许，就不会成功。这位绅士没有家产，他常常跟那位胡闹的王子[1]混在一起，他的地位太高，他所知道的事情也太多啦。不，我的财产是不能让他染指的。要是他跟她结婚，就让他把她空身体娶了过去；我这份家私要归我自己做主，我可不答应给他分了去。

福德　请你们中间无论哪几位赏我一个脸子，到舍间便饭去；除了酒菜之外，还有新鲜的玩意儿，我有一头怪物要拿出来给你们欣赏欣赏。卡厄斯大夫，您一定要去；培琪老爷，您也去；还有休师父，您也去。

夏禄　好，那么再见吧。你们去了，我们到培琪老爷家里求起婚来，说话也可以方便一些。（夏禄、斯兰德下）

[1]　“胡闹的王子”指亨利四世的太子，后为亨利五世，为王储时不修微行。

卡厄斯　鲁格比，你先回家去，我就来。（鲁格比下）

店主　回头见，我的好朋友们，我要回去陪我的好骑士福斯塔夫喝酒去。（下）

福德　（旁白）对不起，我要先让他出一场丑哩。列位，请了。

众　请了，我们倒要瞧瞧那个怪物去。（同下）

第三幕 第三场 福德家中一室

【福德太太及培琪太太上。

福德太太　喂，约翰！喂，罗伯特！

培琪太太　赶快，赶快！——那个盛脏衣服的篓子呢？

福德太太　已经预备好了。喂，罗宾！

【二仆携篓上。

培琪太太　来，来，来。

福德太太　这儿，放下来。

培琪太太　你吩咐他们怎样做，说简单点。

福德太太　好，约翰和罗伯特，我早就对你们说过了，叫你们在酿酒房的近旁等着不要走开，我一叫你们，你们就跑来，不许中途犹豫不定或脚步踉跄，马上把这篓子扛了出去，跟着那些洗衣服的人一起到野地里，跑得越快越好，一到那边，就把它扔在泰晤士河旁边的烂泥沟里。

培琪太太　听好了没有？

福德太太　我已经告诉过他们好几次了，他们不会弄错的。快去，我叫你们，你们就来。（二仆下）

培琪太太　小罗宾来了。

【罗宾上。

福德太太　啊，我的小鹰儿！你带了什么信息来了？

罗宾　福德奶奶，我家主人约翰爵士已经从您的后门进来了，他要跟您见见面。

培琪太太　你这叭儿狗，你有没有在你主人面前走漏了我们的风声？

罗宾　我可以发誓，我的主人不知道您也在这儿；他还向我说，要是我把他到这儿来的事情告诉了您，他一定要把我撵走。

培琪太太　这才是个好孩子，只要你守口如瓶，我一定替你做一身新衣服穿。现在我先去躲起来。

福德太太　好的。你去告诉你的主人，说屋子里只有我一个人。（罗宾下）培琪娘子，记住你该扮演的角色。

培琪太太　你放心吧，我要是这场戏演不好，你尽管喝倒彩好了。（下）

福德太太　好，让我们教训教训这个肮脏的脓包，这个满肚子臭水的胖冬瓜，叫他知道鸽子和老鸦的分别。

【福斯塔夫上。

福斯塔夫　我的天上的明珠，你果然给我捉到了吗？我已经活得很长久了，现在让我死去吧，啊，天遂人愿！啊，这幸福的时辰！

福德太太　哎哟，好爵爷！

福斯塔夫　好娘子，我不会说话，那些口是心非的好听话，我一句也不会。我现在心里正在起着一个罪恶的念头，但愿你的丈夫早早死了，我一定要娶你回去，做我的夫人。

福德太太　我做您的夫人！唉，爵爷！那我怎么做得像呢？

福斯塔夫　在整个法兰西宫廷里也找不出像你这样一位漂亮的夫人。瞧你的眼睛比金刚钻还亮；你的秀美的额角，戴上无论哪一种威尼斯流行的新式帽子，都是一样合适的。

福德太太　爵爷，像我这样的村婆娘，只好用青布包包头，能够不给人家笑话，也就算了，哪里配得上讲什么打扮。

福斯塔夫　哎哟，你这样说话，未免太侮辱了你自己啦。你要是到宫廷里去，一定可以大出风头。你那端庄的步伐，穿起了圆圆的长裙来，一定走一步路都是仪态万方。命运虽然不曾照顾你，造物却给了你绝世的姿容，你就是有意把它遮掩，也是遮掩不了的。

福德太太　您太过奖啦，我怎么有这样的好处呢？

福斯塔夫　那么我为什么爱你呢？这就可以表明在你的身上，的确有一点与众不同的地方。我不会像那些油头粉面的轻薄少年一样，说你是这样是那样，把你捧上天去；可是我爱你，我爱的只是你，你是值得我爱的。

福德太太　别骗我啦，爵爷，我怕您爱着培琪家娘子哩。

福斯塔夫　难道我放着大门不走，偏偏要去走那黑黢黢的边门吗？

福德太太　好，天知道我是怎样爱着您，您总有一天会明白我的心的。

福斯塔夫　希望你永远不要变心，我总不会有负于你。

福德太太　我必须向您吐露真情，您也须以真情相报，否则我就无法永远忠心。

罗宾　（在内）福德家奶奶！福德家奶奶！培琪家奶奶在门口，她满头都是汗，气都喘不过来，慌慌张张的，一定要立刻跟您说话。

福斯塔夫　别让她看见我，我就躲在帐幕后面吧。

福德太太　好，您快躲起来吧，她是个多嘴多舌的女人。（福斯塔夫匿幕后）

【培琪太太及罗宾重上。

福德太太　什么事？怎么啦？

培琪太太　哎哟，福德嫂子！你干了什么事啦？你的脸从此丢尽，你再也不能做人啦！

福德太太　什么事呀，好嫂子？

培琪太太　哎哟，福德嫂子！你嫁了这么一位好丈夫，为什么要让他对你起疑心？

福德太太　对我起什么疑心？

培琪太太　起什么疑心！算了，别装傻啦！总算我看错了人。

福德太太　唉，到底是怎么一回事呀？

培琪太太　我的好奶奶，你那汉子带了温莎城里所有的捕役，就要到这儿来啦；他说有一个男人在这屋子里，是你趁着他不在家的时候约来的，他们要来捉这奸夫哩。这回你可完啦！

福德太太　(旁白)说响一点。——哎哟，不会有这种事吧？

培琪太太　谢天谢地，但愿你这屋子里没有男人！可是半个温莎城里的人都跟在你丈夫背后，要到这儿来搜寻这么一个人，这件事情却是千真万确的。我抢前一步来通知你，要是你没有做过亏心事，那自然最好；倘然你真的有一个朋友在这儿，那么赶快带他出去吧。别怕，镇静一点。你必须保全你的名誉，否则你的一生从此完啦。

福德太太　我怎么办呢？果然有一位绅士在这儿，他是我的好朋友；我自己丢脸倒还不要紧，只怕连累了他，要是能够把他弄出这间屋子，叫我损失一千镑钱我都愿意。

培琪太太　要命！你的汉子就要来啦，你还尽说些废话！想想办法吧，这屋子里是藏不了他的。唉，我还当你是个好人！瞧，这儿有一个篓子，他要是不太高大，倒可以钻进去躲一下，再用些脏衣服堆在上面，让人家看见了，当作是一篓预备送出去漂洗的衣服——啊，对了，就叫你家的两个仆人把他连篓一起扛了出去，岂不一干二净？

福德太太　他太胖了，恐怕钻不进去，怎么好呢？

福斯塔夫　(自幕后出)让我看，让我看，啊，让我看！我进去，我进去。就照你朋友的话办吧。我进去。

培琪太太　啊，福斯塔夫爵士！原来是你吗？你给我的信上怎么说的？

福斯塔夫　我爱你，我只爱你一个人。帮我离开这屋子，让我钻进去。我再也不——(钻入篓内，二妇以污衣覆其上)

培琪太太　孩子，你也来帮着把你的主人遮盖遮盖。福德嫂子，叫你的仆人进来吧。好一个欺人的骑士！

福德太太　喂，约翰！罗伯特！约翰！(罗宾下)

【二仆人重上。

福德太太　赶快把这一篓衣服抬起来。杠子在什么地方？哎哟，瞧你们这样慢手慢脚的！把这些衣服送到洗衣服的那里去；快点！快点！

【福德、培琪、卡厄斯及爱文斯同上。

福德　各位请过来；要是我的疑心全无根据，你们尽管把我取笑好了。啊！这是什么？你们把这篓子抬到哪儿去？

仆人　抬到洗衣服的那里去。

福德太太　咦，他们把它抬到什么地方，跟你有什么相干？你就是爱多管闲事，人家洗衣服，也要你问长问短的。

福德　哼，洗衣服！我倒希望把这屋子也洗一洗干净呢，什么野畜生都可以跑进跑出的！（二仆人抬篓下）各位朋友，昨天晚上我做了一个梦，让我把这个梦告诉你们听。这儿是我的钥匙，请你们跟我到房间里来搜一下，我相信我们一定会捉到那头狐狸的。让我先把这门锁上了。好，咱们捉狐狸去。

培琪　福德老爷，有话好讲，何必急成这个样子，让人家瞧着笑话。

福德　对啦，培琪老爷。各位上去吧，你们马上就有新鲜的把戏看了。大家跟我来。（下）

爱文斯　这种吃醋简直是无理取闹。

卡厄斯　我们法国就没有这种事，法国人是不作兴吃醋的。

培琪　咱们还是跟他上去吧，瞧他搜出些什么来。（培琪、卡厄斯、爱文斯同下）

培琪太太　咱们这计策岂不是一举两得？

福德太太　我不知道愚弄我的丈夫跟愚弄福斯塔夫，比较起来那一件事更使我高兴。

培琪太太　你的丈夫问那篓子里有什么东西的时候，他一定吓得要命。

福德太太　我想他是应该洗个澡了，把他扔在水里，对于他也是有好处的。

培琪太太　该死的骗人的坏蛋！我希望像他那一类的人一起受到这种报应。

福德太太　我觉得我的丈夫有点知道福斯塔夫在这儿；我从来没有见过

他像今天这样的一股醋劲。

培琪太太　让我想个计策把他试探试探。福斯塔夫那家伙虽然已经受到了一次教训，可是像他那样荒唐惯了的人，一服药吃下去未必见效，我们应当让他多知道些厉害才是。

福德太太　我们要不要再叫快嘴桂嫂那个傻女人到他那儿去，对他说这次把他扔在水里，实在是一时疏忽，并非故意，请他原谅，再约他一个日期，好让我们再把他捉弄一次？

培琪太太　一定那么办！我们叫他明天八点钟来，替他压惊。

【福德、培琪、卡厄斯及爱文斯重上。

福德　我找不到他。这混蛋也许只会吹牛，他自己知道这种事情是办不到的。

培琪太太　(向福德太太旁白)你听见吗？

福德太太　(向培琪太太旁白)嗯，别说话。——福德夫君，您待我真是太好了，是不是？

福德　是，是，是。

福德太太　上帝保佑您以后再不要用这种龌龊心思猜疑人家了！

福德　阿门！

培琪太太　福德老爷，您真太对不起您自己啦。

福德　是，是，是我不好。

爱文斯　这屋子里、房间里、箱子里、壁橱里，要是找得出一个人来，那么上帝在最后审判的日子饶恕我的罪恶吧！

卡厄斯　我也找不出来，一个人也没有。

培琪　啧！啧！福德老爷！您不害羞吗？什么鬼附在您身上，叫您想起这种事情来呢？我希望您以后再不要发这种神经病了。

福德　培琪老爷，这是我的不好，自取其辱。

爱文斯　这都是您良心不好的缘故，尊夫人是一位大贤大德的娘子，五千个女人里头也找不到像她这样的一个；不，就是五百个里也找不到呢。

卡厄斯　她真的是一个规矩的女人。

福德　好，我说过我请你们来吃饭。来，来，咱们先到公园里走走吧。请诸位多多原谅，我以后会告诉你们今天我有这一番举动的缘故。来，娘子。来，培琪家嫂子。请你们原谅我，今天实在吵得太不像话了，请不要见怪！

培琪　列位，咱们进去吧，可是今天一定要把他大大地取笑一番。明天早晨我请你们到舍间吃一顿早点心，吃过点心，就去打鸟去；我有一头很好的猎鹰，要请你们赏识赏识它的本领。诸位以为怎样？

福德　一定奉陪。

爱文斯　要是只有一个人去，我就是第二个。

卡厄斯　要是只有一个两个人去，我就是第三个。

福德　培琪老爷，请了。

爱文斯　请你明天不要忘记嘉德饭店老板那个坏家伙。

卡厄斯　很好，我一定不忘记。

爱文斯　这坏家伙，专爱寻人家的开心！（同下）

第三幕　第四场　培琪家中一室

【范顿、安·培琪及快嘴桂嫂上；桂嫂立一旁。

范顿　我知道我得不到你父亲的欢心，所以你别再叫我去跟他说话了，亲爱的小安。

安·培琪　唉！那么怎么办呢？

范顿　你应当自己做主才是。他反对我的理由，是说我的门第太高，又说我因为家产不够挥霍，想靠他的钱来弥补弥补；此外他又举出种种的理由，说我过去的行为太放荡，说我结交的都是一班狐朋狗友；他老实不客气地对我说，我之所以爱你，不过是把你看作一注财产而已。

安·培琪　他说的话也许是对的。

范顿　不，我永远不会有这样的存心！安，我可以向你招认，我最初来向你求婚的目的，的确是你父亲的财产；可是自从我认识了你以后，我就觉得你的价值远超过一切的金银财富；我现在除了你美好的本身以外，再没有别的希求。

安·培琪　好范顿老爷，您还是去向我父亲说说吧。要是机会和最谦卑的恳求都不能使您达到目的，那么——您过来，我对您说。（二人在一旁谈话）

【夏禄及斯兰德上。

夏禄　桂嫂，打断他们的谈话，让我的侄子自己去向她求婚。

斯兰德　成功失败，在此一试。

夏禄　不要慌。

斯兰德　不，她不会使我发慌，可是我有点胆怯。

桂嫂　安，斯兰德少爷要跟你讲句话哩。

安·培琪　我就来。（旁白）这是我父亲中意的人。唉！有了一年三百镑的收入，顶不上眼的伧夫也就变成俊汉了。

桂嫂　范顿老爷，您好？请您过来说句话儿。

夏禄　她来了。侄儿，你上去吧。对她说，你父亲生前是个什么人。

斯兰德　安小姐，我有一个父亲，我的叔父可以告诉您许多关于他的很有趣的笑话。叔父，请您把我的父亲怎样从人家篱笆里偷了两头鹅的那个笑话讲给安小姐听吧，好叔父。

夏禄　安小姐，我的侄儿很是爱您。

斯兰德　对了，正像我爱葛罗斯特州的无论哪一个女人一样。

夏禄　他愿意按照一份乡绅人家的体面供养您。

斯兰德　那是当然的。不管发生什么情况，乡绅人家总是乡绅人家呀。

夏禄　他愿意在他的财产里划出一百五十镑钱来归在您的名下。

安·培琪　夏禄老爷，还是让他自己说吧。

夏禄　啊，谢谢您，我真感谢您的好意。侄儿，她叫你哩，我让你们两个人谈谈吧。

安·培琪　斯兰德世兄。

斯兰德　是的，好安小姐？

安·培琪　你意属如何？

斯兰德　我的遗嘱？啊上帝，真是会开玩笑呀！谢谢上天，我还从未立下过什么遗嘱哩！老天万岁，我并非什么病魔缠身的人。

安·培琪　斯兰德世兄，我是说，你对我是什么意思？

斯兰德　实实在在说，我自己本来一点没有这个意思，都是令尊跟家叔两个人的主张。要是我有这运气，那固然很好，不然的话，就让别人来享受这个福分吧！他们可以告诉您许多我自己不会说的话，您还是去问您的父亲吧；他来了。

【培琪及培琪太太上。

培琪　啊，斯兰德少爷！安，你爱他吧。咦，怎么！范顿老爷，您到这儿来有什么事？我早就对您说过了，我的女儿已经有了人家，您还是一趟一趟到我家里来，这不是太不成话了吗？

范顿　啊，培琪老爷，您别生气。

培琪太太　范顿老爷，您以后别再来看我的女儿了。

培琪　她是不会嫁给您的。

范顿　培琪老爷，请您听我说。

培琪　不，范顿老爷，我不要听您说话。来，夏禄老爷；来，斯兰德贤婿，咱们进去吧。范顿老爷，您实在太不讲理啦。（培琪、夏禄、斯兰德同下）

桂嫂　向培琪太太说去。

范顿　培琪太太，我对于令爱的一片至诚，天日可表，一切的阻碍、谴责和世俗的礼法，都不能使我灰心后退；我希望能够得到您的同意。

安·培琪　好妈妈，别让我跟那个傻瓜结婚。

培琪太太　我是不愿让你嫁给他；我会替你找一个好一点的丈夫。

桂嫂　那就是我的主人卡厄斯大夫。

安·培琪　唉！要是叫我嫁给那个医生，我宁愿让你们把我活活埋了！

培琪太太　算了，别自寻烦恼啦，范顿老爷，我不愿偏着您，也不愿跟您作梗，让我先去问问我的女儿，看她究竟对您有几分意思，慢慢儿的再说吧。现在我们失陪了，范顿老爷，她要是再不进去，她的父亲一定又要发脾气的。

范顿　再见，培琪太太。再见，小安。（培琪太太及安·培琪下）

桂嫂　瞧，这都是我帮您的忙。我说，“您愿意把您的孩子随随便便嫁给一个傻瓜，一个医生吗？瞧范顿老爷多好！”这都是我帮您的忙。

范顿　谢谢你。这一个戒指，请你今天晚上送给我的亲爱的小安。这几个钱是赏给你的。

桂嫂　天老爷赐给您好福气！（范顿下）他的心肠真好，一个女人碰见这样好心肠的人，就是为他到火里去水里去也甘心。可是我倒希望我的主人娶到了安小姐；我也希望斯兰德少爷能够娶到她；天地良心，我也希望范顿老爷娶到她。我要替他们三个人同样出力，因为我已经答应过他们，说过的话总是要作数的；可是我要替范顿老爷特别出力。啊，两位奶奶还要叫我到福斯塔夫那儿去一趟呢，该死，我怎么还在这儿拉拉扯扯的！（下）

第三幕　第五场　嘉德饭店中的一室

【福斯塔夫及巴道夫上。

福斯塔夫　喂，巴道夫！

巴道夫　有，爵爷。

福斯塔夫　给我倒一碗酒来，放一块面包在里面。（巴道夫下）想不到我活到今天，却给人装在篓子里抬出去，像一车屠夫切下来的肉骨肉屑一样倒在泰晤士河里！好，要是我再上人家这样一次当，我一定把我的脑髓敲出来，涂上黄油丢给狗吃。这两个混账东西把我扔在河里，简直就像淹死一只瞎眼老母狗的一窝小狗一样，不当作一回事情。你们瞧我这样胖大的身体，就可以知道我沉下水里去，是比别人格外快的，即使河底深得像地狱一样，我也会一下子就沉下去，要不是水浅多沙，我早就淹死啦。我最怕的就是淹死，因为一个人淹死了尸体会发胀，像我这样的人要是发起胀来，那还成什么样子！不是要变成一大堆死肉了吗？

【巴道夫携酒重上。

巴道夫 爵爷，桂嫂要跟您说话。

福斯塔夫 来，我一肚子都是泰晤士河里的水，冷得好像腰气痛的时候吞下了雪块一样，让我倒些酒下去把它温一温吧。叫她进来。

巴道夫 进来，妇人。

【快嘴桂嫂上。

桂嫂 爵爷，您好？早安，爵爷！

福斯塔夫 把这些酒杯拿去了，再给我好好儿温一壶酒来。

巴道夫 要不要放鸡蛋？

福斯塔夫 什么也别放。(巴道夫下)怎么？

桂嫂 呃，爵爷，福德家娘子叫我来望望您。

福斯塔夫 别向我提起什么汪汪啦！我受够了汪汪，我给人丢在汪汪大河里，肚子里装得水汪汪。

桂嫂 哎哟！那怎么怪得她？她把那两个仆人训了一通。谁想得到他们竟会误会了她的意思。

福斯塔夫 我也是太轻信啦，会去应一个傻女人的约。

桂嫂 爵爷，她为了这件事，心里头才说不出的难过呢；看见她那种伤心的样子，谁都会心软的。她的丈夫今天一早就打鸟去了，她请您在八点到九点之间，再到她家里去一次。我必须赶快把她的话向您交代清楚。您放心好了，这一回她一定会好好儿补报您的。

福斯塔夫　好，你回去对她说，我一定来。叫她想一想哪一个男人不是朝三暮四，像我这样的男人，可是容易找到的？

桂嫂　我一定这样对她说。

福斯塔夫　你说是在九点到十点之间吗？

桂嫂　八点到九点之间，爵爷。

福斯塔夫　好，你去吧，我一定来就是了。

桂嫂　再会了，爵爷。（下）

福斯塔夫　白罗克到这时候还不来，倒有些奇怪；他寄信来叫我等在这儿不要出去的。我很欢喜他的钱。啊！他来啦。

【福德上。

福德　您好，爵爷！

福斯塔夫　啊，白罗克先生，您是要来探问我到福德老婆那儿去的经过情形吗？

福德　我正是要来问您这件事。

福斯塔夫　白罗克先生，我不愿对您说谎，昨天我是按照她约定的时间到她家里去的。

福德　那么您进行得顺利不顺利呢？

福斯塔夫　别提啦，白罗克先生。

福德　怎么？难道她又变卦了吗？

福斯塔夫　那倒不是，白罗克先生，都是她的丈夫，那只贼头贼脑的死乌龟，一天到晚见神见鬼地疑心他的妻子；我跟她抱也抱过了，吻也吻过了，发誓也发誓过了，一本喜剧刚刚念好引子，他就疯疯癫癫地带了一大批狐群狗党，声势汹汹地说是要到家里来捉奸。

福德　啊！那时候您正在屋子里吗？

福斯塔夫　那时候我正在屋子里。

福德　他没有把您搜到吗？

福斯塔夫　您听我说下去。总算我命中有救，来了一位培琪太太，报告我们福德就要来了的消息；福德家的女人吓得毫无主意，只好听了她的计策，把我装进一只洗衣服的篓子里去。

福德　洗衣服的篓子！

福斯塔夫　正是一只洗衣服的篓子！把我跟那些脏衬衫、臭袜子、油腻的手巾，一股脑儿塞在一起。白罗克先生，您想想这股气味可是叫人受得了的？

福德　您在那篓子里住了多久呢？

福斯塔夫　别急，白罗克先生，你听我说下去，就可以知道我为了您的缘故去勾引这个妇人，吃过了多少的苦。她们把我这样装进了篓子以后，就叫两个混蛋仆人把我当做一篓脏衣服，抬到洗衣服的那里去。他们刚把我抬上肩走到门口，就碰见他们的主人，那个醋天醋地的家伙，问他们这里面装的是什么东西；我怕这个疯子真的要搜起篓子来，吓得浑身乱抖，可是命运注定他要做一个王八，居然他没有搜。好，于是他就到屋子里去搜查，我也就冒充着脏衣服出去啦。可是白罗克先生，您听着，还有下文哪。我一共差不多死了三次：第一次，因为碰在这个吃醋的王八羔子手里，把我吓得死去活来；第二次，我让他们把我塞在篓里，像一柄插在鞘子里的宝剑一样，头朝地，脚朝天，再用那些油腻得恶心的衣服把我闷起来，您想，像我这样胃口的人，本来就是像牛油一样遇到了热气会融化的，不闷死已算是天下奇闻；到末了，脂油跟汗水把我煎得半熟以后，这两个混蛋仆人就把我像一个滚热的出笼包子似的，向泰晤士河里丢了下去。白罗克先生，您想，我简直像一块给铁匠打得通红的马蹄铁，放到水里，连河水都滋拉拉地叫起来呢！

福德　爵爷，您为我受了这许多苦，我真是抱歉万分。这样看来，我的希望是永远达不到的了，您未必会再去一试吧？

福斯塔夫　白罗克先生，别说他们把我扔在泰晤士河里，就是把我扔在火山洞里，我也不会就此把她放手的。她的男人今天早上打鸟去了，我已经又得到了她的信，约我八点到九点之间再去。

福德　现在八点钟已经过了，爵爷。

福斯塔夫　真的吗？那么我要去赴约了。您有空的时候再来吧，我一定会让您知道我进行得怎样；总而言之，她一定会到您手里的。再见，白罗克先生，您一定可以得到她；白罗克先生，您一定可以叫福德做一个大王八。（下）

福德　哼！嘿！这是一场梦境吗？我在做梦吗？我在睡觉吗？福德，醒来！醒来！你的最好的外衣上有了一个窟窿了，福德老爷！这就是娶了妻子的好处！这就是洗衣服篓子的用处！好，我要让他知道我究竟是什么人；我要现在就去把这奸夫捉住，他在我的家里，这回一定不让他逃走，他一定逃不了。也许魔鬼会帮助他躲起来，这回我一定要把无论什么稀奇古怪的地方都一起搜到，连胡椒瓶子都要倒出来看看，看他躲得到哪里去。王八虽然已经做定了，可是我不能就此甘心呀；我要叫他们看看，王八也不是好欺侮的。（下）

第 四 幕

第四幕 第一场 **街 道**

【培琪太太、快嘴桂嫂及威廉上。

培琪太太 你想他现在是不是已经在福德家了？

桂嫂 这时候他一定已经去了，或者就要去了。可是他因为给人扔在河里，很生气哩。福德太太请您快点儿过去。

培琪太太 等我把这孩子送上学，我就去。瞧，他的先生来了，今天大概又是放假。

【爱文斯上。

培琪太太 啊，休师父！今天不上课吗？

爱文斯 不上课，斯兰德少爷放孩子们一天假。

桂嫂 真是个好人！

培琪太太 休师父，我丈夫说我儿子读书毫无长进。求你考他几道拉丁语语法问题吧。

爱文斯 来吧，威廉。抬起头，来。

培琪太太 来，孩子，抬起头，回老师话，别怕。

爱文斯 威廉，名词的数有几个？

威廉 两个。

桂嫂 说实话，我认为本来还要加一个数，因为他们常说“单数”。

爱文斯 你闭嘴！威廉，“漂亮”该怎么说？

威廉 基律。

桂嫂 妓女？比妓女更漂亮的东西有的是。

爱文斯　蠢女人，你闭嘴吧。威廉，“拉皮士”是什么？

威廉　石头。

爱文斯　“石头”是什么，威廉？

威廉　石块。

爱文斯　不，应该是“拉皮士”。你要把这个拉丁字记住。

威廉　拉皮士。

爱文斯　好，威廉真不赖。那么，作冠词用的词是些什么词？

威廉　冠词来源于代词，因此有变格，单数主格：西克、海克、霍克。

爱文斯　主格是：西格、哈格、火格；注意，所属格是“互汝斯”。好啦，你说什么是对格？

威廉　对格是：新克。

爱文斯　请你记住，孩子。对格是：浑格、汉格、火格。

桂嫂　没错儿。“火狗”就是拉丁语的“火腿”。

爱文斯　别插嘴，你这女人。呼格是什么，威廉？

威廉　呃——呼格，呃——

爱文斯　记住，威廉，呼格是卡罗勃。

桂嫂　萝卜只是一种根，挺好的。

爱文斯　你这女人，闭口！

培琪太太　安静！

爱文斯　威廉，复数属格是什么？

威廉　属格吗？

爱文斯　对呀。

威廉　属格是：霍鲁姆、哈鲁姆、霍鲁姆。

桂嫂　珍妮的人格？去她的珍妮！别提她的名字，孩子，她是一个妓女。

爱文斯　你这女人，不要脸。

桂嫂　你教给孩子这些字眼儿才是不要脸。瞧他教他去当“嫖客”“喝客”，其实，你不教，他们自个儿也会很快学会，还教他“哄绿妹子”——呸！

爱文斯　你这女人疯了吗？你连你自己的“性”“数”“格”都弄不懂吗？你这基督徒，要多蠢，有多蠢。

培琪太太　请你安静些。

爱文斯　威廉，告诉我，代词的变格是哪几种？

威廉　哎呀，我已经忘了。

爱文斯　那是qui，quae，quod，如果你忘了qui's，quae's和quod's，我就打你的屁股。你现在玩去吧，去吧。

培琪太太　他比我原来想象的要用功一点。

爱文斯　他记性好，机灵。再见，培琪太太。

培琪太太　再见，休师父。（爱文斯下）孩子，你先回家去。来，我们已经耽搁得太久了。（同下）

第四幕 第二场　**福德家中一室**

【福斯塔夫及福德太太上。

福斯塔夫　娘子，你的懊恼已经使我忘记了我身受的种种痛苦。你既然这样一片真心对待我，我也绝不会有丝毫亏负你；我一定会加意奉承，格外讨好，管教你心满意足就是了。可是你相信你的丈夫这回一定不会再来了吗？

福德太太　好爵爷，他打鸟去了，一定不会早回来的。

培琪太太　（在内）喂！福德嫂子！喂！

福德太太　爵爷，您进去一下。（福斯塔夫下）

【培琪太太上。

培琪太太　啊，心肝！你屋子里还有什么人吗？

福德太太　没有，就是自己家里几个人。

培琪太太　真的吗？

福德太太　真的。（向培琪太太旁白）说响一点。

培琪太太　真的没有什么人，那我就放心啦。

福德太太　为什么？

培琪太太　为什么，我的奶奶，你那汉子的老毛病又发作啦。他正在那儿拉着我的丈夫，痛骂那些有妻子的男人，皂白不分地咒骂着天下所有的女人，还把拳头捏紧了敲着自己的额角。无论什么疯子狂人，比起他这种疯狂的样子来，都会变成顶文雅顶安静的人。那个胖骑士不在这儿，真是运气！

福德太太　怎么，他又说起他吗？

培琪太太　不说起他还说起谁？他发誓说上次他来搜他的时候，他是给装在篓子里扛出去的；他一口咬定说他现在就在这儿，一定要叫我的丈夫和同去的那班人停止了打鸟，陪着他再来试验一次他疑心得对不对。我真高兴那骑士不在这儿，这回他该明白他自己的傻气了。

福德太太　培琪嫂子，他离开这儿有多少远？

培琪太太　只有一点点路，就在街的底头，一会儿就来了。

福德太太　完了！那骑士正在这儿呢。

培琪太太　那么你的脸要丢尽，他的命也保不住啦。你真是个宝货！快打发他走吧！快打发他走吧！丢脸还是小事，弄出人命案子来可不是耍。

福德太太　叫他到哪儿去呢？我怎样把他送出去呢？还是把他装在篓子里吗？

【福斯塔夫重上。

福斯塔夫　不，我再也不躲在篓子里了。还是让我趁他没有来，赶快出去吧。

培琪太太　唉！福德的三个弟兄手里拿着枪，把守着门口，什么人都不让出去；否则你倒可以溜了出去的。可是你干什么又要到这儿来呢？

福斯塔夫　那么我怎么办呢？还是让我钻到烟囱里去吧。

福德太太　他们平常打鸟回来，鸟枪里剩下的子弹都是往烟囱里放的。

培琪太太　还是灶洞里倒可以躲一躲。

福斯塔夫　在什么地方？

福德太太　他一定会找到那个地方的。他已经把所有的柜啦、橱啦、板箱啦、皮箱啦、铁箱啦、井啦、地窖啦，以及诸如此类的地方，一起记在笔记簿上，只要照着目录一处处搜寻起来，总会把您搜到的。

福斯塔夫　那么我还是出去。

培琪太太　爵爷，您要是就这么一副尊容跑出去，那您休想活命。除非化装一下——

福德太太　我们把他怎样化装起来呢？

培琪太太　唉！我不知道。哪里找得到一身像他那样身材的女人衣服？否则叫他戴上一个帽子，披上一条围巾，头上罩一块布，也可以混了出去。

福斯塔夫　好心肝乖心肝，替我想想法子。只要安全无事，什么丢脸的事我都愿意干。

福德太太　我家女佣人的姑母，就是那个住在勃伦府的胖婆子，倒有一件罩衫在这儿楼上。

培琪太太　对了，那正好给他穿，她的身材是跟他一样大的；而且她的那顶粗呢帽和围巾也在这儿。爵爷，您快奔上去吧。

福德太太　去，去，好爵爷；让我跟培琪嫂子再给您找一方包头的布儿。

培琪太太　快点，快点！我们马上就来给您打扮，您先把那罩衫穿上再说。（福斯塔夫下）

福德太太　我希望我那汉子能够瞧见他扮成这个样子；他一见这个勃伦府的老婆子就眼中出火，他说她是个妖妇，不许她走进我们家里，说是一看见她就要打她。

培琪太太　但愿上天有眼，让他尝一尝你丈夫的棍棒的滋味！但愿那棍棒落在他身上的时候，有魔鬼附在你丈夫的手里！

福德太太　可是我那汉子真的就要来了吗？

培琪太太　真的，他还在说起那篓子呢，也不知道他哪里得来的消息。

福德太太　让我们再试他一下。我仍旧去叫我的仆人把那篓子抬到门口，让他看见，就像上一次一样。

培琪太太　可是他立刻就要来啦，还是先去把他装扮作那个勃伦府的巫婆吧。

福德太太　我先去吩咐我的仆人，叫他们把篓子预备好了。你先上去，我马上就把他的包头布带上来。（下）

培琪太太　该死的狗东西！这种人就是捉弄他一千次也不算罪过。

不要看我们一味胡闹，

　这蠢猪是他自取其殃；

我们要告诉世人知道，

　风流的娘儿们不一定轻狂。(下)

【福德太太率二仆人重上。

福德太太　你们再把那篓子抬出去；老爷快要到门口了，他要是叫你们放下来，你们就听他的话放下来。快点，马上就去。（下）

甲仆　来，来，把它抬起来。

乙仆　但愿这篓子里不要再装满了骑士才好。

甲仆　我也希望不再像前次一样；抬一篓铅都没有那么重哩。

【福德、培琪、夏禄、卡厄斯及爱文斯同上。

福德　不错，培琪老爷，可是要是真有这回事，您还有法子替我洗去污名吗？狗才，把这篓子放下；又有人来私会我的妻子了。哼，把年轻男人装在篓子里！你们这两个拉皮条的混蛋！你们都是串通一气，狼狈为奸，合伙算计我。现在这一切阴谋诡计都要暴露无遗了。喂，我的太太，你出来！瞧瞧你给他们洗些什么好衣服！

培琪　这真太过分了！福德老爷，您要是再这样疯下去，我们真要把您铐起来了，免得闹出什么乱子来。

爱文斯　哎哟，这简直是发疯！像疯狗一样的发疯！

夏禄　真的，福德老爷，这真的有点儿不大好。

福德　我也是这样说哩——

【福德太太重上。

福德　过来，福德娘子，咱们这位贞洁的妇人，端庄的妻子，贤德的人儿，可惜嫁给了一个爱吃醋的傻瓜！娘子，是我无缘无故瞎起疑心吗？

福德太太　老天为证，你要是疑心我有什么不规矩的行为，那你的确太会多心了。

福德　说得好，不要脸的东西！你尽管嘴硬吧。过来，狗才！（翻出篓中衣服）

培琪　这真太过分了！

福德太太　你好意思吗？别去翻那衣服了。

福德　我就会把你的秘密揭破的。

爱文斯　这简直是岂有此理。还不把你妻子的衣服拿起来吗？去吧，去吧。

福德　把这篓子倒空了！

福德太太　为什么呀，傻子，为什么呀？

福德　培琪老爷，不瞒您说，昨天就有一个人装在这篓子里从我的家里抬出去，谁知道今天他不会仍旧在这里面？我相信他一定在我家里，我的消息是绝对可靠的，我的疑心是完全有根据的。给我把这些衣服一起拿出来。

福德太太　要是你在这里面找得出一个男人来，那就把他当虱子掐死好了。

培琪　里边没人。

夏禄　福德老爷，这真的太不成话了，真的太不成话了。

爱文斯　福德老爷，您应该常常祷告，不要随着自己的心一味胡思乱想；吃醋也没有这样吃法的。

福德　好，他没有躲在这里面。

培琪　除了在您自己脑子里以外，您根本就找不到这样一个人。（二仆人将篓抬下）

福德　帮我再把我的屋子搜一次，要是再找不到我所要找的人，你们尽管把我嘲笑得体无完肤好了；让我永远做你们餐席上谈笑的资料，要是人家提起吃醋的男人来，就把我当作一个现成的例子，因为我会在一枚空的核桃壳里找寻妻子的情人。请你们再帮我这一次忙，跟我搜一下，好让我死了心。

福德太太　喂，培琪娘子！您陪着那位老太太下来吧，我的丈夫要上楼来了。

福德　老太太！哪里来的老太太？

福德太太　就是我家女仆的姑妈，住在勃伦府的那个老婆子。

福德　哼，这妖妇，这贼老婆子！我不是不许她走进我的屋子里吗？她又是给什么人带信来的，是不是？我们都是头脑简单的人，不懂得求神问卜这些玩意儿，什么画符、念咒、起课这一类鬼把戏，我们全不懂得。快给我滚下来，你这妖妇，鬼老太婆！滚下来！

福德太太　不，我的好老爷！列位老爷，别让他打这可怜的老婆子。

【培琪太太偕福斯塔夫女装重上。

培琪太太　来，老婆婆，来，搀着我的手。

福德　（打福斯塔夫）滚出去，你这妖妇，你这贱货，你这臭猫，你这鬼老太婆！滚出去！滚出去！（福斯塔夫下）

培琪太太　你羞不羞？这可怜的妇人差不多给你打死了。

福德太太　欺负一个苦老太婆，真有你的！

福德　该死的妖妇！

爱文斯　我想这妇人的确是一个妖妇；我不喜欢有胡须的女人，我看见她的围巾下面露出几根胡须呢。

福德　列位，请你们跟我来好不好？看看我究竟是不是瞎起疑心。要是我完全无理取闹，请你们以后再不要相信我的话。

培琪　咱们就再顺顺他的意思吧。各位，大家来。（福德、培琪、夏禄、卡厄斯、爱文斯同下）

培琪太太　他把他打得真可怜。

福德太太　这一顿打才打得痛快呢。

培琪太太　我想把那棒儿放在祭坛上供奉起来，它今天立下了很大的功劳。

福德太太　我倒有一个意思，不知道你以为怎样，我们横竖名节无亏，问心无愧，索性一不做，二不休，再把他捉弄一番好不好？

培琪太太　他吃过了这两次苦头，一定把他的色胆都吓破了；除非魔鬼盘踞在他心里，大概他不会再来冒犯我们了。

福德太太　我们要不要把我们怎样捉弄他的情形告诉我们的丈夫知道？

培琪太太　很好，这样也可以点破你那汉子的疑心。要是他们认为这个荒唐的胖骑士还有应加惩处的必要，那么仍旧可以委托我们全权办理的。

福德太太　我想他们一定要让他当着众人出一次丑；我们这一个笑话也一定要这样才可以告一段落。

培琪太太　好，那么我们就去商量办法吧；我的脾气是想到就做，不让事情搁冷下去。（同下）

第四幕　第三场　**嘉德饭店中的一室**

【店主及巴道夫上。

巴道夫　老板，那几个德国人要问您借三匹马；公爵明天要上朝来了，他们要去迎接他。

店主　什么公爵来得这样秘密？我不曾在宫廷里听见人家说起。让我去跟那几个客人谈谈。他们说英语吗？

巴道夫　好，我去叫他们来。

店主　马是可以借给他们，可是我不能让他们白骑，世上没有这样便宜的事情。他们已经住了我的屋子一个星期了，我已经为了他们回绝了多少别的客人。我可不能跟他们客气，这笔损失是一定要叫他们赔偿的。来。（同下）

第四幕 第四场　**福德家中一室**

【培琪、福德、培琪太太、福德太太及爱文斯同上。

爱文斯　女人家有这样的心思，难得难得！

培琪　他是同时寄信给你们两个人的吗？

培琪太太　我们在一刻钟内同时接到。

福德　娘子，请你原谅我。从此以后，你爱做什么就做什么，我宁愿疑心太阳失去了热力，也不愿疑心你有不贞的行为。你已经使一个对于你的贤德缺少信心的人，变成你的一个忠实的信徒了。

培琪　好了，好了，别说下去了。太冒冒失失固然不好，低三下四也是不对的。我们还是来商量计策吧。为了开开心，让我们的妻子再跟这个胖老头子约好一个时间，到了那时候，我们就去捉住他，把他羞辱一顿。

福德　她们刚才说起的那个办法，再好没有了。

培琪　怎么？约他在半夜里到公园里去相会吗？嘿！他再也不会来的。

爱文斯　你们说他已经给丢在河里，还给人当作一个老婆子痛打了一顿，我想他一定吓怕了不会再来了。他的肉体已经受到责罚，他一定不敢再起欲念了。

培琪　我也是这样想。

福德太太　你们只要商量商量等他来了怎样对付他，我们两人自会想法子叫他来的。

培琪太太　有一个古老的传说，说是曾经在这儿温莎地方做过管林人的猎夫赫恩，常常在冬天的深夜里鬼魂出现，绕着一株橡树兜圈子，头上还长着又粗又大的角，手里摇着一串链条，发出怕人的声响；他一出来，树木就要枯黄，牲畜就要害病，乳牛的乳汁会变成血液。这一个传说从前代那些迷信的人们嘴里传下来，就好像真有这回事的一样，我想你们各位也都听见过的。

培琪　是呀，有许多人不敢在深夜里经过这株赫恩的橡树呢。可是你为什么要提起它呢？

福德太太　这就是我们的计策：我们要叫福斯塔夫头上装了两只大角，扮做赫恩的样子，在那橡树的旁边等着我们。

培琪　好，就算他听你们的，这样打扮着来了，你们预备把他怎么办呢？

培琪太太　那我们也已经想好了：我们先叫我的女儿安和我的小儿子，还有三四个跟他们差不多大小的孩子，大家打扮作一队精灵的样子，穿着绿色的和白色的衣服，各人头上戴着一圈蜡烛，手里拿着响铃，埋伏在树旁的土坑里，等福斯塔夫跟我们相会的时候，他们就一拥而出，嘴里唱着各色各种的歌儿；我们一看见他们出来，就假装吃惊逃走了，然后让他们把他团团围住，把这龌龊的骑士你拧一把，我刺一下，还要质问他为什么在这仙人们游戏的时候，胆敢装扮作那种秽恶的形状，闯进神圣的地方来。

福德太太　这些假扮的精灵们要把他拧得遍体鳞伤，还用蜡烛烫他的皮肤，直等他招认一切为止。

培琪太太　等他招认以后，我们大家就一起出来，拔下他的角，把他一路取笑着回到温莎。

福德　孩子们倒要叫他们练习得熟一点，否则会露出破绽来的。

爱文斯　我可以教这些孩儿们怎样做；我自己也要扮作一个猴儿鬼子，用蜡烛去烫这骑士哩。

福德　那好极啦。我去替他们买些面具来。

培琪太太　我的小安要扮作一个仙后，穿着很漂亮的白袍子。

培琪　我去买缎子来给她做衣服。(旁白)到了那个时候，我可以叫斯兰德把安偷走，到伊登去跟她结婚。——你们马上就派人到福斯塔夫那里去吧。

福德　不，我还要用白罗克的名字去见他一次，他会把什么话都告诉我。他一定会来的。

培琪　太太不怕他不来。我们这些精灵们的一切应用的东西和饰物，也该赶快预备起来了。

爱文斯　我们赶紧办吧。这真是好玩极了，而且也是光明正大的恶作剧。(培琪、福德、爱文斯同下)

培琪太太　福德嫂子，你就去找桂嫂，叫他到福斯塔夫那里去，探探他的意思。(福德太太下)我现在要到卡厄斯大夫那边去，他是我中意的人，除了他谁也不能娶我的小安。那个斯兰德虽然有家私，却是一个呆子，我的丈夫偏偏喜欢他。这医生又有钱，他的朋友在宫廷里又有势力，只有他才配做她的丈夫，即使有两万个更了不得的人来向她求婚，我也不给他们。(下)

第四幕　第五场　嘉德饭店中的一室

【店主及辛普儿上。

店主　你要干什么，乡下佬，蠢东西？说吧，讲吧，简、短、快、猛。

辛普儿　呃，老板，我是斯兰德少爷叫我来跟约翰·福斯塔夫爵士说话的。

店主　那边就是他的房间，他的公馆，他的床铺，你瞧门上新画着浪子回家故事的就是。你去敲敲门，喊他一声，他就会跟你胡说八道。

辛普儿　刚才有一个胖大的老妇人跑进他的房间里去，请您让我在这儿等她下来吧；我本来是要跟她说话的。

店主　哈！一个胖女人！福斯塔夫八成儿挨偷了。让我叫他一声。喂，骑士！好爵爷！你在房间里吗？使劲儿回答我，你的店主东——你的老伙计在叫你哪。

福斯塔夫　(在上)什么事，老板？

店主　这儿有一个蛮子等着你的胖婆娘下来。叫她下来，好家伙，叫她下来；我的屋子是干干净净的，不能让你们干那种背地里干的勾当。哼，不要脸！

【福斯塔夫上。

福斯塔夫　老板，刚才是有一个胖老婆子在我这儿，可是现在她已经走了。

辛普儿　请问一声，爵爷，她就是勃伦府那个算命的女人吗？

福斯塔夫　对啦，螺蛳精；你问她干什么？

辛普儿　爵爷，我家主人斯兰德少爷因为瞧见她在街上走过，所以叫我来问问她，他有一串链条给一个叫作尼姆的骗去了，不知道那链条还在不在那尼姆的手里。

福斯塔夫　我已经跟那老婆子讲起过这件事了。

辛普儿　请问爵爷，她怎么说呢？

福斯塔夫　呃，她说，那个从斯兰德手里把那链条骗去的人，就是偷他链条的人。

辛普儿　我希望我能够当面跟她谈谈；我家少爷还叫我问她其他的事情哩。

福斯塔夫　什么事情？说出来听听看。

店主　对了，快说。

辛普儿　爵爷，我家少爷吩咐我要保守秘密呢。

店主　你要是不说出来，就叫你死。

辛普儿　啊，实在没有什么事情，不过是关于培琪家小姐的事情，我家少爷叫我来问问看他命里能不能娶她做妻子。

福斯塔夫　那可要看他的命运怎样了。

辛普儿　您怎么说？

福斯塔夫　娶得到也是他的命，娶不到也是他的命。你回去告诉主人，就说那老妇人这样对我说的。

辛普儿　我可以这样告诉他吗？

福斯塔夫　是的，阁下，你尽管这样说好了。

辛普儿　多谢爵爷；我家少爷听见了这样的消息，一定会十分高兴的。（下）

店主　你真聪明，爵爷，你真聪明。真的有一个算命的婆子在你房间里吗？

福斯塔夫　是的，老板，她刚才还在我这儿。她教给我许多我一生从来没有学过的智慧，我不但没有花半个钱学费，而且反而她要给我酬劳呢。

【巴道夫上。

巴道夫　哎哟，老板，不好了！又是骗子，净是些骗子！

店主　我的马儿呢？蠢奴才，好好儿对我说。

巴道夫　都跟着那些骗子们跑掉啦。一过了伊登，他们就把我从马上推下来，把我掼在一个烂泥潭里，他们就像三个德国鬼子似的，策马加鞭，飞也似的去了。

店主　狗才，他们是去迎接公爵的。别说他们逃走，德国人都是规规矩矩的。

【爱文斯上。

爱文斯　老板在哪儿？

店主　师父，什么事？

爱文斯　留心你的客人。我有一个朋友到城里来，他告诉我有三个德国骗子，一路上骗人家的马匹金钱；里亭、梅登海、科白路，各家旅店，都上了他们的当。我是一片好心来通知你，因为你是个很乖巧的人，专爱寻人家的开心，要是你居然也被人家骗了，那就实在有点不对劲儿了。再见。（下）

【卡厄斯上。

卡厄斯　店主东呢？

店主　卡厄斯大夫，我正在这儿心乱如麻呢。

卡厄斯　我不懂你的意思，可是人家告诉我，你正在准备着隆重招待一个德国的公爵，可是我不骗你，我在宫廷里就不知道有什么公爵要来。我是一片好心来通知你。再见。（下）

店主　狗才，快去喊人来捉贼去！骑士，帮帮我忙，我这回可完了！快跑，捉贼！完了！完了！（店主及巴道夫下）

福斯塔夫　我但愿全世界的人都受骗，因为我自己也受了骗，而且还挨了打。要是宫廷里的人听见了我怎样一次次地化身，给人当衣服洗，用棍子打，他们一下会把我身上的油一滴一滴挤下来，去擦渔夫的靴子；他们一定会用俏皮话儿把我挖苦得像一个干瘪的梨儿一样丧气。自从那一次赖了赌债以后，我一直交着坏运。好，要是我在临终以前还来得及念祷告，我一定要忏悔。

【快嘴桂嫂上。

福斯塔夫　啊，又是谁叫你来的？

桂嫂　除了那两个人还有谁？

福斯塔夫　让魔鬼跟他的老娘把那两个人抓了去吧！我已经为了她们的缘故吃过多少苦！男人本来是容易变心的，谁受得了这样的欺负？

桂嫂　您以为她们没有吃苦吗？说来才叫人伤心哪，尤其是那位福德家娘子，天可怜见，给她的汉子打得身上青一块紫一块的，简直找不出一处白净的地方。

福斯塔夫　什么青一块紫一块的，我自己给他打得五颜六色，浑身挂彩呢。我还险险乎给他们当作勃伦府的妖妇抓了去。要不是我急中生智，把一个老太婆的行动装扮得活灵活现，我早已给混蛋官差们锁上脚铐，办我一个妖言惑众的罪名了。

桂嫂　爵爷，让我到您房间里去跟您说话，您就会明白一切，而且包在我身上，一定会叫您满意的。这儿有一封信，您看了就知道了。天哪！把你们拉拢在一起，真麻烦死人！你们中间一定有谁得罪了上天，所以才这样好事多磨的。

福斯塔夫 那么你跟我上楼，到我房间里来吧。（同下）

第四幕 第六场 嘉德饭店中的另一室

【范顿及店主上。

店主 范顿老爷，别跟我说话，我心里憋气，想索性这门生意也不要做了。

范顿 可是你听我说。我要你帮我做一件事，事成之后，我不但赔偿你的全部损失，而且还愿意送给你黄金百镑，作为酬谢。

店主 好，范顿老爷，您说吧。我不知道我能不能帮您的忙，可是至少我不会泄露秘密。

范顿 我曾经屡次告诉你我对于培琪家安小姐的深切的爱情；她对我也已经表示默许了，要是她自己做得了主，我一定可以如愿以偿的。刚才我收到了她一封信，信里所说起的趣事儿，你要是知道了，一定会拍手称奇。而且这桩趣事跟本人的事大有干系，要弄清原委，就得两件事都说一说。那个胖子福斯塔夫这回有好看的了。关于这大玩笑的头头尾尾，且听我一一道来。（指信）听着，我的好老板，今夜十二点钟到一点钟之间，在赫恩橡树的近旁，我的亲爱的小安要扮成仙后的样子，为什么要这样打扮，这儿写得很明白。她父亲叫她趁着大家开玩笑开得乱哄哄的时候，跟斯兰德悄悄儿溜到伊登去结婚，她已经答应他了。可是她母亲是竭力反对她嫁给斯兰德，而决意把她嫁给卡厄斯的，她也已经约好那个医生，叫他也趁着人家忙得不留心的时候，用同样的方式把她带到教长家里去，请一个牧师替他们立刻成婚；她对于她母亲的这个计策，也已经假装服从的样子，答应了那医生了。他们的计划是这样的：她的父亲要她全身穿着白的衣服，以便识认，斯兰德看准了时机，就搀着她的手，叫她跟着走，她就跟着他走；她的母亲为了让那医生容易辨认起见——因为他们大家都是戴着面具的——却叫她穿着宽大的浅绿色的袍子，头上系着飘扬的丝带，那医生一看有了下手的机会，便上去把她的手捏一把，这一个暗号便是叫她跟着他走的。

店主　她预备欺骗她的父亲呢，还是欺骗她的母亲？

范顿　我的好老板，她要把他们两人一起骗了，跟我一块儿溜走。所以我要请你费心去替我找一个牧师，十二点钟到一点钟之间在教堂里等着我，为我们举行正式的婚礼。

店主　好，您去实行您的计划吧，我一定给您找牧师去。只要把那位姑娘带来，牧师是不成问题的。

范顿　多谢多谢，我一定永远记住你的恩德，而且我马上就会报答你的。（同下）

第　五　幕

第五幕 第一场　嘉德饭店中的一室

【福斯塔夫及快嘴桂嫂上。

福斯塔夫　请你别再啰里啰唆了，去吧，我一定不失约就是了。这已经是第三次啦，我希望单数是吉利的。去吧，人家说单数具有影响生死机缘的魔力呢！去吧！

桂嫂　我去给您弄一根链条来，再去设法找一对角来。

福斯塔夫　好，去吧，别耽搁时间了。抬起你的头来，扭扭屁股走吧。(桂嫂下)

【福德化装上。

福斯塔夫　啊，白罗克老爷！白罗克老爷，事情成功不成功，今天晚上就可以知道。请您在半夜时候，到赫恩橡树那儿去，就可以看见新鲜的事儿。

福德　您昨天不是对我说过，要到她那儿去赴约吗？

福斯塔夫　白罗克老爷，我昨天到她家里去的时候，正像您现在看见我一样，是个可怜的老头儿；可是白罗克老爷，我从她家里出来的时候，却变成一个苦命的老婆子了。白罗克老爷，她的丈夫，福德那个混蛋，简直是个吃醋鬼投胎。他欺我是个女人，把我没头没脑一顿打；可是，白罗克老爷，要是我穿着男人的衣服，别说他是个福德，就算他是个身长丈二的天神，拿着一根千斤重的梁柱向我打来，我也不怕他。我现在还有要事，请您跟我一路走吧，白罗克老爷，我可以把一切的事情完全告诉您。自从我小时候偷鹅、赖学、抽陀螺挨打以后，直到现在才重新尝到挨打的滋味。跟我来，我要告诉您关于这个姓福德的混蛋的古怪事儿；今天晚上我就可以向他报复，我一定会把他的妻子送到您的手里。跟我来。白罗克老爷，您就有好戏看了！跟我来。（同下）

第五幕 第二场 **温莎公园**

【培琪、夏禄、斯兰德同上。

培琪 来，来，咱们就躲在这座古堡的壕沟里，等我们那班精灵们的火光出现以后再出来。斯兰德贤婿，记着我的女儿。

斯兰德 好，一定记着；我已经跟她当面谈过，约好了用什么口号互相通知。我看见她穿着白衣服，就上去对她说“晦”，她就回答我“嘘”，这样我们就不会认错啦。

夏禄 那也好，可是何必嚷什么“晦”哩，什么“嘘”哩，你只要看定了穿白衣服的人就行啦。钟已经敲十点了。

培琪 天黑沉沉的，精灵和火光在这时候出现，再好没有了。愿上天保佑我们的游戏成功！除了魔鬼以外，谁都没有恶意；我们只要看谁的头上有角，就知道他是魔鬼。去吧，大家跟我来。（同下）

第五幕 第三场 **温莎街道**

【培琪太太、福德太太、卡厄斯同上。

培琪太太 大夫，我的女儿穿绿衣服；您看见时机到了，便过去搀着她的手，带她到教长家里去，赶快把事情办了。现在您一个人先到公园里去，我们两个人是要一块儿去的。

卡厄斯 我知道我应当怎么办。再见。

培琪太太　再见，大夫。（卡厄斯下）我的丈夫把福斯塔夫羞辱过了以后，知道这医生已经跟我的女儿结婚，一定会把一场高兴化作满腔怒火的；可是管他呢，与其将来使我心碎，宁可眼前受他一顿骂。

福德太太　小安和她的一队精灵现在在什么地方？还有那个威尔士鬼子休牧师呢？

培琪太太　他们都把灯遮得暗暗的，躲在赫恩橡树近旁的一个土坑里，一等到福斯塔夫跟我们会见的时候，他们就立刻在黑夜里出现。

福德太太　那一定会叫他大吃一惊的。

培琪太太　要是吓不倒他，我们也要把他讥笑一番；要是他果然吓倒了，我们还是要讥笑他的。

福德太太　咱们这回不怕他不上圈套。

培琪太太　像他这种淫棍，教训教训他也是好事。

福德太太　时间快到啦，到橡树底下去，到橡树底下去！（同下）

第五幕　第四场　**温莎公园**

【爱文斯化装率扮演精灵的一群上。

爱文斯　跑，跑，精灵们，来，别忘了你们各人该扮什么角色。大家放大胆子，跟着我进这土坑，等我一发号令，就照我的吩咐做。来，来，跑，跑。（同下）

第五幕　第五场　**公园中的另一部分**

【福斯塔夫顶牡鹿头扮赫恩上。

福斯塔夫　温莎的钟已经敲了十二点，时间快要到了。好色的天神们，照顾照顾我吧！记着，乔武大神[1]，你曾经为了你的爱人欧罗巴的缘故，化身为一头公牛，爱情使你头上生角。强力的爱啊！它会使畜生变成人类，也会使人类变成畜生。而且，乔武大神，你为了你心爱的勒达，还化身做过天鹅呢。万能的爱啊！你差一点不把天神的尊容变得像一只蠢鹅！既然天神们也都是这样贪淫，我们可怜的凡人又有什么办法呢？至于讲到我，那么我是这儿温莎地方的一匹雄鹿；在这树林子里，也可以算得上顶胖的了。乔武大神呵，让我凉凉快快地过一个性骚动期吧，我不过是排泄些多余油脂罢了，这有什么过错呢？谁来啦，我的母鹿吗？

【福德太太及培琪太太上。

福德太太　爵爷，你在这儿吗？我的鹿，我的公鹿？

福斯塔夫　我的黑尾巴的母鹿！让天上落下煽起情欲的马铃薯般大的雨点来吧，让它大锣大鼓地响起雷鸣般的情歌吧，让糖梅子、壮阳草冰雹般掉下来吧。让我的情欲如山洪暴发，而你的酥胸就是我避难之所。（拥抱福德太太）

福德太太　培琪太太也跟我一起来呢，好人儿。

福斯塔夫　那么你们把我切开来，各人分一条大腿去，留下两块肋条肉给我自己，肩膀肉赏给那看园子的，还有这两只角，送给你们的丈夫做个纪念品吧。哈哈！你们瞧我像不像猎人赫恩？丘比特是个有良心的孩子，现在他让我尝到甜头了。我用鬼魂的名义欢迎你们！（内喧声）

培琪太太　哎哟！什么声音？

福德太太　天老爷饶恕我们的罪过吧！

福斯塔夫　又是什么事情？

福德太太、培琪太太　快逃！快逃！（二人奔下）

---

[1]　乔武大神，古希腊罗马神话中的主神，又名朱庇特。他曾化为白色公牛掳走美女欧罗巴，又曾化为天鹅掳走美女勒达。

福斯塔夫　我想多半是魔鬼不愿意让我下地狱，因为我身上的油太多啦，恐怕在地狱里惹起一场大火来，否则他不会这样一次一次的跟我捣蛋。

【爱文斯乔装林神萨特，毕斯托尔扮小妖，安·培琪扮仙后，培琪、威廉及若干儿童各扮精灵侍从，头插小蜡烛同上。

安·培琪　黑的，灰的，绿的，白的精灵们，
月光下的狂欢者，黑夜里的幽魂，
你们是没有父母的造化的儿女，
不要忘记了你们各人的职务。
传令的小妖，替我向众精灵宣告。

毕斯托尔　众精灵，静听召唤，不许喧吵！
蟋蟀儿，你去跳进人家的烟囱，
看他们炉里的灰屑有没有扫空；
我们的仙后最恨贪懒的婢子，
看见了就把她拧得浑身青紫。

福斯塔夫　他们都是些精灵，谁要是跟他们说话，就不得活命；让我闭上眼睛躲起来吧，神仙们的事情是不许凡人窥看的。（俯伏地上）

爱文斯　比德在哪里？你去看有谁家的姑娘，
念了三遍祈祷方才睡上眠床，
你就悄悄儿替她把妄想收束，
让她睡得像婴儿一样甜熟；
谁要是临睡前不思量自己的过处，
你要叫他们腰麻背疼，手脚酸楚。

安·培琪　去，去，小精灵！
把温莎古堡内外搜寻：
每一间神圣的华堂散播着幸运，
让它巍然卓立，永无毁损，
祝福它宅基巩固，门户长新，

辉煌的大厦恰称着贤德的主人！
每一张尊严的宝座用心扫洗，
洒满了祓邪除垢的鲜花香水，
祝福那纹棂绣瓦，画栋雕梁，
千秋万岁永远照耀着荣光！
每夜每夜你们手挽手在草地上，
拉成一个圆圈儿跳舞歌唱，
清晨的草上留下你们的足迹，
一团团葱翠新绿的颜色；
再用青紫粉白的各色鲜花，
写下了天书仙语，“清心去邪”，
像一簇簇五彩缤纷的珠玉，
草地是神仙的纸，花是神仙的符篆。
去，去，往东的向东，往西的向西！
等到钟鸣一下，可不要忘了，
我们还要绕着赫恩橡树舞蹈。

爱文斯　大家排着队，大家手牵手，
二十个萤虫给我们点亮灯笼，
照着我们树阴下舞影憧憧。
且慢！哪里来的生人气？

福斯塔夫　天老爷保佑我不要给那个威尔士老怪瞧见，他会叫我变成一块干酪哩！

毕斯托尔　坏东西！你是个天生的孽种。

安·培琪　让我用炼狱火把他指尖灼烫，
看他的心地是纯洁还是肮脏：
他要是心无污秽火不能伤，
哀号呼痛的一定居心不良。

毕斯托尔　来，试一试！

爱文斯来，看这木头怕不怕火熏。（众以烛烫福斯塔夫）

福斯塔夫　啊！啊！啊！

安·培琪　坏透，坏透，这家伙淫毒攻心！

精灵们，唱个歌儿取笑他；

围着他窜窜跳跳，拧得他遍体酸麻。

歌

哼，罪恶的妄想！

哼，淫欲的孽障！

淫欲是一把血火，

不洁的邪念把它点亮，

痴心扇着它的火焰，

妄想把它愈吹愈旺。

精灵们拧着他，

不要把恶人宽放；

拧他，烧他，拖着他团团转，

直等星月烛光一齐黑暗。

【精灵等一面唱歌，一面拧福斯塔夫。卡厄斯自一旁上，将一穿绿衣之精灵偷走；斯兰德自另一旁上，将一穿白衣之精灵偷走；范顿上，将安·培琪偷走。内猎人号角、犬吠声，众精灵纷纷散去。福斯塔夫扯下鹿头起立。

【培琪、福德、培琪太太、福德太太同上，将福斯塔夫捉住。

培琪　哎，别逃呀，现在您可给我们瞧见啦！难道您只好扮扮猎人赫恩吗？

培琪太太　好了好了，咱们不用尽向他开玩笑啦。好爵爷，您现在喜不喜欢温莎的娘儿们？

福德　爵爷，现在究竟谁是个大王儿？白罗克老爷，福斯塔夫是个混蛋，是个混账王八蛋；瞧他的头上还出着角哩，白罗克老爷！白罗克老爷，他从姓福德的那里什么好处也没有到手，只得到一只洗衣服的篓子、一顿棒儿，还有二十镑钱，那笔钱是要向他追还的，白罗克老爷，我已经把他的马扣留起来做抵押了，白罗克老爷。

福德太太　爵爷，只怪我们运气不好，没有缘分，总是好事多磨。以后我再不把您当作我的情人了，可是我会永远记着您是我的公鹿。

福斯塔夫　我现在才明白我给你们愚弄啦。

福德　岂止蠢驴，还是笨牛呢，这都是一目了然的事。

福斯塔夫　原来这些都不是精灵吗？我曾经三四次疑心他们不是什么精灵，可是一则因为我自己做贼心虚，二则因为突如其来的怪事，把我吓昏了头，所以会把这种破绽百出的骗局当做真实，虽然荒谬得不近情理，也会使我深信不疑。可见一个人如果居心不良，虽有天大的聪明，也会受人愚弄的。

爱文斯　福斯塔夫爵士，您只要敬奉上帝，去除欲念，精灵们就不会来拧您的。

福德　说得有理，休大仙。

爱文斯　还有您的妒嫉心也要除掉了才好。

福德　我以后再不疑心我的妻子了，除非你有本事说地道的英语来勾引她。

福斯塔夫　难道我已经把我的脑子剜出来放在太阳里晒干了，所以连这样明显的骗局也看不出来吗？难道一只威尔士的老山羊都会捉弄我？难道我真要戴威尔士布做的傻瓜帽子不成？这一回我差点给一块烤干酪噎死了。

爱文斯　考考酪是不会流溜油的，你肚子里可全是溜油呵。

福斯塔夫　考考酪！溜油！我这把年纪了，难道还要受这个只能说半吊子英语的家伙嘲笑么？罢了！罢了！这也算是我贪欢好色的下场！

培琪太太　爵爷，我们虽然愿意把那些三从四德的道理一脚踢得远远的，为了寻欢作乐，甘心死后落地狱，可是什么鬼附在您身上，叫您相信我们会欢喜您呢？

福德　像你这样的一只杂碎香肠？一只破口袋？

培琪太太　一具水泡胀了的浮尸？

培琪　又老，又冷，又干枯，再加上一肚子的烂肚肠？

福德　像魔鬼一样到处造谣生事？

培琪　一个穷光蛋的孤老头子？

福德　像个泼老太婆一样千刁万恶？

爱文斯　一味花天酒地，玩玩女人，喝喝老酒，喝醉了酒白瞪着眼睛骂人吵架？

福斯塔夫　好，你们由着性儿骂吧。算我晦气落在你们手里，我也懒得跟这头威尔士山羊斗嘴了。无论哪个无知无识的傻瓜都可以欺负我，悉听你们把我怎样处置吧。

福德　好，爵爷，我们要带您去看一位白罗克老爷，您骗了他的钱，却没有替他把事情办好；您现在已经吃过不少苦了，要是再叫您把那笔钱还出来，我想您一定要万分心痛的吧？

培琪　骑士，不要懊恼，今天晚上请你到我家里来喝杯酒儿，我的妻子刚才把你取笑，等会儿我也要请你陪我把她取笑取笑，告诉她，斯兰德已经跟她的女儿结了婚啦。

培琪太太　（旁白）医生们，不要信他胡说。要是安·培琪是我的女儿，那么这个时候他已经做了卡厄斯大夫的太太啦。

【斯兰德上。

斯兰德　哎哟！哎哟！岳父大人，不好了！

培琪　怎么，怎么，贤婿，你已经把事情办好了吗？

斯兰德　办好了！哼，我要让葛罗斯特州人知道这件事；否则还是让你们把我吊死了吧！

培琪　什么事呀，贤婿？

斯兰德　我到了伊登那边去本来是要跟安·培琪小姐结婚，谁知道她是一个又长又大笨头笨脑的男孩子。倘不是在教堂里，我一定要把他揍一顿，说不定他也要把我揍一顿。我还以为他真的就是安·培琪哩——真是瞎折腾了一场，原来他是驿站长的儿子。

培琪　那么一定是你看错了人啦。

斯兰德　那还用说吗？我把一个男孩子当作女孩子，当然是看错了人啦。要是我真的跟他结了婚，虽然他穿着女人的衣服，我是不要他的。

培琪　这是你自己太笨的缘故。我不是告诉你怎样从衣服上认出我的女儿来吗？

斯兰德　我看见她穿着白衣服，便上去喊一声“呣”，她答应我一声“嘘”，正像安跟我预先约好的一样；谁知道他不是安·培琪，却是驿站长的儿子。

爱文斯　耶稣基督！斯兰德少爷，难道您生着眼睛不会看，竟会去跟一个男孩子结婚吗？

培琪　我心里乱得很，怎么办呢？

培琪太太　好官人，别生气，我因为知道了你的计划，所以叫女儿改穿绿衣服；不瞒你说，她现在已经跟卡厄斯医生一同到了教长家里，在那儿举行婚礼啦。

【卡厄斯上。

卡厄斯　培琪太太呢？哼，我上了人家的当啦！我跟一个男孩子结了婚，一个农夫，一个男孩，不是安·培琪。我上了当啦！

培琪太太　怎么，你不是看见她穿着绿的衣服吗？

卡厄斯　是的，可是那是个男孩子。我一定要叫全温莎的人评个理去。（下）

福德　这可奇了。谁把真的安·培琪带了去呢？

培琪太太　我心里怪不安的。范顿老爷来了。

【范顿及安·培琪上。

培琪太太　啊，范顿老爷！

安·培琪　好爸爸，原谅我！好妈妈，原谅我！

培琪　小姐，你怎么不跟斯兰德少爷一块儿去。

培琪太太　姑娘，你怎么不跟卡厄斯大夫一块儿去？

范顿　你们不要吓坏了她，让我把实在的情形告诉你们吧。你们用可耻的手段，想叫她嫁给她所不爱的人；可是她跟我两个人久已心心相许，到了现在，更觉得什么都不能把我们两人拆开。她所犯的过失是神圣的，我们虽然欺骗了你们，却不能说是不正当的诡计，更不是忤逆不孝，因为她要避免强迫婚姻下的无数不幸的日子，这是唯一的办法。

福德　木已成舟，培琪老爷您也不必发呆啦。在恋爱的事情上，都是上天亲自安排好的。金钱可以买田地，娶妻只能靠运气。

福斯塔夫　我很高兴，我给你们算计了去，你们的箭却也会发而不中。

培琪　算了，有什么办法呢？——范顿，愿上天给你快乐！拗不过来的事情，也只好将就着过去。

福斯塔夫　晚上出来的狗，什么鹿子都追。

培琪太太　好，我也不再想这样想那样了。范顿老爷，愿上天给您许多许多快乐的日子！官人，我们大家回家去，在火炉旁边把今天的趣事儿笑谈一番吧。约翰爵士和诸位，都请吧。

福德　很好。爵爷，您对白罗克并没有失信，因为他今天晚上真的要去陪福德太太一起睡觉啦。（同下）

第十二夜

剧中人物

奥西诺　伊利里亚公爵

西巴斯辛　薇奥拉之兄

安东尼奥　船长，西巴斯辛之友

另一船长　薇奥拉之友

凡伦丁
丘里奥　} 公爵侍臣

托比·培尔契爵士　奥丽维娅的叔父

安德鲁·艾古契克爵士

马伏里奥　奥丽维娅的管家

费　边
赞斯特　小丑　} 奥丽维娅之仆

奥丽维娅　富有的伯爵小姐

薇奥拉　热恋公爵者

玛利娅　奥丽维娅的侍女

群臣、牧师、水手、警吏、乐工及其他侍从等

地点

伊利里亚某城及其附近海滨

第 一 幕

第一幕 第一场　**公爵府中一室**

【伊利里亚公爵奥西诺、丘里奥、众臣同上；乐工随侍。

公爵　假如音乐是爱情的食粮，那么奏下去吧；尽量地奏下去，好让爱情因过饱噎塞而死。又奏起这个调子来了！它有一种渐渐消沉下去的节奏。啊！它经过我的耳畔，就像微风吹拂一丛紫罗兰，发出轻柔的声音，一面把花香偷走，一面又把花香分送。够了！别再奏下去了！它现在已经不像原来那样甜蜜了。爱情的精灵呀！你是多么敏感而活泼；虽然你有海一样的容量，可是无论怎样高贵超越的事物，一进了你的范围，便会在顷刻间失去了它的价值。爱情是这样充满了神奇的意象，在一切事物中是最变幻莫测。

丘里奥　殿下，您要不要去打猎？

公爵　什么，丘里奥？

丘里奥　去打鹿。

公爵　啊，一点儿不错，我的心就像是一头鹿。唉！当我第一眼瞧见奥丽维娅的时候，我觉得好像空气被她澄清了。那时我就变成了一头鹿：从此我的情欲像凶暴残酷的猎犬一样，永远追逐着我。

【凡伦丁上。

公爵　怎样！她那边有什么消息？

凡伦丁　启禀殿下，他们不让我进去，只从她的侍女嘴里传来了这样一个答复：除非再过七个寒暑，就是青天也不能窥见她的全貌：她要像一个尼姑一样，蒙着面幕而行，每天用辛酸的眼泪浇洒她的卧室；这一切都是为着存留一个死去的哥哥的爱，她要把这情感永远活生生地保留在她悲伤的记忆里。

公爵 唉！她有这么一颗优美的心，对于哥哥的爱也会炽热到这等地步。假如爱神那支有力的金箭把她心里一切其他的感情一齐射死；假如只有一个唯一的君王占据着她的心肝头脑——这些尊严的御座，这些珍美的财宝——那时她将要怎样恋爱着啊！

给我引道到芬芳的花丛；
相思在花荫下格外情浓。（同下）

第一幕 第二场 **海滨**

【薇奥拉、船长及水手等上。

薇奥拉 朋友们，这儿是什么国土？

船长 这儿是伊利里亚，姑娘。

薇奥拉 我在伊利里亚干什么呢？我的哥哥已经到极乐世界里去了。也许他侥幸没有淹死。水手们，你们以为怎样？

船长 您也是侥幸才保全了性命的。

薇奥拉 唉，我的可怜的哥哥！但愿他也侥幸无恙！

船长 不错，姑娘，您可以用侥幸的希望来宽慰您自己。我告诉您，我们的船撞破了之后，您和那几个跟您一同脱险的人紧攀着我们那只给风涛所颠摇的小船，那时我瞧见您的哥哥很有机智地把他自己捆在一根浮在海面的桅樯上，勇敢和希望教给了他这个计策；我见他像阿里翁[1]骑在海豚背上似的浮沉在波浪之间，直到我的眼睛望不见他。

薇奥拉 你的话使我很高兴，请收下这些金币，聊表谢意。由于我自己脱险，使我抱着他也能够同样脱险的希望；你的话更把我的希望证

[1] 阿里翁(Arion)，希腊诗人和爵乐家。传说他乘船自西西里至科林多，途中为水手谋害，跃入海中，被一只海豚负至岸上，以感激他优美的音乐。

实了几分。你认识这国土吗？

船长　是的，小姐，很熟悉；因为我就是在离这儿不到三小时旅程的地方长大的。

薇奥拉　谁统治着这地方？

船长　一位名实相符的高贵的公爵。

薇奥拉　他叫什么名字？

船长　奥西诺。

薇奥拉　奥西诺！我曾经听见我父亲说起过他；那时他还没有娶亲。

船长　现在他还是这样，至少在最近我还不曾听见他娶亲的消息；因为只一个月之前我从这儿出发，那时刚刚有一种新鲜的风传——您知道大人物的一举一动，都会被一般人纷纷议论着的——说他在向美貌的奥丽维娅求爱。

薇奥拉　她是谁呀？

船长　她是一位品德高尚的姑娘；她的父亲是位伯爵。约莫在一年前死去，把她交给他的儿子，也就是她的哥哥照顾，可是他不久也死了。他们说为了表示对于她哥哥深切的友爱，她已经发誓不再跟男人们在一起，也不见他们的面。

薇奥拉　唉！要是我能够侍候这位小姐，就可以不用在时机没有成熟之前泄露我的身份了。

船长　那很难办到，因为她不肯接纳无论哪一种请求，就是公爵的请求她也是拒绝的。

薇奥拉　船长，你瞧上去是个好人；虽然造物常常用一层美丽的墙来围蔽住内中的污秽，但是我可以相信你的心地跟你的外表一样好。请你替我保守秘密，不要把我的身份泄露出去，我以后会重谢你的；你得帮助我假扮起来，好让我达到我的目的。我要去侍候这位公爵，你可以把我作为一个净了身的侍童送给他；也许你会得到些好处的，因为我会唱歌，用各种的音乐向他说话，使他重用我。以后有什么事以后再说；我会使计谋，你只需静默。

船长　我便当哑巴，你去做近侍；倘多话挖去我的眼珠子。

薇奥拉　谢谢你；领着我去吧。（同下）

第一幕 第三场　**奥丽维娅宅中一室**

【托比·培尔契爵士及玛利娅上。

托比　我的侄女见什么鬼把她哥哥的死看得那么重？悲哀是要损寿的呢。

玛利娅　真的，托比老爷，您晚上得早点儿回来；您那侄女，我的小姐很反对您深夜不归呢。

托比　哼，让她去今天反对、明天反对，尽管反对下去吧。

玛利娅　嗳，但是您总得有个分寸，不要太失身份才是。

托比　身份！我这身衣服难道不合身份吗？穿了这种衣服去喝酒，也很有身份的了；还有这双靴子，要是它们不合身份，就叫它们在靴带上吊死了吧。

玛利娅　您这样酗酒会作践了您自己的，我昨天听见小姐说起过；她还说起您有一晚带到这儿来向她求婚的那个傻骑士。

托比　谁？安德鲁·艾古契克爵士吗？

玛利娅　嗳，就是他。

托比　他在伊利里亚也算是一表人才了。

玛利娅　那又有什么相干？

托比　哼，他一年有三千块钱收入呢。

玛利娅　嗳，可是一年之内就把这些钱全花光了。他是个大傻瓜，而且是个浪子。

托比　呸！你说出这种话来！他会拉低音提琴；他会不看书本讲三四国文字，一个字都不模糊；他有很好的天分。

玛利娅　是的，傻子都是得天独厚的；因为他除了是个傻瓜之外，又是一个惯会惹是生非的家伙；要是他没有懦夫的天分来缓和一下他那喜欢吵架的脾气，有见识的人都以为他就会有棺材睡的。

托比　我举手发誓，这样说他的人，都是一批坏蛋，信口雌黄的东西。是哪些人这么说？

玛利娅　他们又说您每夜跟他在一块儿喝酒。

托比　我们都喝酒祝我的侄女健康呢。只要我的喉咙里有食道，伊利里亚有酒，我便要为她举杯祝饮。谁要是不愿为我的侄女举杯祝饮，喝到像抽陀螺似的天旋地转，他就是个不中用的汉子，是个卑鄙小人。嘿，丫头！放正经些！安德鲁·艾古契克爵士来啦。

【安德鲁·艾古契克爵士上。

安德鲁　托比·培尔契爵士！您好，托比·培尔契爵士！

托比　亲爱的安德鲁爵士！

安德鲁　您好，美貌的小泼妇！

玛利娅　您好，大人。

托比　寒暄几句，安德鲁爵士，寒暄几句。

安德鲁　您说什么？

托比　这是舍侄女的丫环。

安德鲁　好寒萱姊姊，我希望咱们多多结识。

玛利娅　我的名字是玛丽，大人。

安德鲁　好玛丽·寒萱姊姊——

托比　你弄错了，骑士；“寒暄几句”就是跑上去向她应酬一下、招呼一下、客套一下、来一下的意思。

安德鲁　哎哟，当着这些人我可不能跟她来一下。“寒暄”就是这个意思吗？

玛利娅　再见，先生们。

托比　要是你让她这样走了，安德鲁爵士，你以后再不用充汉子了。

安德鲁　要是你这样走了，姑娘，我以后再不用充汉子了。好小姐，你以为和你交手的人都是些傻瓜吗？

玛利娅　大人，可是我还不曾跟您握过手呢。

安德鲁　那很好，让我们握手。

玛利娅　好了，大人，思想是无拘无束的。我赞美您，请您把这只手带到酒肆那里去，让它喝两盅吧。

安德鲁　这怎么讲，好人儿？你在打什么比方？

玛利娅　我是说它干巴巴怪没劲的。

安德鲁　是啊，我也这样想。不管人家怎么说我蠢，保持双手干燥的保养之道我还懂得。可是你说的是什么笑话？

玛利娅　没劲的笑话。

安德鲁　你一肚子都是这种笑话吗？

玛利娅　不错，大人，满手里抓的也都是。得，现在我放开您的手了，我的笑料也都没了。（下）

托比　骑士啊！你应该喝杯酒儿。几时我见你这样给人愚弄过？

安德鲁　我想你从来没有见过；除非你见我被酒弄昏了头。有时我觉得我跟基督徒和平常人一样笨；可是我是个吃牛肉的老饕，我相信那对于我的聪明很有妨害。

托比　一定一定。

安德鲁　要是我真那样想的话，以后我得戒了。托比爵士，明天我要骑马回家去了。

托比　Pourquoi[1]，我亲爱的骑士？

安德鲁　什么叫Pourquoi？好还是不好？我理该把我花在击剑、跳舞和耍熊上面的工夫学几种外国话的。唉！要是我读了文学多么好！

托比　要是你花些工夫在你的鬈发钳[2]上头，你就可以有一头很好的头发了。

安德鲁　怎么，那跟我的头发有什么关系？

托比　很简单，因为你瞧你的头发不用些工夫上去是不会鬈曲起来的。

安德鲁　可是我的头发不也已经够好看了吗？

---

[1]　法文："为什么"。

[2]　英文"鬈发钳"(tongs)与"外国话"(tongues)发音相近。

托比　好得很，它披下来的样子就像纺杆上的麻线一样，我希望有哪位奶奶把你夹在大腿里纺它一纺。

安德鲁　真的，我明天要回家去了，托比爵士。你侄女不肯接见我；即使接见我，多半她也不会要我。这儿的公爵也向她求婚呢。

托比　她不要什么公爵不公爵；她不愿嫁给比她身份高、地位高、年龄高、智慧高的人，我听见她这样发过誓。嘿，老兄，还有希望呢。

安德鲁　我再耽搁一个月。我是世上心思最古怪的人；我有时老是喜欢喝酒跳舞。

托比　这种玩意儿你很擅长的吗，骑士？

安德鲁　可以比得过伊利里亚任何一个人，只要不比我高明就行；可是我不愿跟老手比。

托比　你跳舞的本领怎样？

安德鲁　不骗你，我会旱地拔葱。

托比　我会葱炒羊肉。

安德鲁　讲到我的倒跳的本事，简直可以比得上伊利里亚的无论什么人。

托比　为什么你要把这种本领藏匿起来呢？为什么这种天才要覆上一块幕布？难道它们也会沾上灰尘，像大姑娘的画像一样吗？为什么不跳着“加里阿”到教堂里去，跳着“科兰多”一路回家？假如是我的话，我要走步路也是“捷格”[1]舞，撒泡尿也是五步舞呢。你是什么意思？这世界上是应该把才能隐藏起来的吗？照你那双出色的好腿看来，我想它们是在舞神的星光底下生下来的。

安德鲁　嗯，我这双腿很有气力，穿了火黄色的袜子倒也十分漂亮。我们喝酒去吧？

托比　除了喝酒，咱们还有什么事好做？咱们的命宫不是金牛星吗？

安德鲁　金牛星！金牛星管的是腰和心。

托比　不，老兄，是腿和股。跳个舞给我看。哈哈！跳得高些！哈哈！

---

[1]　加里阿、科兰多、捷格，均为古典舞步。

好极了！（同下）

第一幕 第四场 **公爵府中一室**

【凡伦丁及薇奥拉男装上。

凡伦丁　要是公爵继续这样宠幸你，西萨里奥，你多半就要高升起来了；他认识你还只有三天，你就跟他这样熟了。

薇奥拉　看来你不是怕他的心性捉摸不定，就是怕我会玩忽职守，所以你才怀疑他是否会继续这样宠幸我。先生，他的恩宠是不是经常捉摸不定、有始无终？

凡伦丁　不，相信我。

薇奥拉　谢谢你。公爵来了。公爵、丘里奥及侍从等上。

公爵　喂！有谁看见西萨里奥吗？

薇奥拉　在这儿，殿下，听候您的吩咐。

公爵　你们暂时走开些。西萨里奥，你已经知道了一切，我已经把我内心深处的秘密向你展示；因此，好孩子，到她那边去，别让他们把你拒之门外，站在她的门口，对他们说，你要站到脚底下生了根，直等她把你延见为止。

薇奥拉　殿下，要是她真像人家所说的那样沉浸在悲哀里，她永远不会允许我进去的。

公爵　你可以跟他们吵闹，不用顾虑一切礼貌的界限，但一定不要毫无结果而归。

薇奥拉　假定我能够和她见面谈话了，殿下，接下来该怎样呢？

公爵　噢！那么就向她宣布我的恋爱的热情，把我的一片挚诚说给她听，让她吃惊。你表演起我的伤心来一定很出色，你这样的青年一定比那些面孔板板的使者们更能引起她的注意。

薇奥拉　我想不见得吧，殿下。

公爵　好孩子，相信我的话；因为像你这样的妙龄，还不能算是个成人；狄安娜的嘴唇也不比你的更柔滑而红润；你的娇细的喉咙像处女一样尖锐而清朗；在各方面你都像个女人。我知道你的性格很容易对付这件事情。四五个人陪着他去；要是你们愿意，都去也好；越清静我越欢喜。你倘能成功，那么你主人的财产你也可以有份，你将会和他一样生活无忧。

薇奥拉　我愿意尽力去向您的爱人求婚。(旁白)啊，阻碍重重的局面，为意中人做婚嫁论，我一定要成为他的夫人。(各下)

【玛利娅及小丑上。

玛利娅　不，你要是不告诉我你到哪里去来，我便把我的嘴唇抿得紧紧的，连一根毛发也钻不进去，不替你说句好话。小姐因为你不在，要吊死你呢。

小丑　让她吊死我吧；好好地吊死的人，在这世上可以不怕敌人。

玛利娅　把你的话解释解释。

小丑　因为他看不见敌人了。

玛利娅　好一句无聊的回答。让我告诉你“不怕敌人”这句话是怎么来的吧。

小丑　怎么来的，善良的玛利娅小姐？

玛利娅　是从战场上来的；下回你再犯傻的时候，就可以放开胆子这样说。

小丑　好吧，上帝给聪明与聪明人；至于傻子们呢，那只好靠他们的本事了。

玛利娅　可是你这么久在外边鬼混，小姐一定要把你吊死的，否则把你赶出去，那不是跟把你吊死一样好吗？

小丑　好好地吊死常常可以防止坏的婚姻；至于赶出去，那在夏天倒还没甚要紧。

玛利娅　那么你已经下了决心了吗？

小丑　不，没有；可是我决定了两端。

玛利娅　假如一端断了，一端还连着；假如两端都断了，你的裤子也落下来了。

小丑　妙，真的很妙。好，去你的吧；要是托比老爷戒了酒，你在伊利里亚的雌儿中间也好算是个门当户对的调皮角色了。

玛利娅　闭嘴，你这坏蛋，别胡说了。小姐来啦；你还是好好地想出个托辞来。（下）

小丑　才情呀，请你帮我好好地装一下傻瓜！那些自负才情的人，实际上往往是些傻瓜；我知道我自己没有才情，因此也许可以算做聪明人。昆那拍勒斯[1]怎么说的？“与其做愚蠢的智人，不如做聪明的愚人。”

【奥丽维娅偕马伏里奥上。

小丑　上帝祝福你，小姐！

奥丽维娅　把这傻子撵出去！

小丑　喂，你们没听见吗？把这位小姐撵出去。

奥丽维娅　算了吧！你是个干枯无味的傻子，我不要再看见你了；而且你已经变得不老实起来了。

小丑　我的小姐，这两个毛病用酒和忠告都可以治好。只要给干枯无味的傻子一点酒喝，他就不干枯了。只要劝不老实的人洗心革面，弥补他从前的过失；假如他能够弥补的话，他就不再不老实了：假如他不能弥补，那么叫裁缝把他补一补也就得了。弥补者，弥而补之也；道德的失足无非补上了一块罪恶；罪恶悔改之后，也无非补上了一块道德。假如这种简单的论理可以通得过去，很好；假如通不过去，还有什么办法？当王八是一件倒霉的事，美人总是好比鲜花，这都是毋庸置疑的。小姐吩咐把傻子撵出去；因此我再说一句，把她撵出去吧。

奥丽维娅　尊驾，我吩咐他们把你撵出去呢。

[1]　为剧中杜撰的名人。

小丑　这就是大错而特错了！小姐，“戴了和尚帽，不定是和尚”；那就好比是说，我身上虽然穿着愚人的彩衣，可是我并不一定连头脑里也穿着它呀。我的好小姐，准许我证明您是个傻子。

奥丽维娅　你能吗？

小丑　再便当也没有了，我的好小姐。

奥丽维娅　那么证明一下看。

小丑　小姐，我必须把您盘问；我的贤淑的小乖乖，回答我。

奥丽维娅　好吧，先生，为了没有别的消遣，我就等候着你的证明吧。

小丑　我的好小姐，你为什么悲伤？

奥丽维娅　好傻子，为了我哥哥的死。

小丑　小姐，我想他的灵魂是在地狱里。

奥丽维娅　傻子，我知道他的灵魂是在天上。

小丑　这就越显得你的傻了，我的小姐；你哥哥的灵魂既然在天上，为什么要悲伤呢？列位，把这傻子撵出去。

奥丽维娅　马伏里奥，你以为这傻子怎样？是不是更有趣了？

马伏里奥　是的，而且会变得越来越有趣，一直到死。衰老和孱弱会使聪明减退，可是对于傻子却能变本加厉。

小丑　大爷，上帝保佑您快快衰老孱弱起来，好让您傻得格外厉害！托比老爷可以发誓说我不是狐狸，可是他不愿跟人家打赌两便士说您不是个傻子。

奥丽维娅　你怎么说，马伏里奥？

马伏里奥　我不懂您小姐怎么会喜欢这种没有头脑的混账东西。前天我看见他给一个像石头一样冥顽不灵的下等傻子算计了去。您瞧，他已经毫无招架之功了；要是您不笑笑给他一点题目，他便要无话可说。我说，听见这种傻子的话也会那么高兴的聪明人们，都不过是些傻子们的应声虫罢了。

奥丽维娅　啊！你是太自命不凡了，马伏里奥；你缺少一副健全的胃口。做一个宽容慷慨、气度汪洋的人，将炮弹看做是鸟箭。傻子有特许放肆的权利，虽然他满口骂人，人家不会见怪于他；君子出言必有分量，虽然他老是指摘人家的错处，也不能算为谩骂。

小丑　墨丘利赏给你说谎的本领吧，因为你给傻子说了好话！

【玛利娅重上。

玛利娅　小姐，门口有一位年轻的先生很想见您说话。

奥丽维娅　从奥西诺公爵那儿来的吧？

玛利娅　我不知道，小姐；他是一位漂亮的青年，有很多随从。

奥丽维娅　我家里有谁在跟他周旋呢？

玛利娅　是令亲托比老爷，小姐。

奥丽维娅　你去叫他走开；他满口都是些疯话。不害羞的！（玛利娅下）马伏里奥，你给我去；假若是公爵差来的，说我病了，或是不在家，随你怎样说，把他打发走。（马伏里奥下）你瞧，先生，你的打诨已经陈腐起来，人家不喜欢了。

小丑　我的小姐，你帮我说话就像你的大儿子也会是个傻子一般；愿上帝在他的头颅里塞满脑子吧！瞧你的那位有一副最不中用的头脑的令亲来了。

【托比·培尔契爵士上。

奥丽维娅　哎哟，又已经半醉了。叔叔，门口是谁？

托比　一个绅士。

奥丽维娅　一个绅士！什么绅士？

托比　有一个绅士在这儿——这种该死的咸鱼！怎样，蠢货！

小丑　好托比爷爷！

奥丽维娅　叔叔，叔叔，你怎么这么早就昏天黑地了？

托比　声天色地！我打倒声天色地！有一个人在门口。

小丑　是呀，他是谁呢？

托比　让他是魔鬼也好，我不管；我说，我心里耿耿三尺有神明。好，都是一样。（下）

奥丽维娅　傻子，醉汉像个什么东西？

小丑　像个溺死鬼，像个傻瓜，又像个疯子。多喝了一口就会把他变成个傻瓜；再喝一口就发了疯；喝了第三口就把他溺死了。

奥丽维娅　你去找个验尸的来吧，让他来验验我的叔叔；因为他已经喝酒喝到了第三个阶段，他已经溺死了。瞧瞧他去。

小丑　他还不过是发疯呢，我的小姐；傻子该去照顾疯子。（下）

【马伏里奥重上。

马伏里奥　小姐，那个少年发誓说要见您说话。我对他说您有病；他说他知道，因此要来见您说话。我对他说您睡了；他似乎也早已知道了，因此要来见您说话。还有什么话好对他说呢，小姐？什么拒绝都挡不了他。

奥丽维娅　对他说我不要见他说话。

马伏里奥　这也已经对他说过了；他说，他要像州官衙门前竖着的旗杆那样立在您的门前不去，像凳子脚一样直挺挺地站着，非得见您说话不可。

奥丽维娅　他是怎样一个人？

马伏里奥　呃，就像一个人那样儿的。

奥丽维娅　可是是什么样子的呢？

马伏里奥　很无礼的样子；不管您愿不愿意，他一定要见您说话。

奥丽维娅　他的相貌怎样？多大年纪？

马伏里奥　说是个大人吧，年纪还太轻；说是个孩子吧，又嫌大些；就像是一颗没有成熟的豆荚，或是一只半生的苹果，又像大人又像小孩，所谓介乎两可之间。他长得很漂亮，说话也很刁钻；看他的样子，似乎有些未脱乳臭。

奥丽维娅　叫他进来。把我的侍女唤来。

马伏里奥　姑娘，小姐叫你呢。（下）

【玛利娅重上。

奥丽维娅　把我的面纱拿来；来，罩住我的脸。我们要再听一次奥西诺来使说的话。

【薇奥拉及侍从等上。

薇奥拉　哪一位是这里府中的贵小姐？

奥丽维娅　有什么话对我说吧；我可以代她答话。你来有什么见教？

薇奥拉　最辉煌的、卓越的、无双的美人！请您指示我这位是不是就是这里府中的小姐，因为我没有见过她。我不大甘心浪掷我的言辞；因为它不但写得非常出色，而且我费了好大的辛苦才把它背熟。两位美人，不要把我取笑；我是个非常敏感的人，一点点轻侮都受不了的。

奥丽维娅　你是从什么地方来的，先生？

薇奥拉　除了我背熟了的以外，我不能说别的话；您那问题是我所不曾预备作答的。温柔的好人儿，好好儿地告诉我您是不是府里的小姐，好让我陈说我的来意。

奥丽维娅　你是个唱戏的吗？

薇奥拉　不，我的深心的人儿；可是我敢当着最有恶意的敌人发誓，我并不是我所扮演的角色。您是这府中的小姐吗？

奥丽维娅　是的，要是我没有假冒我自己。

薇奥拉　假如您就是她，那么您的确是假冒您自己了；因为您有权力给予别人的，您却没有权力把它藏匿起来。但是这种话跟我来此的使命无关；我要继续着恭维您的言辞，然后告知您我的来意。

奥丽维娅　把重要的话说出来；恭维免了吧。

薇奥拉　唉！我好容易才把它背熟，而且它又是很有诗意的。

奥丽维娅　那么多半是些鬼话，请你留着不用说了吧。我听说你在我门口一味顶撞；让你进来只是为要看看你究竟是个什么人，并不是要听你说话。要是你没有发疯，那么去吧；要是你明白事理，那么说得简单一些；我现在没有那样心思去理会一段没有意思的谈话。

玛利娅　请你动身吧，先生；这儿便是你的路。

薇奥拉　不，好清道夫，我还要在这儿闲荡一会儿呢。亲爱的小姐请您劝劝您这位“彪形大汉”别那么神气活现。

奥丽维娅　把你的尊意告诉我。

薇奥拉　我是一个信使。

奥丽维娅　你那种礼貌那么可怕，你带来的信息一定是些坏事情。有什么话说出来。

薇奥拉　除了您之外不能让别人听见。我不是来向您宣战，也不是来要求您臣服；我手里握着橄榄枝，我的话里充满了和平，也充满了意义。

奥丽维娅　可是你一开始就不讲礼。你是谁？你要的是什么？

薇奥拉　我的不讲礼是我从你们对我的接待上学来的。我是谁，我要些什么，是个如处女般的秘密；在您的耳中是神圣，别人听起来就是亵渎。

奥丽维娅　你们都走开吧；我们要听一听这段神圣的话。（玛利娅及侍从等下）现在，先生，请教你的经文？

薇奥拉　最可爱的小姐——

奥丽维娅　倒是一种叫人听了怪舒服的教理，可以大发议论呢。你的经文呢？

薇奥拉　在奥西诺的心头。

奥丽维娅　在他的心头！在他的心头的哪一章？

薇奥拉　照目录上排起来，是他心头的第一章。

奥丽维娅　噢！那我已经读过了，无非是些旁门左道。你没有别的话要说了吗？

薇奥拉　好小姐，让我瞧瞧您的脸。

奥丽维娅　贵主人有什么事要差你来跟我的脸接洽的吗？你现在岔开你的正文了；可是我们不妨拉开幕儿，让你看看这幅图画。（揭除面幕）你瞧，先生，我就是这个样子；它不是画得很好吗？

薇奥拉　要是一切都出于上帝的手，那真是绝妙之笔。

奥丽维娅　它的色彩很耐久，先生，受得起风霜的侵蚀。

薇奥拉　那真是各种色彩精妙地调和而成的美貌；那红红的白白的都是

造化亲自用他的可爱的巧手敷上去的。小姐，您是世上最忍心的女人，要是您甘心让这种美埋没在坟墓里，不给世间留下一份副本。

奥丽维娅　啊！先生，我不会那样狠心；我可以列下一张我的美貌的清单，一一开陈清楚，把每一件细目都载在我的遗嘱上，例如：一款，浓淡适中的朱唇两片；一款，灰色的倩眼一双，附眼睑；一款，玉颈一围，柔美一双，等等。你是奉命到这儿来恭维我的吗？

薇奥拉　我明白您是个什么样的人了。您太骄傲了；可是即使您是个魔鬼，您是美貌的。我的主人爱着您；啊！这么一种爱情，即使您是人间的绝色，也应该酬答他的。

奥丽维娅　他怎样爱着我呢？

薇奥拉　用崇拜、大量的眼泪，震响着爱情的呻吟，吞吐着烈火的叹息。

奥丽维娅　你的主人知道我的意思，我不能爱他；虽然我想他品格很高，知道他很尊贵，很有身份，年轻而纯洁，有很好的名声，慷慨，博学，勇敢，长得又体面；可是我总不能爱他，他老早就已经得到我的回音了。

薇奥拉　要是我也像我主人一样热情地爱着您，也是这样的受苦，这样了无生趣地把生命拖延，我不会懂得您的拒绝是什么意思。

奥丽维娅　啊，你预备怎样呢？

薇奥拉　我要在您的门前用柳枝筑成一所小屋，不时到府中访谒我的灵魂；我要吟咏着被冷淡的忠诚的爱情的篇什，不顾夜多么深我要把它们高声歌唱；我要向着回声的山崖呼喊您的名字，使饶舌的风都叫着“奥丽维娅”。啊！您在天地之间将要得不到安静，除非您怜悯了我！

奥丽维娅　你的口才倒是颇堪造就的。你的家世怎样？

薇奥拉　超过于我目前的境遇，但我是个有身份的绅士。

奥丽维娅　回到你主人那里去；我不能爱他，叫他不要再差人来了；除非或者你再来见我，告诉我他对于我的答复的感受。再会！多谢你的辛苦；这几个钱赏给你。

薇奥拉　我不是个要钱的信差，小姐，留着您的钱吧；不曾得到报酬的，是我的主人，不是我。但愿爱神使您所爱的人也是心如铁石，好让您的热情也跟我主人的一样遭到轻蔑！再会，残忍的美人！（下）

奥丽维娅　“你的家世怎样？”“超过于我目前的境遇，但我是个有身份的绅士。”我可以发誓你一定是的；你的语调，你的脸，你的肢体、动作、精神，各方面都可以证明你的高贵。——别这么性急。且慢！且慢！除非颠倒了主仆的名分。——什么！这么快便染上那种病了？我觉得好像这个少年的美处在悄悄地蹑步进入我的眼中。好，让它去吧。喂！马伏里奥！

【马伏里奥重上。

马伏里奥　有，小姐，听候您的吩咐。

奥丽维娅　去追上那个无礼的使者，公爵差来的人，他不管我要不要，硬把这戒指留下；对他说我不要，请他不要向他的主人献功，让他死不了心，我跟他没有缘分。要是那少年明天还打这儿走过，我可以告诉他为什么。去吧，马伏里奥。

马伏里奥　是，小姐。（下）

奥丽维娅　我的行事我自己全不懂，
怎一下子便会把人看中？
一切但凭着命运的吩咐，
谁能够做得了自己的主！（下）

第 二 幕

第二幕 第一场 海 滨

【安东尼奥及西巴斯辛上。

安东尼奥　您不愿住下去了吗？您也不愿让我陪着您去吗？

西巴斯辛　请您原谅，我不愿。我是个倒霉的人，我的晦气也许要连累了您，所以我要请您离开我，好让我独自担承我的厄运；假如连累到您身上，那是太辜负了您的好意了。

安东尼奥　可是让我知道您的去向吧。

西巴斯辛　不瞒您说，先生，我不能告诉您；因为我所决定的航行不过是无目的的漫游。可是我看您这样有礼，您一定不会强迫我说出我所保守的秘密来；因此按礼该我来向您表白我自己。安东尼奥，您要知道我的名字是西巴斯辛，罗德利哥是我的化名。我的父亲便是梅萨林的西巴斯辛，我知道您一定听见过他的名字。他死后丢下我和一个妹妹，我们两人是在同一个时辰出世的；我多么希望上天也让我们两人在同一个时辰死去！可是您，先生，却来改变我的命运，因为就在您把我从海浪里搭救起来之前不久，我的妹妹已经淹死了。

安东尼奥　唉，可惜！

西巴斯辛　先生，虽然人家说她非常像我，许多人都说她是个美貌的姑娘；我虽然不好意思相信这句话，但是至少可以大胆说一句，即使妒嫉她的人也不能不承认她有一颗美好的心。她是已经给海水淹死的了，先生，虽然似乎我要用更多的泪水来淹没对她的记忆。

安东尼奥　先生，请您恕我招待不周。

西巴斯辛　啊，好安东尼奥！我才是多多打扰了您哪！

安东尼奥　要是您看在我的交情分上，不愿叫我痛不欲生的话，请您允许我做您的仆人吧。

西巴斯辛　您已经搭救了我的生命，要是您不愿让我抱愧而死，那么请不要提出那样的请求，免得您白白救了我一场。我立刻告辞了；我的心是怪软的，还不曾脱去我母亲的影响，为了一点点理由，我的眼睛里就会露出我的弱点来。我要到奥西诺公爵的宫廷里去；再会了。（下）

安东尼奥　一切神明护佑着你！我在奥西诺的宫廷里有许多敌人，否则我就会马上到那边去会你——但无论如何我爱你太深，履险如夷我定要把你寻。（下）

第二幕 第二场　街道

【薇奥拉上。马伏里奥随上。

马伏里奥　您不是刚从奥丽维娅伯爵小姐那儿来的吗？

薇奥拉　是的，先生；因为我走得慢，所以现在还不过在这儿。

马伏里奥　先生，这戒指她还给您；您当初还不如自己拿走呢，就会省却我辛苦跑一遭。她又说您必须叫您家主人死了心，明白她不要跟他来往。还有，您不用再那么莽撞地再来替他说话了，除非来回报一声您家主人已经接受了她的拒绝。好，拿去吧。

薇奥拉　她自己拿了我这戒指去的；我不要。

马伏里奥　算了吧，先生，您使性子把它丢给她；她的意思也要我把它照样丢还给您。假如它是值得弯下身子拾起来的话，它就在您的眼前；不然的话，让什么人看见就给什么人拿去吧。（下）

薇奥拉　我没有留下戒指呀；这位小姐是什么意思？但愿她不要迷恋了

我的外貌才好！她把我打量得那么仔细；真的，我觉得她看得我那么出神，连自己讲的什么话儿也顾不到了，那么没头没脑，颠颠倒倒的。一定的，她爱上我啦；情急智生，才差这个无礼的使者来邀请我。不要我主人的戒指！嘿，他并没有把什么戒指送给她呀！我才是她意中的人；真是这样的话——事实上确是这样——那么，可怜的小姐，她真是做梦了！我现在才明白假扮的确不是一桩好事情，魔鬼会乘机大显他的身手。一个又漂亮又靠不住的男人，多么容易占据女人家柔弱的心！唉！这都是我们生性脆弱的缘故，不是我们自身的错处；因为上天造下我们是哪样的人，我们就是哪样的人。这种事情怎么了结呢？我的主人深深地爱着她；我呢，可怜的小鬼，也是那样恋着他；她呢，认错了人，似乎在思念我。这怎么了结呢？因为我是个男人，我没什么希望叫我的主人爱上我：因为我是个女人，唉！可怜的奥丽维娅也要白费无数的叹息了！

这纠纷要让时间来理清；

叫我打开这结儿怎么成！（下）

第二幕 第三场 **奥丽维娅宅中一室**

【托比·培尔契爵士及安德鲁·艾古契克爵士上。

托比 过来，安德鲁爵士。深夜不睡即是起身得早：“起身早，身体好”，你知道的——

安德鲁 不，老实说，我不知道；我知道的是深夜不睡便是深夜不睡。

托比 一个错误的结论；我听见这种话就像看见一个空酒瓶那么头痛。深夜不睡，过了半夜才睡，那就是到大清早才睡，岂不是睡得很早？我们的生命不是由四大原素组成的吗？

安德鲁 不错，他们是这样说；可是我以为我们的生命不过是吃吃喝喝而已。

托比　你真有学问；那么让我们吃吃喝喝吧。玛利娅，喂！开一瓶酒来！

【小丑上。

安德鲁　那个傻子来啦。

小丑　啊，我的心肝儿们！咱们刚好凑成一幅《三个臭皮匠》。

托比　欢迎，驴子！现在我们来一个轮唱歌吧。

安德鲁　说老实话，这傻子有一副很好的喉咙。我宁愿拿四十个先令去换他这么一条腿和这么一副可爱的声音。真的，你昨夜打诨打得很好，说什么匹格罗格罗密忒斯哪，维比亚人越过了丘勃斯的赤道线哪，真是好得很。我送六便士给你的姘头，收到了没有？

小丑　你的恩典我已经放进了我的口袋；因为马伏里奥的鼻子不是鞭柄，我的小姐有一双玉手，她的跟班们不是开酒馆的。

安德鲁　好极了！嗯，无论如何这要算是最好的打诨了。现在唱个歌吧。

托比　来，给你六便士，唱个歌吧。

安德鲁　我也有六便士给你呢；要是一个骑士大方起来——

小丑　你们要我唱支爱情的歌呢，还是唱支劝人为善的歌？

托比　唱个情歌，唱个情歌。

安德鲁　是的，是的，劝人为善有什么意思。

小丑　（唱）

你到哪儿去，啊我的姑娘？
听呀，那边来了你的情郎，
　嘴里吟着抑扬的曲调。
不要再走了，美貌的亲亲；
恋人的相遇终结了行程，
　每个聪明人全都知晓。

安德鲁　真好极了！

托比　好，好！

小丑　（唱）

什么是爱情？它不在明天；

欢笑嬉游莫放过了眼前，
将来的事有谁能猜料？
不要蹉跎了大好的年华；
来吻着我吧，双十娇娃，
转眼青春早化成衰老。

安德鲁 凭良心说话，好一副流利的歌喉！

托比 好一股恶臭的气息！

安德鲁 真的，很甜蜜又很恶臭。

托比 用鼻子听起来，那么恶臭也很动听。可是我们要不要让天空跳起舞来呢？我们要不要唱一支轮唱歌，把夜枭吵醒；那曲调会叫一个织工听了三魂出窍？

安德鲁 要是你爱我，让我们来一下吧；唱轮唱歌我挺拿手啦。

小丑 对啦，大人，有许多狗也会唱得很好。

安德鲁 不错不错。让我们唱《你这坏蛋》吧。

小丑 《闭住你的嘴，你这坏蛋》，是不是这一首，骑士？那么我可不得不叫你做坏蛋啦，骑士。

安德鲁 人家不得不叫我做坏蛋，这也不是第一次。你开头，傻子；第一句是，“闭住你的嘴”。

小丑 要是我闭住我的嘴，我就再也开不了头啦。

安德鲁 说得好，真的。来，唱起来吧。(三人唱轮唱歌)

【玛利娅上。

玛利娅 你们在这里猫儿叫春似的闹些什么呀！要是小姐没有叫起她的管家马伏里奥来把你们赶出门外去，再不用相信我的话好了。

托比 小姐是个骗子；我们都是大人物；马伏里奥是拉姆西的佩格姑娘；“我们是三个快活的人”。我不是同宗吗？我不是她的一家人吗？胡说八道，姑娘！

(唱)巴比伦有一个人，姑娘，姑娘！

小丑 要命，这位骑士真会开玩笑。

安德鲁　欧，他高兴开起玩笑来，开得可是真好，我也一样；不过他的玩笑开得富于风趣，而我的玩笑开得更为自然。

托比　(唱)啊！十二月十二——

玛利娅　看在上帝的面上，别闹了吧！

【马伏里奥上。

马伏里奥　我的爷爷们，你们疯了吗，还是怎么啦？难道你们没有脑子，不懂规矩，全无礼貌，在这种夜深时候还要像一群发酒疯的补锅匠似的乱吵？你们把小姐的屋子当作一间酒馆，好让你们直着喉咙，唱那种鞋匠的歌儿吗？难道你们全不想想这是什么地方，这儿住的是什么人，或者现在是什么时刻了吗？

托比　老兄，我们的轮唱是严守时刻的。你去上吊吧！

马伏里奥　托比老爷，莫怪我说句不怕忌讳的话。小姐吩咐我告诉您说，她虽然把您当个亲戚留住在这儿，可是她不能容忍您那种胡闹。要是您能够循规蹈矩，我们这儿是十分欢迎您的；否则的话，要是您愿意向她告别，她一定会让您走。

托比　既然我非去不可，那么再会吧，亲亲！

玛利娅　别这样，好托比老爷。

小丑　他的眼睛显示出他末日将要来临。

马伏里奥　岂有此理！

托比　可是我决不会死亡。

小丑　托比老爷，您在说谎。

马伏里奥　真有体统！

托比　我要不要叫他滚蛋？

小丑　叫他滚蛋又怎样？

托比　要不要叫他滚蛋，毫无留贷？

小丑　啊！不，不，不，你没有这个胆量。

托比　唱得走调了，先生，你鬼话连篇！你不过是一个管家，有什么可以神气的？你以为你自己道德高尚，人家便不能喝酒取乐了吗？

小丑　是啊，凭圣安妮起誓，生姜吃下嘴去也总是辣的。

托比　你说得一点儿也不错。——去，朋友，用面包屑去擦你的项链吧。开一瓶酒来，玛利娅！

马伏里奥　玛利娅姑娘，要是你没有把小姐的恩典看做一钱不值，你可不要帮助他们这样胡闹；我一定会去告诉她的。（下）

玛利娅　滚你的吧！

安德鲁　向他挑战，然后失约，愚弄他一下子，倒是个很好的办法，就像人肚子饿了喝酒一样。

托比　好，骑士，我给你写挑战书，或者代你去口头通知他你的愤怒。

玛利娅　亲爱的托比老爷，今夜请忍耐一下子吧；今天公爵那边来的少年会见了小姐之后，她心里很烦。至于马伏里奥先生，我去对付他好了；要是我不把他愚弄得给人当作笑柄，让大家取乐儿，我便是个连直挺挺躺在床上都不会的蠢东西。我知道我一定能够。

托比　告诉我们，告诉我们；告诉我们一些关于他的事情。

玛利娅　好，老爷，有时候他有点儿像清教徒。

安德鲁　啊！要是我早想到了这一点，我要把他像狗一样打一顿呢。

托比　什么，为了像清教徒吗？你有什么绝妙的理由，亲爱的骑士？

安德鲁　我没有什么绝妙的理由，可是我有相当不错的理由。

玛利娅　他是个鬼清教徒，反复无常、逢迎取巧是他的本领；一头装腔作势的驴子，背熟了几句官话，便倒也似的倒了出来；自信非凡，以为自己真了不得，谁看见他都会爱他；我可以凭着那个弱点堂堂正正地给他一顿教训。

托比　你打算怎样？

玛利娅　我要在他走过的路上丢下一封暧昧的情书，里面活生生地描写着他的胡须的颜色、他的腿的形状、他走路的姿势、他的眼睛、额角和脸上的表情；他一见就会觉得是写的他自己。我会学您侄女的笔迹写字；在已经忘记了的信件上，我们连自己的笔迹也很难辨认呢。

托比　好极了，我嗅到了一个计策了。

安德鲁　我鼻子里也闻到了呢。

托比　他见了你丢下的这封信，便会以为是我的侄女写的，以为她爱上了他。

玛利娅　我的意思正是这样。

安德鲁　你的意思是要叫他变成一头驴子。

玛利娅　驴子，那是毫无疑问的。

安德鲁　啊！那好极了！

玛利娅　出色的把戏，你们瞧着好了；我知道我的药对他一定生效。我可以把你们两人连那傻子安顿在他拾着那信的地方，瞧他怎样把它解释。今夜呢，大家上床睡去，梦着那回事吧。再见。（下）

托比　晚安，好姑娘！

安德鲁　我说，她是个好丫头。

托比　她是头纯种的小猎犬，很爱我；怎样？

安德鲁　我也曾经给人爱过呢。

托比　我们去睡吧，骑士；你应该叫家里再寄些钱来。

安德鲁　要是我不能得到你的侄女，我就大上其当了。

托比　去要钱吧，骑士；要是你结果终不能得到她，你就叫我傻子。

安德鲁　要是我不去要，就再不要相信我，随你怎么办。

托比　来，来，我去烫些酒来；现在去睡太晚了。来，骑士：来，骑士。（同下）

第二幕　第四场　公爵府中一室

【公爵、薇奥拉、丘里奥及余人等上。

公爵　给我奏些音乐。早安，朋友们。好西萨里奥，我只要听我们昨晚听的那支古曲；我觉得它比目前轻音乐中那种轻巧的乐调和警炼的字句更能慰解我的痴情。来，只唱一节吧。

丘里奥　启禀殿下，会唱这歌儿的人不在这儿。

公爵　他是谁？

丘里奥　是那个弄人费斯特，殿下；他是奥丽维娅小姐的尊翁所宠幸的傻子。他就在这儿附近。

公爵　去找他来，现在先把那曲调奏起来吧。（丘里奥下。奏乐）过来，孩子。要是你有一天和人恋爱了，请在甜蜜的痛苦中记着我；因为真心的恋人都像我一样，在其他一切情感上都轻浮易变，但他所爱的人儿的影像，却永远铭刻在他的心头。你喜不喜欢这个曲调？

薇奥拉　它传出了爱情的宝座上的回声。

公爵　你说得很好。我相信你虽然这样年轻，你的眼睛一定曾经看中过什么人；是不是，孩子？

薇奥拉　略为有点，请您恕我。

公爵　是个什么样子的女人呢？

薇奥拉　相貌跟您差不多。

公爵　那么她是不配被你爱的。什么年纪呢？

薇奥拉　年纪也跟您差不多，殿下。

公爵　啊，那太老了！女人应当拣一个比她年纪大些的男人，这样她才跟他合得拢来，不会失去她丈夫的欢心；因为，孩子，不论我们怎样自称自赞，我们的爱情总比女人们流动不定些，富于希求，易于反复，更容易消失而生厌。

薇奥拉　这一层我也想到，殿下。

公爵　那么选一个比你年轻一点儿的姑娘做你的爱人吧，否则你的爱情便不能常青——

女人正像是娇艳的蔷薇，
花开才不久便转眼枯萎。

薇奥拉　是啊，可叹她刹那的光荣，
早枝头零落留不住东风！

【丘里奥偕小丑重上。

公爵　啊，朋友！来，把我们昨夜听的那支歌儿再唱一遍。好好听着，西萨里奥。那是个古老而平凡的歌儿，是晒着太阳的纺线工人和织布工人以及无忧无虑的制花边的女郎们常唱的；歌里的话儿都是些平常不过的真理，搬弄着纯朴的古代的那种爱情的纯洁。

小丑　您预备好了吗，殿下？

公爵　好，请你唱吧。（奏乐）

小丑　（唱）

过来吧，过来吧，死神！
　让我横陈在凄凉的柏棺的中央；
飞去吧，飞去吧，浮生！
　我被害于一个狠心的美貌姑娘。
为我罩上白色的殓衾铺满紫杉；
没有一个真心的人为我而悲哀。
莫让一朵花儿甜柔，
　撒上了我那黑色的、黑色的棺材；
没有一个朋友迓候我尸身，
　不久我的骨骼将会散开。
免得多情的人们千万次的感伤，
请把我埋葬在无从凭吊的荒场。

公爵　这是赏给你的辛苦钱。

小丑　一点不辛苦，殿下；我以唱歌为乐呢。

公爵　那么就算赏给你的快乐钱。

小丑　不错，殿下，快乐总是要付出代价的。

公爵　现在允许我不再见你吧。

小丑　好，忧愁之神保佑着你！但愿裁缝用闪缎给你裁一身衫子，因为你的心就像猫眼石那样闪烁不定。我希望像这种没有恒心的人都航海去，好让他们过着漂泊动荡，千变万化的生活；因为这样的人总

会两手空空地回家。再会。（下）

公爵　大家都退开去。（丘里奥及侍从等下）西萨里奥，你再给我到那位忍心的女王那边去；对她说，我的爱情是超越世间的，泥污的土地不是我所看重的事物；命运所赐给她的尊荣财富，你对她说，在我的眼中都像命运一样无常；吸引我的灵魂的是她的天赋的灵奇，绝世的仙姿。

薇奥拉　可是假如她不能爱您呢，殿下？

公爵　我不能得到这样的回音。

薇奥拉　可是您不能不得到这样的回音。假如有一位姑娘——也许真有那么一个人——也像您爱着奥丽维娅一样痛苦地爱着您；您不能爱她，您这样告诉她；那么她岂不是不得不接受这样的答复吗？

公爵　女人的小小的身体一定受不住像爱情强加于我心中的那种激烈的搏跳；女人的心没有这样广大，可以藏得下这许多；她们缺少含忍的能力。唉，她们的爱就像一个人的口味一样，不是从脏腑里，而是从舌尖上感觉到的，过饱了便会食伤呕吐；可是我的爱就像饥饿的大海，能够消化一切。不要把一个女人所能对我发生的爱情跟我对于奥丽维娅的爱情相提并论吧。

薇奥拉　哝，可是我知道——

公爵　你知道什么？

薇奥拉　我知道得很清楚女人对于男人会怀着怎样的爱情；真的，她们是跟我们一样真心的。我的父亲有一个女儿，她爱上了一个男人，正像假如我是个女人也许会爱上了您殿下一样。

公爵　她的经历怎样？

薇奥拉　一片空白而已，殿下。她从来不向人诉说她的爱情，让隐藏在内心中的抑郁像蓓蕾中的蛀虫一样，侵蚀着她的绯红的脸颊；她因相思而憔悴，疾病和忧愁折磨着她，像是墓碑上刻着的“忍耐”的化身，默坐着向悲哀微笑。这不是真的爱情吗？我们男人也许更多话，更会发誓，可是我们真的所表示的，总多于我们所决心实行的；不论我们怎样山盟海誓，我们的爱情总不过如此。

公爵　但是你的姊姊有没有殉情而死，我的孩子？

薇奥拉　我父亲的女儿只有我一个，儿子也只有我一个——可她有没有殉情我不知道。殿下，我要不要就去见这位小姐？

公爵　对了，这是正事——

　　快前去，送给她这颗珍珠；

　　说我的爱情永不会认输。（各下）

第二幕　第五场　**奥丽维娅的花园**

【托比·培尔契爵士、安德鲁·艾古契克爵士及费边上。

托比　来吧，费边先生。

费边　噢，我就来；要是我把这场好戏略为错过了一点点儿，让我在懊恼里煎死了吧。

托比　让这个卑鄙龌龊的丑东西出一场丑，你高兴不高兴？

费边　我才要快活死哩！您知道那次我因为在这儿耍熊，被他在小姐跟前说我坏话。

托比　我们再把那头熊牵来激他发怒；我们要把他作弄得体无完肤。你说怎样，安德鲁爵士？

安德鲁　要是我们不那么做，那才是终身的憾事呢。

托比　小坏东西来了。

【玛利娅上。

托比　啊，我的小宝贝！

玛利娅　你们三人都躲到黄杨树后面去。马伏里奥正从这条道上走过来了；他已经在那边太阳光底下对他自己的影子练习了半个钟头仪法。谁要是喜欢笑话，就留心瞧着他吧；我知道这封信一定会叫他变成一个发痴的呆子的。凭着玩笑的名义，躲起来吧！你躺在

那边；（丢下一信）这条鲟鱼已经来了，不撩到他的痒处是捉不到手的。（下）

【马伏里奥上。

马伏里奥　不过是运气；一切都是运气。玛利娅曾经对我说过小姐喜欢我；我也曾经听见她自己说过那样的话，说要是她爱上了人的话，一定要选像我这种脾气的人。而且，她待我比待其他的下人显得分外尊敬。这点我应该怎么解释呢？

托比　瞧这个自命不凡的混蛋！

费边　静些！他已经痴心妄想得变成一头出色的火鸡了；瞧他那种蓬起了羽毛高视阔步的样子！

安德鲁　他妈的，我可以把这混蛋痛打一顿！

托比　别吵啦！

马伏里奥　要做马伏里奥伯爵了！

托比　啊，混蛋！

安德鲁　给他吃手枪！给他吃手枪！

托比　别吵！别吵！

马伏里奥　这种事情是有前例可援的；斯特拉契夫人也下嫁给家臣了的。

安德鲁　该死，这畜生！

费边　静些！现在他着了魔啦；瞧他越想越得意。

马伏里奥　跟她结婚过了三个月，我坐在我的宝座上——

托比　啊！我要弹一颗石子到他的眼睛里去！

马伏里奥　身上披着绣花的丝绒袍子，召唤我的臣僚过来；那时我刚睡罢午觉，撇下奥丽维娅酣睡未醒——

托比　大火硫黄烧死他！

费边　别出声！别出声！

马伏里奥　那时我装出一副威严的神气，先目光凛凛地向众人瞟视一周，对他们表示我知道我的地位，他们也必须明白自己的身份；然后吩咐他们去请我的托比老叔过来——

托比　把他铐起来！

费边　别吵！别吵！别吵！好啦！好啦！

马伏里奥　我的七个仆人恭恭敬敬地前去找他。于是我皱了皱眉头，或者给我的表上了上弦，或者抚弄着我的——什么珠宝之类。托比上前来了，向我行了个礼——

托比　这家伙还可以让他活命吗？

费边　哪怕有几辆马车要把我们的静默拉走，也不要吵吧！

马伏里奥　我这样向他伸出手去，用一副庄严的威势来抑住我的亲昵的笑容——

托比　那时托比不就给了你一个嘴巴子吗？

马伏里奥　说，“托比叔父，我已蒙令侄女不弃下嫁，请您准许我这样说话——”

托比　什么？什么？

马伏里奥　“你必须把喝酒的习惯戒掉。”

托比　他妈的，这狗东西！

费边　哎，别生气，否则我们的计策就要完蛋了。

马伏里奥　“而且，您还把您的宝贵的光阴跟一个傻瓜骑士在一块儿浪费——”

安德鲁　说的是我，一定的啦。

马伏里奥　“那个安德鲁爵士——”

安德鲁　我就知道是我；因为许多人都管我叫傻瓜。

马伏里奥　（见信）这儿有些什么东西呢？

费边　现在那蠢鸟就要掉入圈套了。

托比　啊，静些！但愿能操纵人心意的神灵叫他高声朗读。

马伏里奥　（拾信）哎哟，这是小姐的手笔！瞧这一钩一弯一横一直，那不正是她的笔锋吗？没有问题，一定是她写的。

安德鲁　她的一钩一弯一横一直，那是什么意思？

马伏里奥　（读）“给不知名的恋人，至诚的祝福。”完全是她的口气！

对不住，封蜡。且慢！这封口上的钤记不就是她一直用作封印的卢克丽丝的肖像吗？一定是我的小姐。可是那是写给谁的呢？

费边　这叫他心窝儿里都痒起来了。

马伏里奥

知我者天，
我爱为谁？
慎莫多言，
莫令人知。

“莫令人知。”下面还写些什么？又换了韵脚了！“莫令人知”：说的也许是你哩，马伏里奥！

托比　嘿，该死，这獾子！

马伏里奥　我可以向我所爱的人发号施令；
但隐秘的衷情如卢克丽丝之刀，
杀人不见血地把我的深心剚刃；
我的命在M，O，A，I的手里飘摇。

费边　无聊的谜语！

托比　我说是个好丫头。

马伏里奥　“我的命在M，O，A，I的手里飘摇。”不，让我先想一想，让我想一想，让我想一想。

费边　她给他吃了一服多好的毒药！

托比　瞧那头鹰儿多么饿急似的想一口吞下去！

马伏里奥　“我可以向我所爱的人发号施令。”欧，她可以命令我；我侍候着她，她是我的小姐。这是无论哪个有一点点脑子的人都看得出来的；全然合得拢。可是那结尾一句，那几个字母又是什么意思呢？能不能牵附到我的身上？——慢慢！M，O，A，I——

托比　哎，这应该想个法儿；他弄糊涂了。

费边　即使像一头狐狸那样臊气冲天，这狗子也会闻出味来，汪汪地叫起来的。

马伏里奥　M，马伏里奥；M，嘿，那正是我的名字的第一个字母哩。

费边　我不是说他会想出来的吗？这狗的鼻子在没有味的地方也会闻出味来。

马伏里奥　M——可是这次序不大对；这样一试，反而不成功了。跟着来的应该是个A字，可是却是个O字。

费边　我希望O字应该放在结尾的吧？

托比　对了，否则我要揍他一顿，让他喊出个“O”来。

马伏里奥　A的背后又跟着个I。

费边　哼，要是你背后生眼睛[1]的话，你就知道你眼前并没有什么幸运，你的背后却有倒霉的事跟着呢。

马伏里奥　M，O，A，I；这隐语可跟前面所说的不很合辙；可是稍微把它颠倒一下，也就可以适合我了，因为这几个字母都在我的名字里。且慢！这儿还有散文呢。“要是这封信落到你手里，请你想一想。照我的命运而论，我是在你之上，可是你不用惧怕富贵；有的人是生来的富贵，有的人是挣来的富贵，有的人是送上来的富贵。你的好运已经向你伸出手来，赶快用你的全副精神抱住它。你应该练习一下怎样才合乎你所将要做的那种人的身份，脱去你卑恭的旧习，放出一些活泼的神气来。对亲戚不妨分庭抗礼，对仆人不妨摆摆架子：你嘴里要鼓唇弄舌地谈些国家大事，装出一副矜持的样子。为你叹息的人儿这样吩咐着你。记着谁曾经赞美过你的黄袜子，愿意看见你永远扎着十字交叉的袜带；我对你说，你记着吧。好，只要你自己愿意，你就可以出头了；否则让我见你一生一世做个管家，与众仆为伍，不值得抬举。再会！我是愿意跟你交换地位的，幸运的不幸者。”青天白日也没有这么明白，平原旷野也没有这么显豁。我要摆起架子来，谈起国家大事来；我要叫托比丧气，我要断绝那些鄙贱之交，我要一点不含糊地做起这么一个人来。

[1]　眼睛原文为eye．与I音相近。

我没有自己哄骗自己，让想象把我愚弄；因为每一个理由都指点着说，我的小姐爱上了我了。她最近称赞过我的黄袜子和我的十字交叉的袜带；她就是用这方法表示她爱我，用一种命令的方法叫我打扮成她所喜欢的样式。谢谢我的命星，我好幸福！我要放出高傲的神气来，穿了黄袜子，扎着十字交叉的袜带，立刻就去装束起来。赞美上帝和我的命星！这儿还有附启："你一定想得到我是谁。要是你接受我的爱情，请你用微笑表示你的意思；你的微笑是很好看的。我的好人儿，请你当着我的面永远微笑着吧。"上帝，我谢谢你！我要微笑；我要做每一件你吩咐我做的事。（下）

费边　即使波斯王给我一笔几千块钱的恩俸，我也不愿错过这场玩意儿。

托比　这丫头想得出这种主意，我简直可以娶了她。

安德鲁　我也可以娶了她呢。

托比　我不要她什么妆奁，只要再给我想出这么一个笑话来就行了。

安德鲁　我也不要她什么妆奁。

费边　我那位捉蠢鹅的好手来了。

【玛利娅重上。

托比　你愿意把你的脚搁在我的头颈上吗？

安德鲁　或者搁在我的头颈上？

托比　要不要我把我的自由作孤注一掷，做你的奴隶？

安德鲁　是的，要不要我也做你的奴隶？

托比　你已经叫他大做其梦，要是那种幻象一离开了他，他一定会发疯的。

玛利娅　可是您老实对我说，他中计了吗？

托比　就像收生婆喝了烧酒一样。

玛利娅　要是你们要看看这场把戏会闹出些什么结果来，请看好他怎样到小姐跟前去：他会穿起了黄袜子，那正是她所讨厌的颜色；还要扎着十字交叉的袜带，那正是她所厌恶的式样；他还要向她微笑，照她现在那样郁悒的心境，她一定会不高兴，管保叫他大受一场没趣。假如你们要看的话，跟我来吧。

托比　好，就是到地狱门口也行，你这好机灵鬼！

安德鲁　我也要去。（同下）

第 三 幕

第三幕 第一场 奥丽维娅的花园

【薇奥拉及小丑持手鼓上。

薇奥拉 上帝保佑你和你的音乐，朋友！你是靠着打手鼓过日子的吗？

小丑 不，先生，我靠着教堂过日子。

薇奥拉 你是个教士吗？

小丑 没有的事，先生。我靠着教堂过日子，因为我住在我的家里，而我的家挨着教堂。

薇奥拉 你也可以说，国王靠着叫花窝，因为叫花子住在王宫的附近；教堂靠着你的手鼓，因为你的手鼓放在教堂旁边。

小丑 您说得对，先生。人们一代比一代聪明了！一句话对于一个聪明人就像是一副小山羊皮的手套，一下子就可以翻了转来。

薇奥拉 嗯，那是一定的啦；善于在字面上翻弄花样的，很容易流于轻薄。

小丑 那么，先生，我希望我的妹妹不要有名字。

薇奥拉 为什么呢，朋友？

小丑 先生，她的名字不也是个字吗？在那个字上面翻弄翻弄花样，也许我的妹妹就会轻薄起来。可是文字自从失去自由以后，也就变成很危险的家伙了。

薇奥拉 你说出理由来，朋友？

小丑 不瞒您说，先生，要是我向您说出理由来，那非得用文字不可；可是现在文字变得那么坏，我真不高兴用它们来证明我的理由。

薇奥拉　我敢说你是个快活的家伙，万事都不关心。

小丑　不是的，先生，我所关心的事倒有一点儿；可是凭良心说，先生，我可一点儿不关心您；如果不关心您就是无所关心的话，先生，我倒希望您也能够化为乌有才好。

薇奥拉　你不是奥丽维娅小姐府中的傻子吗？

小丑　真的不是，先生。奥丽维娅小姐不喜欢傻气；她要嫁了人才会在家里养起傻子来，先生；傻子之于丈夫，犹之乎小鱼之于大鱼，丈夫不过是个大一点儿的傻子而已。我真的不是她的傻子，我是给她说说笑话的人。

薇奥拉　我最近曾经在奥西诺公爵的地方看见过你。

小丑　先生，傻气就像太阳一样环绕着地球，到处放射它的光辉。要是傻子不常到您主人那里去，如同常在我的小姐那儿一样，那么，先生，我可真是抱歉。我想我也曾经在那边看见过您这聪明人。

薇奥拉　哼，你要在我身上打趣，我可要不睬你了。拿去，这个钱给你。

小丑　好，上帝保佑您长起胡子来吧！

薇奥拉　老实告诉你，我倒真为了胡子害相思呢；虽然我不愿它们在自己脸上长起来。小姐在里面吗？

小丑　先生，如果有两个钱，不就可以养儿子了吗？

薇奥拉　不错，如果你拿它们去放债取利息。

小丑　先生，我愿意做个弗里吉亚的潘达洛斯，给这个特洛伊罗斯找一个克瑞西达来。[1]

薇奥拉　我知道了，朋友；你很善于乞讨。

小丑　我希望您认为这不太过分，先生，我要讨的不过是个叫花子——克瑞西达不就是个叫花子吗？小姐就在里面，先生。我可以对他们说明您是从哪儿来的；至于您是谁，您来有什么事，那就不属于我的领域之内了——我应当说“范围”，可是那两个字已经给人用得

[1] 特洛伊罗斯(Troilus)与克瑞西达(Cressida)的故事参见莎士比亚悲剧《特洛伊罗斯与克瑞西达》。潘达洛斯(Pandarus)为媒人。克瑞西达因生性轻浮，被抛弃，沦为乞丐。

太熟了。（下）

薇奥拉　这家伙扮傻子很有点儿聪明。装傻装得好也是要靠才情的：他必须窥伺被他所取笑的人们的心情，了解他们的身份，还得看准了时机；然后像窥伺着眼前每一只鸟雀的野鹰一样，每个机会都不放过。这是一种和聪明人的艺术一样艰难的工作：

傻子不妨说几句聪明话，
聪明人说傻话难免笑骂。

【托比·培尔契爵士、安德鲁·艾古契克爵士同上。

托比　您好，先生。

薇奥拉　您好，爵士。

安德鲁　上帝保佑您，先生。

薇奥拉　上帝保佑您，我是您的仆人。

安德鲁　先生，我希望您是我的仆人；我也是您的仆人。

托比　请您进去吧。舍侄女有请，要是您是来看她的话。

薇奥拉　我来正是要拜见令侄女，爵士；她是我的此行的目标。

托比　请您试试您的腿吧，先生；把它们移动起来。

薇奥拉　我的腿倒是听我使唤，爵士，可是我却听不懂您叫我试试我的腿是什么意思？

托比　我的意思是，先生，请您走，请您进去。

薇奥拉　好，我就移步前进。可是人家已经先来了。

【奥丽维娅及玛利娅上。

薇奥拉　最卓越最完美的小姐，愿诸天为您散下芬芳的香雾！

安德鲁　那年轻人是一个出色的廷臣。“散下芬芳的香雾”！好得很。

薇奥拉　我的来意，小姐，只能让您自己的玉耳眷听。

安德鲁　“香雾”“玉耳”“眷听”，我已经学会了三句话了。

奥丽维娅　关上园门，让我们两人谈话。（托比、安德鲁、玛利娅同下）把你的手给我，先生。

薇奥拉　小姐，我愿意奉献我的绵薄之力为您效劳。

奥丽维娅　你叫什么名字？

薇奥拉　您仆人的名字是西萨里奥，美貌的公主。

奥丽维娅　我的仆人，先生！自从假作卑恭被认为是一种恭维之后，世界上从此不曾有过乐趣。你是奥西诺公爵的仆人，年轻人。

薇奥拉　他是您的仆人，他的仆人自然也是您的仆人；您的仆人的仆人便是您的仆人，小姐。

奥丽维娅　我不高兴想他；我希望他心里空无所有，不要充满着我。

薇奥拉　小姐，我来是要替他说动您那颗温柔的心。

奥丽维娅　啊！对不起，请你不要再提起他了。可是如果你肯为另外一个人求爱，我愿意听你的请求，胜过于听天乐。

薇奥拉　亲爱的小姐——

奥丽维娅　对不起，让我说句话。上次你到这儿来把我迷醉了之后，我叫人拿了个戒指追你；我欺骗了我自己，欺骗了我的仆人，也许欺骗了你；我用那种无耻的狡狯把你明知道不属于你的东西强纳在你手里，一定会使你看不起我。你会怎样想呢？你不曾把我的名誉拴在桩柱上，让你那残酷的心所想得到的一切思想恣意地把它虐弄吧？像你这样敏慧的人，我已经表示得太露骨了；掩藏着我的心事的，只是一层薄薄的蝉纱。所以，让我听你的意见吧。

薇奥拉　我可怜你。

奥丽维娅　那是到达恋爱的一个阶段。

薇奥拉　不，此路不通，我们对敌人也往往会产生怜悯，这是常有的经验。

奥丽维娅　啊，听了你的话，我倒是又要笑起来了。世界啊！微贱的人多么容易骄傲！要是做了俘虏，那么落于狮子的爪下比之豺狼的吻中要幸运多少啊！（钟鸣）时钟在谴责我把时间浪费。别担心，好孩子，我不会留住你。可是等到才情和青春成熟之后，你的妻子将会收获到一个出色的男人。向西是你的路。

薇奥拉　那么向西开步走！愿小姐称心如意！您没有什么话要我向我的

主人说吗，小姐？

奥丽维娅　且慢，请你告诉我你以为我这人怎样？

薇奥拉　我以为你以为你不是你自己。

奥丽维娅　要是我以为这样，我以为你也是这样。

薇奥拉　你猜想得不错，我不是我自己。

奥丽维娅　我希望你是我所希望于你的那种人！

薇奥拉　那是不是比现在的我要好些，小姐？我希望好一些，因为现在我不过是你的弄人。

奥丽维娅　唉！他嘴角的轻蔑和怒气，
冷然的神态可多么美丽！
爱比杀人重罪更难隐藏；
爱的黑夜有中午的阳光。
西萨里奥，凭着春日蔷薇、
贞操、忠信与一切，我爱你
这样真诚，不顾你的骄傲，
理智拦不住热情的宣告。
别以为我这样向你求情，
你就可以无须再献殷勤；
须知求得的爱虽费心力，
不劳而获的更应该珍惜。

薇奥拉　我起誓，凭着天真与青春，
我只有一条心一片忠诚，
没有女人能够把它占有，
只有我是我自己的君后。
别了，小姐，我从此不再来
为我主人向你苦苦陈哀。

奥丽维娅　你不妨再来，也许能感动
我释去憎嫌把感情珍重。（同下）

第三幕 第二场 奥丽维娅宅中一室

【托比·培尔契爵士、安德鲁·艾古契克爵士及费边上。

安德鲁 不，真的，我一刻也不能再耽搁了。

托比 为什么呢，恼火的朋友？说出你的理由来。

费边 是啊，安德鲁爵士，您得说出个理由来。

安德鲁 嘿，我见你的侄小姐对待那个公爵的佣人比之待我好得多；我在花园里瞧见的。

托比 她那时也看见你吗，老兄？告诉我。

安德鲁 就像我现在看见你一样明白。

费边 那正是她爱您的一个很好的证据。

安德鲁 啐！你把我当作一头驴子吗？

费边 大人，我可以用判断和推理来证明这句话的不错。

托比 说得好，判断和推理在挪亚[1]还没有上船以前，已经就当上陪审官了。

费边 她当着您的脸对那个少年表示殷勤，是要叫您发急，唤醒您那正在打瞌睡的勇气，给您的心里燃起火来，在您的肝脏里加点儿硫黄罢了。您那时就该走上去向她招呼，说几句崭新的俏皮话儿叫那年轻人哑口无言。她盼望您这样，可是您却大意错过了。您放过了这么一个大好的机会，我的小姐自然要冷淡您啦；您目前在她心里的地位就像挂在荷兰人胡须上的冰柱一样，除非您能用勇气或是手段干出一些出色的勾当，才可以挽回过来。

安德鲁 无论如何，我宁愿用勇气；因为我顶讨厌使手段。叫我做个政客，还不如做个布朗派[2]的教徒。

---

[1] 挪亚(Noah)方舟的故事，见《圣经·创世记》第六章。

[2] 布朗派为英国伊丽莎白时代清教徒布朗(RoberT Browne)所创的教派。

托比　好啊，那么把你的命运建筑在勇气上吧。给我去向那公爵差来的少年挑战，在他身上戳十来个窟窿，我的侄女一定会注意到。你可以相信，世上没有一个媒人会比一个勇敢的名声更能说动女人的心了。

费边　此外可没有别的办法了，安德鲁大人。

安德鲁　你们谁肯替我向他下战书？

托比　快去用一手虎虎有威的笔法写起来；要干脆简单；不用说俏皮话，只要言之成理，别出心裁就得了。尽你的笔墨所能把他嘲骂；要是你把他“你”啊“你”的“你”了三四次，那不会有错；再把纸上写满了谎，即使你的纸大得足以铺满英国威尔地方的那张大床[1]。快去写吧。把你的墨水里掺满怨毒，虽然你用的是一支鹅毛笔。去吧。

安德鲁　我到什么地方来见你们？

托比　我们会到你房间里来看你；去吧。（安德鲁下）

费边　这是您的一个宝货，托比老爷。

托比　我倒累他破费过不少呢，孩儿，约莫有两千多块钱的样子。

费边　我们就可以看到他的一封妙信了。可是您不会给他送去的吧？

托比　要是我不送去，你别相信我；我一定要把那年轻人激出一个回音来。我想就是叫牛儿拉着车绳也拉不拢他们两人在一起。你把安德鲁解剖开来，要是能在他肝脏里找得出一滴可以沾湿一只跳蚤的脚的血，我愿意把他那副臭皮囊吃下去。

费边　他那个对头的年轻人，照那副相貌看来，也不像是会下辣手的。

托比　瞧，一窠九只的鷦鷯中顶小的一只来了。

【玛利娅上。

玛利娅　要是你们愿意捧腹大笑，不怕笑到腰酸背痛，那么跟我来吧。那只蠢鹅马伏里奥已经信了邪道，变成一个十足的异教徒了；因为

[1]　该床十一英尺见方，今收藏于伦敦维多利亚与阿尔伯特博物馆内。

没有一个相信正道而希望得救的基督徒，会做出这种丑恶不堪的奇形怪状来的。他穿着黄袜子呢。

托比　袜带是十字交叉的吗？

玛利娅　再难看不过的了，就像个在寺院里开学堂的塾师先生。我像是他的刺客一样紧跟着他。我故意掉下来诱他的那封信上的话，他每一句都听从；他笑容满面，脸上的笑纹比增添了东印度群岛的新地图上的线纹还多。你们从来不曾见过这样一个东西；我真忍不住要向他丢东西过去。我知道小姐一定会打他；要是她打了他，他一定仍然会笑，以为是一件大恩典。

托比　来，带我们去，带我们到他那儿去。（同下）

第三幕 第三场　街 道

【西巴斯辛及安东尼奥上。

西巴斯辛　我本来不愿意麻烦你；可是你既然这样欢喜自己劳碌，那么我也不再向你多话了。

安东尼奥　我抛不下你；我的愿望比磨过的刀还要锐利地驱迫着我。虽然为了要看见你，再远的路我也会跟着你去；可并不全然为着这个理由：我担心你在这些地方是个陌生人，路上也许会碰到些什么；一路没人领导没有朋友的异乡客，出门总有许多不方便。我的诚心的爱，再加上这样使我忧虑的理由，迫使我来追赶你。

西巴斯辛　我的善良的安东尼奥，除了感谢、感谢、永远的感谢之外，再没有别的话好回答你了。一件好事常常只换得一声空口的道谢；可是我的钱财假如能跟我的衷心的感谢一样多，你的好心一定不会得不到重重的酬报。我们干些什么呢？要不要去瞧瞧这城里的古迹？

安东尼奥　明天吧，先生；还是先去找个下处。

西巴斯辛　我并不疲倦，到天黑还有许多时候呢；让我们去瞧瞧这儿的名胜，一饱眼福吧。

安东尼奥　请你原谅我；我在这一带街道上走路是冒着危险的。从前我曾经参加海战，和公爵的舰队作过对；那时我很立了一点儿功，假如在这儿给捉到了，可不知要怎样抵罪哩。

西巴斯辛　大概你杀死了很多的人吧？

安东尼奥　我的罪名并不是这么一种杀人流血的性质；虽然照那时的情形和争执的激烈看来，很容易有流血的可能。本来把我们夺来的东西还给了他们，就可以和平解决了，我们城里大多数人为了经商，也都这样做了；可是我却不肯屈服；因此，要是我在这儿给捉到了的话，他们绝不会轻轻放过我。

西巴斯辛　那么你不要太出来招摇吧。

安东尼奥　那的确不大妥当。先生，这儿是我的钱袋，请你拿着吧。南郊的大象旅店是最好的下宿的地方，我先去订好膳宿；你可以在城里逛着见识见识，再到那边来见我好了。

西巴斯辛　为什么你要把你的钱袋给我？

安东尼奥　也许你会看中什么玩意儿想要买下；我知道你的钱不够买这些消遣的玩意儿，先生。

西巴斯辛　好，我就替你保管你的钱袋；过一个钟头再见吧。

安东尼奥　在大象旅店。

西巴斯辛　我记得。（各下）

第三幕 第四场　奥丽维娅的花园

【奥丽维娅及玛利娅上。

奥丽维娅　我已经差人去请他了。假如他肯来，我要怎样款待他呢？我要给他些什么呢？因为年轻人常常是买来的，而不是讨来或借来的。我说得太高声了。马伏里奥在哪儿呢？他这人很严肃，懂得规矩，以我目前的处境来说，很配做我的仆人。马伏里奥在什么地方？

玛利娅　他就来了，小姐；可是他的样子古怪得很。他一定给鬼迷了，小姐。

奥丽维娅　啊，怎么啦？他在说疯话吗？

玛利娅　不，小姐：他只是一味笑。他来的时候，小姐。您最好叫人保护着您，因为这人的神经有点儿不正常呢。

奥丽维娅　去叫他来。（玛利娅下）

他是痴汉，我也是个疯婆；

他欢喜，我忧愁，一样糊涂。

【玛利娅偕马伏里奥重上。

奥丽维娅　怎样，马伏里奥！

马伏里奥　亲爱的小姐，哈哈！

奥丽维娅　你笑吗？我要差你做一件正经事呢，别那么快活。

马伏里奥　不快活，小姐！我当然可以不快活，这种十字交叉的袜带扎得我血脉不通；可是那有什么要紧呢？只要能叫一个人看了欢喜，那就像诗上所说的“一人欢喜，人人欢喜”了。

奥丽维娅　什么，你怎么啦，家伙？究竟是怎么一回事？

马伏里奥　我的腿儿虽然是黄的，我的心儿却不黑。那信已经到了他的手里，命令一定要服从。我想那一手簪花妙楷我们都是认得出来的。

奥丽维娅　你还是睡觉去吧，马伏里奥。

马伏里奥　睡觉去！对了，好人儿；我一定奉陪。

奥丽维娅　上帝保佑你！为什么你这样笑着，还老是吻你的手？

玛利娅　您怎么啦，马伏里奥？

马伏里奥　多承见问！是的，夜莺应该回答乌鸦的问话。

玛利娅　您为什么当着小姐的面前这样放肆？

马伏里奥　“不用惧怕富贵，”写得很好！

奥丽维娅　你说那话是什么意思，马伏里奥？

马伏里奥　“有的人是生来的富贵，”——

奥丽维娅　嘿！

马伏里奥　“有的人是挣来的富贵，”——

奥丽维娅　你说什么？

马伏里奥　“有的人是送上来的富贵。”

奥丽维娅　上天保佑你！

马伏里奥　“记着谁曾经赞美过你的黄袜子，”——

奥丽维娅　你的黄袜子！

马伏里奥　“愿意看见你永远扎着十字交叉的袜带。”

奥丽维娅　扎着十字交叉的袜带！

马伏里奥　“好，只要你自己愿意，你就可以出头了，”——

奥丽维娅　我就可以出头了？

马伏里奥　“否则让我见你一生一世做个管家吧。”

奥丽维娅　哎哟，这家伙简直中了暑在发疯了。

【一仆人上。

仆人　小姐，奥西诺公爵的那位青年使者回来了，我好容易才请他回来。他在等候着小姐的意旨。

奥丽维娅　我就去见他。(仆人下)好玛利娅，这家伙要好好看管。我的托比叔父呢？叫几个人加意留心着他；我宁可失掉我的一半嫁妆，也不希望看到他有什么意外。(奥丽维娅、玛利娅下)

马伏里奥　啊，哈哈！你现在明白了吗？不叫别人，却叫托比爵士来照看我！我正合信上所说的：她有意叫他来，好让我跟他顶撞一下；因为她信里正要我这样。“脱去你卑恭的旧习；”她说，“对亲戚不妨分庭抗礼，对仆人不妨摆摆架子；你嘴里要鼓唇弄舌地谈些国家大事，装出一副矜持的样子；”随后还写着怎样装出一副严肃的面孔、庄重的举止、慢声慢气的说话腔调，学着大人先生的样子，诸如此类。我已经捉到她了；可是那是上帝的功劳，感谢上帝！而且她刚才临去的时候，她说，“这家伙要好好看管；”家伙！不说马伏里奥，也不照我的地位称呼我，而叫我家伙。哈哈，一切都符合，一点儿没有疑惑，一点儿没有阻碍，一点儿没有不放心的地方。还有什么好说呢？什么也不能阻止我达到我的全部的希望。好吧，促成这事情的是上帝，不是我，要感谢上帝！

【玛利娅偕托比·培尔契爵士及费边上。

托比　凭着神圣的名义，他在哪儿？要是地狱里的群鬼都缩小了身子，一起走进他的身体里去，我也要跟他说话。

费边　他在这儿，他在这儿。您怎么啦，大爷？您怎么啦，老兄？

马伏里奥　走开，我用不着你；别搅扰了我的安静。走开！

玛利娅　听，魔鬼在他嘴里说着鬼话了！我不是对您说过吗？托比老爷，小姐请您看顾看顾他。

马伏里奥　啊！啊！她这样说吗？

托比　好了，好了，别闹了吧！我们一定要客客气气对付他；让我一个人来吧。——你好，马伏里奥？你怎么啦？嘿，老兄！抵抗魔鬼呀！你想，他是人类的仇敌呢。

马伏里奥　你知道你在说些什么话吗？

玛利娅　你们瞧！你们一说了魔鬼的坏话，他就生气了。求求上帝，不要让他鬼迷心窍才好！

费边　把他的小便送到巫婆那边去吧。

玛利娅　好，明天早晨一定送去。我的小姐舍不得他哩。

马伏里奥　怎么，姑娘！

玛利娅　主啊！

托比　请你别闹，这不是个办法；你不见你惹他生气了吗？让我来对付他。

费边　除了用软功之外，没有别的法子；轻轻地、轻轻地，魔鬼是个粗坯，你要跟他动粗是不行的。

托比　喂，怎么啦，我的好家伙！你好，好人儿？

马伏里奥　爵士！

托比　嗽，小鸡，跟我来吧。嘿，老兄！跟魔鬼在一起玩是违反规则的。绞死他，该死的黑鬼！

玛利娅　叫他念祈祷，好托比老爷，叫他祈祷。

马伏里奥　叫我祈祷，小淫妇！

玛利娅　你们听着，跟他讲到关于上帝的话，他就听不进去了。

马伏里奥　你们全给我去上吊吧！你们都是些浅薄无聊的东西；我不是跟你们一样的人。你们就会知道的。（下）

托比　有这等事吗？

费边　要是这种情形在舞台上表演起来，我一定要批评它捏造得出乎情理之外。

托比　这个计策已经把他迷得神魂颠倒了，老兄。

玛利娅　还是追上他去吧；也许这计策一漏了风，就会毁掉。

费边　嗽，我们真的要叫他发起疯来。

玛利娅　那时屋子里可以清静些。

托比　来，我们要把他捆起来关在一间暗室里。我的侄女已经相信他疯了；我们可以这样依计而行，让我们开开心，叫他吃吃苦头。等到我们开腻了这玩笑，再向他发起慈悲来；那时我们宣布我们的计策，把你封作疯人的发现者。可是瞧，瞧！

【安德鲁·艾古契克爵士上。

费边　又有别的花样来了。

安德鲁　挑战书已经写好在此，你读读看；念起来有酸醋胡椒的味道呢。

费边　真这样厉害吗？

安德鲁　对了，我保证；你只管读好了。

托比　给我。（读）“年轻人，不管你是谁，你不过是个下贱的东西。”

费边　好，真勇敢！

托比　“不要吃惊，也不要奇怪为什么我这样称呼你，因为我不愿告诉你是什么理由。”

费边　聪明的言辞，这样您就可以不受法律的攻击了。

托比　“你来见奥丽维娅小姐，她当着我的面把你厚待；可是你说谎，那并不是我要向你挑战的理由。”

费边　很简单明白，而且百分之百地——不通。

托比　“我要在你回去的时候埋伏着等候你；要是命该你把我杀死的话——”

费边　很好。

托比　“你便是个坏蛋和恶人。”

费边　您仍旧避过了法律方面的责任，很好。

托比　“再会吧；上帝超度我们两人中一人的灵魂吧！也许他会超度我的灵魂；可是我比你有希望一些，所以你留心着自己吧。你的朋友（这要看你怎样对待他）和你的誓不两立的仇敌，安德鲁·艾古契克上。”——要是这封信不能激动他，那么他的两条腿也不能走动了。我去送给他。

玛利娅　您有很凑巧的机会；他现在正在跟小姐谈话，等会儿就要出来了。

托比　去，安德鲁大人，给我在园子角落里等着他，像个衙役似的；一看见他，便拔出剑来；一拔剑，就高声咒骂；一句可怕的咒骂，神气活现地从嘴里厉声发出来，比之真才实艺更能叫人相信他是个了不得的家伙。去吧！

安德鲁　好，等着听我的咒骂吧。（下）

托比　我可不去送这封信。因为照这位青年的举止看来，是个很有资格很有教养的人，否则他的主人不会差他来拉拢我的侄女的。这封信写得那么奇妙不通，一定不会叫这青年害怕；他一定会以为这是一个呆子写的。可是，老兄，我要口头去替他挑战，故意夸张艾古契克的勇气，让这位仁兄相信他是个勇猛暴躁的家伙；我知道他那样年轻一定会害怕起来的。这样他们两人便会彼此害怕，就像眼光能杀人的毒蜥蜴似的，两人一照面，就都呜呼哀哉了。

费边　他和您的侄小姐来了：让我们回避他们，等他告别之后再追上去。

托比　我可以想出几句可怕的挑战话儿来。（托比、费边、玛利娅下）

【奥丽维娅偕薇奥拉重上。

奥丽维娅　我对一颗石子样的心太多费唇舌了，鲁莽地为我的名誉下了赌注。我心里有些埋怨自己的过错；可是那是个极其倔强的错，埋怨只能招它一阵讪笑。

薇奥拉　我主人的悲哀也正和您这种痴情的样子相同。

奥丽维娅　拿着，为我的缘故把这玩意儿戴在你身上吧，那上面有我的小像。不要拒绝它，它不会多话讨你厌的。请你明天再过来。你无论向我要什么，只要于我的名誉没有妨碍，还有什么我不能给你的呢？

薇奥拉　我向您要的，只是请您把真心的爱给我的主人。

奥丽维娅　我怎能不顾名誉将已经给了你的东西再给他呢？

薇奥拉　我会奉还给你。

奥丽维娅　好，明天再来吧。

再见！像你这样一个恶魔，
我甘愿被你向地狱里拖。（下）

【托比·培尔契爵士及费边重上。

托比　先生，上帝保佑你！

薇奥拉　上帝保佑您，爵士！

托比　准备好防御吧。我不知道你做了什么对不起他的事情；可是你那位对头满心怀恨，一股子的杀气在园子尽头等着你呢。拔出你的剑来，赶快预备好；因为你的敌人是个敏捷精明而可怕的人。薇奥拉　您弄错了，爵士，我相信没人会跟我争吵；我完全不记得我曾经得罪过什么人。

托比　你会知道事情是恰恰相反的，我告诉你；所以要是你看重你的生命的话，留点儿神吧；因为你的冤家年轻力壮，武艺不凡，火气又那么大。

薇奥拉　请问爵士，他是谁呀？

托比　他是个不靠军功而受封的骑士；可是跟人干起架来，那简直是个魔鬼；他已经叫三个人的灵魂出壳了。现在他的怒气已经一发而不可收拾，非把人杀死送进坟墓里去决不甘心。他的格言是不管三七二十一，拼个你死我活。

薇奥拉　我要回到府里去请小姐派几个人给我保镖。我不会跟人打架。我听说有些人故意向别人寻事，试验他们的勇气；这个人大概就是这种脾气。

托比　不，先生，他的发怒是有充分理由的，因为你得罪了他；所以你还是上去答应他的要求吧。你不能回到屋子里去，除非你在没有跟他交手之前先跟我比个高低。横竖都得冒险，你何必不去会会他呢？所以上去吧，把你的剑赤条条地拔出来；无论如何你非得动手不可，否则以后你再不用佩剑了。

薇奥拉　这真是既无礼又古怪。请您帮我一下忙，去问问那骑士我得罪了他什么。那一定是我偶然的疏忽，绝不是有意的。

托比　我就去问他。费边先生，你陪着这位先生等我回来。（下）

薇奥拉　先生，请问您知道这是怎么一回事吗？

费边　我知道那骑士对您很不乐意，抱着拼命的决心；可是详细的情形却不知道。

薇奥拉　请您告诉我他是个什么样子的人？

费边　照他的外表上看起来，并没有什么惊人的地方；可是您跟他一交手，就知道他的厉害了。他，先生，的确是您在伊利里亚无论哪个地方所碰得到的最有本领、最凶狠、最厉害的敌手。您乐意去会一会他吗？我愿意替您跟他讲和，要是能够的话。

薇奥拉　那多谢您了。我是个宁愿亲近教士不愿亲近骑士的人；我是个胆小的人，即使让别人知道了，我也不在乎。（同下）

【托比及安德鲁重上。

托比　嘿，老兄，他才是个魔鬼呢；我从来不曾见过这么一个泼货。我跟他连剑带鞘较量了一回，他给我这么致命的一刺，简直无从招架；至于他还起手来，那简直像是你的脚踏在地上一样万无一失。他们说他曾经在波斯王宫里当过剑师。

安德鲁　糟糕！我又不想跟他动手了。

托比　好，但是他可不肯甘休呢；费边在那边简直拦不住他。

安德鲁　该死！早知道他有这种本领，应该等他死了之后再向他挑战。假如他肯放过这回，我情愿把我的灰色马儿送给他。

托比　我去跟他说去。站在这儿，摆出些威势来；这件事情总可以和平了结的。（旁白）你的马儿少不得要让我来骑，你可大大地给我捉弄了。费边及薇奥拉重上。

托比　（向费边）我已经叫他把他的马儿送上议和。我已经叫他相信这孩子是个魔鬼。

费边　他也是以为他十分可怕，吓得心惊肉跳脸色发白，像是一头熊追在背后似的。

托比　（向薇奥拉）无可挽回了，先生；他因为已经发过了誓，非得跟你决斗一下不可。他已经把这回吵闹考虑过，认为起因的确是微不足道的；所以为了他所发的誓起见，拔出你的剑来吧，他声明他不会伤害你的。

薇奥拉　（旁白）求上帝保佑我！一点点事情就会给他们知道我是不配当男人的。

费边　要是你见他势不可当，就让让他吧。

托比　来，安德鲁爵士，无可挽回了，这位先生为了他的名誉起见，不得不跟你较量一下，按着决斗的规则，他不能规避这一回事；可是他已经答应我，因为他是个堂堂君子又是个军人，他不会伤害你的。来吧，上去！

安德鲁　求上帝让他不要背誓！（拔剑）

薇奥拉　相信我，这全然不是出于我的本意。（拔剑）

【安东尼奥上。

安东尼奥　放下你的剑。要是这位年轻的先生得罪了你，我替他担个不是；要是你得罪了他，我可不肯对你甘休。（拔剑）

托比　你，朋友！咦，你是谁呀？

安东尼奥　先生，我是他的好朋友；为了他的友爱，无论什么事情我可是说得出的便做得到。

托比　好吧，你既然这样喜欢管人家的闲事，我就奉陪了。（拔剑）

费边　啊，好托比老爷，住手吧！警官们来了。

托比　过会儿再跟你算账。

薇奥拉　（向安德鲁）先生，请你放下你的剑吧。

安德鲁　好，放下就放下，朋友；至于我方才发过的誓，我会信守承诺。那匹马你骑起来准很舒服，它也很听话。

【二警吏上。

警吏甲　就是这个人；执行你的任务吧。

警吏乙　安东尼奥，我奉奥西诺公爵之命来逮捕你。

安东尼奥　你认错人了，朋友。

警吏甲　不。先生，一点儿没有错。我很认识你的脸，虽然你现在头上不戴着水手的帽子。——把他带走，他知道我认识他的。

安东尼奥　我只好服从。（向薇奥拉）这场祸事都是因为要来寻找你而起；可是没有办法，我必须去服罪。现在我不得不向你要回我的钱袋了，你预备怎样呢？叫我难过的倒不是我自己的遭遇，而是不能给你尽一点儿力。你吃惊吗？请你宽心吧。

警吏乙　来，朋友，去吧。

安东尼奥　那笔钱我必须向你要几个。

薇奥拉　什么钱，先生？为了您在这儿对我的好意相助，又看见您现在的不幸，我愿意尽我的微弱的力量借您几个钱；我的钱很少，这儿随身带着的钱，可以跟您平分。拿着吧，这是我一半的家私。

安东尼奥　你现在不认识我了吗？难道我给你的好处不能使你心动吗？

别看着我倒霉好欺侮，要是激起我的性子来，我也会不顾一切，向你一一数说你的忘恩负义的。

薇奥拉　我什么都不知道；您的声音相貌我也完全不认识。我痛恨人们的忘恩，比之痛恨说谎、虚荣、饶舌、酗酒，或是其他存在于脆弱的人心中的任何腐败的恶德还要厉害。

安东尼奥　唉，天哪！

警吏乙　好了，对不起，朋友，走吧。

安东尼奥　让我再说句话，你们瞧这个孩子，他是我从死神的掌握中夺了来的，我用神圣的爱心照顾着他；我以为他的样子看起来十分高贵，才那样看重着他。

警吏甲　那跟我们有什么相干呢？别耽误了时间，去吧！

安东尼奥　可是唉！这个天神一样的人，原来却是个邪魔外道！西巴斯辛，你未免太羞辱了你这副好相貌了。

心上的瑕疵是真的垢污：
无情的人才是残废之徒。
善即是美；但美丽的奸恶，
是魔鬼雕就文采的空椟。

警吏甲　这家伙发疯了；带他去吧！来，来，先生。

安东尼奥　带我去吧。(警吏带安东尼奥下)

薇奥拉　他的话儿句句发自衷肠；
他坚持不疑，我意乱心慌。
但愿想象的事果真不错，
是他把妹妹错认作哥哥！

托比　过来，骑士；过来，费边；让我们悄悄地讲几句聪明话。

薇奥拉　他说起西巴斯辛的名字，
我哥哥正是我镜中影子，
兄妹俩生就一般的形状，
再加上穿扮得一模一样；

但愿暴风雨真发了慈心，

无情的波浪变作了多情！（下）

托比　好一个刁滑的卑劣的孩子，比兔子还胆怯！他坐视朋友危急而不顾，还要装作不认识，可见他刁恶之一斑，至于他的胆怯呢，问费边好了。

费边　一个懦夫，一个把怯懦当神灵一样敬奉的懦夫。

安德鲁　他妈的，我要追上去把他揍一顿。

托比　好，把他狠狠地揍一顿，可是别拔出你的剑来。

安德鲁　要是我不——(下)

费边　来，让我们去瞧去。

托比　我可以赌无论多少钱，到头来不会有什么事发生的。(同下)

第四幕

第四幕 第一场 **奥丽维娅宅旁街道**

【西巴斯辛及小丑上。

小丑 你是要我相信我不是差来请你的吗？

西巴斯辛 算了吧，算了吧，你是个傻瓜；给我走开去。

小丑 装腔装得真好！是的，我不认识你；我也不是我的小姐差我来请你去讲话的；你的名字也不是西萨里奥大爷。凡是是的都不是。

西巴斯辛 请你到别处去大放厥词吧；你又不认识我。

小丑 大放厥词！他从什么大人物那儿听了这句话，却来用在一个傻瓜身上。大放厥词！我担心整个痴愚的世界都要装腔作态起来了。请你别那么假装怯生生地告诉我应当向我的小姐放些什么“厥词”。要不要对她说你就来？

西巴斯辛 傻东西，请你走开吧；这儿有钱给你；要是你再不去，我可就要不客气了。

小丑 真的，你倒是很慷慨。这种聪明人把钱给傻子，就像用十四年的收益来买一句好话。

【安德鲁上。

安德鲁 呀，朋友，我又碰见你了吗？吃这一下。(击西巴斯辛)

西巴斯辛 怎么，给你尝尝这一下，这一下，这一下！(打安德鲁)所有的人们都疯了吗？

【托比及费边上。

托比 停住，朋友，否则我要把你的刀子摔到屋子里去了。

小丑　我就去把这事告诉我的小姐。我不愿凭两便士就代人受过。(下)

托比　(拉西巴斯辛)算了，朋友，住手吧。

安德鲁　不，让他去吧。我要换一个法儿对付他。要是伊利里亚是有法律的话，我要告他非法殴打的罪；虽然是我先动手，可是那没有关系。

西巴斯辛　拿开你的手！

托比　算了吧，朋友，我不能放走你。来，我的年轻的勇士，放下你的家伙。你打架已经打够了；来吧。

西巴斯辛　你别想抓住我。(挣脱)现在你要怎样？要是你有胆子的话，拔出你的剑来吧。

托比　什么！什么！那么我倒要让你流几滴莽撞的血呢。(拔剑)

【奥丽维娅上。

奥丽维娅　住手，托比！我以生命的名义命令你！

托比　小姐！

奥丽维娅　有这等事吗？忘恩的恶人！只配住在从来不懂得礼貌的山林和洞窟里的。滚开！——别生气，亲爱的西萨里奥。——莽汉，走开！(托比、安德鲁、费边同下)好朋友，你是个有见识的人，这回的惊扰实在太失礼、太不成话了，请你不要生气。跟我到舍下去吧；我可以告诉你这个恶人曾经多少次无缘无故地惹是招非，你听了就可以把这回事情一笑置之了。你一定要去的：

别推托！他灵魂该受天戮，
为你惊起了我心头小鹿。

西巴斯辛　滋味难名，不识其中奥妙；
是疯眼昏迷？是梦魂颠倒？
愿心魂永远在忘河沉浸；
有这般好梦再不须梦醒！

奥丽维娅　请你来吧；你得听我的话。

西巴斯辛　小姐，遵命。

奥丽维娅　但愿这回非假！（同下）

第四幕　第二场　奥丽维娅宅中一室

【玛利娅及小丑上；马伏里奥在相接的暗室内。

玛利娅　啾，我请你把这件袍子穿上，把这胡须套上，让他相信你是副牧师托巴斯师傅。快些，我就去叫托比老爷来。（下）

小丑　好，我就穿起来，假装一下；我希望我是第一个扮作这种样子的。我的身材不够高，穿起来不怎么神气；略为胖一点儿，也不像个用功念书的：可是给人称赞一声是个老实汉子和很好的当家人，也就跟一个用心思的读书人一样好了。——那两个死对头的来了。

【托比·培尔契爵士及玛利娅上。

托比　上帝祝福你，牧师先生！

小丑　早安，托比大人！目不识丁的布拉格的老隐士曾经向高波杜克王的侄女说过这么一句聪明话："是什么，就是什么。"因此，我既是牧师先生，也就是牧师先生；因为"什么"即是"什么"，"是"即是"是"。

托比　走过去，托巴斯师傅。

小丑　呃哼，喂！这监狱里平安呀！

托比　这小子装得很像，好小子。

马伏里奥　（在内）谁在叫？

小丑　副牧师托巴斯师傅来看疯人马伏里奥来了。

马伏里奥　托巴斯师傅，托巴斯师傅，托巴斯好师傅，请您到我小姐那儿去一趟。

小丑　滚你的，胡言乱道的魔鬼！瞧这个人给你缠得这样子！只晓得嚷小姐吗？

托比　说得好，牧师先生。

马伏里奥　（在内）托巴斯师傅，从来不曾有人给人这样冤枉过。托巴斯好师傅。别以为我疯了。他们把我关在这个暗无天日的地方。

小丑　啐，你这不老实的撒旦！我用最客气的称呼叫你，因为我是个最有礼貌的人，即使对于魔鬼也不肯失礼。你说这屋子是黑的吗？

马伏里奥　像地狱一样，托巴斯师傅。

小丑　嘿，它的凸窗像壁垒一样透明，它的向着南北方的顶窗像乌木一样发光呢；你还说看不见吗？

马伏里奥　我没有发疯，托巴斯师傅。我对您说，这屋子是黑的。

小丑　疯子，你错了。我对你说，世间并无黑暗，只有愚昧。埃及人在大雾中辨不清方向，还不及你在愚昧里那样莽撞。

马伏里奥　我说，这座屋子简直像愚昧一样黑暗，即使愚昧是像地狱一样黑暗。我说，从来不曾有人给人这样欺侮过。我并不比您更疯；您不妨提出几个合理的问题来问我，试试我疯不疯。

小丑　毕达哥拉斯对于野鸟有什么意见？

马伏里奥　他说我们祖母的灵魂也许曾经在鸟儿的身体里寄住过。

小丑　你对于他的意见觉得怎样？

马伏里奥　我认为灵魂是高贵的，绝对不赞成他的说法。

小丑　再见，你在黑暗里住下去吧。等到你赞成了毕达哥拉斯的说法之后，我才可以承认你的头脑健全。留心别打山鹬，因为也许你要害得你祖母的灵魂流离失所了。再见。

马伏里奥　托巴斯师傅！托巴斯师傅！

托比　我的了不得的托巴斯师傅！

小丑　嘿，我可真是多才多艺呢。

玛利娅　你就是不挂胡须不穿道袍也没有关系；他又看不见你。

托比　你再用你自己的口音去对他说话；怎样的情形再来告诉我。我希望这场恶作剧快快告个段落。要是不妨把他释放，我看就放了他吧；因为我已经大大地失去了我侄女的欢心，倘把这玩意儿尽管闹下去，恐怕不大妥当。等会儿到我的屋子里来吧。（托比、玛利

娅下）

小丑

嗨，罗宾，快活的罗宾哥，

问你的姑娘近况如何。

马伏里奥　傻子！

小丑

不骗你，她心肠有点儿硬。

马伏里奥　傻子！

小丑

唉，为了什么原因，请问？

马伏里奥　喂，傻子！

小丑

她已经爱上了别人。

——嘿！谁叫我？

马伏里奥　好傻子，谢谢你给我拿一支蜡烛、笔、墨水和纸张来，以后我不会亏待你的。君子不扯谎，我永远感你的恩。

小丑　马伏里奥大爷吗？

马伏里奥　是的，好傻子。

小丑　唉，大爷，您怎么会发起疯来呢？

马伏里奥　傻子，从来不曾有人给人这样欺侮过。我的头脑跟你一样清楚呢，傻子。

小丑　跟我一样？那么您真的是疯了，要是您的头脑跟傻子差不多。

马伏里奥　他们把我当作一件家具看待，把我关在黑暗里，差牧师们——那些蠢驴子！——来看我，千方百计想把我弄昏了头。

小丑　您说话留点儿神吧；牧师就在这儿呢。——马伏里奥，马伏里奥，上天保佑你明白过来吧！好好地睡睡觉儿，别啰里啰唆地讲空话。

马伏里奥　托巴斯师傅！

小丑　别跟他说话，好伙计。——谁？我吗，师傅？我可不要，师傅。上帝和您同在，好托巴斯师傅！——呃，阿门！——好的，师傅，好的。

马伏里奥　傻子，傻子，傻子，我对你说！

小丑　唉，大爷，您耐心吧！您怎么说，师傅？——师傅怪我跟您说话哩。

马伏里奥　好傻子，给我拿一点儿灯火和纸张来。我对你说，我跟伊利里亚无论哪个人一样头脑清楚呢。

小丑　唉，我巴不得这样呢，大爷！

马伏里奥　我可以举手发誓我没有发疯。好傻子，拿墨水、纸和灯火来；我写好之后，你去替我送给小姐。你送了这封信去，一定会到手一笔空前的大赏赐的。

小丑　我愿意帮您的忙。但是老实告诉我，您是不是真的疯了，还是装疯？

马伏里奥　相信我。我没有发疯，我老实告诉你。

小丑　嘿，我可信不过一个疯子的话，除非我能看见他的脑子。我去给您拿蜡烛、纸和墨水。

马伏里奥　傻子，我一定会重重报答你。请你去吧。

小丑　　大爷我去了，
　　请您不要吵，
不多一会儿的时光，
小鬼再来见魔王；
　　手拿木板刀，
　　胸中如火烧，
向着魔鬼打哈哈，
样子像个疯娃娃：
　　爹爹不要恼，
　　给您剪指爪，

再见，我的魔王爷！(下)

第四幕 第三场 奥丽维娅的花园

【西巴斯辛上。

西巴斯辛 这是空气；那是灿烂的太阳；这是她给我的珍珠，我看得见也摸得到；虽然怪事这样包围着我，然而却不是疯狂。那么安东尼奥到哪儿去了呢？我在大象旅店里找不到他；可是他曾经到过那边，据说他到城中各处寻找我去了。现在我很需要他的指教；因为虽然我心里很觉得这也许是出于错误，而并非是一种疯狂的举动，可是这种意外和飞来的好运太有些未之前闻，无可理解了，我简直不敢相信我的眼睛；无论我的理智怎样向我解释，我总觉得不是我疯了便是这位小姐疯了。可是，真是这样的话，她一定不会那样井井有条，神气那么端庄地操持她的家务，指挥她的仆人，料理一切的事情，如同我所看见的那样。其中一定有些蹊跷。她来了。

【奥丽维娅及一牧师上。

奥丽维娅 不要怪我太性急。要是你没有坏心肠的话，现在就跟我和这位神父到我家的礼拜堂里去吧；当着他的面前，在那座圣堂的屋顶下，你要向我充分证明你的忠诚，好让我小气的、多疑的心安定下来。他可以保守秘密，直到你愿意宣布出来依我的身份我们的婚礼将要举行的日期。你说怎样？

西巴斯辛 我愿意与你们同去圣堂；
立过的盟誓永没有欺罔。

奥丽维娅 走吧，神父；但愿天公作美，
一片阳光照着我们酣醉！（同下）

第 五 幕

第五幕 第一场 奥丽维娅宅前

【小丑及费边上。

费边 看在咱们交情的分上，让我瞧一瞧他的信吧。

小丑 好费边先生，你要答应我一个请求。

费边 尽管说吧。

小丑 别向我要这封信看。

费边 这就是等于说，把一条狗给了人，要求的回报是再把那条狗要回。

【公爵、薇奥拉、丘里奥及侍从等上。

公爵 朋友们，你们是奥丽维娅小姐府中的人吗？

小丑 是的，殿下；我们是附属于她的一两件零星小物。

公爵 我认识你：你好吗，我的好朋友？

小丑 不瞒您说，殿下，我的仇敌使我好些，我的朋友使我坏些。

公爵 恰恰相反。你的朋友使你好些。

小丑 不，殿下，坏些。

公爵 为什么呢？

小丑 呃，殿下，他们称赞我，把我当作驴子一样愚弄；可是我的仇敌却坦白地告诉我说我是一头驴子；因此，殿下，多亏我的仇敌我才能明白我自己，我的朋友却把我欺骗了；因此，结论就像接吻一样，说四声“不”就等于说两声“请”，这样一来，当然是朋友使我坏些，仇敌使我好些了。

公爵 啊，这说得好极了！

小丑　凭良心说，殿下，这一点不好；虽然您愿意做我的朋友。

公爵　我不会使你坏些；这是给你的赏钱。

小丑　倘不是恐怕犯了双重欺骗的罪名，殿下，我倒希望您把它再加一倍。

公爵　啊，你给我出的好主意。

小丑　把您的慷慨的手伸进您的袋里去，殿下；只这一次，不要犹疑吧。

公爵　好吧，我姑且来一次罪上加罪，拿去。

小丑　掷骰子有幺二三；古话说，“一不做，二不休，三回才算数”；跳舞要用三拍子；您只要听圣班纳特教堂的钟声好了，殿下——一，二，三。

公爵　你这回可骗不动我的钱了。要是你愿意去对你小姐说我在这儿要见她说话，带着她到这儿来，那么也许会再唤醒我的慷慨来的。

小丑　好吧，殿下，给您的慷慨唱个安眠歌，等着我回来吧。我去了，殿下：可是我希望您明白我的要钱并不是贪财。好吧，殿下，就照您的话，让您的慷慨打个盹儿，我等一会儿再来叫醒他吧。（下）

薇奥拉　殿下，来的人就是搭救了我的人。

【安东尼奥及警吏上。

公爵　他那张脸我记得很清楚；可是上次我见他的时候，他脸上涂得黑黑的，在烽烟里像个伏尔甘[1]一样。他是一只小船的舰长，船小得毫不起眼，可是却使我们舰队中最好的船只大遭损失，就是心怀嫉恨的、给他打败的人也不得不佩服他。为了什么事？

警吏　启禀殿下，这就是在坎迪地方把“凤凰号”和它的货物劫了去的安东尼奥；也就是在“猛虎号”上让您的侄公子泰特斯失去一条腿的那个人。我们在这儿的街道上看见他穷极无赖，在跟人家打架，因此抓了来了。

薇奥拉　殿下，他曾经拔刀相助，帮过我忙，可是后来却对我说了一番

[1] 伏尔甘(Vulcan)，希腊神话中司长火与冶炼之神。

奇怪的话。似乎发了疯似的。

公爵　好一个海盗！在水上行窃的贼徒！你怎么敢凭着你的愚勇，落到被你用血肉和巨量的代价结下冤仇的人们的手里呢？

安东尼奥　尊贵的奥西诺，请许我洗刷去您给我的称呼；安东尼奥从来不曾做过海盗或贼徒，虽然我有充分的理由和原因承认我是奥西诺的敌人。一种魔法把我吸引到这儿来。在您身边的那个最没有良心的小子，是我从汹涌的怒海的吞噬中救了出来的，否则他已经毫无希望了。我给了他生命，又把我的友情无条件地完全给了他；为了他的缘故，纯粹出于爱心，我冒着危险出现在这个敌对的城里，见他给人包围了，就拔剑相助；可是当我遭了逮捕，他的狡恶的心肠因恐我连累他受罪，便假装不认识我，一霎眼就像已经睽违了二十年似的，甚至于我在半个小时前给他任意使用的我自己的钱袋，也不肯还给我。

薇奥拉　怎么会有这种事呢？

公爵　他在什么时候到这城里来的？

安东尼奥　今天，殿下；三个月来，我们朝朝夜夜都在一起，不曾有一分钟分离过。奥丽维娅及侍从等上。

公爵　这里来的是伯爵小姐，天神降临人世了！——可是你这家伙，完全在说疯话；这孩子已经侍候我三个月了。那种话等会儿再说吧。把他带到一旁去。

奥丽维娅　殿下有什么下示？除了断难遵命的一件事之外，凡是奥丽维娅力量所能及的，一定愿意效劳。——西萨里奥，你没有遵守对我的诺言。

薇奥拉　小姐！

公爵　温柔的奥丽维娅！——

奥丽维娅　你怎么说，西萨里奥？——殿下——

薇奥拉　我的主人要跟您说话；由于地位关系我不能开口。

奥丽维娅　殿下，要是您说的仍旧是那么一套，我可已经听厌了，就像奏过音乐以后的叫号一样令人不耐。

公爵　仍旧是那么残酷吗？

奥丽维娅　仍旧是那么坚定，殿下。

公爵　什么，坚定得不肯改变一下你的乖僻吗？你这无礼的女郎！向着你的无情的不仁的祭坛，我的灵魂已经用无比的虔诚吐露出最忠心的献礼。我该怎么办呢？

奥丽维娅　办法就请殿下自己斟酌吧。

公爵　假如我狠得起那么一条心，为什么我不可以像临死时的埃及大盗[1]一样，把我所爱的人杀死了呢？蛮性的嫉妒有时也带着几分高贵的气质。但是你听着我吧：既然你漠视我的诚意，我也有些知道谁在你的心中夺去了我的位置，你就继续做你的铁石心肠的暴君吧；可是你所爱着的这个宝贝，我当天发誓我曾经那样宠爱着他，我要把他从你的那双冷酷的眼睛里除去，免得他傲视他的主人。来，小子，跟我来。我的恶念已经成熟：

我要牺牲我钟爱的羔羊，
白鸽的外貌乌鸦的心肠。（走）

薇奥拉　我甘心愿受一千次死罪，
只要您的心里得到安慰。（随行）

奥丽维娅　西萨里奥到哪儿去？

薇奥拉　追随我所爱的人，
我爱他甚于生命和眼睛，
远过于对于妻子的爱情。
愿上天鉴察我一片诚挚，
倘有虚谎我决不辞一死！

奥丽维娅　哎哟，他厌弃了我！我受了欺骗了！

薇奥拉　谁把你欺骗？谁给你气受？

[1]　典故出自赫利俄多洛斯(Heltodoms)所著希腊浪漫故事《埃塞俄比亚人》(Ethiopica)。

奥丽维娅　才不久你难道已经忘记？——请神父来。(一侍从下)

公爵　(向薇奥拉)走吧！

奥丽维娅　到哪里去，殿下？西萨里奥，我的夫，别去！

公爵　你的夫？

奥丽维娅　是的，我的夫；他能抵赖吗？

公爵　她的夫，嘿？

薇奥拉　不，殿下，我不是。

奥丽维娅　唉！是你的卑怯的恐惧使你否认了自己的身份。不要害怕，西萨里奥；别放弃了你的地位。你知道你是什么人，要是承认了出来，你就跟你所害怕的人并肩相埒了。

【牧师上。

奥丽维娅　啊，欢迎，神父！神父，我请你凭着你的可尊敬的身份，到这里来宣布你所知道的关于这位少年和我之间不久以前所发生的事情；虽然我们本来预备保守秘密，但现在不得不在时机未到之前公布了。

牧师　一个永久相爱的盟约，已经由你们两人握手缔结，用神圣的吻证明，用戒指的交换确定了。这婚约的一切仪式，都由我主持作证；照我的表上所指示，距离现在我不过向我的坟墓走了两小时的行程。

公爵　唉，你这骗人的小畜生！等你年纪一大了起来，你将会变成个怎样的人呢？

也许你过分早熟的奸诡，
反会害你自己身败名毁。
别了，你尽管和她论嫁娶；
可留心以后别和我相遇。

薇奥拉　殿下，我要声明——

奥丽维娅　不要发誓：

放大胆些，别亵渎了神祇！

【安德鲁·艾古契克爵士头破血流上。

安德鲁　看在上帝的分上，叫个外科医生来吧！立刻去请一个来瞧瞧托比爵士。

奥丽维娅　什么事？

安德鲁　他把我的头给打破了，托比爵士也给他弄得满头是血。看在上帝的分上，救救命吧！谁要是给我四十镑钱，我也宁愿回到家里去。

奥丽维娅　谁干了这种事，安德鲁爵士？

安德鲁　一个公爵的跟班，名叫西萨里奥的。我们把他当作一个孱头，哪晓得他简直是个魔鬼。

公爵　我的跟班西萨里奥？

安德鲁　他妈的！他就在这儿。你无缘无故敲破我的头！我不过是给托比爵士怂恿了才动手的。

薇奥拉　你为什么对我说这种话呢？我没有伤害你呀。你自己无缘无故向我拔剑；可是我对你很客气，并没有伤害你。

安德鲁　假如一颗血淋淋的头可以算得是伤害的话，你已经把我伤害了；我想你以为满头是血，是算不了一回事的。托比爵士一跷一拐地来了——

【托比·培尔契爵士由小丑搀扶醉步上。

安德鲁　你等着瞧吧：如果他刚才不是喝醉了，你一定会尝到他的厉害手段。

公爵　怎么，老兄！你怎么啦？

托比　总而言之一句话：他把我打坏了，还有什么别的说的？傻瓜，你有没有看见狄克医生，傻瓜？

小丑　喔！他在一个钟头之前就喝醉了，托比老爷；他的眼睛在早上八点钟就昏花了。

托比　那么他便是个踱着八字步的混蛋。我顶讨厌酒鬼。

奥丽维娅　把他带走！谁把他们弄成这样子的？

安德鲁　我来扶着您吧。托比爵士；咱们一块儿裹伤口去。

托比　你来扶着我？蠢驴，傻瓜，混蛋，瘦脸的混蛋，笨鹅！

奥丽维娅　招呼他上床去，好好看顾一下他的伤口。（小丑、费边、托比、安德鲁同下）

【西巴斯辛上。

西巴斯辛　小姐，我很抱歉伤了令亲；可是即使他是我的同胞兄弟，为了自卫起见我也只好出此手段。您用那样冷淡的眼光瞧着我，我知道我一定冒犯了您了；原谅我吧，好人，看在不久以前我们彼此立下的盟誓分上。

公爵　一样的面孔，一样的声音，一样的装束，化作两个身体；一副天然的幻镜，真实和虚妄的对照！

西巴斯辛　安东尼奥！啊，我的亲爱的安东尼奥！自从我不见了你之后，我的时间过得多么痛苦啊！

安东尼奥　你是西巴斯辛吗？

西巴斯辛　难道你不相信是我吗，安东尼奥？

安东尼奥　你怎么会分身呢？把一只苹果切成两半，也不会比这两人更为相像。哪一个是西巴斯辛？

奥丽维娅　真奇怪呀！

西巴斯辛　那边站着的是我吗？我从来不曾有过一个兄弟；我又不是一尊无所不在的神明。我只有一个妹妹，但已经被盲目的波涛卷去了。对不住，请问你我之间有什么关系？你是哪一国人？叫什么名字？你的父母是谁？

薇奥拉　我是梅萨林人。西巴斯辛是我的父亲；我的哥哥也是一个像你一样的西巴斯辛，他葬身于海洋中的时候也穿着像你一样的衣服。要是灵魂能够照着在生时的形状和服饰出现，那么你是来吓我们的。

西巴斯辛　我的确是一个灵魂；可是还没有脱离我的生而具有的物质的皮囊。你的一切都能符合，只要你是个女人，我一定会让我的眼泪滴在你的脸上，而说：“大大地欢迎，溺死了的薇奥拉！”

薇奥拉　我的父亲额角上有一颗黑痣。

西巴斯辛　我的父亲也有。

薇奥拉　他死的时候薇奥拉才十三岁。

西巴斯辛　唉！那记忆还鲜明地留在我的灵魂里。他的确在我妹妹刚满十三岁的时候结束了他人世的任务。

薇奥拉　假如只是我这一身僭妄的男装阻碍了我们彼此的欢欣，那么等一切关于地点、时间、遭遇的枝节完全衔接，证明我确是薇奥拉之后，再拥抱我吧。我可以叫一个在这城中的船长来为我证明，我的女衣便是寄放在他那里的；多亏他的帮忙，我才侥幸保全了生命，能够来侍候这位尊贵的公爵。此后我便一直奔走于这位小姐和这位贵人之间。

西巴斯辛　（向奥丽维娅）小姐：原来您是弄错了；但那也是心理上的自然的倾向。您本来要跟一个女孩子订婚；可是拿我的生命起誓，您的希望并没有落空。您现在同时是一个女人和一个男人的未婚妻了。

公爵　不要惊骇；他的血统也很高贵。要是这回事情果然是真，看来似乎不是一面骗人的镜子，那么在这番最幸运的覆舟里我也要沾点儿光。（向薇奥拉）孩子，你曾经向我说过一千次决不会像爱我一样爱着一个女人。

薇奥拉　那一切的话我愿意再发誓证明；那一切的誓我都要坚守在心中，就像分隔昼夜的天球中蕴藏着的烈火一样。

公爵　把你的手给我；让我瞧你穿了女人的衣服是怎么样子。

薇奥拉　把我带上岸来的船长那里存放着我的女服；可是他现在跟这儿小姐府上的管家马伏里奥有点儿讼事，被拘留起来了。

奥丽维娅　一定要他把他放出来。去叫马伏里奥来。——唉。我现在记起来了，他们说，可怜的人，他发疯发得很厉害呢。因为我自己在大发其疯，所以把他的疯病完全忘记了。

【小丑持信及费边上。

奥丽维娅　他怎样啦，小子？

小丑　启禀小姐，他总算很尽力抵挡着魔鬼。他写了一封信给您。我本该今天早上就给您的；可是疯人的信不比福音，送没送到都没甚关系。

奥丽维娅　拆开来读给我听。

小丑　傻子要念疯子的话了，请你们洗耳恭听。（读）“凭着上帝的名义，小姐——”

奥丽维娅　怎么！你疯了吗？

小丑　不。小姐，我在读疯话呢。您小姐既然要我读这种东西，那么您就得准许我疯声疯气地读。

奥丽维娅　请你读得清楚一些。

小丑　我正是在这样做，小姐；可是他的话怎么清楚，我就只能怎么读。所以，我的好公主，请您还是全神贯注，留意倾听吧。

奥丽维娅　（向费边）喂，还是你读吧。

费边　（读）“凭着上帝的名义，小姐，您屈待了我；全世界都要知道这回事。虽然您已经把我幽闭在黑暗里，叫您的醉酒的令叔看管我，可是我的头脑跟您小姐一样清楚呢。您自己骗我打扮成那个样子，您的信还在我手里；我很可以用它来证明我自己的无辜，可是您的脸上却不好看哩。随您把我怎么看待吧。因为冤枉难明，不得不暂时僭越了奴仆的身份，请您原谅。被虐待的马伏里奥上。”

奥丽维娅　这封信是他写的吗？

小丑　是的，小姐。

公爵　这倒不像是个疯子的话哩。

奥丽维娅　去把他放出来，费边；带他到这儿来。（费边下）殿下，等您把这一切再好好考虑一下之后，如果您不嫌弃，肯认我作一个妹妹，而不是妻子，那么同一天将庆祝我们两对人的婚礼，地点就在我家，容我尽地主之谊。

公爵　小姐，多蒙厚意，敢不领情。（向薇奥拉）你的主人解除了你的职务了。你事主多么勤劳，全然不顾那种职务多么不适于你的娇弱的身份和优雅的教养；你既然一直把我称做主人，来握住我的手吧。从此以后，你便是你主人的主妇了。

奥丽维娅　你是我的妹妹了！

【费边偕马伏里奥重上。

公爵　这便是那个疯子吗？

奥丽维娅　是的，殿下，就是他。——现在你怎么样，马伏里奥！

马伏里奥　小姐，您屈待了我，大大地屈待了我！

奥丽维娅　我屈待了你吗，马伏里奥？没有的事。

马伏里奥　小姐，您屈待了我。请您瞧这封信。您能抵赖说那不是您亲笔写的吗？您能写几笔跟这不同的字，几句跟这不同的句子吗？您能说这不是您的图章，不是您的语调吗？您可不能否认。好，那么承认了吧；凭着您的贞洁告诉我：为什么您向我表示这种露骨的恩意，吩咐我见您的时候脸带笑容，扎着十字交叉的袜带，穿着黄袜子，对托比大人和底下人要皱眉头？我满心怀着希望，一切服从您，您怎么要把我关起来，禁锢在暗室里，叫牧师来看我，给人当作闻所未闻的大傻瓜愚弄？告诉我为什么？

奥丽维娅　唉！马伏里奥，这不是我写的，虽然我承认很像我的笔迹；但这一定是玛利娅写的。现在我记起来了，第一个告诉我你发疯了的就是她；那时你便一路带笑而来，打扮和动作的样子就跟信里所说的一样。你别恼吧；这场诡计未免太恶作剧，等我们调查明白原因和主谋的人之后，你可以自己兼作原告和审判官来判断这件案子。

费边　好小姐，听我说，不要让争闹和口角来打断了当前这个使我惊喜交加的好时光。我希望您不会见怪，我坦白地承认是我跟托比老爷因为看不上眼这个马伏里奥的顽固无礼，才想出这个计策来。因为托比老爷央求不过，玛利娅才写了这封信；为了答谢她，他已经跟她结了婚了。假如把两方所受到的难堪衡情酌理地判断起来．那么这种恶作剧的戏谑可供一笑，也不必计较了吧。

奥丽维娅　唉，可怜的傻子，他们太把你欺侮了！

小丑　嘿，“有的人是生来的富贵，有的人是挣来的富贵，有的人是送上来的富贵。”这本戏文里我也是一个角色呢，大爷；托巴斯师傅就是我，大爷；但这没有什么相干。“凭着上帝起誓，傻子，我没有疯。”可是您记得吗？“小姐，您为什么要对这么一个没头脑的混蛋发笑？您要是不笑，他就开不了口啦。”六十年风水轮流转，您也遭了报应了。

马伏里奥　我一定要出这一口气，你们这批东西一个都不放过。（下）

奥丽维娅　他给人欺侮得太不成话了。

公爵　追他回来，跟他讲个和；他还不曾把那船长的事告诉我们哩。等我们知道了以后，假如时辰吉利，我们便可以举行郑重的结合的典礼。贤妹，我们现在还不会离开这儿。西萨里奥，来吧；当你还是一个男人的时候，你便是西萨里奥——

等你换过了别样的衣裙，
你才是奥西诺心上情人。（除小丑外均下）

歌

小丑

当初我是个小儿郎，
　嗨，呵，一阵雨儿一阵风；
做了傻事毫不思量，
　朝朝雨雨呀又风风。

年纪长大啦不学好，
　嗨，呵，一阵雨儿一阵风；
闭门羹到处吃个饱。
　朝朝雨雨呀又风风。

娶了老婆，唉！要照顾，
　嗨，呵，一阵雨儿一阵风；
法螺医不了肚子饿，
　朝朝雨雨呀又风风。

一壶老酒往头里灌，
　嗨，呵，一阵雨儿一阵风；
掀开了被窝三不管，
　朝朝雨雨呀又风风。

开天辟地有几多年，
　嗨，呵，一阵雨儿一阵风；
咱们的戏文早完篇。
　愿诸君欢喜笑融融！(下)

无事生非

剧中人物

唐·彼德罗　阿拉贡亲王

唐·约翰　唐·彼德罗的庶弟

克劳狄奥　佛罗伦萨的少年贵族

培尼狄克　帕度亚的少年贵族

里奥那托　墨西拿[1]总督

安东尼奥　里奥那托之弟

鲍尔萨泽　唐·彼德罗的仆人

波拉契奥、康拉德　唐·约翰的侍从

道格培里　警吏

弗吉斯　警佐

法兰西斯神父

教堂司事

小　童

希　罗　里奥那托的女儿

贝特丽丝　里奥那托的侄女

玛格莱特、欧苏拉　希罗的侍女

使者、巡丁、侍从等

[1] 墨西拿(Mcssina)，西西里岛最东北端的海港。

地　点

墨西拿

第一幕

第一幕 第一场 里奥那托住宅门前

【里奥那托、希罗、贝特丽丝及一使者上。

里奥那托 这封信里说，阿拉贡的唐·彼德罗今晚就要到墨西拿来了。

使者 他马上要到了；我跟他分手的时候，他离这儿才不过八九里路呢。

里奥那托 你们在这次战事里折了多少将士？

使者 没有多少，有点儿名气的一个也没有。

里奥那托 得胜者全师而归，那是双重的胜利了。信上还说起唐·彼德罗十分看重一位叫做克劳狄奥的年轻的佛罗伦萨人。

使者 他果然是一位很有才能的人，唐·彼德罗赏识得不错。他年纪虽然很轻，做的事情却十分了得，看上去像一头羔羊，上起战场来却像一头狮子；他的确能够超过一般人对他的期望，我这张嘴也说不尽他的好处。

里奥那托 他有一个伯父在墨西拿这儿，知道了一定会非常高兴。

使者 我已经送信给他了，看他的样子十分快乐，快乐得甚至忍不住心酸起来。

里奥那托 他流起眼泪来了吗？

使者 流了很多眼泪。

里奥那托 这是天性中至情的自然流露；这样的泪洗过的脸，是最真诚不过的。因为快乐而哭泣，比之看见别人哭泣而快乐，总要好得多啦！

贝特丽丝　请问你，那位剑客先生是不是也从战场上回来了？

使者　小姐，这个名字我没有听见过；在军队里没有这样一个人。

里奥那托　侄女，你问的是什么人？

希罗　姊妹说的是帕度亚的培尼狄克先生。

使者　啊，他也回来了，仍旧是那么爱打趣的。

贝特丽丝　从前他在墨西拿这儿的时候，曾经公开宣布，要跟丘比特较量较量，我叔父这傻瓜听了他这些话，拿着钝头箭替爱神出面，要跟他较量个高低。请问你，他在这次战事中间杀了多少人？吃了多少人？可是你先告诉我他杀了多少人，因为我曾经答应他，无论他杀死多少人，我都可以把他们吃下去。

里奥那托　真的，侄女，你把培尼狄克先生取笑得太过分了；我相信他一定会向你报复的。

使者　小姐，他在这次战事里立下很大的功劳呢。

贝特丽丝　你们那些发霉的军粮，都是他一个人吃下去的；他是个著名的大饭桶，他的胃口好得很哩。

使者　而且他也是个很好的军人，小姐。

贝特丽丝　他在小姐太太们面前是个很好的军人；可是在大爷们面前呢？

使者　在大爷们面前，还是个大爷；在男儿们面前，还是个堂堂的男儿——充满了各种美德。

贝特丽丝　究竟他的肚子里充满了些什么，我们还是别说了吧；我们谁也不是圣人。

里奥那托　请你不要误会舍侄女的意思。培尼狄克先生跟她是说笑惯了的；他们一见面，总是舌剑唇枪，各不相让。

贝特丽丝　可惜他总是占不到便宜！在我们上次交锋的时候，他的五分才气倒有四分给我杀得狼狈逃走，现在他全身只剩一分了；要是他还有些儿才气留着，那么就让他保存起来，叫他跟他的马儿有个分别吧，因为这是使他可以被称为有理性动物的唯一的财产了。现在是谁做他的同伴了？听说他每个月都要换一位把兄弟。

使者　有这等事吗？

贝特丽丝　很可能；他的心就像他帽子的式样一般，时时刻刻会起变化的。

使者　小姐，看来这位先生的名字不曾注在您的册子上。

贝特丽丝　没有，否则我要把我的书斋都一起烧了呢。可是请问你，谁是他的同伴？总有那种轻狂的小伙子，愿意跟他一起下地狱鬼混的吧？

使者　他跟那位尊贵的克劳狄奥来往得顶亲密。

贝特丽丝　天哪，他要像一场瘟疫一样缠住人家呢；他比瘟疫还容易传染，谁要是跟他发生接触，立刻就会变成疯子。上帝保佑尊贵的克劳狄奥！要是他给那个培尼狄克缠住了，一定要花上一千镑钱才可以把他赶走哩。

使者　小姐，我愿意跟您交个朋友。

贝特丽丝　很好，好朋友。

里奥那托　侄女，你是永远不会发疯的。

贝特丽丝　不到大热的冬天，我是不会发疯的。

使者　唐·彼德罗来啦。

【唐·彼德罗、唐·约翰、克劳狄奥、培尼狄克、鲍尔萨泽等同上。

彼德罗　里奥那托大人，您是来迎接麻烦来了；一般人都只想避免耗费，您却偏偏自己愿意多事。

里奥那托　多蒙殿下枉驾，已是莫大的荣幸，怎么说是麻烦呢？麻烦去了，可以使人如释重负；可是当您离开我的时候，我只觉得怅怅然若有所失。

彼德罗　您真是太喜欢自讨麻烦啦。这位便是令爱吧？

里奥那托　她的母亲好几次对我说她是我的女儿。

培尼狄克　大人，您问她的时候，是不是心里有点疑惑？

里奥那托　不，培尼狄克先生，因为那时候您还是个孩子哩。

彼德罗　培尼狄克，你也被人家挖苦了；这么说，我们可以猜想到你现在长大了，是个怎么样的人。真的，这位小姐很像她的父亲。小姐，您真幸福，因为您有这样一位高贵的父亲。

培尼狄克　要是里奥那托大人果然是她的父亲，就是把墨西拿全城的财富都给她，她也不愿意有他那样一副容貌的。

贝特丽丝　培尼狄克先生，您怎么还在那儿讲话呀？没有人听着您哩。

培尼狄克　哎哟，我的傲慢的小姐！您还活着吗？

贝特丽丝　世上有培尼狄克先生那样的人，傲慢是不会死去的；顶有礼貌的人，只要一看见您，也就会傲慢起来。

培尼狄克　那么礼貌也是个反复无常的小人了。可是除了您以外，无论哪个女人都爱我，这一点是毫无疑问的；我希望我的心肠不是那么硬，因为说句老实话，我实在一个也不爱她们。

贝特丽丝　那真是女人们好大的运气，要不然她们准要给一个讨厌的求婚者麻烦死了。我感谢上帝和我自己冷酷的心，我在这一点上倒跟您心情相合；与其叫我听一个男人发誓说他爱我，我宁愿听我的狗向着一只乌鸦叫。

培尼狄克　上帝保佑您小姐永远怀着这样的心情吧！这样某一位先生就可以逃过他命中注定的抓破脸皮的厄运了。

贝特丽丝　若是像您这样一副尊容，就是抓破了也不会变得比原来更难看的。

培尼狄克　好，您真是一位好鹦鹉教师。

贝特丽丝　像我一样会说话的鸟儿，比起像尊驾一样的畜生来，总要好得多啦。

培尼狄克　我希望我的马儿能够跑得像您说起话来一样快，也像您的舌头一样不知道疲倦。请您尽管说下去吧，我可要恕不奉陪啦。

贝特丽丝　您总是像一匹不听话的马儿一样，还没到终场就往岔路里溜——我知道您的老脾气。

彼德罗　那么就这样吧，里奥那托。克劳狄奥，培尼狄克，我的好朋友里奥那托请你们一起住下来。我对他说我们至少要在这儿耽搁一个月；他却诚心希望会有什么事情留住我们多住一些时候。我敢发誓他不是一个假情假义的人，他的话都是从心里发出来的。

里奥那托　殿下，您要是发了誓，您一定不会背誓。（向唐·约翰）欢迎，大人；您现在已经跟令兄言归于好，我应该向您竭诚致敬。

约翰　谢谢；我是一个不会说话的人，可是我谢谢你。

里奥那托　殿下请了。

彼德罗　让我搀着您的手，里奥那托，咱们一块儿走吧。（除培尼狄克、克劳狄奥外皆下）

克劳狄奥　培尼狄克，你有没有注意到里奥那托的女儿？

培尼狄克　看是看见的，可是我没有对她注意。

克劳狄奥　她不是一位贞静的少女吗？

培尼狄克　您是规规矩矩地要我把老实话告诉您呢，还是要我照平常的习惯，摆出一副统治女性的暴君面孔来发表我的意见？

克劳狄奥　不，我要你根据冷静的判断老实回答我。

培尼狄克　好，那么我说，她是太矮了点儿，不能给她太高的恭维；太黑了点儿，不能给她太美的恭维；又太小了点儿，不能给她太大的恭维。我所能给她的唯一的称赞，就是她倘不是像现在这样子，一定很不漂亮；可是她既然不能再好看一点儿，所以我一点儿不喜欢她。

克劳狄奥　你以为我是在说着玩哩。请你老老实实告诉我，你觉得她怎样。

培尼狄克　您这样问起她，是不是要把她买下来吗？

克劳狄奥　全世界所有的财富，可以买得到这样一块美玉吗？

培尼狄克　可以，而且还可以附送一只匣子把它藏起来。可是您说这样的话，是一本正经的呢，还是随口胡说，就像说盲目的丘比特是个猎兔的好手、打铁的伏尔甘是个出色的木匠一样？告诉我，您唱的歌儿究竟是什么调子？

克劳狄奥　在我的眼睛里，她是我平生所见的最可爱的姑娘。

培尼狄克　我现在还可以不戴眼镜瞧东西，可是我却瞧不出来她有什么可爱。她那个族姊就是脾气太坏了点儿，要是讲起美貌来，那就正像一个是五月的春朝，一个是十二月的岁暮，比她好看得多啦。可是我希望您不是要想做起丈夫来了吧？

克劳狄奥　即使我曾经立誓终身不娶，可是要是希罗肯做我的妻子，我也无法相信自己了。

培尼狄克　事情已经到这个地步了吗？难道世界上的男子个个都愿意戴上绿头巾，心里七上八下吗？难道我永远看不见一个六十岁的童男子吗？好，要是你愿意把你的头颈伸进轭里去，那么你就把它套起来，到星期日休息的日子自己怨命吧。瞧，唐·彼德罗回来找您了。

【唐·彼德罗重上。

彼德罗　你们不跟我到里奥那托家里去，在这儿讲些什么秘密话儿？

培尼狄克　我希望殿下命令我说出来。

彼德罗　好，我命令你说出来。

培尼狄克　听着，克劳狄奥伯爵。我能够像哑子一样保守秘密，我也希望您相信我不是一个搬嘴弄舌的人；可是殿下这样命令我，有什么办法呢？他是在恋爱了。跟谁呢？这就应该殿下自己去问他了。注意他的回答是多么短：他爱的是希罗，里奥那托的短短的女儿。

克劳狄奥　要是真有这么一回事，那么他已经替我说出来了。

培尼狄克　正像老话说的，殿下，“既不是这么一回事，也不是那么一回事，可是真的，上帝保佑不会有这么一回事。”

克劳狄奥　我的感情倘不是一下子就会起变化，我倒并不希望上帝改变这事实。

彼德罗　阿门，要是你真的爱她；这位小姐是很值得你眷恋的。

克劳狄奥　殿下，您这样说是有意诱我吐露真情吗？

彼德罗　真的，我不过说我心里想到的话。

克劳狄奥　殿下，我说的也是我自己心里的话。

培尼狄克　凭着我的三心二意起誓，殿下，我说的也是我自己心里的话。

克劳狄奥　我觉得我真的爱她。

彼德罗　我知道她是位值得你爱的姑娘。

培尼狄克　我可既不觉得她可爱，也不知道她有多值；你们就是用火刑烧死我，也不能使我改变这个意见。

彼德罗　你永远是一个排斥美貌的顽固的异教徒。

克劳狄奥　他这种不近人情的态度，都是违背了良心故意做作出来的。

培尼狄克　一个女人生下了我，我应该感谢她；她把我养大，我也要向她表示至诚的感谢；可是要我为了女人的缘故而戴起一顶不雅的头巾来，或者无形之中，胸口挂了一个号角，那么我只好敬谢不敏了。因为我不愿意对任何一个女人猜疑而使她受到委屈，所以宁愿对无论哪个女人都不信任，免得委屈了自己。总而言之，为了让我自己穿得漂亮一点，我愿意一生一世做个光棍。

彼德罗　我在未死之前，总有一天会看见你为了爱情而憔悴的。

培尼狄克　殿下，我可以因为发怒，因为害病，因为挨饿而脸色惨白，可是决不会因为爱情而憔悴；您要是能够证明有一天我因为爱情而消耗的血液在喝了酒后不能把它恢复过来，就请您用编造歌谣的人的那支笔挖去我的眼睛，把我当作一个瞎眼的丘比特，挂在妓院门口做招牌。

彼德罗　好，要是有一天你的决心动摇起来，可别怪人家笑话你。

培尼狄克　要是有那么一天，我就让你们把我像一头猫似的放在口袋里吊起来，叫大家用箭射我；谁把我射中了，你们可以拍拍他的肩膀，夸奖他是个好汉子。

彼德罗　好，咱们等着瞧吧；有一天野牛也会俯首就轭的。

培尼狄克　野牛也许会俯首就轭，可是有理性的培尼狄克要是也会钻上圈套，那么请您把牛角拔下来，插在我的额角上吧；我可以让你们把我涂上油彩，像人家写“好马出租”一样替我用大字写好一块招牌，招牌上这么说：“请看结了婚的培尼狄克。”

克劳狄奥　要是真的把你这样，你一定要气得把你的一股牛劲儿都使出来了。

彼德罗　嘿，要是丘比特没有把他的箭在威尼斯一起放完，他会叫你知道他的厉害的。

培尼狄克　那时候一定要天翻地覆啦。

彼德罗　好，咱们等着瞧吧。现在，好培尼狄克，请你到里奥那托那儿去，替我向他致意，对他说晚餐的时候我一定准时出席，因为他已经费了不少手脚在那儿预备呢。

培尼狄克　如此说来，我还有脑子办这件差使，所以我想敬请——

克劳狄奥　大安，自家中发——

彼德罗　七月六日，培尼狄克谨上。

培尼狄克　哎，别开玩笑啦。你们讲起话来，老是这么支离破碎，不成片段，要是你们还要把这种滥调搬弄下去，请你们问问自己的良心吧，我可要失陪了。（下）

克劳狄奥　殿下，您现在可以帮我一下忙。

彼德罗　咱们是好朋友，你有什么事尽管吩咐我；无论它是多么为难的事，我都愿意竭力帮助你。

克劳狄奥　殿下，里奥那托有没有儿子？

彼德罗　没有，希罗是他唯一的后嗣。你喜欢她吗，克劳狄奥？

克劳狄奥　啊，殿下，当我们向战场出发的时候，我用一个军人的眼睛望着她，虽然心中羡慕，可是因为有更艰巨的工作在我面前，来不及顾到儿女私情；现在我回来了，战争的思想已经离开我的脑中，代替它的是千丝万缕的柔情，它们提醒我年轻的希罗是多么美丽，对我说，我在出征以前就已经爱上她了。

彼德罗　看你样子快要像个恋人似的，动不动用长篇大论叫人听着腻烦了。要是你果然爱希罗，你就爱下去吧，我可以替你向她和她的父亲说去，一定叫你如愿以偿。你向我转弯抹角地说了这一大堆，不就是为了这个目的吗？

克劳狄奥　您这样鉴貌辨色，真是医治相思的妙手！可是人家也许以为我一见钟情，未免过于孟浪，所以我想还是慢慢儿再说吧。

彼德罗　造桥只要量着河身的阔度就成，何必过分铺张呢？做事情也只要按照事实上的需要；凡是能够帮助你达到目的的，就是你所应该采取的手段。你现在既然害着相思，我可以给你治相思的药饵。我知道今晚我们将要有一个假面跳舞会；我可以化装一下冒充成你，对希罗说我是克劳狄奥，当着她的面前倾吐我的心曲，用动人的情话迷惑她的耳朵；然后我再替你向她的父亲传达你的意思，结果她一定会属你所有。让我们立刻着手进行吧。（同下）

第一幕　第二场　**里奥那托家中一室**

【里奥那托及安东尼奥自相对方向上。

里奥那托　啊，贤弟！我的侄儿，你的儿子呢？他有没有把乐队准备好？

安东尼奥　他正在那儿忙着呢。可是，大哥，我可以告诉你一些新鲜的消息，你做梦也想不到的。

里奥那托　是好消息吗？

安东尼奥　那要看事情的发展而定；可是从外表上看起来，那是个很好的消息。亲王跟克劳狄奥伯爵刚才在我的花园里一条树荫浓密的小路上散步，他们讲的话给我的一个用人听见了许多：亲王告诉克劳狄奥，说他爱上了我的侄女，你的女儿，想要在今晚跳舞的时候向她倾吐衷情；要是她表示首肯，他就要抓住眼前的时机，立刻向你提起这件事情。

里奥那托　告诉你这个消息的家伙，是不是个有头脑的人？

安东尼奥 他是一个很机灵的家伙；我可以去叫他来，你自己问问他。

里奥那托 不，不，在事情没有证实以前，我们只能当它是场幻梦；可是我要先去通知我的女儿一声，万一真有那么一回事，她也好预先准备准备怎样回答。你去告诉她吧。（若干人穿过舞台）各位侄儿，记好你们分内的事。啊，对不起，朋友，跟我一块儿去吧，我还要仰仗您的大力哩。贤弟，在大家手忙脚乱的时候，请你留心照看照看。（同下）

第一幕 第三场 **里奥那托家中的另一室**

【唐·约翰及康拉德上。

康拉德 哎哟，我的爷！您为什么这样闷闷不乐？

约翰 我的烦闷是茫无涯际的，因为不顺眼的事情太多啦。

康拉德 您应该听从理智的劝告才是。

约翰 听从了理智的劝告，又有什么好处呢？

康拉德 即使不能立刻医好您的烦闷，至少也可以教您怎样安心忍耐。

约翰 我真不懂像你这样一个自己说是土星照命[1]的人，居然也会用道德的箴言来医治人家致命的沉疴。我不能掩饰我自己的为人：心里不快活的时候，我就沉下脸来，决不会听了人家的嘲谑而赔着笑脸；肚子饿了我就吃，决不理会人家是否方便；精神疲倦了我就睡，决不管人家的闲事；心里高兴我就笑，决不去窥探人家的颜色。

康拉德 话是说得不错，可是您现在是在别人的约束之下，总不能完全照着您自己的心意行事。最近您跟王爷闹过别扭，你们兄弟俩言归于好还是不久的事，您要是不格外赔些小心，那么他现在对您的种

---

[1] 西方星相家的说法，谓土星照命的人，性格必阴沉忧郁。

种恩宠，也是靠不住的；您必须自己创造一个机会，然后才可以达到您的目的。

约翰　我宁愿做一朵篱下的野花，不愿做一朵受他恩惠的蔷薇；与其逢迎献媚，偷取别人的欢心，宁愿被众人所鄙弃；我固然不是一个善于阿谀的正人君子，可是谁也不能否认我是一个正大光明的小人，人家用口套罩着我的嘴，表示对我信任，用木桩系住我的脚，表示给我自由；关在笼子里的我，还能够唱歌吗？要是我有嘴，我就要咬人；要是我有自由，我就要做我欢喜做的事。现在你还是让我保持我的本来面目，不要设法改变它吧。

康拉德　您不能利用您的不平之气来干一些事情吗？

约翰　我把它尽量利用着呢，因为它是我的唯一的武器。谁来啦？

【波拉契奥上。

约翰　有什么消息，波拉契奥？

波拉契奥　我刚从那边盛大的晚餐席上出来，王爷受到了里奥那托十分隆重的款待；我还可以告诉您一件正在计划中的婚事的消息哩。

约翰　我们可以在这上面出个主意跟他们捣乱捣乱吗？那个愿意自讨麻烦的傻瓜是谁？

波拉契奥　他就是王爷的右手。

约翰　谁？那个最最了不得的克劳狄奥吗？

波拉契奥　正是他。

约翰　好家伙！那个女的呢？他看中了哪一个？

波拉契奥　里奥那托的女儿、继承人希罗。

约翰　一只早熟的小母鸡！你怎么知道的？

波拉契奥　他们叫我去用香料把屋子熏一熏，我正在那儿熏一间发霉的房间，亲王跟克劳狄奥两个人手搀手走了进来，郑重其事地在商量着什么事情；我就把身子闪到屏风后面，听见他们约定由亲王出面去向希罗求婚，等她答应以后，就把她让给克劳狄奥。

约翰　来，来，咱们到那边去；也许我可以借此出出我的一口怨气。自从我失势以后，那个年轻的新贵出足了风头；要是我能够叫他受些挫折，也好让我拍手称快。你们两人都愿意帮助我，不会变心吗？

康拉德、波拉契奥　我们愿意誓死为爵爷尽忠。

约翰　让我们也去参加那盛大的晚餐吧；他们看见我的屈辱，一定格外高兴。要是厨子也跟我抱着同样的心理就好了！我们要不要先去查探看看该怎样着手进行？

波拉契奥　我们恭候您的旨意。（同下）

第二幕

第二幕 第一场 里奥那托家中的厅堂

【里奥那托、安东尼奥、希罗、贝特丽丝及余人等同上。

里奥那托 约翰伯爵有没有在这儿吃晚饭？

安东尼奥 我没有看见他。

贝特丽丝 那位先生的面孔多么阴沉！我每一次看见他，总要有一个时辰心里不好过。

希罗 他有一种很忧郁的脾气。

贝特丽丝 要是把他跟培尼狄克折中一下，那就是个顶好的人啦：一个太像泥塑木雕似的，老是一言不发；一个却像骄纵惯了的小少爷，叽里呱啦地吵个不停。

里奥那托 那么把培尼狄克先生的半条舌头放在约翰伯爵的嘴里，把约翰伯爵的半副心事面孔装在培尼狄克先生脸上——

贝特丽丝 叔叔，再加上一双好腿，一对好脚，袋里有几个钱，这样一个男人，世上无论哪个女人都愿意嫁给他的——要是他能够得到她的欢心的话。

里奥那托 真的，侄女，你要是说话这样刻薄，我看你一辈子也嫁不出去的。

安东尼奥 可不是，她这张嘴尖利得过头。

贝特丽丝 尖利过头就是不尖利，那么“尖嘴姑娘嫁一个矮脚郎”这句话可落不到我头上来啦。

里奥那托 那是说，上帝干脆连一个“矮脚郎”都不送给你啦。

贝特丽丝　谢天谢地！我每天早晚都在跪求上帝，我说主啊！叫我嫁给一个脸上出胡子的丈夫，我是怎么也受不了的，还是让我睡在毛毯里吧！

里奥那托　你可以拣一个没有胡子的丈夫。

贝特丽丝　我要他来做什么呢？叫他穿起我的衣服来，让他做我的侍女吗？有胡子的人年纪一定不小了，没有胡子的人，算不得须眉男子；我不要一个老头子做我的丈夫，也不愿意嫁给一个没有丈夫气的男人。人家说，老处女死了要在地狱里牵猴子；所以还是让我把六便士的保证金交给动物园里的看守，把他的猴子牵下地狱去吧。

里奥那托　好，那么你决心下地狱吗？

贝特丽丝　不，我刚走到门口，头上出角的魔鬼就像个老王八似的，出来迎接我，说，“您到天上去吧，贝特丽丝，您到天上去吧；这儿不是你们姑娘家住的地方。”所以我就把猴子交给他，到天上去见圣彼得了；他指点我单身汉在什么地方，我们就在那儿快快乐乐地过日子。

安东尼奥　（向希罗）好，侄女，我相信你一定听你父亲的话。

贝特丽丝　是的，我的妹妹应该懂得规矩，她一定先行个礼儿，说，“父亲，您看怎么办，就怎么办吧。”可是虽然这么说，妹妹，他一定要是个漂亮的家伙才好，否则你还是再行个礼儿，说，“父亲，这可要让我自己做主了。”

里奥那托　好，侄女，我希望看见你有一天嫁到一个丈夫。

贝特丽丝　男人都是泥做的，我不要。一个女人要把她的终身付托给一块顽固的泥土，还要在他面前低头伏小，岂不倒霉！不，叔叔，亚当的儿子都是我的兄弟，跟自己的亲族结婚是一件罪恶哩。

里奥那托　女儿，记好我对你说的话；要是亲王真的向你提出那样的请求，你知道你应该怎样回答他。

贝特丽丝　妹妹，要是对方向你求婚求得不是时候，那毛病一定出在音乐里了——要是那亲王太冒失，你就对他说，什么事情都应该有个节拍；只管跳舞作为回答。听我说，希罗，求婚、结婚和后悔，就像是苏格兰急舞、慢步舞和五步舞一样：开始求婚的时候，正像苏格兰急舞一样狂热，迅速而充满幻想；到了结婚的时候，循规蹈矩的，正像慢步舞一样，拘泥着仪式和虚文；于是接着来了后悔，拖着疲乏的脚腿，开始跳起五步舞来，愈跳愈快，一直跳到筋疲力尽，倒在坟墓里为止。

里奥那托　侄女，你的观察倒是十分深刻。

贝特丽丝　叔叔，我的眼光很不错哩——我能够在大白天看清一座教堂呢。

里奥那托　贤弟，跳舞的人进来了，咱们让开吧。

【唐·彼德罗、克劳狄奥、培尼狄克、鲍尔萨泽、唐·约翰、波拉契奥、玛格莱特、欧苏拉及余人等各戴假面上。

彼德罗　姑娘，您愿意陪着您的朋友走走吗？

希罗　您要是轻轻儿走，态度文静点儿，也不说什么话，我就愿意奉陪；尤其是当我要走出去的时候。

彼德罗　您要不要我陪着您一块儿出去呢？

希罗　我要是心里高兴，我可以这样说。

彼德罗　您什么时候才高兴这样说呢？

希罗　当我看见您的相貌并不讨厌的时候；但愿上帝保佑琴儿不像琴囊一样难看！

彼德罗　我的脸罩就像腓利门的草屋，草屋里面住着天神乔武[1]。

希罗　那么您的脸罩上应该盖起茅草来才是。

彼德罗　讲情话要低声点儿。（拉希罗至一旁）

鲍尔萨泽　好，我希望您欢喜我。

玛格莱特　为了您的缘故，我倒不敢这样希望，因为我有许多缺点哩。

鲍尔萨泽　可以让我略知一二吗？

[1]　腓利门(Philemon)是弗里吉亚(Phrygia)的一个穷苦老人。天神乔武(Jove)乔装凡人，遨游世间，借宿在他的草屋里，腓利门和他的妻子招待尽礼，天神乃将其草屋变成殿宇。

玛格莱特　我念起祷告来，总是提高了嗓门。

鲍尔萨泽　那我更加爱您了；高声念祷告，人家听见了就可以喊“阿门”。

玛格莱特　求上帝赐给我一个好舞伴！

鲍尔萨泽　阿门！

玛格莱特　求上帝，等到跳完舞，让我再也不要看见他！您怎么不说话了呀，执事先生？

鲍尔萨泽　别多讲啦，执事先生已经得到他的答复了。

欧苏拉　我认识您；您是安东尼奥老爷。

安东尼奥　干脆一句话，我不是。

欧苏拉　我瞧您摇头摆脑的样子，就知道是您啦。

安东尼奥　老实告诉你吧，我是学着他的样子的。

欧苏拉　您倘不是他，绝不会把他那种怪样子学得这么惟妙惟肖。这一只干瘪的手不正是他的？您一定是他，您一定是他。

安东尼奥　干脆一句话，我不是。

欧苏拉　算啦算啦，像您这样能言善辩，您以为我不能一下子就听出来，除了您没有别人吗？一个人的优点，难道遮掩得了吗？算了吧，别多话了，您正是他，不用再抵赖了。

贝特丽丝　您不肯告诉我谁对您说这样的话吗？

培尼狄克　不，请您原谅我。

贝特丽丝　您也不肯告诉我您是谁吗？

培尼狄克　现在不能告诉您。

贝特丽丝　说我目中无人，说我的俏皮话儿都是从笑话书里偷下来的；哼，这一定是培尼狄克说的话。

培尼狄克　他是什么人？

贝特丽丝　我相信您一定很熟悉他的。

培尼狄克　相信我，我不认识他。

贝特丽丝　他没有叫您笑过吗？

培尼狄克　请您告诉我，他是什么人？

贝特丽丝　他呀，他是亲王手下的弄人，一个顶愚钝的傻瓜；他的唯一的本领，就是捏造一些无稽的谣言。只有那些胡调的家伙才会喜欢他，可是他们并不赏识他的机智，只是赏识他的奸刁；他一方面会讨好人家，一方面又会惹人家生气，所以他们一面笑他，一面打他。我想他一定在人丛里；我希望他会碰到我！

培尼狄克　等我认识了那位先生以后，我可以把您说的话告诉他。

贝特丽丝　很好，请您一定告诉他。他听见了顶多不过把我侮辱两句；要是人家没有注意到他的话，或者听了笑也不笑，他就要郁郁不乐，这样就可以有一块鹧鸪的翅膀省下来啦，因为这傻瓜会气得不吃晚饭的。（内乐声）我们应该跟随领队的人。

培尼狄克　一个人万事都该跟着好处走。

贝特丽丝　不，要是领头的先走错了路，那么到下一个转弯，我就把他们甩掉了。（跳舞。除唐·约翰、波拉契奥及克劳狄奥外皆下。）

约翰　我的哥哥真的给希罗迷住啦；他已经拉着她的父亲，去把他的意思告诉他了。女人们都跟着她去了，只有一个戴假面的人留着。

波拉契奥　那是克劳狄奥；我从他的神气上认得出来。

约翰　您不是培尼狄克先生吗？

克劳狄奥　您猜得不错，我正是他。

约翰　先生，您是我的哥哥亲信的人，他现在迷恋着希罗，请您劝劝他打断这一段痴情，她是配不上他这样家世门第的；您要是肯这样去劝他，才是尽一个正人君子的正道。

克劳狄奥　您怎么知道他爱着她？

约翰　我听见他发过誓申说他的爱情了。

波拉契奥　我也听见；他刚才发誓说要跟她结婚。

约翰　来，咱们喝酒去吧。（约翰、波拉契奥同下）

克劳狄奥　我这样冒认着培尼狄克的名字，却用克劳狄奥的耳朵听见了这些坏消息。事情一定是这样；亲王是为他自己去求婚的。友谊在别的事情上都是可靠的，在恋爱的事情上却不能信托；所以恋人们都是用他们自己的唇舌。谁生着眼睛，让他自己去传达情愫吧，总不要请别人代劳；因为美貌是一个女巫，在她的魔力之下，忠诚是会在热情里熔解的。这是每时每刻都可以证明正在发生着的事，毫无怀疑的余地。那么永别了，希罗！

【培尼狄克重上。

培尼狄克　是克劳狄奥伯爵吗？

克劳狄奥　正是。

培尼狄克　来，您跟着我来吧。

克劳狄奥　到什么地方去？

培尼狄克　到最近的一棵柳树底下去[1]，伯爵，为了您自己的事。您欢喜把花圈怎样戴法？是把它套在您的头颈上，像盘剥重利的人套着的锁链那样呢，还是把它串在您的胳膊底下，像一个军官的肩带那样？您一定要把它戴起来，因为您的希罗已经给亲王夺去啦。

克劳狄奥　我希望他姻缘美满！

培尼狄克　哎哟，听您说话的神气，简直好像一个牛贩子卖掉了一头牛似的。可是您想亲王会这样对待您吗？

克劳狄奥　请你走开让我一个人待会儿吧。

培尼狄克　哈！现在您又变成一个不问是非的瞎子了；小孩子偷了您的肉去，您却去打一根柱子。

克劳狄奥　你要是不肯走开，那么我走了。（下）

培尼狄克　唉，可怜的受伤的鸟儿！现在他要爬到芦苇里去了。可是想不到咱们那位贝特丽丝小姐居然会见了我认不出来！亲王的弄人！嘿？也许因为人家瞧我喜欢说笑，所以背地里这样叫我；可是我要是这样想，那就是自己看轻自己了；不，人家不会这样叫我，这都是贝特丽丝凭着她那下流刻薄的脾气，把自己的意见代表着众人，

[1] 在西方，柳树是悲哀和失恋的象征。

随口编造出来毁谤我的。好，我一定会借机报复。

【唐·彼德罗重上。

彼德罗　培尼狄克，伯爵呢？你看见他了吗？

培尼狄克　不瞒殿下说，我已经做过一个搬弄是非的长舌妇了。我看见他像猎囿里的一座小屋似的，一个人孤零零地在这儿发呆，我就对他说——我想我对他说的是真话——您已经得到这位姑娘的芳心了。我说我愿意陪着他到一株柳树底下去；或者给他编一个花圈，表示被弃的哀思；或者给他扎起一条藤鞭来，因为他有该打的理由。

彼德罗　该打！他做错了什么事？

培尼狄克　他犯了一个小学生的过失，因为发现了一窠小鸟，高兴非常，指点给他的同伴看见，让他的同伴把它偷去了。

彼德罗　你把信任当作一种过失吗？偷的人才是有罪的。

培尼狄克　可是他把藤鞭和花圈扎好，总是有用的；花圈可以给他自己戴，藤鞭可以赏给您。照我看来，您就是把他那窠小鸟偷去的人。

彼德罗　我不过是想教它们唱歌，教会了就把它们归还原主。

培尼狄克　那么且等它们唱的歌儿来证明您的一片好心吧。

彼德罗　贝特丽丝小姐在生你的气；陪她跳舞的那位先生告诉她你说了她许多坏话。

培尼狄克　啊，她才把我侮辱得连一块顽石都要气得直跳起来呢！一株秃得只剩一片青叶子的橡树，也会忍不住跟她拌嘴；就是我的脸罩也差不多给她骂活了，要跟她对骂一场哩。她不知道在她面前的就是我自己，对我说，我是亲王的弄人，我比融雪的天气还要无聊；她用一连串恶毒的讥讽，像乱箭似的向我射了过来，我简直变成了一个箭垛啦。她的每一句话都是一把钢刀，每一个字都刺到人心里；要是她嘴里的气息跟她的说话一样恶毒，那一定无论什么人走近她身边都不能活命的；她的毒气会把北极星都熏坏呢。即使亚当把他没有犯罪以前的全部家产传给她，我也不愿意娶她做妻子；她会叫赫剌克勒斯[1]给她烤肉，把他的棍子劈碎了当柴烧的。好了，别讲她了。她就是母夜叉的化身，但愿上帝差一个有法力的人来把她一道咒赶回地狱里去，因为她一天留在这世上，人家就会觉得地狱里简直清静得像一座洞天福地，大家为了希望下地狱，都会故意犯起罪来，所以一切的混乱、恐怖、纷扰，都跟着她一起来了。

彼德罗　瞧，她来啦。

【克劳狄奥、贝特丽丝、希罗及里奥那托重上。

培尼狄克　殿下有没有什么事情要派我到世界的尽头去？我现在愿意到地球的那一边去，给您干无论哪一件您所能想得到的最琐细的差使：我愿意给您从亚洲最远的边界上拿一根牙签回来；我愿意给您到埃塞俄比亚去量一量护法王约翰的脚有多长；我愿意给您去从蒙古大可汗的脸上拔下一根胡须，或者到侏儒国里去办些无论什么事情；可是我不愿意跟这妖精谈三句话儿。您没有什么事可以给我做吗？

彼德罗　没有，我要请你陪着我。

培尼狄克　啊，殿下，这是强人所难了；我可受不住咱们这位尖嘴的小姐。（下）

彼德罗　来，小姐，来，你伤了培尼狄克先生的心啦。

贝特丽丝　的确如此，殿下。开头儿，他为了开心，把心里话全都“开诚布公”；承蒙他好意，我就不好意思不加上旧欠，算上利息，回报他一片心，叫他“开心”之后加倍“双”心；所以您说他“伤”心，可也有道理。

彼德罗　你把他压下去了，小姐，你算把他压下去了。

贝特丽丝　我可不能让他来把我压倒，殿下，否则一群傻小子会跑来叫我傻妈妈的。您叫我去找克劳狄奥伯爵来，我已经把他找来了。

彼德罗　啊，怎么，伯爵！你为什么这样不高兴？

---

[1]　赫剌克勒斯(Hercules)，希腊神话中的著名英雄。

克劳狄奥　没有什么不高兴，殿下。

彼德罗　那么害病了吗？

克劳狄奥　也不是，殿下。

贝特丽丝　这位伯爵无所谓高兴不高兴，也无所谓害病不害病；您瞧他皱着眉头，也许他吃了一只酸橘子，心里头有一股酸溜溜的味道。

彼德罗　真的，小姐，我想您把他形容得很对；可是我可以发誓，要是他果然有这样的心思，那就错了。来，克劳狄奥，我已经替你向希罗求过婚，她已经答应了；我也已经向她的父亲说起，他也表示同意了；现在你只要选定一个结婚的日子，愿上帝给你快乐！

里奥那托　伯爵，从我手里接受我的女儿，我的财产也随着她一起传给您了。这门婚事多仗殿下鼎力，一定能够得到上天的嘉许！

贝特丽丝　说呀，伯爵，现在要轮到您开口了。

克劳狄奥　静默是表示快乐的最好方法；要是我能够说出我的心里多么快乐，那么我的快乐只是有限度的。小姐，您现在既然已经属于我，我也就是属于您的了；我把我自己跟您交换，我要把您当作瑰宝一样珍爱。

贝特丽丝　说呀，妹妹；要是你不知道说些什么话好，你就用一个吻堵住他的嘴，让他也不要说话。

彼德罗　真的，小姐，您真会说笑。

贝特丽丝　是的，殿下；也幸亏是这样，我这可怜的傻子才从来不知道有什么心事。我那妹妹附着他的耳朵，在那儿告诉他她的心里有着他呢。

克劳狄奥　她正是这么说，姊姊。

贝特丽丝　天哪，真好亲热！人家一个个嫁了出去，只剩我一个人年老珠黄；我还是躲在壁角里，哭哭自己没有丈夫吧！

彼德罗　贝特丽丝小姐，我会给你找到一个。

贝特丽丝　要是我来给自己选，我愿意从您父亲的儿子中选一个。难道殿下没有兄弟长得和您一个模样的？您父亲的儿子才是理想的丈夫——可惜女孩儿不容易接近他们。

彼德罗　您愿意嫁给我吗，小姐？

贝特丽丝　不，殿下，除非我可以再有一个家常用的丈夫；因为您是太贵重啦，只好留着在星期日装装场面。可是我要请殿下原谅，我这一张嘴是向来胡说惯的，没有一句正经。

彼德罗　您要是不声不响，我才要恼哪；这样说说笑笑，正是您的风趣本色。我想您一定是在一个快乐的时辰里出世的。

贝特丽丝　不，殿下，我的妈哭得才苦呢；可是那时候刚巧有一颗星在跳舞，我就在那颗星底下生下来了。妹妹，妹夫，愿上帝给你们快乐！

里奥那托　侄女，你肯不肯去把我对你说起过的事情办一办？

贝特丽丝　对不起，叔叔。殿下，恕我失陪了。（下）

彼德罗　真是一个快乐的小姐。

里奥那托　殿下，她身上找不出一丝丝的忧愁；除了睡觉的时候，她从来不曾板起过脸孔；就是在睡觉的时候，她也还是嘻嘻哈哈的，因为我曾经听见小女说起，她往往会梦见什么淘气的事情，把自己笑醒来。

彼德罗　她顶不喜欢听见人家向她谈起丈夫之类的事情。

里奥那托　啊，她听都不要听；向她求婚的人，一个个都给她嘲笑 得退缩回去啦。

彼德罗　要是把她配给培尼狄克，倒是很好的一对。

里奥那托　哎哟！殿下，他们两人要是结婚不过一个星期，准会吵疯了呢。

彼德罗　克劳狄奥伯爵，你预备什么时候上教堂？

克劳狄奥　就是明天吧，殿下；在爱情没有完成它的一切仪式以前，时间总是走得像一个扶着拐杖的跛子一样慢。

里奥那托　那不成，贤婿，还是等到星期一吧，左右也不过七天工夫；要是把事情办得一切都称我的心，这几天日子还嫌太局促了些。

彼德罗　好了，别这么摇头长叹啦；克劳狄奥，包在我身上，我们要把这段日子过得一点也不沉闷。我想在这几天内干一件非常艰辛的工作；换句话说，我要叫培尼狄克先生跟贝特丽丝小姐彼此热恋起来。我很想把他们两人配成一对；要是你们三个人愿意听我的吩咐，帮着我一起进行这件事情，那是一定可以成功的。

里奥那托　殿下，我愿意全力赞助，即使叫我十个晚上不睡觉都可以。

克劳狄奥　我也愿意出力，殿下。

彼德罗　温柔的希罗，您也愿意帮帮忙吗？

希罗　殿下，我愿意尽我的微力，帮助我的姊姊得到一位好丈夫。

彼德罗　培尼狄克并不是一个没有出息的丈夫。至少我可以对他说这几句好话：他的家世是高贵的；他的勇敢、他的正直，都是大家所公认的。我可以教您用怎样的话打动令姊的心，叫她对培尼狄克发生爱情；再靠着你们两位的合作，我只要向培尼狄克略施小计，凭他怎样刁钻古怪，不怕他不爱上贝特丽丝。要是我们能够把这件事情做成功，丘比特也可以不用再射他的箭啦；他的一切的光荣都要属于我们，因为我们才是真正的爱神。跟我一块儿进去，让我把我的计划告诉你们。（同下）

第二幕　第二场　里奥那托家中的另一室

【唐·约翰及波拉契奥上。

约翰　果然是这样，克劳狄奥伯爵要跟里奥那托的女儿结婚了。

波拉契奥　是，爵爷；可是我有法子破坏他们。

约翰　无论什么破坏、阻挠、捣乱的手段，都可以替我消一消心头的闷气；我把他恨得什么似的，只要能够打破他的恋爱的美梦，什么办法我都愿意采取。你想怎样破坏他们的婚姻呢？

波拉契奥　不是用正当的手段，爵爷；可是我会把事情干得十分周密，让人家看不出破绽来。

约翰　把你的计策简单告诉我一下。

波拉契奥　我想我在一年以前，就告诉过您我跟希罗的侍女玛格莱特相好了。

约翰　我记得。

波拉契奥　我可以约她在夜静更深的时候，在她小姐闺房里的窗口等着我。

约翰　这是什么用意？怎么就可以把他们的婚姻破坏了呢？

波拉契奥　毒药是要您自己配合起来的。您去对王爷说，他不该叫克劳狄奥这样一位赫赫有名的人物——您可以拼命抬高他的身价——去跟希罗那样一个下贱的女人结婚；您尽管对他说，这一次的事情对于他的名誉一定大有影响。

约翰　我有什么证据可以提出呢？

波拉契奥　有，有，一定可以使亲王受骗，叫克劳狄奥懊恼，毁坏了希罗的名誉，把里奥那托活活气死：这不正是您所希望得到的结果吗？

约翰　为了发泄我对他们这批人的气愤，什么事情我都愿意试一试。

波拉契奥　那么很好，找一个适当的时间，您把亲王跟克劳狄奥拉到一处没有旁人的所在，告诉他们说您知道希罗跟我很要好；您可以假意装出一副对亲王和他的朋友的名誉十分关切的样子，因为这次婚姻是亲王一手促成，现在克劳狄奥将要娶到一个已非完璧的女子，您不忍坐视他们受人之愚，所以不能不把您所知道的告诉他们。他们听了这样的话，当然不会就此相信；您就向他们提出真凭实据，把他们带到希罗的窗下，让他们看见我站在窗口，听我把玛格莱特叫做希罗，听玛格莱特叫我波拉契奥。就在预定的婚期的前一个晚上，您带着他们看一看这幕把戏，我可以预先设法把希罗调开；他们见到这种似乎是千真万确的事实，一定会相信希罗果真是一个不贞的女子，在妒火中烧的情绪下绝不会作冷静的推敲，这样他们的一切准备就可以全部推翻了。

约翰　不管它会引起怎样不幸的后果，我要把这计策实行起来。你给我用心办理，我赏你一千块钱。

波拉契奥　您只要一口咬定，我的诡计是不会失败的。

约翰　我就去打听他们的婚期。（同下）

第二幕　第三场　**里奥那托的花园**

【培尼狄克上。

培尼狄克　童儿！

【小童上。

小童　大爷叫我吗？

培尼狄克　我的寝室窗口有一本书，你去给我拿到这儿花园里来。

小童　大爷，您瞧，我不是已经来了吗？

培尼狄克　我知道你来啦，可是我要你先到那边走一遭之后再来呀。（小童下）我真不懂一个人明明知道沉迷在恋爱里是一件多么愚蠢的事，可是在讥笑他人的浅薄无聊以后，偏偏会自己打自己的耳光，照样跟人家闹起恋爱来；克劳狄奥就是这种人。从前我认识他的时候，战鼓和军笛是他的唯一的音乐；现在他却宁愿听小鼓和洞箫了。从前他会跑十里路去看一身好甲胄；现在他却会接连十个晚上不睡觉，为了设计一身新的紧身衣的式样。从前他说起话来，总是直接爽快，像个老老实实的军人；现在他却变成了个老学究，满嘴都是些稀奇古怪的话儿。我会不会眼看自己也变得像他一样呢？我不知道；我想不至于。我不敢说爱情不会叫我变成一个牡蛎；可是我可以发誓，在它没有把我变成牡蛎以前，它一定不能叫我变成这样一个傻瓜。好看的女人，聪明的女人，贤惠的女人，我都碰见过，可是我还是个原来的我；除非在一个女人身上能够集合一切女人的优点，否则没有一个女人会中我的意的。她一定要有钱，这是不用说的；她必须聪明，不然我就不要；她必须贤惠，不然我也不敢领教；她必须美貌，不然我看也不要看她；她必须温柔，否则不要叫她走近我的身；她必须有高贵的人品，否则我不愿花十先令把她买下来；她必须会讲话，精音乐，而且她的头发必须是天然的颜色。哈！亲王跟咱们这位多情种子来啦！让我到凉亭里去躲他一躲。（退后）

【唐·彼德罗、里奥那托、克劳狄奥同上；鲍尔萨泽及众乐工随上。

彼德罗　来，我们要不要听听音乐？

克劳狄奥　好的，殿下。暮色是多么沉寂，好像故意静下来，让乐声格外显得谐和似的！

彼德罗　你们看见培尼狄克躲在什么地方吗？

克劳狄奥　啊，看得很清楚，殿下；等音乐停止了，我们要叫这小狐狸钻进我们的圈套。

彼德罗　来，鲍尔萨泽，我们要把那首歌再听一遍。

鲍尔萨泽　啊，我的好殿下，像我这样的坏嗓子，把好好的音乐糟蹋了一次，也就够了，不要再叫我献丑了吧！

彼德罗　越是本领超人一等，越是口口声声不满意自己的才能。请你唱起来吧，别让我向你再三求告了。

鲍尔萨泽　既蒙殿下如此错爱，我就唱了。有许多求婚的人，在开始求婚的时候，虽然明知道他的恋人没有什么可爱，仍旧会把她恭维得天花乱坠，发誓说他真心爱着她的。

彼德罗　好了好了，请你别说下去了；要是你还想发表什么意见，就放在歌里边唱出来吧。

鲍尔萨泽　在我未唱以前，先要声明一句：我唱的歌儿是一句也不值得你们注意的。

彼德罗　他在那儿净说些不值得注意的废话。（音乐）

培尼狄克　（旁白）啊，神圣的曲调！现在他的灵魂要飘飘然起来了！几根羊肠绷起来的弦线，会把人的灵魂从身体里抽了出来，真是不可思议！其实说到底，还是吹号子最配我的胃口。

鲍尔萨泽 （唱）

不要叹气，姑娘，不要叹气，
男人们都是些骗子，
一脚在岸上，一脚在海里，
他天性里朝三暮四。
不要叹患，让他们去，
你何必愁眉不展？
收起你的哀丝怨绪，
唱一曲清歌婉转。

莫再悲吟，姑娘，莫再悲吟，
停住你沉重的衷音；
哪一个夏天不绿叶成荫？
哪一个男子不负心？
不要叹患，让他们去，
你何必愁眉不展？
收起你的哀丝怨绪，
唱一曲清歌婉转。

彼德罗 真是一首好歌。

鲍尔萨泽 可是唱歌的人太不行啦，殿下。

彼德罗 哈，不，不，真的，你唱得总算过得去。

培尼狄克 （旁白）倘若他是一头狗叫得这样子，他们一定把他吊死啦；求上帝别让他的坏喉咙预兆着什么灾殃！与其听他唱歌，我宁愿听夜里的乌鸦叫，不管有什么祸事会跟着它一起来。

彼德罗 好，你听见了没有，鲍尔萨泽？请你给我们预备些好音乐，因为明天晚上我们要在希罗小姐的窗下弹奏。

鲍尔萨泽　我一定尽力办去，殿下。

彼德罗　很好，再见。（鲍尔萨泽及乐工等下）过来，里奥那托。您今天对我怎么说，说是令侄女贝特丽丝在恋爱着培尼狄克吗？

克劳狄奥　啊！是的。（向彼德罗旁白）小心，小心，鸟儿正在那边歇着呢。——我再也想不到那位小姐会爱上什么男人的。

里奥那托　我也是出于意料之外；尤其想不到的是她竟会对培尼狄克这样一往情深，照外表上看起来，总像她把他当作冤家对头似的。

培尼狄克　（旁白）有这样的事吗？风会吹到那个角里去吗？

里奥那托　真的，殿下，这件事情简直使我莫名其妙；我只知道她爱得他像发狂一般。谁也万万想象不到会有这样的怪事。

彼德罗　也许她是假装着骗人的。

克劳狄奥　嗯，那倒也有几分可能。

里奥那托　上帝啊！假装出来的！我从来没有见过谁能把热情假装得像她这样逼真。

彼德罗　啊，那么她是怎样表示她的热情的呢？

克劳狄奥　（旁白）好好儿把钓钩放下去，鱼儿就要吞饵了。

里奥那托　怎样表示，殿下？她会一天到晚坐着出神；（向克劳狄奥）你听见过我的女儿怎样告诉你的。

克劳狄奥　她是这样告诉过我的。

彼德罗　怎么？怎么？你们说呀。你们让我奇怪死了；我以为像她那样的性格，是无论如何不会受到爱情袭击的。

里奥那托　殿下，我也可以跟人家赌咒说绝不会有这样的事，尤其是对于培尼狄克。

培尼狄克　（旁白）倘不是这白须老头儿说的话，我一定会把它当作一场诡计；可是诡计是不会藏在这样庄严的外表之下的。

克劳狄奥　（旁白）他已经上了钩了，别让他溜走。

彼德罗　她有没有把她的衷情向培尼狄克表白？

里奥那托　不，她发誓说一定不让他知道；这是使她痛苦的最大原因。

克劳狄奥　对了，我听令爱说她说过这样的话："我当着他的面前屡次把他讥笑，难道现在却要写信给他，说我爱他吗？"

里奥那托　她每次提起笔来要想写信给他，便这样自言自语；一个夜里她总要起来二十次，披了一件衬衫，写满了一张纸再睡下去。这都是小女告诉我们的。

克劳狄奥　您说起一张纸，我倒记起令爱告诉我的一个有趣的笑话来了。

里奥那托　啊！是不是说她写好了信，把它读了一遍，发现"培尼狄克"跟"贝特丽丝"两个名字刚巧写在一块儿？

克劳狄奥　正是。

里奥那托　啊！她把那封信撕成了一千片，把她自己痛骂了一顿，说她不应该这样不知羞耻，写信给一个她知道一定会把她嘲笑的人。她说，"我根据自己的脾气推想他；要是他写信给我，即使我心里爱他，我也还是要嘲笑他的。"

克劳狄奥　于是她跪在地上，痛哭流涕，捶着她的心，扯着她的头发，一面祈祷一面诅咒："啊，亲爱的培尼狄克！上帝呀，给我忍耐吧！"

里奥那托　她真是这样；小女就是这样说的。她这种疯疯癫癫、如醉如痴的神气，有时候简直使小女提心吊胆，恐怕她会对自己闹出些什么不顾死活的事情来呢。这些都是千真万确的。

彼德罗　要是她自己不肯说，那么叫别人去告诉培尼狄克知道也好。

克劳狄奥　有什么用处呢？他不过把它当作一桩笑话，叫这个可怜的姑娘格外难堪罢了。

彼德罗　他要是真的这样，那么吊死他也是一件好事。她是个很好的可爱的姑娘；她的品行也是无可疵议的。

克劳狄奥　而且她是个绝世聪明的人儿。

彼德罗　她什么都聪明，就是在爱培尼狄克这件事上不大聪明。

里奥那托　啊，殿下！智慧和感情在这么一个娇嫩的身体里交战，十之八九感情会得到胜利的，我是她的叔父和保护人，瞧着她这样子，心里真是难受。

彼德罗　我倒希望她把这样的痴情用在我身上；我一定会不顾一切，娶她做我的妻子的。依我看来，你们还是去告诉培尼狄克，听他怎么说。

里奥那托　您想这样会有用处吗？

克劳狄奥　希罗相信她迟早活不下去：因为她说要是他不爱她，她一定会死；可是她宁死也不愿让他知道她爱他；即使他来向她求婚，她也宁死不愿把她平日那种倔强的态度改变一丝一毫。

彼德罗　她的意思很对。要是她向他呈献了她的一片深情，多半反而要遭他奚落；因为你们都知道，这个人的脾气是非常骄傲的。

克劳狄奥　他是一个很漂亮的人。

彼德罗　他的确有一副很好的仪表。

克劳狄奥　凭良心说，他也很聪明。

彼德罗　他的确有几分小聪明。

里奥那托　我看他也很勇敢。

彼德罗　就像赫克托尔[1]，是个大英雄哩；可是在碰到打架的时候，你就可以看到他的聪明所在，因为他总是小心翼翼地躲开，万一脱不了身，也是战战兢兢，像个好基督徒似的。

里奥那托　他要是敬畏上帝，当然应该跟人家和和气气；万一闹翻了，自然要惴惴不安的。

彼德罗　他正是这样；这家伙虽然一张嘴胡说八道，可是他倒的确敬畏上帝。好，我对于令侄女非常同情。我们要不要去找培尼狄克，把她的爱情告诉他？

克劳狄奥　别告诉他，殿下；还是让她好好地想一想，把这段痴心慢慢地淡下去吧。

---

[1] 赫克托尔(Hector)，《伊利亚特》中特洛亚王子，帕里斯的哥哥，特洛亚第一勇士。看看他自己多么配不上这么一位好姑娘。

里奥那托　不，那是不可能的；等到她觉悟过来，她的心早已碎了。

彼德罗　好，我们慢慢再等着听令爱报告消息吧，现在暂时不用多讲了。我很欢喜培尼狄克；我希望他能够平心静气反省一下，

里奥那托　殿下，请吧。晚饭已经预备好了。

克劳狄奥　（旁白）要是他听见了这样的话，还不会爱上她，我以后再不相信我自己的预测。

彼德罗　（旁白）咱们还要给她设下同样的圈套，那可要请令爱跟她的侍女多多费心了。顶有趣的一点，就是让他们彼此以为对方在恋爱着自己，其实却根本没有这么一回事儿；这就是我所希望看到的一幕哑剧。让我们叫她来请他进去吃饭吧。（彼德罗、克劳狄奥、里奥那托同下）

培尼狄克　（自凉亭内走出）这不会是诡计；他们谈话的神气是很严肃的；他们从希罗嘴里听到了这一件事情，当然不会有假。他们好像很同情这姑娘；她的热情好像已经涨到最高度。爱我！哎哟，我一定要报答她才是。我已经听见他们怎样批评我，他们说要是我知道了她在爱我，我一定会摆架子；他们又说她宁死也不愿把她的爱情表示出来。结婚这件事我倒从来没有想起过。我一定不要摆架子；一个人知道了自己的短处，能够改过自新，就是有福的。他们说这姑娘长得漂亮，这是真的，我可以为他们证明；说她品行很好，这也是事实，我不能否认；说她除了爱我以外，别的地方都是很聪明的，其实这一件事情固然不足表示她的聪明，可是也不能因此反证她的愚蠢，因为就是我也要从此为她颠倒哩。也许人家会向我冷嘲热讽，因为我一向都是讥笑着结婚的无聊；可是难道一个人的口味是不会改变的吗？年轻的时候喜欢吃肉，也许老来一闻到肉味道就要受不住。难道这种不关痛痒的舌丸唇弹，就可以把人吓退，叫他放弃他的决心吗？不，人类是不能让它绝种的。当初我说我要一生一世做个单身汉，那是因为我没有想到我会活到结婚的一天。贝特丽丝来了。天日在上，她是个美貌的姑娘！我可以从她脸上看出她

几分爱我的意思来。

【贝特丽丝上。

贝特丽丝　他们叫我来请您进去吃饭，可是这是违反我自己的意志的。

培尼狄克　好贝特丽丝，有劳枉驾，辛苦您啦，真是多谢。

贝特丽丝　我并没什么辛苦可以领受您的谢意，就像您这一声多谢并没有辛苦了您。要是这是一件辛苦的差事，我也不会来啦。

培尼狄克　那么对您来说是件美差喽？

贝特丽丝　是的，美的程度可以让您在刀尖儿上挑得起来，可以塞进乌鸦的嘴里哽死它。您肚子不饿吧，先生？再见。（下）

培尼狄克　哈！“他们叫我来请您进去吃饭，可是这是违反我自己的意志的，”这句话里含着双关的意义。“我并没什么辛苦可以领受您的谢意，就像您这一声多谢并没有辛苦了您。”那等于说，我无论给您做些什么辛苦的事，都像说一声谢谢那样不费事。要是我不可怜她，我就是个混蛋；要是我不爱她，我就是个犹太人。我要向她讨一幅小像去。（下）

第三幕

第三幕 第一场　**里奥那托的花园**

【希罗、玛格莱特及欧苏拉上。

希罗　好玛格莱特，你快跑到客厅里去，我的姊姊贝特丽丝正在那儿跟亲王和克劳狄奥讲话；你在她的耳边悄悄地告诉她，说我跟欧苏拉在花园里谈天，我们所讲的话都是关于她的事情；你说我们的谈话让你听到了，叫她偷偷地溜到给金银花藤密密地纠绕着的凉亭里；在那儿，繁茂的藤萝受着太阳的煦养，成长以后，却不许日光进来，正像一般凭借主子的势力作威作福的宠臣，一朝羽翼既成，却看不起那栽培他的恩人一样；你就叫她躲在那个地方，听我们说些什么话。这是你的事情，你好好地做去，让我们两个人在这儿。

玛格莱特　我一定叫她立刻就来。（下）

希罗　欧苏拉，我们就在这条路上走来走去；一等贝特丽丝来了，我们必须满嘴都讲的是培尼狄克：我一提起他的名字，你就把他恭维得好像走遍天下也找不到他这样一个男人似的；我就告诉你他怎样为了贝特丽丝害相思。我们就是这样用谎话造成丘比特的一枝利箭，凭着传闻的力量射中她的心。

【贝特丽丝自后上。

希罗　现在开始吧；瞧贝特丽丝像一只田凫似的，缩头缩脑地在那儿听我们谈话了。

欧苏拉　钓鱼最有趣的时候，就是瞧那鱼儿用她的金桨拨开银浪，贪馋地吞那陷人的美饵；我们也正是这样引诱贝特丽丝上钩。她现在已经躲在金银花藤的浓荫下面了。您放心吧，我一定不会讲错了话。

希罗　那么让我们走近她些，好让她的耳朵一字不漏地把我们给她安排下的诱人的美饵吞咽下去。（二人走近凉亭）不，真的，欧苏拉，她太高傲啦；我知道她的脾气就像山上的野鹰一样倔强豪放。

欧苏拉　可是您真的相信培尼狄克这样一心一意地爱着贝特丽丝吗？

希罗　亲王跟我的未婚夫都是这么说的。

欧苏拉　他们有没有叫您将这件事告诉她知道，小姐？

希罗　他们请我把这件事情告诉她；可是我劝他们说，要是他们把培尼狄克当作他们的好朋友，就应该希望他从爱情底下挣扎出来，无论如何不要让贝特丽丝知道。

欧苏拉　您为什么对他们这样说呢？难道这位绅士就配不上贝特丽丝小姐吗？

希罗　爱神在上，我也知道像他这样的人品是值得享受世间一切至美至好的事物的；可是造物造下的女人的心，没有一颗比得上像贝特丽丝那样骄傲冷酷的；轻蔑和讥嘲在她的眼睛里闪耀着，把她所看见的一切贬得一文不值，她因为自恃才情，所以什么都不放在她的眼里。她不会恋爱，也从来不想到有恋爱这件事；她是太自命不凡了。

欧苏拉　不错，我也是这样想；所以还是不要让她知道他对她的爱情，免得反而遭到她的讥笑。

希罗　是呀，你说得很对。无论怎样聪明、高贵、年轻、漂亮的男子，她总要把他批评得体无完肤：要是他面孔长得白净，她就发誓说这位先生应当作她的妹妹；要是他皮肤黑了点儿，她就说上帝在打一个小花脸的图样的时候，不小心涂上了一大块墨渍；要是他是个高个儿，他就是柄歪头的长枪；要是他是个矮子，他就是块刻坏了的玛瑙坠子；要是他多讲了几句话，他就是个随风转的风标；要是他一声不响，他就是块没有知觉的木头。她这样指摘着每一个人的短处，至于他的纯朴的德性和才能，她却绝口不给它们应得的赞赏。

欧苏拉　真的，这种吹毛求疵可不敢恭维。

希罗　是呀，像贝特丽丝这样古怪得不近人情，真叫人不敢恭维。可是谁敢去对她这样说呢？要是我对她说了，她会把我讥笑得无地自容，用她的俏皮话儿把我揶揄死呢！所以还是让培尼狄克像盖在灰烬里的火一样，在叹息中熄灭了他的生命的残焰吧；与其受人讥笑而死——这就像痒得要死那样难熬——还是不声不响地闷死了好。

欧苏拉　可是告诉了她，听听她说些什么也好。

希罗　不，我想还是去劝劝培尼狄克，叫他努力斩断这一段痴情。真的，我想捏造一些关于我这位姊姊的谣言，一方面对她的名誉没有什么损害，一方面却可以冷了他的心；谁也不知道一句诽谤的话，会多么中伤人们的感情！

欧苏拉　啊！不要做这种对不起您姊姊的事。人家都说她心窍玲珑，她决不会糊涂到这个地步，会拒绝培尼狄克先生那样一位难得的绅士。

希罗　除了我的亲爱的克劳狄奥以外，全意大利找不到第二个像他这样的人来。

欧苏拉　小姐，请您别生气，照我看起来，培尼狄克先生无论在外表上，在风度上，在智力和勇气上，都可以在意大利首屈一指。

希罗　是的，他有一个很好的名誉。

欧苏拉　这也是因为他果然有过人的才德，所以才会得到这样的名誉。小姐，您的大喜在什么时候？

希罗　就在明天。来，进去吧；我要给你看几件衣服，你帮我决定明天最好穿哪一件。

欧苏拉　（旁白）她已经上了钩了；小姐，我们已经把她捉住了。

希罗　（旁白）要是果然这样，那么恋爱就是一个偶然的机遇；有的人被爱神用箭射中，有的人却自己跳进网罗。（希罗、欧苏拉同下）

贝特丽丝　（上前）我的耳朵里怎么火一般热？果然会有这种事吗？难道我就让他们这样批评我的骄傲和轻蔑吗？去你的吧，那种狂妄！再会吧，处女的骄傲！人家在你的背后，是不会说你好话的。培尼狄克，爱下去吧，我一定会报答你；我要把这颗狂野的心收束起来，呈献在你温情的手里。你要是真的爱我，我的转变过来的温柔的态度，一定会鼓励你把我们的爱情用神圣的约束结合起来。人家说你值得我的爱，可是我比人家更知道你的好处。（下）

第三幕 第二场　里奥那托家中一室

【唐·彼德罗、克劳狄奥、培尼狄克、里奥那托同上。

彼德罗　我等你结了婚，就到阿拉贡去。

克劳狄奥　殿下要是准许我，我愿意伴送您到那边。

彼德罗　不，你正在新婚燕尔的时候，这不是太煞风景了吗？把一件新衣服给孩子看了，却不许他穿起来，那怎么可以呢？我只要培尼狄克愿意跟我作伴就行了。他这个人从头顶到脚跟，没有一点心事；他曾经两三次割断了丘比特的弓弦，现在这个小东西再也不敢射他啦。他那颗心就像一只好钟一样完整无缺，他的一条舌头就是钟舌；心里一想到什么，便会打嘴里说出来。

培尼狄克　哥儿们，我已经不再是从前的我啦。

里奥那托　我也是这样说；我看您近来好像有些心事似的。

克劳狄奥　我希望他是在恋爱了。

彼德罗　哼，逃避责任的家伙，他的腔子里没有一丝真情，怎么会真的恋爱起来？要是他有了心事，那一定是因为没有钱用。

培尼狄克　我牙痛。

彼德罗　拔掉它呀。

培尼狄克　该死！

克劳狄奥　要想叫它死，先得拔掉它呀。

彼德罗　啊！为了牙齿痛才这样长吁短叹吗？

里奥那托　只是因为出了点儿脓水，或者一个小虫儿在作怪吗？

培尼狄克　算了吧，痛在别人身上，谁都会说风凉话的。

克劳狄奥　可是我说，他是在恋爱了。

彼德罗　他一点也没有痴痴癫癫的样子，就是喜欢把自己打扮得奇形怪状：今天是个荷兰人，明天是个法国人；有时候同时做了两个国家的人，下半身是个套着灯笼裤的德国人，上半身是个不穿紧身衣的西班牙人。除了这一股无聊的傻劲儿以外，他并没有什么反常的地方，可以证明像你说的那样是在恋爱。

克劳狄奥　要是他没有爱上什么女人，那么那些古老的征兆也都是靠不住的了。他每天早上刷他的帽子，这表示什么呢？

彼德罗　有人见过他上理发店没有？

克劳狄奥　没有，可是有人看见理发匠跟他在一起；他那脸蛋上的几根装饰品，都已经拿去塞网球去了。

里奥那托　他剃了胡须，瞧上去的确年轻了点儿。

彼德罗　他还用麝香擦他的身子哩；你们闻不出来这一股香味吗？

克劳狄奥　那等于说，这一个好小子在恋爱了。

彼德罗　他的忧郁是他的最大的证据。

克劳狄奥　几时他曾经用香水洗过脸？

彼德罗　对了，我听人家说他还搽粉哩。

克劳狄奥　还有他那爱说笑话的脾气，现在也已经钻进了琴弦里，给音栓管住了哪。

彼德罗　不错，那已经充分揭露了他的秘密。总而言之，他是在恋爱了。

克劳狄奥　啾，可是我知道谁爱着他。

彼德罗　我也很想知道知道；我想一定是个不大熟悉他的人。

克劳狄奥　哪里，还深切知道他的坏脾气呢；可是人家却不顾这些，愿意为他而死。

彼德罗　等她将来被人“活埋”的时光，一定是脸儿朝天的了。

培尼狄克　你们这样胡说八道，不能叫我的牙齿不痛呀。老先生，陪我走走；我已经想好了八九句聪明的话儿，要跟您谈谈，可是一定不能让这些傻瓜们听见。(培尼狄克、里奥那托同下)

彼德罗　我可以打赌，他一定是向他说起贝特丽丝的事。

克劳狄奥　正是。希罗和玛格莱特大概也已经把贝特丽丝同样捉弄过啦；现在这两匹熊碰见了，总不会再彼此相咬了吧。

【唐·约翰上。

约翰　上帝保佑您，王兄！

彼德罗　你好，贤弟。

约翰　您要是有工夫的话，我想跟您谈谈。

彼德罗　不能让别人听见吗？

约翰　是；不过若是克劳狄奥伯爵不妨让他听见，因为我所要说的话，是对他很有关系的。

彼德罗　是什么事？

约翰　(向克劳狄奥)大人预备在明天结婚吗？

彼德罗　那你早就知道了。

约翰　要是他知道了我所知道的事，那就难说了。

克劳狄奥　倘若有什么妨碍，请您明白告诉我。

约翰　您也许以为我对您有点儿过不去，那咱们等着瞧吧；我希望您听了我现在将要告诉您的话以后，可以把您对我的意见改变过来。至于我这位兄长，我相信他是非常看重您的；他为您促成了这一门婚事，完全是他的一片好心；可惜看错了追求的对象，这一番心思气力，花得好不冤枉！

彼德罗　啊，是怎么一回事？

约翰　我就是来告诉你们的；也不必多啰唆，这位姑娘是不贞洁的，人家久已在那儿讲她的闲话了。

克劳狄奥　谁？希罗吗？

约翰　正是她；里奥那托的希罗，您的希罗，大众的希罗。

克劳狄奥　不贞洁吗？

约翰　不贞洁这一个字眼，还是太好了，不够形容她的罪恶；她岂止不贞洁而已！您要是能够想得到一个更坏的名称，她也可以受之而无愧。不要吃惊，等着看事实的证明吧，您只要今天晚上跟我去，就可以看见在她结婚的前一晚，还有人从窗里走进她的房间里去。您看见这种情形以后，要是仍旧爱她，那么明天就跟她结婚吧；可是为了您的名誉起见，还是把您的决心改变一下的好。

克劳狄奥　有这等事吗？

彼德罗　我想不会的。

约翰　要是你们看见了真凭实据还不敢相信自己的眼睛，那么就不要承认你们所知道的事。你们只要跟我去，我一定可以叫你们看一个明白；等你们看饱听饱以后，再决定怎么办吧。

克劳狄奥　要是今天晚上果然有什么事情给我看到，那我明天一定不跟她结婚；我还要在举行婚礼的教堂里当众羞辱她呢。

彼德罗　我曾经代你向她求婚，我也要帮着你把她羞辱。

约翰　我也不愿多说她的坏话，横竖你们自己会替我证明的。现在大家不用声张，等到半夜时候再看究竟吧。

彼德罗　真扫兴的日子！

克劳狄奥　真倒霉的事情！

约翰　等会儿你们就要说，幸亏发觉得早，真好的运气！（同下）

第三幕 第三场　街道

【道榕培里、弗吉斯及巡丁等上。

道格培里　你们都是老老实实的好人吗？

弗吉斯　是啊，否则他们的肉体灵魂不一起上天堂，那才可惜哩。

道格培里　不，他们当了王爷的巡丁，要是有一点忠心的话，这样的刑罚还嫌太轻啦。

弗吉斯　好，道格培里伙计，把他们应该做的事吩咐他们吧。

道格培里　第一，你们看来谁是顶不配当巡丁的人？

巡丁甲　回长官，修·奥凯克跟乔治·西可尔，因为他们俩都会写字念书。

道格培里　过来，西可尔伙计。上帝赏给你一个好名字；一个人长得漂亮是偶然的运气，会写字念书才是天生的本领。

巡丁乙　巡官老爷，这两种好处——

道格培里　你都有；我知道你会这样说。好，朋友，讲到你长得漂亮，那么你谢谢上帝，自己少卖弄卖弄；讲到你会写字念书，那么等到用不着这种玩意儿的时候，再显显你自己的本领吧。大家公认你是这儿最没有头脑、最配当一班巡丁头目的人，所以你拿着这盏灯笼吧。听好我的吩咐：你要是看见什么流氓无赖，就把他抓了；你可以用王爷的名义叫无论什么人站住。

巡丁甲　要是他不肯站住呢？

道格培里　那你就不用理他，让他去好了；你就立刻召集其余的巡丁，谢谢上帝，免得你们受一个混蛋的麻烦。

弗吉斯　要是喊他站住他不肯站住，他就不是王爷的子民。

道格培里　对了，不是王爷的子民，就可以不用理他们。你们也不准在街上大声吵闹；因为巡丁们要是哗啦哗啦谈起天来，那是最叫人受不住也是最不可宽恕的事。

巡丁乙　我们宁愿睡觉，不愿说话；我们知道一个巡丁的责任。

道格培里　啊，你说得真像一个老练的安静的巡丁，睡觉总是不会得罪人的；只要留心你们的钩镰枪别给人偷去就行啦。好，你们还要到每一家酒店去查看，看见谁喝醉了，就叫他回去睡觉。

巡丁甲　要是他不愿意呢？

道格培里　那么让他去，等他自己醒过来吧；要是他不好好地回答你，你可以说你看错了人啦。

巡丁甲　是，长官。

道格培里　要是你们碰见一个贼，按着你们的职分，你们可以疑心他不是个好人；对于这种家伙，你们越是少跟他们多事，越可以显出你们都是规矩的好人。

巡丁乙　要是我们知道他是个贼，我们要不要抓住他呢？

道格培里　按着你们的职分，你们本来是可以抓住他的；可是我想谁把手伸进染缸里，总要弄脏自己的手；为了省些麻烦起见，要是你们碰见了一个贼，顶好的办法就是让他使出他的看家本领来，偷偷地溜走了事。

弗吉斯　伙计，你一向是个出名的好心肠人。

道格培里　是呀，就是一条狗我也不忍把它勒死，何况是个还有几分天良的人，自然更加不在乎啦。

弗吉斯　要是你们听见谁家的孩子晚上啼哭，你们必须去把那奶妈子叫醒，叫她止住他的啼哭。

巡丁乙　要是那奶妈子睡熟了，听不见我们叫喊呢？

道格培里　那么你们就一声不响地走开去，让那孩子把她吵醒好了；因为母羊要是听不见她自己小羊的啼声，她怎么会回答一头小牛的叫喊呢？

弗吉斯　你说得真对。

道格培里　完了。你们当巡丁的，就是代表着王爷本人；要是你们在黑夜里碰见王爷，你们也可以叫他站住。

弗吉斯　哎哟，圣母娘娘呀！我想那是不可以的。

道格培里　谁要是懂得法律，我可以用五先令跟他打赌一先令，他可以叫他站住；当然啰，那还要看王爷自己愿不愿意；因为巡丁是不能得罪人的，叫一个不愿意站住的人站住，那是要得罪人的。

弗吉斯　对了，这才说得有理。

道格培里　哈哈哈！好，伙计们，晚安！倘若有要紧的事，你们就来叫我起来；什么事大家彼此商量商量。再见！来，伙计。

巡丁乙　好，弟兄们，我们已经听见长官吩咐我们的话；让我们就在这儿教堂门前的凳子上坐下来，等到两点钟的时候，大家回去睡觉吧。

道格培里　好伙计们，还有一句话。请你们留心留心里奥那托老爷的门口；因为他家里明天有喜事，今晚十分忙碌，怕有坏人混进去。再见，千万留心点儿。（道格培里、弗吉斯同下）

【波拉契奥及康拉德上。

波拉契奥　喂，康拉德！

巡丁甲　（旁白）静！别动！

波拉契奥　喂，康拉德！

康拉德　这儿，朋友，我就在你的身边哪。

波拉契奥　他妈的！怪不得我身上痒，原来有一颗癞疥疮在我身边。

康拉德　等会儿再跟你算账；现在还是先讲你的故事吧。

波拉契奥　那么你且站在这儿屋檐下面，天在下着毛毛雨哩；我可以像一个醉汉似的，把什么话儿都告诉你。

巡丁甲　（旁白）弟兄们，一定是些什么阴谋；可是大家站着别动。

波拉契奥　告诉你吧，我从唐·约翰那儿拿到了一千块钱。

康拉德　干一件坏事的价钱会这样高吗？

波拉契奥　你应该这样问：难道坏人会这样有钱吗？有钱的坏人需要没钱的坏人帮忙的时候，没钱的坏人当然可以漫天讨价。

康拉德　我可有点不大相信。

波拉契奥　这就表明你是个初出茅庐的人。你知道一套衣服、一顶帽子的式样时髦不时髦，对于一个人本来是没有什么相干的。

康拉德　是的，那不过是些皮囊而已。

波拉契奥　我说的是式样的时髦不时髦。

康拉德　对啦，时髦就是时髦，不时髦就是不时髦

波拉契奥　呸！那简直就像说，傻子就是傻子。可是你不知道这个时髦是个多么坏的贼吗？

巡丁甲　（旁白）我知道有这么一个坏贼，他已经做了七年老贼了；他在街上走来走去，就像个绅士的模样。我记得有这么一个家伙。

波拉契奥　你听不见什么人在讲话吗？

康拉德　没有，只有屋顶上风标转动的声音。

波拉契奥　我说，你不知道这个时髦是个多么坏的贼吗？他会把那些从十四岁到三十五岁的血气未定的年轻人搅昏头，有时候把他们装扮得活像那些烟熏的古画上的埃及法老的兵士，有时候又像漆在教堂窗上的异教邪神的祭司，有时候又像织在污旧虫蛀的花毡上的剃光了胡须的赫剌克勒斯，裤裆里的那话儿瞧上去就像他的棍子一样又粗又重。

康拉德　这一切我都知道；我也知道往往一件衣服没有穿旧，流行的式样已经变了两三通。可是你是不是也给时髦搅昏了头，所以不向我讲你的故事，却来讨论起时髦问题来呢？

波拉契奥　那倒不是这样说。好，我告诉你吧，我今天晚上已经去跟希罗小姐的侍女玛格莱特谈过情话啦；我叫她做希罗，她靠在她小姐卧室的窗口，向我说了一千次晚安——我把这故事讲得太坏，我应当先告诉你，那亲王和克劳狄奥怎样听了我那主人唐·约翰的话，三个人预先站在花园里远远的地方，瞧见我们这一场幽会。

康拉德　他们都以为玛格莱特就是希罗吗？

波拉契奥　亲王跟克劳狄奥是这样想的；可是我那个魔鬼一样的主人知道她是玛格莱特。一则因为他言之凿凿，使他们受了他的愚弄；二则因为天色昏黑，蒙过了他们的眼睛；可是说来说去，还是全亏我的诡计多端，证实了唐·约翰随口捏造的谣言，惹得那克劳狄奥一怒而去，发誓说他要在明天早上，按着预定的钟点，到教堂里去见她的面，把他晚上所见的情形当众宣布出来，出出她的丑，叫她仍旧回去做一个没有丈夫的女人。

巡丁甲　我们用亲王的名义命令你们站住！

巡丁乙　去叫巡官老爷起来。一件最危险的奸淫案子给我们破获了。

巡丁甲　他们同伙的还有一个坏贼，我认识他，他头发上打着“爱人结”。

康拉德　列位朋友们！

巡丁乙　告诉你们吧，这个坏贼是一定要叫你们交出来的。

康拉德　列位——

巡丁甲　别说话，乖乖地跟我们去。

波拉契奥　他们把我们抓了去，倒是捞到了一批好货。

康拉德　少不得还要受一番检查呢。来，我们服从你们。（同下）

第三幕 第四场　**里奥那托家中一室**

【希罗、玛格莱特及欧苏拉上。

希罗　好欧苏拉，你去叫醒我的姊姊贝特丽丝，叫她快点儿起身。

欧苏拉　是，小姐。

希罗　请她过来一下子。

欧苏拉　好的。（下）

玛格莱特　真的，我想还是那一个绉领好一点。

希罗　不，好玛格莱特，我要戴这一个。

玛格莱特　这一个真的不是顶好；您的姊姊也一定会这样说的。

希罗　我的姊姊是个傻子；你也是个傻子，我偏要戴这一个。

玛格莱特　我很欢喜这一顶新的发罩，要是头发的颜色再略微深一点儿就好了。您的长袍的式样真是好极啦。人家把米兰公爵夫人那件袍子称赞得了不得，那件衣服我也见过。

希罗　啊！他们说它好得很哩。

玛格莱特　不是我胡说，那一件比起您这一件来，简直只好算是一件睡衣：金线织成的缎子，镶着银色的花边，嵌着珍珠，有垂袖，有侧袖，圆圆的衣裾，缀满了带点儿淡蓝色的闪光箔片；可是要是讲到式样的优美雅致，齐整漂亮，那您这一件就可以抵得上她十件。

希罗　上帝保佑我快快乐乐地穿上这件衣服，因为我的心里重得好像压着一块石头似的！

玛格莱特　等到一个男人压到您身上，它还要重得多哩。

希罗　啐！你不害臊吗？

玛格莱特　害什么臊呢，小姐？因为我说了句老实话吗？就是对一个叫花子来说，结婚不也是光明正大的事吗？难道不曾结婚，就不许提起您的姑爷吗？我想您也许要我这样说："对不起，说句不中听的粗话：一个丈夫。"只要说话有理，就不怕别人的歪曲。不是我有意跟人家抬杠，不过，"等到有了丈夫，压得可就更重了"这话难道有什么要不得吗？只要大家是明媒正娶的，那有什么要紧？否则倒不能说是重，只好说是轻狂了。您要是不相信，去问贝特丽丝小姐吧；她来啦。

【贝特丽丝上。

希罗　早安，姊姊。

贝特丽丝　早安，好希罗。

希罗　哎哟，怎么啦！你怎么说话这样懒洋洋的？

贝特丽丝　我从里到外都走了调了呢。

玛格莱特　快唱一曲《爱之欢畅》吧，这是不用男低音伴唱的；你唱，我来跳舞。

贝特丽丝　大概你的一对马蹄子又爱又欢畅了吧。将来若是你的丈夫有足够多的马棚，你会替他养一马房马驹子吧。

玛格莱特　哎呀，真是牛头不对马嘴！我把它们一脚踢开了。

贝特丽丝　快要五点钟啦，妹妹；你该快点儿端庄起来了。真的，我身子怪不舒服。唉——呵！

玛格莱特　是为了屠夫、马夫，还是丈夫？

贝特丽丝　是因为所有这些带"夫"的东西。

玛格莱特　哼，您倘若没有变了一个人，那么航海的人也不用看星啦。

贝特丽丝　这傻子在那儿说些什么？

玛格莱特　我没有说什么；但愿上帝保佑每一个人如愿以偿！

希罗　这双手套是伯爵送给我的，上面熏着很好的香料。

贝特丽丝　我的鼻子塞住啦，妹妹，我闻不出来。

玛格莱特　好一个被塞住了的姑娘！今年的伤风可真流行。

贝特丽丝　啊，老天快帮个忙吧！你几时变得这样精灵的呀。

玛格莱特　自从您变得那样糊涂之后。我说俏皮话真来得，是不是？

贝特丽丝　可惜还不够招摇，最好把你的俏皮劲儿顶在头上，那才好呢。真的，我得病了。

玛格莱特　给你些蒸干的祝福蓟，将这草药放在您的心上，心病是要心药来医治的。

希罗　你这刺一下子可刺进她心眼儿里去了。

贝特丽丝　怎么，祝福？祝福什么？你这句话是什么意思？

玛格莱特　意思！不，真的，我一点儿没有什么意思。您也许以为我想您在恋爱啦；可是不，我不是那么一个傻子，会高兴怎么想就怎么想；我也不愿意想到什么就想什么；老实说，就是想空了我的心，我也绝不会想到您是在恋爱，或者您将要恋爱，或者您会跟人家恋爱。可是培尼狄克起先也跟您一样，现在他却变了个人啦；他曾经发誓决不结婚，现在可死心塌地地做起爱情的奴隶来啦。我不知道您会变成个什么样子；可是我觉得您现在瞧起人来的那种神气，也有点跟别的女人差不多啦。

贝特丽丝　你的一条舌头滚来滚去的，在说些什么呀？

玛格莱特　反正说的不是瞎话。欧苏拉重上。

欧苏拉　小姐，进去吧；亲王、伯爵、培尼狄克先生、唐·约翰，还有全城的公子哥儿们，都来接您到教堂里去了。

希罗　好姊姊，好玛格莱特，好欧苏拉，快帮我穿戴起来吧。（同下）

第三幕 第五场　里奥那托家中的另一室

【里奥那托偕道格培里、弗吉斯同上。

里奥那托　朋友，你有什么事要对我说？

道格培里　呃，老爷，我有点事情要来向您禀告，这件事情对于您自己是很有关系的。

里奥那托　那么请你说得简单一点儿，因为你瞧，我现在忙得很哪。

道格培里　呃，老爷，是这么一回事。

弗吉斯　是的，老爷，真的是这么一回事。

里奥那托　是怎么一回事呀，我的好朋友们？

道格培里　老爷，弗吉斯是个好人，他讲起话来总是有点儿缠夹不清：他年纪老啦，老爷，他的头脑已经没有从前那么糊涂，上帝保佑他！可是说句良心话，他是个老实不过的好人，瞧他的眉尖心就可以明白啦[1]。

弗吉斯　是的，感谢上帝，我就跟无论哪一个跟我一样老，也不比我更老实的人一样老实。

道格培里　不要比这个比那个，叫人家听着心烦啦；少说些废话，弗吉斯伙计。

里奥那托　两位老乡，你们可真纠缠。

道格培里　您高兴怎么说就怎么说，不过咱们都是可怜的公爵手下的巡官。可是说真的，拿我自个儿来说，要是我的纠缠的本领跟国王老子那样大，我一定舍得拿来一股脑儿全传给您老爷。

里奥那托　呃，把你的纠缠全给我？

道格培里　对啊，哪怕再加上一千个金镑，我也绝不会舍不得。因为我

[1] 古时有在犯人的眉尖心烙印的刑法，使人一望而知不是好人。

听到的关于您老爷的赞美很多，不比这儿城里哪个守本分的人声望差，我虽然是个穷人，听了也非常乐意。

弗吉斯　我也同样乐意。

里奥那托　我最乐意的是你们有话就快说出来。

弗吉斯　呃，老爷，我们的巡丁今天晚上捉到了墨西拿地方两个顶坏的坏人——当然不包括您老爷在内。

道格培里　老爷，他是个很好的老头子，就是喜欢多话；人家说的，年纪一老，人也变糊涂啦。上帝保佑我们！这世上新鲜的事情可多着呢！说得好，真的，弗吉斯伙计。好，上帝是个好人；两个人骑一匹马，总有一个人在后面。真的，老爷，他是个老实汉子，天地良心；可是我们应该敬重上帝，世上有好人也就有坏人。唉！好伙计。

里奥那托　可不，老乡，他跟你差远了。

道格培里　这也是上帝的恩典。

里奥那托　我可要少陪了。

道格培里　就是一句话，老爷；我们的巡丁真的捉住了两个形迹可疑的人，我们想在今天当着您面前把他们审问一下。

里奥那托　你们自己去审问吧，审问明白以后，再来告诉我；我现在忙得不得了，你们也一定可以看得出来的。

道格培里　那么就这么办吧。

里奥那托　你们喝点儿酒再走；再见。

【一使者上。

使者　老爷，他们都在等着您去主持婚礼。

里奥那托　我就来；我已经预备好了。(里奥那托及使者下)

道格培里　去，好伙计，把法兰西斯·西可尔找来；叫他把他的笔和墨水壶带到监牢里。我们现在就要审问这两个家伙。

弗吉斯　我们一定要审问得非常聪明。

道格培里　是的，我们一定要尽量运用我们的智慧，叫他们狡赖不了。

你就去找一个有学问的念书人来给我们记录口供；咱们在监牢里会面吧。（同下）

第四幕

第四幕 第一场 **教堂内部**

【唐·彼德罗、唐·约翰、里奥那托、法兰西斯神父、克劳狄奥、培尼狄克、希罗、贝特丽丝等同上。

里奥那托 来，法兰西斯神父，简单一点儿；只要给他们行一行结婚的仪式，以后再把夫妇间应有的责任仔细告诉他们吧。

神父 爵爷，您到这儿来是要跟这位小姐举行婚礼的吗？

克劳狄奥 不。

里奥那托 神父，他是来跟她结婚的；您才是给他们举行婚礼的人。

神父 小姐，您到这儿来是要跟这位伯爵结婚吗？

希罗 是的。

神父 要是你们两人中间有谁知道有什么秘密的阻碍，使你们不能结为夫妇，那么为了免得你们的灵魂受到责罚，我命令你们说出来。

克劳狄奥 希罗，你知道有没有？

希罗 没有，我的主。

神父 伯爵，您知道有没有？

里奥那托 我敢替他回答，没有。

克劳狄奥 啊！人们敢做些什么！他们会做些什么出来！他们每人都在做些什么，却不知道他们自己在做些什么！

培尼狄克 怎么！发起感慨来了吗？那么让我来大笑三声吧，哈！哈！哈！

克劳狄奥 神父，请你站在一旁。老人家，对不起，您愿意这样慷慨地把这位姑娘，您的女儿，给我吗？

里奥那托　是的，贤婿，正像上帝把她给我的时候一样慷慨。

克劳狄奥　我应当用什么来报答您，它的价值可以抵得过这一件贵重的礼物呢？

彼德罗　用什么都不行，除非把她仍旧还给他。

克劳狄奥　好殿下，您已经教会我表示感谢的最得体的方法了。里奥那托，把她拿回去吧；不要把这只坏橘子送给你的朋友，她只是外表上像一个贞洁的女人罢了。瞧！她那害羞的样子，多么像是一个无邪的少女！啊，狡猾的罪恶多么善于用真诚的面具遮掩它自己！她脸上现起的红晕，不是正可以证明她的贞静纯朴吗？你们大家看见她这种表面上的做作，不是都会发誓说她是个处女吗？可是她已经不是一个处女了，她已经领略过枕席上的风情；她的脸红是因为罪恶，不是因为羞涩。

里奥那托　爵爷，您这是什么意思？

克劳狄奥　我不要结婚，不要把我的灵魂跟一个声名狼藉的淫妇结合在一起。

里奥那托　爵爷，要是照您这样说来，您因为她年幼可欺，已经破坏了她的贞操——

克劳狄奥　我知道你会这么说：要是我已经跟她发生了关系，你就会说她不过是委身于她的丈夫，所以不能算是一件不可恕的过失。不，里奥那托，我从来不曾用一句游辞浪语向她挑诱；我对她总是像一个兄长对待他的弱妹一样，表示着纯洁的真诚和合礼的情爱。

希罗　您看我对您不也正是这样吗？

克劳狄奥　不要脸的！正是这样！我看你就像是月亮里的狄安娜女神一样纯洁，就像是未开放的蓓蕾一样无瑕；可是你却像维纳斯一样放荡，像纵欲的禽兽一样无耻！

希罗　我的主病了吗？怎么他会讲起这种荒唐的话来？

里奥那托　好殿下，您怎么不说句话儿？

彼德罗　叫我说些什么呢？我竭力替我的好朋友跟一个淫贱的女人撮

合，我自己的脸也丢尽了。

里奥那托　这些话是从你们嘴里说出来的呢，还是我在做梦？

约翰　老人家，这些话是从他们嘴里说出来的；这些事情都是真的。

培尼狄克　这简直不成其为婚礼啦。

希罗　真的！啊，上帝！

克劳狄奥　里奥那托，我不是站在这儿吗？这不是亲王吗？这不是亲王的兄弟吗？这不是希罗的面孔吗？我们不是大家生着眼睛的吗？

里奥那托　这一切都是事实；可是您这样说是什么意思呢？

克劳狄奥　让我只问你女儿一个问题，请你用你做父亲的天赋权力，叫她老实回答我。

里奥那托　我命令你从实答复他的问题，因为你是我的孩子。

希罗　啊，上帝保佑我！我要给他们逼死了！这算是什么审问呀？

克劳狄奥　我们要从你自己的嘴里听到你的实在的回答。

希罗　我不是希罗吗？谁能够用公正的谴责玷污这一个名字？

克劳狄奥　嘿，那就要问希罗自己了；希罗自己可以玷污希罗的名节。昨天晚上在十二点钟到一点钟之间，在你的窗口跟你谈话的那个男人是谁？要是你是个处女，请你回答这一个问题吧。

希罗　爵爷，我在那个时候不曾跟什么男人谈过话。

彼德罗　哼，你还要抵赖！里奥那托，我很抱歉要让你知道这一件事：凭着我的名誉起誓，我自己、我的兄弟和这位受人欺骗的伯爵，昨天晚上在那个时候的的确确看见她，也听见她在她卧室的窗口跟一个混账东西谈话；那个荒唐的家伙已经亲口招认，这样不法的幽会，他们已经有过许多次了。

约翰　啧！啧！王兄，那些话还是不要说了吧，说出来也不过污了大家的耳朵。美貌的姑娘，你这样不知自重，我真替你可惜！

克劳狄奥　啊，希罗！要是把你外表上的一半优美分给你的内心，那你将会是一个多么好的希罗！可是再会吧，你这最下贱、最美好的人！你这纯洁的淫邪，淫邪的纯洁，再会吧！为了你我要锁闭一切爱情的门户，让猜疑停驻在我的眼睛里，把一切美色变成不可亲近的蛇蝎，永远失去它诱人的力量。

里奥那托　这儿谁有刀子可以借给我，让我刺在我自己的心里？（希罗晕倒）

贝特丽丝　哎哟，怎么啦，妹妹！你怎么倒下去啦？

约翰　来，我们去吧。她因为隐私给人揭发，一时羞愧交集，所以昏过去了。（彼德罗、约翰、克劳狄奥同下）

培尼狄克　这姑娘怎么啦？

贝特丽丝　我想是死了！叔叔，救命！希罗！哎哟，希罗！叔叔！培尼狄克先生！神父！

里奥那托　命运啊，不要松了你的沉重的手！对于她的羞耻，死是最好的遮掩。

贝特丽丝　希罗妹妹，你怎么啦！

神父　小姐，您宽心吧。

里奥那托　你的眼睛又睁开了吗？

神父　是的，为什么她不可以睁开眼睛来呢？

里奥那托　为什么！不是整个世界都在斥责她的无耻吗？她可以否认已经刻下在她血液里的这一段丑事吗？不要活过来，希罗，不要睁开你的眼睛；因为要是你不能快快地死去，要是你的灵魂里载得下这样的羞耻，那么我在把你痛责以后，也会亲手把你杀死的。你以为我只有你这一个孩子，我会因为失去你而悲伤吗？我会埋怨造化的吝啬．不肯多给我几个子女吗？啊，像你这样的孩子，一个已经太多了！为什么我要有这么一个孩子呢？为什么你在我的眼睛里是这么可爱呢？为什么我不曾因为一时慈悲心起，在门口收养了一个叫花的孩子，那么要是她长大以后干下这种丑事，我还可以说，“她的身上没有一部分是属于我的；这一种羞辱是她从不知名的血液里传下来的”？可是我自己亲生的孩子，我所钟爱的、我所赞美的、我所引为骄傲的孩子，为了爱她的缘故，我甚至把她看得比我自己还重；她——啊！她现在落下了污泥的坑里，大海的水也洗不净她的污秽，海里所有的盐也不够解除她肉体上的腐臭。

培尼狄克　老人家，您安心点儿吧。我瞧着这一切，简直是莫名其妙，不知道应该说些什么话才好。

贝特丽丝　啊！我敢赌咒，我的妹妹是给他们冤枉的！

培尼狄克　小姐，您昨天晚上跟她睡在一个床上吗？

贝特丽丝　那倒没有；虽然在昨晚以前，我跟她已经同床睡了一年啦。

里奥那托　证实了！证实了！啊，本来就是铁一般的事实，现在又加上一重证明了！亲王兄弟两人是会说谎的吗？克劳狄奥这样爱着她，讲到她的丑事的时候，也会忍不住流泪，难道他也是会说谎的吗？别理她！让她死吧！

神父　听我讲几句话。我刚才在这儿静静地旁观着这一件意外的变故，我也在留心观察这位小姐的神色：我看见无数羞愧的红晕出现在她的脸上，可是立刻有无数冰霜一样皎洁的惨白把这些红晕驱走，显示出她的含冤蒙屈的清贞；我更看见在她的眼睛里射出一道火一样的光来．似乎要把这些贵人们加在她身上的无辜的诬蔑烧掉。要是这位温柔的小姐不是遭到重大的误会，要是她不是一个清白无罪的人，那么你们尽管把我叫做傻子，再不要相信我的学问、我的见识、我的经验，也不要重视我的年龄、我的身份或是我的神圣的职务吧。

里奥那托　神父，不会有这样的事的。你看她虽然做出这种丧尽廉耻的事来，可是她还有几分天良未泯，不愿在她的深重的罪孽之上再加上一重欺罔的罪恶；她并没有否认。事情已经是这样明显了，你为什么还要替她辩护呢？

神父　小姐，他们说你跟什么人私通？

希罗　他们这样说我，他们一定知道；我可不知道。要是我违背了女孩儿家应守的礼法，跟任何不三不四的男人来往，那么让我的罪恶不要得到宽恕吧！啊，父亲！您要是能够证明有哪个男人在可以引起嫌疑的时间里跟我谈过话，或者我在昨天晚上曾经跟别人交换过言语，那么请您斥逐我、痛恨我、用酷刑处死我吧！

神父　亲王们一定有了些误会。

培尼狄克　他们中间有两个人是正人君子；要是他们这次受了人家的欺骗，一定是约翰那个私生子弄的诡计，他是最喜欢设陷阱害人的。

里奥那托　我不知道。要是他们说的关于她的话果然是事实，我要亲手把她杀死；要是他们无中生有，损害她的名誉，我要跟他们中间最尊贵的一个人拼命去。时光不曾干涸了我的血液，年龄也不曾侵蚀了我的智慧，我的家财不曾因为逆运而消耗，我的朋友也不曾因为我的行为不检而走散；他们要是看我可欺，我就叫他们看看我还有几分精力，还会转转念头，也不是无财无势，也不是无亲无友，尽可对付得了他们的。

神父　且慢，在这件事情上，请您还是听从我的劝告。亲王们离开这儿的时候，以为您的小姐已经死了；现在不妨暂时叫她深居简出，就向外面宣布说她真的已经死了，再给她举办一番丧事，在贵府的坟地上给她立起一方碑铭，一切丧葬的仪式都不可缺少。

里奥那托　为什么要这样呢？这样有什么好处呢？

神父　要是照这样好好地做去，就可以使诬蔑她的人哀怜她的不幸，这也未始不是好事；可是我提起这样奇怪的办法，却另有更大的用意。人家听说她一听到这种诽谤立刻身死，一定都会悲悼她、可怜她，从而原谅她。我们往往在享有某一件东西的时候，一点儿不看重它的好处；等到失掉它以后，却会格外夸张它的价值，发现当它还在我们手里的时候所看不出来的优点。克劳狄奥一定也会这样：当他听到了他的无情的言语，已经致希罗于死地的时候，她生前可爱的影子一定会浮起在他的想象之中，她的生命中的每一部分都会在他的心目中变得比活在世上的她格外值得珍贵，格外优美动人，格外充满生命；要是爱情果然打动过他的心，那时他一定会悲伤哀恸，即使他仍旧以为他所指斥她的确是事实，他也会后悔不该给她这样大的难堪。您就照这么办吧，它的结果一定会比我所能预料的还要美满。即使退一步说，它并不能收到理想中的效果，至少也可以替她把这场羞辱掩盖过去，您不妨把她隐藏在什么僻静的地方，让她潜心修道，远离世人的耳目，隔绝任何的诽谤损害；对于名誉已受创伤的她，这是一个最适当的办法。

培尼狄克　里奥那托大人，听从这位神父的话吧。虽然您知道我对于亲王和克劳狄奥都有很深的交情，可是我愿意凭着我的名誉起誓，在这件事情上，我一定抱着公正的态度，保持绝对的秘密。

里奥那托　我已经伤心得毫无主意了，你们用一根顶细的草绳都可以牵着我走。

神父　好，那么您已经答应了；立刻去吧，非常的病症是要用非常的药饵来疗治的。来．小姐，您必须死里求生；今天的婚礼也许不过是暂时的延期，您耐心忍着吧。（神父、希罗及里奥那托同下）

培尼狄克　贝特丽丝小姐，您一直在哭吗？

贝特丽丝　是的，我还要哭下去哩。

培尼狄克　我希望您不要这样。

贝特丽丝　您有什么理由？这是我自己愿意这样呀。

培尼狄克　我相信令妹一定受了冤枉。

贝特丽丝　唉！要是有人能够替她伸雪这场冤枉，我才愿意跟他做朋友。

培尼狄克　有没有可以表示这一种友谊的方法？

贝特丽丝　方法是有，而且也是很直接爽快的，可惜没有这样的朋友。

培尼狄克　可以让一个人试试吗？

贝特丽丝　那是一个男子汉做的事情，可不是您做的事情。

培尼狄克　您是我在这世上最爱的人——这不是很奇怪吗？

贝特丽丝　就像我所不知道的事情一样奇怪。我也可以说您是我在这世上最爱的人——可是别信我——可是我没有说假话——我什么也不承认，什么也不否认——我只是为我的妹妹伤心。

培尼狄克　贝特丽丝，凭着我的宝剑起誓，你是爱我的。

贝特丽丝　发了这样的誓，是不能反悔的。

培尼狄克　我愿意凭我的剑发誓你爱着我；谁要是说我不爱你，我就叫他吃我一剑。

贝特丽丝　您不会食言而肥吗？

培尼狄克　无论给它调上些什么油酱，我都不愿把我今天说过的话吃下去。我发誓我爱你。

贝特丽丝　那么上帝恕我！

培尼狄克　亲爱的贝特丽丝，你犯了什么罪过？

贝特丽丝　您刚好打断了我的话头，我正要说我也爱着您呢。

培尼狄克　那么就请你用整个的心说出来吧。

贝特丽丝　我用整个心儿爱着您，简直分不出一部分来向您诉说。

培尼狄克　来，吩咐我给你做无论什么事吧。

贝特丽丝　杀死克劳狄奥。

培尼狄克　喔！那可办不到。

贝特丽丝　您拒绝了我，就等于杀死了我。再见。

培尼狄克　等一等，亲爱的贝特丽丝。

贝特丽丝　我的身子就算在这儿，我的心也不在这儿。您一点儿没有真情。哎哟，请您还是放我走吧。

培尼狄克　贝特丽丝——

贝特丽丝　真的，我要去啦。

培尼狄克　让我们先言归于好。

贝特丽丝　您愿意跟我做朋友，却不敢跟我的敌人决斗。

培尼狄克　克劳狄奥是你的敌人吗？

贝特丽丝　他不是已经充分证明是一个恶人，把我的妹妹这样横加诬蔑，信口毁谤，破坏她的名誉吗？啊！我但愿自己是一个男人！嘿！不动声色地搀着她的手，一直等到将要握手成礼的时候，才翻过脸来，当众宣布他的恶毒的谣言！——上帝啊，但愿我是个男人！我要在市场上吃下他的心。

培尼狄克　听我说，贝特丽丝——

贝特丽丝　跟一个男人在窗口讲话！说得真好听！

培尼狄克　可是，贝特丽丝——

贝特丽丝　亲爱的希罗！她负屈含冤，她的一生从此完了！

培尼狄克　贝特——

贝特丽丝　什么亲王！什么伯爵！好一个做见证的亲王！好一个甜言蜜语的风流伯爵！啊，为了他的缘故，我但愿自己是一个男人；或者我有什么朋友愿意为了我的缘故，做一个堂堂男子！可是人们的丈夫气概，早已消磨在打躬作揖里，他们的豪侠精神，早已丧失在逢迎阿谀里了；他们已经变得只剩下一条善于拍马吹牛的舌头；谁会造最大的谣言，而且拿谣言来赌咒，谁就是个英雄好汉。我既然不能凭着我的愿望变成一个男子，所以我只好做一个女人在伤心中死去。

培尼狄克　等一等，好贝特丽丝。我举手为誓，我爱你。

贝特丽丝　您要是真的爱我，那么把您的手用在比发誓更有意义的地方吧。

培尼狄克　凭着你的良心，你以为克劳狄奥伯爵真的冤枉了希罗吗？

贝特丽丝　是的，正像我知道我有思想有灵魂一样毫无疑问。

培尼狄克　够了！一言为定，我要去向他挑战。让我在离开你以前，吻一吻你的手。我凭你这只手起誓，克劳狄奥一定要得到一次重大的教训。请你等候我的消息，把我放在你的心里。去吧，安慰安慰你的妹妹；我必须对他们说她已经死了。好，再见。（各下）

第四幕 第二场　监 狱

【道格培里、弗吉斯及教堂司事各穿制服上；巡丁押康拉德及波拉契奥随上。

道格培里　咱们这一伙儿都到齐了吗？

弗吉斯　啊！端一张凳子和垫子来给教堂司事先生坐。

教堂司事　哪两个是被告？

道格培里　呃，那就是我跟我的伙计。

弗吉斯　不错，我们是来审案子的。

教堂司事　可是哪两个是受审判的犯人？叫他们到巡官老爷面前来吧。

道格培里　对，对，叫他们到我面前来。朋友，你叫什么名字？

波拉契奥　波拉契奥。

道格培里　请写下波拉契奥。小子，你呢？

康拉德　长官，我是个绅士，我的名字叫康拉德。

道格培里　写下绅士康拉德先生。两位先生，你们都敬奉上帝吗？

康拉德、波拉契奥　是，长官，我们希望我们是敬奉上帝的。

道格培里　写下他们希望敬奉上帝；留心把上帝写在前面，因为要是让这些混蛋的名字放在上帝前面，上帝一定要生气的。两位先生，你们已经被证明是两个比奸恶的坏人好不了多少的家伙，大家也就要这样看待你们了。你们自己有什么辩白没有？

康拉德　长官，我们说我们不是坏人。

道格培里　好一个乖巧的家伙；可是我会诱他说出真话来。过来，小子，让我在你的耳边说一句话：先生，我对您说，人家都以为你们是奸恶的坏人。

波拉契奥　长官，我对你说，我们不是坏人。

道格培里　好，站在一旁。天哪，他们都是老早商量好了说同样的话的。你有没有写下来，他们不是坏人吗？

教堂司事　巡官老爷，您这样审问是审问不出什么结果来的；您必须叫那控诉他们的巡丁上来问话。

道格培里　对，对，这是最迅速的方法。叫那巡丁上来。弟兄们，我用亲王的名义，命令你们控诉这两个人。

巡丁甲　禀长官，这个人说亲王的兄弟唐·约翰是个坏人。

道格培里　写下约翰亲王是个坏人。哎哟，这简直是犯的伪证罪，把亲王的兄弟叫做坏人！

波拉契奥　巡官先生——

道格培里　闭住你的嘴，家伙；我讨厌你的面孔。

教堂司事　你们还听见他说些什么？

巡丁乙　呃，他说他因为捏造了中伤希罗小姐的谣言，唐·约翰给了他一千块钱。

道格培里　这简直是未之前闻的窃盗罪。

弗吉斯　对了，一点儿不错。

教堂司事　还有些什么话？

巡丁甲　他说克劳狄奥伯爵听了他的话，准备当着众人的面前把希罗羞辱，不再跟她结婚。

道格培里　哎哟，你这该死的东西！你干下这种恶事，要一辈子不会下地狱啦。

教堂司事　还有什么？

巡丁乙　没有什么了。

教堂司事　两位先生，就是这一点，你们也没有法了抵赖了。约翰亲王已经在今天早上逃走；希罗已经这样给他们羞辱过，克劳狄奥也已经拒绝跟她结婚，她因为伤心过度，已经突然身死了。巡官老爷，把这两个人绑起来，带到里奥那托家里去；我先走一步，把我们审问的结果告诉他。（下）

道格培里　来，把他们铐起来。

弗吉斯　把他们交给——

康拉德　滚开，蠢货！

道格培里　他妈的！教堂司事呢？叫他写下：亲王的官吏是个蠢货。来，把他们绑了。你这该死的坏东西！

康拉德　滚开，你是头驴子，你是头驴子！

道格培里　你难道瞧不起我的地位吗？你难道瞧不起我这一把年纪吗？啊，但愿他在这儿，给我写下我是头驴子！可是列位弟兄们，记住我是头驴子；虽然这句话没有写下来，可是别忘记我是头驴子。你这恶人，你简直是目中无人，这儿大家都可以做见证的。老实告诉你吧，我是个聪明人；而且是个官；而且是个有家小的人；再说，我的相貌也比得上墨西拿地方无论哪一个人；我懂得法律，那可以不去说它；我身边老大有几个钱，那也可以不去说它；我不是不曾碰到过坏运气，可是我还有两件袍子，无论到什么地方去总还是体体面面的。把他带下去！啊，但愿他给我写下我是一头驴子！（同下）

第五幕

第五幕 第一场 里奥那托家门前

【里奥那托及安东尼奥上。

安东尼奥 您要是老是这样，那不过气坏了您自己的身体；帮着忧伤摧残您自己，那未免太不聪明吧。

里奥那托 请你停止你的劝告；把这些话送进我的耳中，就像把水倒在筛里一样毫无用处。不要劝我；也不要让什么人安慰我，除非他也遭到跟我同样的不幸。给我找一个像我一样溺爱女儿的父亲，他身为父亲的欢乐也跟我一样完全给粉碎了，叫他来劝我安心忍耐；把他的悲伤跟我的悲伤两两相较，必须铢两悉称，毫发不爽，从外表、形象到细枝末节，都没有区别；要是这样一个人能够拈弄他的胡须微笑，把一切懊恼的事情放在脑后，用一些老生常谈自宽自解，装作忘却悲叹而若无其事地干咳嗽，借着烛光，钻在书堆里而试图埋葬自己的不幸——那么叫他来见我吧，我也许可以从他那里学到些忍耐的方法。可是世上不会有这样的人；因为，兄弟，人们对于自己并不感觉到的痛苦，是会用空洞的话来劝告慰藉的，可是他们要是自己尝到了这种痛苦的滋味，他们的理性就会让感情来主宰了，他们就会觉得他们给人家服用的药饵，对自己也不会发生效力；极度的疯狂，是不能用一根丝线把它拴住的，就像空话不能止痛一样。不，不，谁都会劝一个在悲哀的重压下辗转呻吟的人安心忍耐，可是谁也没有那样的修养和勇气，能够叫自己忍受同样的痛苦。所以不要给我劝告，我的悲哀的呼号会盖住劝告的声音。

安东尼奥　人们就是在这种变故时跟小孩子没有分别。

里奥那托　请你不必多说。我只是个血肉之躯的凡人；就是那些写惯洋洋洒洒的大文的哲学家们，尽管他们像天上的神明一样，蔑视着人生的灾难痛苦，一旦他们的牙齿痛起来，也是会忍受不住的。

安东尼奥　可是您也不要一味自己吃苦；您应该叫那些害苦了您的人也吃些苦才是。

里奥那托　你说得有理；对了，我一定要这样。我心里觉得希罗一定是受人诬谤；我要叫克劳狄奥知道他的错误，也要叫亲王跟那些破坏她的名誉的人知道他们的错误。

安东尼奥　亲王跟克劳狄奥急匆匆地来了。

【唐·彼德罗及克劳狄奥上。

彼德罗　早安，早安。

克劳狄奥　早安，两位老人家。

里奥那托　听我说，两位贵人——

彼德罗　里奥那托，我们现在没有工夫。

里奥那托　没有工夫，殿下！好，回头见，殿下；您现在这样忙吗？——好，那也不要紧。

彼德罗　哎哟。好老人家，别跟我们吵架。

安东尼奥　要是吵了架可以报复他的仇恨，咱们中间总有一个人会送命的。

克劳狄奥　谁得罪他了？

里奥那托　嘿，就是你呀，你，你这假惺惺的骗子！怎么，你要拔剑吗？我可不怕你。

克劳狄奥　对不起，那是我的手不好，害得您老人家吓了一跳；其实它并没有要拔剑的意思。

里奥那托　哼，朋友！别对我扮鬼脸取笑。我不像那些倚老卖老的傻老头儿一般，只会向人吹吹我在年轻时候怎么了不得，要是现在再年轻了几岁，一定会怎么怎么。告诉你，克劳狄奥，你冤枉了我的清白的女儿，把我害得好苦，我现在忍无可忍，只好不顾我这一把年纪，凭着满头的白发和这身久历风霜的老骨头，向你挑战，看究竟谁是谁非。我说你冤枉了我的清白的女儿；你的信口的诽谤已经刺透了她的心，她现在已经跟她的祖先长眠在一起了；啊，想不到我的祖先清白传家，到了她身上却落下一个污名，这都是因为你的万恶的手段！

克劳狄奥　我的手段？

里奥那托　是的，克劳狄奥，我说是你的万恶的手段。

彼德罗　老人家您说错了。

里奥那托　殿下，殿下，要是他有胆量，我愿意用武力跟他较量出一个是非曲直来；虽然他击剑的本领不坏，练习得勤，又是年轻力壮，可是我不怕他。

克劳狄奥　走开！我不要跟你胡闹。

里奥那托　你会这样推开我吗？你已经杀死了我的孩子；要是你把我也杀死了，孩子，才算你是个汉子。

安东尼奥　他要把我们两人一起杀死了，才算是个汉子；可是让他先杀死一个吧，让他跟我较量一下，看他能不能把我取胜。来，跟我来，孩子；来，哥儿，来，跟我来。哥儿，我要把你杀得无招架之功！我大丈夫说出来的话绝不收回。

里奥那托　兄弟——

安东尼奥　您宽心吧。上帝知道我爱我的侄女；她现在死了，给这些恶人们造的谣言气死了。他们只会欺负一个弱女子，可是叫他们跟一个男子汉决斗，却像叫他们从毒蛇嘴里拔出舌头来一样没有胆量。这些乳臭小儿，只会说大话，诓人的猴子，不中用的懦夫！

里奥那托　安东尼贤弟——

安东尼奥　您不要说话。干什么，好人儿！我看透了他们，知道他们的骨头一共有多少分量；这些胡闹的、寡廉鲜耻的纨绔公子们，就会说谎骗人，造谣生事，打扮得奇奇怪怪，装出一副吓唬人的样子，说几句假威风的言语，扬言他们要怎样打击敌人，假使他们有这胆量；这就是他们的全副本领！

里奥那托　可是，安东尼贤弟——

安东尼奥　不，这点小事您不用管，让我来对付他们。

彼德罗　两位老先生，我们不愿意冒犯你们。令爱的死实在使我非常抱憾；可是凭着我的名誉发誓，我们对她说的话都是绝对确实，而且有充分的证据。

里奥那托　殿下，殿下——

彼德罗　我不要听你的话。

里奥那托　不要听我的话？好，兄弟，我们去吧。总有人会听我的话的——

安东尼奥　不要听也得听，否则咱们就拼个你死我活。（里奥那托、安东尼奥同下）

【培尼狄克上。

彼德罗　瞧，瞧，我们正要去找的那个人来啦。

克劳狄奥　啊，老兄，什么消息？

培尼狄克　早安，殿下。

彼德罗　欢迎，培尼狄克；你来迟了一步，我们刚才险些儿打起来呢。

克劳狄奥　我们的两个鼻子险些儿没给两个没有牙齿的老头子咬下来。

彼德罗　里奥那托跟他的兄弟。你看怎么样？要是我们真的打起来，那我们跟他们比起来未免太年轻点儿了。

培尼狄克　强弱异势，胜了也没有光彩。我是来找你们两个人的。

克劳狄奥　我们到处找着你，因为我们一肚子都是烦恼，想设法把它排遣排遣。你给我们讲个笑话吧。

培尼狄克　我的笑话就在我的剑鞘里，要不要拔出来给你们瞧瞧？

彼德罗　你是把笑话随身佩带的吗？

克劳狄奥　只听到过把人笑破“肚皮”，可还没听说把笑话插在“腰”里。请你把它“拔”出来，就像乐师从他的琴囊里拿出他的乐器来一样，给我们弹奏弹奏解解闷吧。

彼德罗　哎哟，他的脸色怎么这样白得怕人！你病了吗？还是在生气？

克劳狄奥　喂，放出勇气来，朋友！虽然忧能伤人，可是你是个好汉子，你会把忧愁赶走的。

培尼狄克　爵爷，您要是想用您的俏皮话儿挖苦我，那我是很可以把您对付得了的。请您换一个题目好不好？

克劳狄奥　好，他的枪已经弯断了，给他换一支吧。

彼德罗　他的脸色越变越难看了；我想他真的在生气哩。

克劳狄奥　要是他真的在生气，那么他总知道刀子就挂在他身边。

培尼狄克　可不可以让我在您的耳边说句话？

克劳狄奥　上帝保佑我不要是挑战！

培尼狄克　（向克劳狄奥旁白）你是个坏人，我不跟你开玩笑：你敢用什么方式，凭着什么武器，在什么时候跟我决斗，我一定从命；你要是不接受我的挑战，我就公开宣布你是一个懦夫。你已经害死了一位好好的姑娘，她的阴魂一定会缠绕在你的身上。请你给我一个回音。

克劳狄奥　好，我一定奉陪就是了；让我也可以借此消消闷儿。

彼德罗　怎么，你们打算喝酒去吗？

克劳狄奥　是的，谢谢他的好意；他请我去吃一个小牛头，吃一只阉鸡，我要是不把它切得好好的，就算我的刀子不中用。说不定我还能吃到一只呆鸟吧。

培尼狄克　您的才情真是太好啦，出口都是俏皮话儿。

彼德罗　让我告诉你那天贝特丽丝怎样称赞你的才情。我说你的才情很不错；"是的，"她说，"他有一点儿琐碎的小聪明。""不，"我说，"他有很大的才情；""对了，"她说，"他的才情是大而无当的。……""不，"我说，"他很风趣；……""正是，"她说，"因为太风趣了，所以不会伤人。""不，"我说，"这位绅士很聪明；""啊，"她说，"好一位聪明的绅士！""不，"我说，“他有一条能言善辩的舌头；”“我相信您的话，”她说，“因为他在星期一晚上向我发了一个誓，到星期二早上又把那个誓毁了；他不止有一条舌头，他是有两条舌头哩。”这样她用足足一点钟的工夫，把你的长处批评得一文不值；可是临了她却叹了口气，说你是意大利最漂亮的一个男人。

克劳狄奥　因此她伤心得哭了起来，说她一点不放在心上。

彼德罗　正是这样；可是说是这么说，她倘不把他恨进骨髓里去，就会把他爱到心窝儿里。那老头子的女儿已经完全告诉我们了。

克劳狄奥　全都说了——而且，“当他躲在园里的时候，上帝就看见他”[1]。

彼德罗　可是我们什么时候把那野牛的角儿插在有理性的培尼狄克的头上呢？

克劳狄奥　对了，还要在头颈下面挂着一块招牌，“请看结了婚的培尼狄克！”

培尼狄克　再见，哥儿；你已经知道我的意思。现在我让你一个人去唠唠叨叨说话吧；谢谢上帝，你讲的那些笑话正像只会说说大话的那些懦夫们的刀剑一样不中用。殿下，一向蒙您知遇之恩，我是十分的感谢，可是现在我不能再跟您继续来往了。您那位令弟已经从墨西拿逃走；你们几个人已经合伙害死了一位纯洁无辜的姑娘。至于我们那位白脸公子，我已经跟他约期相会了；在那个时候以前，我愿他平安。（下）

彼德罗　他果然认起真来了。

克劳狄奥　绝对认真；我告诉您，他这样一本至诚，完全是为了贝特丽丝的爱情。

彼德罗　他向你挑战了吗？

克劳狄奥　他非常诚意地向我挑战了。

---

[1] 出自《旧约·创世记》。

彼德罗　一个衣冠楚楚的人，会这样迷塞了心窍，真是可笑！

克劳狄奥　像他这样一个人，讲外表也许比一头猴子神气得多，可是他的聪明还不及一头猴子哩。

彼德罗　且慢，让我静下来想一想；糟了！他不是说我的兄弟已经逃走了吗？

【道格培里、弗吉斯及巡丁押康拉德、波拉契奥同上。

道格培里　你来，朋友；要是法律管不了你，那简直可以用不到什么法律了。不，你本来是个该死的伪君子，总得好好地看待看待你。

彼德罗　怎么！我兄弟手下的两个人都给绑起来啦！一个是波拉契奥！

克劳狄奥　殿下，您问问他们犯的什么罪。

彼德罗　巡官，这两个人犯了什么罪？

道格培里　禀王爷，他们乱造谣言；而且他们说了假话；第二点，他们信口诽谤；末了第六点，他们冤枉了一位小姐；第三点，他们做假见证；总而言之，他们是说谎的坏人。

彼德罗　第一点，我问你，他们干了些什么事？第三点，我问你，他们犯的什么罪？末了第六点，我问你，他们为什么被捕？总而言之，你控诉他们什么罪状？

克劳狄奥　问得很好，而且完全套着他的口气，把一个意思用各种不同的方式表达了出来。

彼德罗　你们两人得罪了谁，所以才给他们抓了起来问罪？这位聪明的巡官讲的话儿太奥妙了，我听不懂。你们犯了什么罪？

波拉契奥　好殿下，我向您招认一切以后，请您不必再加追问，就让这位伯爵把我杀死了吧。我已经当着您的眼前把您欺骗：您的智慧所观察不到的，却让这些蠢货们揭发出来了。他们在晚上听见我告诉这个人，您的兄弟唐·约翰怎样唆使我毁坏希罗小姐的名誉：你们怎样听了他的话到花园里去，瞧见我在那儿跟打扮作希罗样子的玛格莱特昵昵情话：以及你们怎样在举行婚礼的时候把她羞辱。我的罪恶已经给他们记录下来；我现在但求一死，不愿再把它重新叙述出来，增加我的惭愧。那位小姐是受了我跟我的主人诬陷而死的；总之，我不求别的，只请殿下处我应得之罪。

彼德罗　他的这一番话，不是像一柄利剑刺进了你的心坎吗？

克劳狄奥　我听他说话，就像是吞下了毒药。

彼德罗　可是果真是我的兄弟指使你做这种事的吗？

波拉契奥　是的，他还给了我很大的酬劳呢。

彼德罗　他是个奸恶成性的家伙，现在一定是为了阴谋暴露，所以逃走了。

克劳狄奥　亲爱的希罗！现在你的形象又回复到我最初爱你的时候那样纯洁美好了！

道格培里　来，把这两个原告带下去。咱们那位司事先生现在一定已经把这件事情告诉里奥那托老爷知道了。弟兄们，要是碰上机会，你们可别忘了替我证明我是头驴子。

弗吉斯　啊，里奥那托老爷来了，司事先生也来了。

【里奥那托、安东尼奥及教堂司事重上。

里奥那托　这个恶人在哪里？让我把他的面孔认认清楚，以后看见跟他长得模样差不多的人，就可以远而避之。两个人中哪一个是他？

波拉契奥　您倘要知道谁是害苦了您的人，就请瞧着我吧。

里奥那托　就是你这奴才用你的鬼话害死了我的清白的孩子吗？

波拉契奥　是的，那全是我一个人干的事。

里奥那托　不，恶人，你错了；这儿有一对正人君子，还有第三个已经逃走了，他们都是有份的。两位贵人，谢谢你们害死了我的女儿；你们干了这一件好事，是应该在青史上大笔特书的。你们自己想一想，这一件事情干得多光彩。

克劳狄奥　我不知道应该怎样向您请求原谅，可是我不能不说话。您爱怎样处置我就怎样处置我吧，我愿意接受您所能想得到的无论哪一种惩罚；虽然我所犯的罪完全是出于误会的。

彼德罗　凭着我的灵魂起誓，我也犯下了无心的错误；可是为了消消这位好老人家的气起见，我也愿意领受他的任何重罚。

里奥那托 我不能叫你们把我的女儿救活过来，那当然是不可能的事；可是我要请你们两位向墨西拿这儿所有的人宣告她死得多么清白。要是您的爱情能够鼓动您写些什么悲悼的诗歌，请您就把它悬挂在她的墓前，向她的尸骸歌唱一遍；今天晚上您就去歌唱这首挽歌。明天早上您再到我家里来；您既然不能做我的子婿，那么就做我的侄婿吧。舍弟有一个女儿，她跟我去世的女儿长得一模一样，现在她是我们兄弟两人唯一的嗣息；您要是愿意把您本来应该给她姊姊的名分转给她，那么我这口气也就消下去了。

克劳狄奥 啊，可敬的老人家，您的大恩大德，真使我感激涕零！我哪敢不接受您的好意？从此以后，不才克劳狄奥愿意永远听从您的驱使。

里奥那托 那么明天早上我等您来；现在我要告别啦。这个坏人必须叫他跟玛格莱特当面质对；我相信她也一定受到令弟的贿诱，参加了这阴谋的。

波拉契奥 不，我可以用我的灵魂发誓，她并不知情；当她向我说话的时候，她也不知道她已经做了些什么不应该做的事；照我平常所知道，她一向都是规规矩矩的。

道格培里 而且，老爷，这个原告，这个罪犯，还叫我做驴子；虽然这句话没有写下来，可是请您在判罪的时候不要忘记。还有，巡丁听见他们讲起一个坏贼，到处用上帝的名义向人借钱，借了去永不归还，所以现在人们的心肠都变得硬起来，不再愿意看在上帝的面上借给别人半个子儿了。请您在这一点上也要把他仔细审问审问。

里奥那托 谢谢你这样细心，这回真的有劳你啦。

道格培里 您老爷说得真像一个知恩感德的小子，我为您赞美上帝！

里奥那托 这儿是你的辛苦钱。

道格培里 上帝保佑，救苦救难！

里奥那托 去吧，你的罪犯归我发落，谢谢你。

道格培里　我把一个大恶人交在您手里；请您自己把他处罚，给别人做个榜样。上帝保佑您老爷！愿老爷平安如意，无灾无病！后会无期，小的告辞了！来，伙计。（道格培里、弗古斯同下）

里奥那托　两位贵人，咱们明天早上再见。

安东尼奥　再见；我们明天等着你们。

彼德罗　我们一定准时奉访。

克劳狄奥　今晚我就到希罗坟上哀吊去。（彼德罗、克劳狄奥同下）

里奥那托　（向巡丁）把这两个家伙带走。我们要去问一问玛格莱特，她怎么会跟这个下流的东西来往。（同下）

第五幕 第二场　里奥那托的花园

【培尼狄克及玛格莱特自相对方向上。

培尼狄克　好玛格莱特姑娘，请你帮帮忙替我请贝特丽丝出来说话。

玛格莱特　我去请她出来了，您肯不肯写一首诗歌颂我的美貌呢？

培尼狄克　我一定会写一首顶高雅的、哪一个男子别想高攀得上的诗送给你。凭着最神圣的真理起誓，你当之无愧。

玛格莱特　再没哪个男子能够高攀得上！那我只好一辈子“落空”啦？

培尼狄克　你这张嘴说起俏皮话来，就像不依不饶的猎狗那般咬人。

玛格莱特　您的俏皮话就像一把练剑用的钝刀头子，怎样使也伤不了人。

培尼狄克　这才叫大丈夫，他不肯伤害女人。玛格莱特，请你快去叫贝特丽丝来吧——我服输啦，我向你缴械，盾牌也扔啦。

玛格莱特　盾牌我们自己有，把剑交上来。

培尼狄克　这可不是好玩儿的，玛格莱特，这家伙才叫危险，只怕姑娘降不住他。

玛格莱特　好，我就去叫贝特丽丝出来见您；我想她自己也生腿的。

培尼狄克　所以一定会来。（玛格莱特下）

恋爱的神明。
高坐在天庭，
知道我，知道我，
多么的可怜！——

我的意思是说，我的歌喉糟糕得可怜；可是讲到恋爱，那么那位游泳好手勒安德耳，那位最初发明请人拉纤的特洛伊罗斯，以及那一大批载在书上的古代的风流才子们，他们的名字至今为骚人墨客所乐道，谁也没有像可怜的我这样真的为情颠倒了。可惜我不能把我的热情用诗句表示出来；我曾经搜索枯肠，可是找来找去，可以跟“姑娘”押韵的，只有“儿郎”两个字，一个孩子气的韵！可以跟“羞辱”押韵的，只有“甲壳”两个字，一个硬邦邦的韵！可以跟“学校”押韵的，只有“呆鸟”两个字，一个混账的韵！这些韵脚都不大吉利。不，我想我命里没有诗才，我也不会用那些风花雪月的话儿向人求爱。

【贝特丽丝上。

培尼狄克　亲爱的贝特丽丝，我一叫你就出来了吗？

贝特丽丝　是的，先生；您一叫我走，我也就会去的。

培尼狄克　不，别走，再待一会儿。

贝特丽丝　“一会儿”已经待过了，那么再见吧——可是在我未去以前，让我先问您一个明白，您跟克劳狄奥说过些什么话？我是为这事才来的。

培尼狄克　我已经骂过他了；所以给我一个吻吧。

贝特丽丝　骂人的嘴是不干净的；不要吻我，让我去吧。

培尼狄克　你真会强词夺理。可是我必须明白告诉你，克劳狄奥已经接受了我的挑战，要是他不给我一个回音，我就公开宣布他是个懦夫。现在我要请你告诉我，你究竟为了我哪一点“坏处”而开始爱起我来呢？

贝特丽丝　为了您所有的“坏处”，它们“朋比为奸”，尽量发展它们的恶势力，不让一点儿“好处”混杂在它们中间。可是您究竟为了我哪一点好处，才对我害起相思来呢？

培尼狄克　“害起相思来”，好一句话！我真的给相思害了，因为我爱你是违反我的本心的。

贝特丽丝　那么您原来是在跟您自己的心作对。唉，可怜的心！您既然为了我的缘故而跟它作对，那么我也要为了您的缘故而跟它作对了；因为我的朋友要是讨厌它，我当然再也不会欢喜它的。

培尼狄克　咱们两个人都太聪明啦，总不会安安静静地讲几句情话。

贝特丽丝　照您这样说法，恐怕未必如此；真的聪明人是不会自称自赞的。

培尼狄克　这是一句老生常谈，贝特丽丝，在从前世风淳厚、大家能够赏识他邻人的好处的时候，未始没有几分道理。可是当今之世，谁要是不乘他自己未死之前预先把墓志铭刻好，那么等到丧钟敲过，他的寡妇哭过几声以后，谁也不会再记得他了。

贝特丽丝　您想那要经过多少时间呢？

培尼狄克　问题就在这里，左右也不过钟鸣一小时，泪流一刻钟而已。所以一个人只要问心无愧，把自己的好处自己宣传宣传，就像我对于我自己这样，实在是再聪明不过的事。我可以替我自己作证，我这个人的确不坏。现在已经自称自赞得够了——我敢给自己担保，我这个人完全值得称赞——请你告诉我，你的妹妹怎样啦？

贝特丽丝　她现在憔悴不堪。

培尼狄克　你自己呢？

贝特丽丝　我也是憔悴不堪。

培尼狄克　敬礼上帝，尽心爱我，你的身子就可以好起来。现在我应该去啦；有人慌慌张张地找你来了。

【欧苏拉上。

欧苏拉　小姐，快到您叔叔那儿去。他们正在那儿议论纷纷：希罗小姐已经证明受人冤枉，亲王跟克劳狄奥上了人家一个天大的当；唐·约翰是罪魁祸首，他已经逃走了。您就来吗？

贝特丽丝 先生，您也愿意去听听消息吗？

培尼狄克 我愿意活在你的心里，死在你的怀里，葬在你的眼里；我也愿意陪着你到你叔叔那儿去。（同下）

第五幕 第三场 **教堂内部**

【唐·彼德罗、克劳狄奥及侍从等携乐器、蜡烛上。

克劳狄奥 这儿就是里奥那托家的坟堂吗？

一侍从 正是，爵爷。

克劳狄奥 （展手卷朗诵）“青蝇玷玉，谗口铄金，嗟吾希罗，月落星沉！生蒙不虞之毁，死播百世之馨；惟令德之昭昭，斯虽死而犹生。”我将你悬在坟上，当我不能说话的时候，你仍在把她赞扬！现在奏起音乐来，歌唱你们的挽诗吧。

歌

唯兰蕙之幽姿兮，
　遽一朝而摧焚；
风云怫郁其变色兮，
　月姊掩脸而似嗔；
语月姊兮毋嗔，
　听长歌兮当哭；
绕墓门而逡巡兮，
　岂百身之可赎！
风瑟瑟兮云漫漫，
　纷助予之悲叹；
安得起重泉之白骨兮，

及长夜之未旦！

克劳狄奥　幽明从此音尘隔，岁岁空来祭墓人。永别了，希罗！

彼德罗　早安，列位朋友；把你们的火把熄了。豺狼已经觅食回来；瞧，熹微的晨光在日轮尚未出现之前，已经在欲醒未醒的东方缀上鱼肚色的斑点了。劳驾你们，现在你们可以回去了；再会。

克劳狄奥　早安，列位朋友；大家各走各的路吧。

彼德罗　来，我们也去换好衣服，再到里奥那托家里去。

克劳狄奥　但愿许门[1]有灵，这一回赐给我好一点的运气！（同下）

第五幕 第四场　里奥那托家中一室

【里奥那托、安东尼奥、培尼狄克、贝特丽丝、玛格莱特、欧苏拉、法兰西斯神父及希罗同上。

神父　我不是对您说她是无罪的吗？

里奥那托　亲王跟克劳狄奥怎样凭着莫须有的罪名冤诬她，您是听见的，他们误信人言，也不能责怪他们；可是玛格莱特在这件事情上也有几分不是，虽然照盘问和调查的结果看起来，她的行动并不是出于本意。

安东尼奥　好，一切事情总算圆满收场，我很高兴。

培尼狄克　我也很高兴，因为否则我有誓在先，非得跟克劳狄奥那 小子算账不可。

里奥那托　好，女儿，你跟各位姑娘进去一会儿；等我叫你们出来的时候，大家戴上面罩出来。亲王跟克劳狄奥约定在这个时候来看我的。（众女下）兄弟，你知道你应该做些什么事；你必须做你侄女的父亲，把她许婚给克劳狄奥。

---

[1] 许门(Hymen)，希腊神话中司婚姻之神。

安东尼奥　我一定会扮演得神气十足。

培尼狄克　神父，我想我也要有劳您一下。

神父　先生，您要我做些什么事？

培尼狄克　替我加上一层束缚，或者替我解除独身主义的约束吧。里奥那托大人，不瞒您说，好老人家，令侄女对我很是另眼相看。

里奥那托　不错，她这一只另外的眼睛是我的女儿替她装上去的。

培尼狄克　为了报答她的眷顾，我也已经把我的一片痴心呈献给她。

里奥那托　您这一片痴心，我想是亲王、克劳狄奥跟我三个人替您安放进去的。可是请问有何见教？

培尼狄克　大人，您说的话太玄妙了。可是讲到我的意思，那么我是希望得到您的许可，让我们就在今天正式成婚；好神父，这件事情我要有劳您啦。

里奥那托　我竭诚赞成您的意思。

神父　我也愿意效劳。亲王跟克劳狄奥来啦。

【唐·彼德罗、克劳狄奥及侍从等上。

彼德罗　早安，各位朋友。

里奥那托　早安，殿下；早安，克劳狄奥。我们正在等着你们呢。您今天仍旧愿意娶我的侄女吗？

克劳狄奥　即使她长得像黑炭一样，我也决不反悔。

里奥那托　兄弟，你去叫她出来；神父已经等在这儿了。（安东尼奥下）

彼德罗　早安，培尼狄克。啊，怎么，你的面孔怎么像严冬一样难看，堆满了霜雪风云？

克劳狄奥　他大概想起了那头野牛。呸！怕什么，朋友！我们要用金子镶在你的角上，整个的欧罗巴都会欢喜你，正像从前欧罗巴欢喜那因为爱情而变成一头公牛的乔武一样。

培尼狄克　乔武老牛叫起来声音很是好听；大概也有那么一头野牛看中了令尊大人那头母牛，结果才生下了像老兄一样的一头小牛来，因为您的叫声也跟他差不多，倒是家学渊源哩。

克劳狄奥　我暂时不跟你算账；这儿来了我一笔待清的债务。

【安东尼奥率众女戴面罩重上。

克劳狄奥　哪一位姑娘我有福握住她的手？

安东尼奥　就是这一个，我现在把她交给您了。

克劳狄奥　啊，那么她就是我的了。好人，让我瞻仰瞻仰您的芳容。

里奥那托　不，在您没有搀着她的手到这位神父面前宣誓娶她为妻以前，不能让您瞧见她的面孔。

克劳狄奥　把您的手给我；当着这位神父之前，我愿意娶您为妻，要是您不嫌弃我的话。

希罗　当我在世的时候，我是您的另一个妻子；（取下面罩）当您爱我的时候，您是我的另一个丈夫。

克劳狄奥　又是一个希罗！

希罗　一点不错；一个希罗已经蒙垢而死，但我以清白之身活在人间。

彼德罗　就是从前的希罗！已经死了的希罗！

里奥那托　殿下，当谗言流传的时候，她才是死的。

神父　我可以替你们解释一切；等神圣的仪式完毕以后，我会详细告诉你们希罗逝世的一段情节。现在暂时把这些怪事看做不足为奇，让我们立刻到教堂里去。

培尼狄克　慢点儿，神父。贝特丽丝呢？

贝特丽丝　（取下面罩）我就是她。您有什么见教？

培尼狄克　您不是爱我吗？

贝特丽丝　啊，不，我不过照着道理对待您罢了。

培尼狄克　这样说来，那么您的叔父、亲王跟克劳狄奥都受了骗啦；因为他们发誓说您爱我的。

贝特丽丝　您不是爱我吗？

培尼狄克　真的，不，我不过照着道理对待您罢了。

贝特丽丝　这样说来，那么我的妹妹、玛格莱特跟欧苏拉都大错而特错啦；因为她们发誓说您爱我的。

培尼狄克　他们发誓说您为了我差不多害起病来啦。

贝特丽丝　她们发誓说您为了我差不多活不下去啦。

培尼狄克　没有这回事。那么您不爱我吗？

贝特丽丝　不，真的，咱们不过是两个普通的朋友。

里奥那托　好了好了，侄女，我可以断定你是爱着这位绅士的。

克劳狄奥　我也可以赌咒他爱着她；因为这儿就有一首他亲笔写的歪诗，是他从自己的枯肠里搜索出来，歌颂着贝特丽丝的。

希罗　这儿还有一首诗，是我姊姊的亲笔，从她的口袋里偷出来的；这上面申诉着她对于培尼狄克的爱慕。

培尼狄克　怪事怪事！我们自己的手会写下跟我们心里的意思完全不同的话。好，我愿意娶你；可是天日在上，我是因为可怜你才娶你的。

贝特丽丝　我不愿拒绝您；可是天日在上，我只是因为却不过人家的劝告，一方面也是因为要救您的性命，才答应嫁给您的；人家告诉我您在一天天瘦下去呢。

培尼狄克　别多话！让我堵住你的嘴。（吻贝特丽丝）

彼德罗　结了婚的培尼狄克，请了！

培尼狄克　殿下，我告诉你吧，就是一大伙鼓唇弄舌的家伙向我鸣鼓而攻，我也决不因为他们的讥笑而放弃我的决心。你以为我会把那些冷嘲热讽的话儿放在心上吗？不，要是一个人这么容易给人家用空话打倒，他根本不配穿体面的衣服。总之，我既然立志结婚，那么无论世人说些什么闲话，我都不会去理会他们；所以你们也不必因为我从前说过反对结婚的话而把我取笑，因为人本来是个出尔反尔的东西，这就是我的结论了。至于讲到你，克劳狄奥，我倒很想把你打一顿；可是既然你就要做我的亲戚了，那么就让你保全皮肉，好好地爱我的小姨子吧。

克劳狄奥　我倒很希望你会拒绝贝特丽丝，这样我就可以用棍子打你一顿，打得你不敢再做光棍了。我就担心你这家伙不大靠得住；我的大姨子应该把你监管得紧一点儿才好。

培尼狄克　得啦得啦，咱们是老朋友。现在我们还是趁没有举行婚礼之前，大家跳一场舞，让我们的心跟我们妻子的脚跟一起飘飘然起来吧。

里奥那托　还是结过婚再跳舞吧。

培尼狄克　不，我们先跳舞再结婚；奏起音乐来！殿下，你好像有些什么心事似的；娶个妻子吧，娶个妻子吧。世上再没有比那戴上一顶绿帽子的丈夫更受人敬重了。

【一使者上。

使者　殿下，您的在逃的兄弟约翰已经在路上给人抓住，现在由武装的兵士把他押回到墨西拿来了。

培尼狄克　现在不要想起他，明天再说吧；我可以给你设计一些最巧妙的惩罚他的方法。吹起来，笛子！(跳舞。众下)

驯悍记

剧中人物

贵族

克里斯托弗·斯莱　补锅匠
酒店主妇，小童，伶人，猎奴，从仆等 } 序幕中的人物

巴普蒂斯塔　帕度亚的富翁

文森修　比萨的老绅士

卢森修　文森修的儿子，爱恋比安卡者

皮特鲁乔　维洛那的绅士，凯瑟琳娜的求婚者

格雷米奥
霍顿西奥 } 比安卡的求婚者

特兰尼奥
比昂德罗 } 卢森修的仆人

格鲁米奥
柯蒂斯 } 皮特鲁乔的仆人

老学究　假扮文森修者

凯瑟琳娜　悍妇
比安卡 } 巴普蒂斯塔的女儿

寡　妇

裁　缝，帽商及巴普蒂斯塔，皮特鲁乔两家的仆人

地点

帕度亚；皮特鲁乔的乡间住宅

序 幕

序幕 第一场 **荒村酒店门前**

【女店主及斯莱上。

斯莱 操你妈的！

女店主 把你上了枷、带了铐，你才知道厉害，你这流氓！

斯莱 你是个烂污货！你去打听打听。俺斯莱家从来不曾出过流氓。咱们的老祖宗是跟着理查万岁爷一块儿来的。给我闭住你的臭嘴；老子什么都不管。

女店主 你打碎了的杯子不肯赔我吗？

斯莱 不，一个子儿也不给你。骚货。你还是钻进你那冰冷的被窝里去吧。

女店主 我知道怎样对付你这种家伙；我去叫官差来抓你。（下）

斯莱 随他来吧，我没有犯法，看他能把我怎样。是好汉决不逃走，让他来吧。（躺在地上睡去）

【号角声。猎罢归来的贵族率猎奴及从仆等上。

贵族 猎奴，你好好照料我的猎犬。可怜的茂里曼，它跑得嘴唇边流满了白沫！把克劳德和那大嘴巴的母狗放在一起。你没看见锡尔佛在那篱笆角上。居然会把那失去了踪迹的畜生找到吗？人家就是给我二十镑，我也不肯把它转让出去。

猎奴甲 老爷，培尔曼也不出它差呢；它闻到一点点臭味就会叫起来，今天它已经两次发现猎物的踪迹。我觉得还是它好。

贵族 你知道什么！艾戈要是脚步快一些，可以抵得过二十条这样的狗。可是你得好好喂饲它们。把它们留心照料。明天我还要出来打猎哩。

猎奴甲　是，老爷。

贵族　(见斯莱)这是什么？是个死人，还是喝醉了？瞧他有气没有？

猎奴乙　老爷，他在呼吸。他要不是喝醉了酒，不会在这么冷的地上睡得这么熟的。

贵族　瞧这蠢东西！他躺在那儿多么像一头猪！一个人死了以后，那样子也不过这样难看！我要把这醉汉作弄一番。让我们把他抬回去放在床上。给他穿上好看的衣服，在他的手指上套上许多戒指。床边摆好一桌丰盛的酒食，穿得齐齐整整的仆人侍候着他，等他醒来的时候，这叫花子不是会把他自己也忘记了吗？

猎奴甲　老爷，我想他一定想不起来他自己是个什么人。

猎奴乙　他醒来以后，一定会大吃一惊。

贵族　就像置身在一场美梦或空虚的幻想中一样。你们现在就把他抬起来，轻轻地把他抬到我的最好的一间屋子里，四周的墙壁上挂满了我那些风流的图画，用温暖的香水给他洗头，房间里熏起芳香的柄檀，还要把乐器预备好，等他醒来的时候，便弹奏起美妙的仙曲来。他要是说什么话，就立刻恭恭敬敬地低声问他，“老爷有什么吩咐？”一个仆人捧着银盆。里面盛着浸满花瓣的蔷薇水，还有一个人捧着水壶，第三个人拿着手巾，说，“请老爷净手。”那时另外一个人就拿着一身华贵的衣服，问他喜欢穿哪一件；还有一个人向他报告他的猎犬和马匹的情形，并且对他说他的夫人见他害病，心里非常难过。让他相信他自己曾经疯了；要是他说他自己是个什么人，就对他说他是在做梦，因为他是一个做大官的贵人。你们这样用心串演下去，不要闹得太过分，一定是一场绝妙的消遣。

猎奴甲　老爷，我们一定用心扮演。让他看见我们不敢怠慢的样子，相信他自己真的是一个贵人。

贵族　把他轻轻抬起来，让他在床上安息一会儿，等他醒来的时候，各人都按着各自的职分好好做去。(众抬斯莱下；号角声)来人，去瞧瞧那吹号角的是什么人。(一仆人下)也许有什么过路的贵人，要在这儿暂时歇足。

【仆人重上。

贵族　啊，是谁？

仆人　启禀老爷，是一班戏子要来侍候老爷。

贵族　叫他们过来。

【众伶人上。

贵族　欢迎，列位！

众伶　多谢大人。

贵族　你们今晚想在我这里耽搁一夜吗？

伶甲　大人要是不嫌弃的话，我们愿意侍候大人。

贵族　很好。这一个人很面熟，我记得他曾经扮过一个农夫的长子，向一位小姐求爱，演得很不错。你的名字我忘了，可是那个角色你演来恰如其分，一点不做作。

伶甲　您大概说的是苏多吧。

贵族　对了，你扮得很好。你们来得很凑巧，因为我正要串演一幕戏文，你们可以给我不少帮助。今晚有一位贵人要来听你们的戏，他生平没有听过戏，我很担心你们看见他那傻头傻脑的样子，会忍不住笑起来，那就要把他气坏了；我告诉你们，他只要看见人家微微一笑，就会发起脾气来的。

伶甲　大人，您放心好了。就算他是世上最古怪的人，我们也会控制我们自己。

贵族　来人，把他们领到食科房里去，好好款待他们；他们需要什么，只要我家里有，都可以尽量供给他们。(仆人甲领众伶下)来人，你去找我的童儿巴索洛缪，把他装扮做一个贵妇，然后带着他到那醉汉的房间里去，叫他做太太，须要十分恭敬的样子。你替我吩咐他，他的一举一动，必须端庄稳重，就像他看见过的高贵的妇女在她们丈夫面前的那种样子；他对那醉汉说话的时候，必须温柔和婉，也不要忘记了屈膝致敬；他应当说，“夫君有什么事要吩咐奴家，请尽管说出来，好让奴家稍尽一点做妻子的本分，表示一点对您的爱心。”然后他就装出很多情的样子把那醉汉拥抱亲吻，把头偎在他的胸前，眼睛里流着泪，假装是她的丈夫疯癫了好久，七年以来，始终把自己当作一个穷苦的讨人厌的叫花子，现在他眼看他丈夫清醒过来，所以快活得哭起来了。要是这孩子没有女人家随时淌眼泪的本领，只要用一棵胡葱包在手帕里，擦擦眼皮，眼泪就会来了。你对他说他要是扮演得好，我一定格外宠爱他。赶快就把这事情办好了，我还有别的事要叫你去做。（乙仆下）我知道这孩子一定会把贵妇的举止行动声音步态模仿得很像。我很想听一听他把那醉汉叫做丈夫，看看我那些下人们向这个愚蠢的乡人行礼致敬的时候，怎样努力禁住发笑；我必须去向他们关照一番，也许他们看见有我在面前，自己会有些节制，不致露出破绽来。（率余众同下）

序幕 第二场 **贵族家中卧室**

【斯莱披富丽睡衣，众仆持衣帽壹盆等环侍，贵族亦作仆人装束杂立其内。

斯莱 看在上帝的面上，来一壶淡麦酒！

仆人甲 老爷要不要喝一杯白葡萄酒？

仆人乙 老爷要不要尝一尝这些蜜饯的果子？

仆人丙 老爷今天要穿什么衣服？

斯莱 我是克里斯托弗·斯莱，别老爷长老爷短的。我从来不曾喝过什么白葡萄酒黑葡萄酒；你们倘要给我吃蜜饯果子，还是切两片干牛肉来吧。不要问我爱穿什么，我没有衬衫，只有一个光光的背；我没有袜子，只有两条赤裸裸的腿；我的一双脚上难得有穿鞋子的时候，就是穿起鞋子来，我的脚趾也会钻到外面来的。

贵族　但愿上天给您扫除这一种无聊的幻想！真想不到像您这样一个有权有势、出身高贵、富有资财、受人崇敬的人物，会沾染到这样一个下贱的邪魔！

斯莱　怎么！你们把我当作疯子吗？我不是勃登村斯莱老头子的儿子克里斯托弗·斯莱，出身是一个小贩，也曾学过手艺，也曾走过江湖，现在当一个补锅匠吗？你们要是不信，去问曼琳·哈基特，那个温考特村里卖酒的胖婆娘，看她认不认识我；她要是不告诉你们我欠她十四便士的酒钱，就算我是天下第一名说谎的坏蛋。怎么！我难道疯了吗？这儿是——

仆人甲　唉！太太就是看了您这样子，才终日哭哭啼啼。

仆人乙　唉！您的仆人们就是看了您这样子，才个个垂头丧气。

贵族　您的亲戚们因为您害了这种奇怪的疯病，才裹足不进您的大门。老爷啊，请您想一想您的出身，重新记起您从前的那种思想，把这些卑贱的恶梦完全忘却吧。瞧，您的仆人们都在侍候着您，各人等候着您的使唤。您要听音乐吗？听！阿波罗在弹琴了，（音乐）二十只笼里的夜莺在歌唱。您要睡觉吗？我们会把您扶到比古代王后特制的御床更为温香美软的卧榻上。您要走路吗？我们会给您在地上铺满花瓣。您要骑马吗？您有的是鞍鞯上镶嵌着金珠的骏马。您要放鹰吗？您有的是飞得比清晨的云雀还高的神鹰。您要打猎吗？您的猎犬的吠声，可以使山谷响应，响彻云霄。

仆人甲　您要狩猎吗？您的猎犬奔跑得比麋鹿还要迅捷。

仆人乙　您爱观画吗？我们可以马上给您拿一幅阿都尼的画像来，他站在流水之旁，西塞利娅隐身在芦苇里，那芦苇似乎因为受了她气息的吹动，在那里摇曳生姿一样[1]。

---

[1] 阿多尼（Adonis),希腊神话中被维纳斯女神所恋之美少年，赛西莉娅(Cytherea)为维纳斯的别名。参见莎士比亚名诗《维纳斯与阿多尼》。

贵族　我们可以给您看那处女时代的爱莪怎样被诱遇暴的经过[1]，那情形就跟活的一样。

仆人丙　或是在荆棘林中漫步的达芙妮[2]，她腿上为棘刺所伤。看上去就真像在流着鲜血；伤心的阿波罗瞧了她这样子，不禁潸然泪下；血和泪都被画工描摹得栩栩如生。

贵族　您是一个不折不扣的贵人；您有一位太太，比世上任何一个女子都要美貌万倍。

仆人甲　在她没有因为您的缘故而让滔滔的泪涛流满她那可爱的面庞之前，她是一个并世无俦的美人。

斯莱　我是一个老爷吗？我有这样一位太太吗？我是在做梦，还是到现在才从梦中醒来？我现在并没有睡着；我看见，我听见，我会说话；我嗅到一阵阵的芳香，我抚摸到柔软的东西。哎呀，我真的是一个老爷，不是补锅匠，也不是克里斯托弗·斯莱。好吧，你们去给我把太太请来，可别忘记再给我倒一壶最淡的麦酒来。

仆人乙　请老爷洗手。（教仆持壶盆手巾上前）啊，您现在已经恢复神智，知道您自己是个什么人，我们真是说不出的高兴！这十五年来，您一直在做梦，就是醒着的时候，也跟睡着一样。

斯莱　这十五年来！哎呀，这一觉可睡得长久！可是在那些时候我不曾说过一句话吗？

仆人甲　啊，老爷，您话是说的，不过都是些胡言乱语；虽然您明明睡在这么一间富丽的房间里，您却说您给人家打出门外，还骂着那屋子里的女主人，说要上衙门告她去，因为她在酒瓶里搀放石子；有时候您叫着西西莉·哈基特。

斯莱　不错，那是酒店里的一个女侍。

仆人丙　哎哟，老爷，您几时知道有这么一家酒店，这么一个女人？您还说起过什么史蒂芬·斯莱，什么希腊人老约翰·拿普斯。什么彼

---

[1]　爱莪(Io)，希腊神话中被宙斯神所诱奸之女子。

[2]　达芙妮，希腊神话中之女郎，她是河神女儿，被阿波罗追求时被变成月桂树。

得·忒夫，什么亨利·品布纳尔，还有一二十个诸如此类的名字，都是从来不曾有过、谁也不曾看见过的人。

斯莱　感谢上帝，我现在醒过来了！

众仆　阿门！

斯莱　谢谢你们，等会儿我重重有赏。

【小童扮贵妇率侍从上。

小童　老爷，今天安好？

斯莱　喝好酒，吃好肉，当然很好罗。我的老婆呢？

小童　在这儿，老爷，您有什么吩咐？

斯莱　你是我的老婆，怎么不叫我丈夫？我的仆人才叫我老爷。我是你的亲人。

小童　您是我的夫君，我的主人；我是您的忠顺的妻子。

斯莱　我知道，我应当叫她什么？

贵族　夫人。

斯莱　艾丽丝夫人呢，还是琼夫人？

贵族　夫人就是夫人，老爷们都是这样叫着太太的。

斯莱　夫人太太，他们说我已经做了十五年多的梦。

小童　是的，这许多年来我不曾和您同床共枕，在我就好像守了三十年的活寡。

斯莱　那真太委屈了你啦。喂，你们都给我走开。夫人，脱下衣服，快到床上来吧。

小童　老爷，请您恕过我这一两夜，否则就等太阳西下以后吧。医生们曾经关照过我，叫我暂时不要跟您同床，免得旧病复发。我希望这一个理由可以使您原谅我。

斯莱　我实在有些等不及，可是我不愿意再做那些梦，所以只好忍住欲火，慢慢再说吧。一仆人上。

仆人　禀老爷，那班戏子们听见贵体痊愈，想来演一出有趣的喜剧给您解解闷儿。医生说过，您因为思虑过度，所以血液停滞；太多的忧愁会使人发狂，因此他们以为您最好听听戏开开心，这样才可以消灾延寿。

斯莱　很好，就叫他们演起来吧。你说的什么喜剧，可不就是翻翻斤斗、蹦蹦跳跳的那种玩意儿？

小童　老爷，比那要有趣得多哪。

斯莱　什么！是扮演妻贤子孝的那种东西吗？

小童　他们表演的是一桩故事。

斯莱　好，让我们瞧瞧。来，夫人太太，坐在我的身边，让我们享受青春，管他什么世事沧桑！（吹喇叭）

第一幕

第一幕 第一场 **帕度亚；广场**

【卢森修及特兰尼奥上。

卢森修 特兰尼奥，我久慕帕度亚是人文渊薮，学术摇篮，这次多蒙父亲答应，让你陪着我前来，到了这景物优胜的名都，真是三生有幸。让我们就在这里停留下来，访几个名师益友，研究些有用的学问。我父亲五湖四海经商立业，积聚了不少家财，在比萨是一个赫赫有名的公民。我必须勤求上进，敦品励学，方才不致辱没家声。所以，特兰尼奥，我想把我的时间用在研究哲学和做人的道理上，在修身养志的功夫里寻求我的乐趣，因为我离开比萨，来到帕度亚，就像一个人从清浅的池沼里踊身到汪洋大海中，希望满足他的焦渴一样。你的意思怎样？

特兰尼奥 我的好少爷，您能够立志在哲学里寻求至道妙理，使我听了非常高兴；可是少爷，我们一方面向慕着仁义道德，一方面却也不要板起一副不近人情的道学面孔，不要因为一味服膺亚里士多德的箴言，而把奥维德的爱经深恶痛绝。您在相识的面前，不妨运用逻辑和他们滔滔雄辩；日常谈话的中间，也可以练习练习修辞学；音乐和诗歌可以开启您的心灵；您要是胃口好的时候，研究研究数学和形而上学也未尝不可。学问必须合乎自己的兴趣，方才可以得益，所以，少爷，您尽管拣您最喜欢的东西研究吧。

卢森修 特兰尼奥，你这番话说得非常有理。等比昂德罗来了，我们就可以去找一个适当的寓所，将来有什么朋友也可以在那里招待招

待。且慢，那边来的是些什么人？

特兰尼奥　少爷，大概这里的人知道我们来了，所以要演一场戏给我们看，表示他们的欢迎。

【巴普蒂斯塔、凯瑟琳娜、比安卡、格雷米奥、霍顿西奥同上。卢森修及特兰尼奥避立一旁。

巴普蒂斯塔　两位先生，你们不必向我多说，因为你们知道我的意思是非常坚决的。我必须先让我的大女儿有了丈夫以后，方才可以把小女儿出嫁。你们两位中间倘有哪一位喜欢凯瑟琳娜，那么你们两位都是熟人，我也很敬重你们，我一定答应你们向她求婚。

格雷米奥　我可吃她不消。霍顿西奥，你娶了她吧。

凯瑟琳娜　（向巴普蒂斯塔）爸爸，你是不是要让我给这两个臭男人取笑？

霍顿西奥　姑娘，您放心吧，像您这样厉害的女人．无论哪个臭男人都会给您吓走的。

凯瑟琳娜　先生，你也放心吧，她是不愿嫁给你的；可是她要是嫁了你，她会用三只脚的凳子打破你的鼻头，把你涂成花脸叫人笑话的。

霍顿西奥　求上帝保佑我们逃过这种灾难！

格雷米奥　阿门！

特兰尼奥　少爷，咱们有好戏看了。那个女人倘不是个疯子，倒泼辣得可以。

卢森修　可是还有那一位不声不响的姑娘，却很贞静幽娴。别说话了，特兰尼奥！

特兰尼奥　很好，少爷，咱们闭住嘴看个饱。

巴普蒂斯塔　两位先生，我刚才说过的话决不失信。——比安卡，你进去吧；你不要懊恼，好比安卡，爸爸疼你，我的好孩子。

凯瑟琳娜　好心肝，好宝贝！她还是回去哭一场吧。

比安卡　姊姊，你尽管看着我的懊恼而高兴吧。爸爸，我一切都听您的主张，我可以在家里看看书，玩玩乐器解闷儿。

卢森修　特兰尼奥，你听！好一个贤淑的姑娘！

霍顿西奥　巴普蒂斯塔先生，您为什么一定这样固执？我们本来是一片好意，不料反而害得比安卡小姐心里不快乐，真是抱歉得很。

格雷米奥　巴普蒂斯塔先生，您难道要她代人受过，因为您那位大令嫒的悍声四播，而把她终身禁锢吗？

巴普蒂斯塔　请你们不要见怪，我已经这样决定了。比安卡，进去吧。(比安卡下)我知道她喜欢音乐诗歌，正想请一位教师在家教授。霍顿西奥先生，格雷米奥先生，你们要是知道有这样适当的人才，请介绍他到这儿来；我因为希望我的孩子们得到良好的教育，对于有才学的人是竭诚欢迎的。再会，两位先生，凯瑟琳娜，你可以在这儿多玩一会儿；我还要去跟比安卡说两句话。(下)

凯瑟琳娜　什么，难道我就不可以进去？难道我走一步路都要按照时间，听人家的指挥？哼！(下)

格雷米奥　你到魔鬼的老娘那里去吧！谁也不会留住你的。霍顿西奥先生，咱们虽然说不上有什么交情，可是现在同病相怜，大家还是回去把这段痴心斩断吧。可是为了我对于可爱的比安卡的爱慕，要是我能够找到一个可以教授她功课的人，我一定要把他介绍给她的父亲。

霍顿西奥　格雷米奥先生，我也是这样的意思。可是我说我们两人虽然站在互相敌对的立场，然而为了共同的利害，在一件事情上我们应当携手合作，否则恐怕我们就是再要为了比安卡的爱而成为情敌的机会也没有了。

格雷米奥　愿闻其详。

霍顿西奥　简简单单一句话，给她的姊姊找一个丈夫。

格雷米奥　找个丈夫！还是找个魔鬼给她吧。

霍顿西奥　我说，给她找个丈夫。

格雷米奥　我说给她找个魔鬼。霍顿西奥，虽然她的父亲那么有钱，你以为竟有那样一个傻子。愿意娶个活阎罗供在家里吗？

霍顿西奥　嘿，格雷米奥！我们虽然受不了她那种打骂吵闹，可是世上尽有胃口好的人，看在金钱面上，会把她当作活菩萨一样迎了去的。

格雷米奥　那我可不知道。可是我要是贪图她的嫁妆，我宁愿每天给人绑在柱子上抽一顿鞭子，作为娶她回去的交换条件。

霍顿西奥　正像人家说的，两只坏苹果之间，没有什么选择。可是这一条禁令既然已经使我们两人成为朋友，那么让我们的交情暂时继续下去，直到我们帮助巴普蒂斯塔把他的大女儿嫁出去，让他的小女儿也有了嫁人的机会以后，再做起敌人来吧。可爱的比安卡！不知道哪一个幸运儿捷足先登！格雷米奥先生，你说怎样？

格雷米奥　我很赞成。要是能够找到那么一个人，我愿意把帕度亚最好的马送给他，让他立刻前去求婚，赶快和她结婚睡觉，把她早早带走。我们走吧。

（格雷米奥、霍顿西奥同下）

特兰尼奥　少爷，请您告诉我，难道爱情会这么快就把一个人征服吗？

卢森修　啊，特兰尼奥！倘不是我自己今天亲身经历，我绝不相信这样的事是可能的。当我在这儿闲望着他们的时候，我却在无意中感到了爱情的力量。特兰尼奥，你是我的心腹，正像安娜是她姐姐迦太基女王狄多的心腹一样。我坦白向你招认了吧，要是我不能娶这位年轻的贞淑的姑娘做妻子，我一定会被爱情燃烧得憔悴而死的。给我想想法子吧，特兰尼奥，我知道你一定能够也一定肯帮助我的。

特兰尼奥　少爷，我现在也不能责怪您，因为爱情进了人的心里，是打骂不走的。它既然到了您的身上，就会占有您的一切。

卢森修　谢谢你，再说下去吧。你的话很有道理，句句说中我的心意。

特兰尼奥　少爷，您那样出神地望着这位姑娘，恐怕没有注意到最重要的一点。

卢森修　不，我没有把它忽略过去；我看见她那秀美的容颜，就是天神看见了她，也会向她屈膝长跪，请求她准许他吻一吻她的纤手的。

特兰尼奥　此外您没有注意到什么吗？您没有听见她那姊姊怎样破口骂人，大大地闹了一场，把人家耳朵都嚷聋了吗？

卢森修　特兰尼奥，我看见她的樱唇微启，她嘴里吐出的气息，把空气都熏得充满了麝兰的香味。我看见她的一切都是圣洁而美妙的。

特兰尼奥　他已经着了迷了，我必须把他叫醒。少爷，请您醒醒吧；您要是爱这姑娘，就该想法把她弄到手里。事情是这样的：她的姊姊是个泼辣凶悍的女子，除非她的父亲先把她姊姊嫁出去，那么少爷，您的爱人只好待在家里做个老处女；他因为不愿让那些求婚的人向她麻烦，所以已经把她关起来不让她出来了。

卢森修　啊，特兰尼奥！他真是个狠心的父亲！可是你没有听说他正在留心为她访寻一个好教师吗？

特兰尼奥　是的，少爷，我正在这上面想法子呢。

卢森修　我有了计策了，特兰尼奥。

特兰尼奥　妙极了，也许我们不谋而合。

卢森修　你先说吧。

特兰尼奥　我知道您想去做她的教书先生。

卢森修　是啊，你看这件事可做得到？

特兰尼奥　做不到；您去做了教书先生，有谁替您在这儿帕度亚充当文森修的公子？有谁可以替您主持家务，研究学问，招待朋友，访问邻里，宴请宾客？

卢森修　不要紧，我已经仔细想过了。我们初到此地，还不曾到什么人家里去过，人家也不认识我们两人谁是主人谁是仆人，所以我想这样：你就顶替我的名字，代我主持家务，指挥仆人；我自己改名换姓，扮做一个从佛罗伦萨、那不勒斯或是比萨来的穷苦书生。就这么办吧。特兰尼奥，你快快脱下衣服，藏上我的华贵的帽子，披上我的外套。等比昂德罗来了，就叫他侍候你；可是我还要先嘱咐他说话小心些。（二人交换服装）

特兰尼奥　那是很必要的。少爷。既然这是您的意思，我也只好从命。因为在我们临走的时候，老爷曾经吩咐过我，“你要听少爷的话，用心做事，”虽然我想他未必想到会有今天的情形；可是因为我敬爱卢森修，所以我愿意自己变成卢森修。

卢森修　很好，特兰尼奥，因为卢森修正在恋爱着一个人。她那惊鸿似的一面，已经摄去了我的魂魄；为了博取她的芳心，我甘心做一个奴隶。这狗才来了。

【比昂德罗上。

卢森修　喂，你到什么地方去了？

比昂德罗　我到什么地方去了！咦。怎么，您在什么地方？少爷，是特兰尼奥把您的衣服偷了呢，还是您把他的衣服偷了？还是两个人你偷我的我偷你的？究竟是怎么一回事呀？

卢森修　你过来，我对你说，现在不是说笑话的时候，你好好听我的话。我上岸以后，因为跟人家吵架，杀死了一个人，恐怕被人看见，所以叫特兰尼奥穿上我的衣服，假扮做我的样子，我自己穿了他的衣服逃走。为了保全性命，我只好离开你们，你要好好侍候他，就像侍候我自己一样，你懂了吗？

比昂德罗　少爷，我一点都不懂！

卢森修　你嘴里不许说出一声特兰尼奥来，特兰尼奥已经变成卢森修了。

比昂德罗　算他运气，我也这样变一变就好了！

特兰尼奥　我更希望卢森修能够得到巴普蒂斯塔的小女儿。可是我要劝你无论在什么人面前，都要规规矩矩，在私下我是特兰尼奥，当着人我就是你的主人卢森修；这并不是我要在你面前摆什么架子，我只是为少爷的好处起见。

卢森修　特兰尼奥，我们去吧。我还要你做一件事，你也必须去做一个求婚的人，你不必问为什么，总之我自有道理。（同下）

【舞台上方观剧者的谈话。

仆人甲　老爷，您在瞌睡了。您没有听戏吗？

斯莱　不，我在听着。好戏好戏，下面还有吗？

小童　还刚开始呢，夫君。

斯莱　是一本非常的杰作，夫人；我希望它快些完结！（继续看戏）

第一幕 第二场　同前；霍顿西奥家门前

【皮特鲁乔及格鲁米奥上。

皮特鲁乔　我暂时告别了维洛那，到帕度亚来访问朋友，尤其要看看我的好朋友霍顿西奥；他的家大概就在这里，格鲁米奥，你快上来打。

格鲁米奥　打什么，老爷！打谁？难道有人冒犯了您的尊严吗？

皮特鲁乔　混蛋，我是叫你往这儿狠狠地打。

格鲁米奥　往您那儿打？哎哟，老爷，小人是什么人，哪敢打您啊？

皮特鲁乔　混蛋，我是叫你打这扇门，给我狠狠地打，不然我揍扁你的脑袋。

格鲁米奥　我的主人真难对付，您让我先打您，然后又加倍的惩罚我。

皮特鲁乔　怎么啦？你听着，你要是不打，我就要敲敲你这面锣，听它发出多大的声儿。（揪住格鲁米奥的耳朵）

格鲁米奥　救命啊，先生们，救命啊！我的主人发疯了。

皮特鲁乔　听着，我叫你打你就打，混蛋。

【霍顿西奥上。

霍顿西奥　啊，我道是谁，原来是我的老朋友格鲁米奥！还有我的好朋友皮特鲁乔！你们在维洛那都好？

皮特鲁乔　霍顿西奥先生，你是来劝架的吗？承蒙厚爱，不胜荣幸。

霍顿西奥　大驾光临。蓬荜生辉，可敬的皮特鲁乔先生，起来吧，还有你，格鲁米奥，也起来吧，让我们化干戈为玉帛。

格鲁米奥　没什么，甭听他咬文嚼字，老爷。我这次可有理由辞职不干了。我告诉您，老爷，他命令我打他，狠狠地打他，老爷，小人身为仆人，哪敢打主子呢？他虽然是我看着长大，也是二三十岁的大人了。唉，真恨不得当初好好地打他几下，如今就没有人欺负可怜的格鲁米奥了。

皮特鲁乔　你这没有头脑的混蛋。霍顿西奥，是这样，我叫这蠢材上去打你的门，可是他就是不开窍。

格鲁米奥　打门？哦，我的老天爷呀！您刚才不是明明说："混蛋，给我打，给我狠狠地往这儿打。"这会您怎么又说是打门呢？

皮特鲁乔　混蛋，趁早滚开，不然就给我住口。

霍顿西奥　皮特鲁乔，别上火。我可以给格鲁米奥担保，他跟你有缘分，服侍你多年，忠实可靠，诙谐有趣。好了，告诉我，好朋友，是哪一阵好风把你们从维洛那吹到帕度亚来了？

皮特鲁乔　因为年轻人倘不在外面走走，老是待在家里，孤陋寡闻，终非长策，所以风才把我吹到这儿来了。不瞒你说，霍顿西奥，家父安东尼奥已经不幸去世，所以我才到这异乡客地，想要物色一位妻房，成家立业；我袋里有的是钱，家里有的是财产，闲着没事，出来见见世面也好。

霍顿西奥　皮特鲁乔，你既然想娶一个妻子。我倒想起一个人来了；可惜她脾气太坏，又长得难看。我想你一定不会中意；不过我可以向你保证她很有钱；可是因为你是我的好朋友，我还是不要把她介绍给你的好。

皮特鲁乔　霍顿西奥，咱们是知己朋友，用不着多说废话。如果你真认识什么女人，财富多到足以作皮特鲁乔的妻子，那么既然我的求婚主要是为了钱，无论她怎样淫贱老丑，泼辣凶悍，我都一样欢迎；尽管她的性子暴躁得像起着风浪的怒海，也不能影响我对她的好感，只要她的嫁奁丰盛，我就心满意足了。

格鲁米奥　霍顿西奥大爷，你听，他说的都是老老实实的真心话，只要有钱。就是把一个木人泥偶给他做妻子他也要；倘然她是一个满嘴牙齿落得一个不剩的老太婆，浑身病痛有五十二匹马合起来那么多，他也满不在乎。

霍顿西奥　皮特鲁乔，我们既然已经谈起了这件事，那么我要老实告诉你，我刚才说的话，一半是笑话。皮特鲁乔，我可以帮助你娶到一位妻子，又有钱，又年轻，又美貌，而且还受过良好的教育；她就是有一个很大的缺点，脾气非常之坏，撒起泼来，谁也吃她不消，即使我是个身无立锥之地的穷光蛋，她愿意倒贴一座金矿嫁给我，我也要敬谢不敏的。

皮特鲁乔　算了吧，霍顿西奥，你可不知道金钱的好处哩。我只要你告诉我她父亲的名字就够了。尽管她骂起人来像秋天的雷鸣一样震耳欲聋，我也要把她娶了回去。

霍顿西奥　她的父亲是巴普蒂斯塔•米诺拉，是一位彬彬有礼的绅士；她的名字叫做凯瑟琳娜•米诺拉，在帕度亚以善于骂人出名。

皮特鲁乔　我虽然不认识她，可是我认识她的父亲，他和先父也是老朋友。霍顿西奥，我要是不见她一面，我会睡不着觉的，所以我要请你恕我无礼，匆匆相会，又要向你告别了。要是你愿意陪着我去，那可再好没有。

格鲁米奥　霍顿西奥大爷，您让他趁着这股兴致去了吧。说句老实话，她要是也像我一样对他了解得明白，她就会明白对于像他这样的人，骂杀也是白骂。她也许会骂他一二十声死人杀千刀，可是那算得了什么，他要是开口骂起人来，说不定就会亮家伙。我告诉您吧，她要是顶撞了他一下，他会随手抓起什么东西来，向她的脸上摔过去的。您还没有知道他呢。

霍顿西奥　等一等，皮特鲁乔，我要跟你同去。因为在巴普蒂斯塔手里还有一颗无价的明珠。他的美丽的小女儿比安卡，她是我生命中最珍贵的东西，可是巴普蒂斯塔却把她保管得非常严密，不让向她求婚的人们有亲近她的机会。他恐怕凯瑟琳娜有了我刚才说过的那种缺点，没有人愿意向她求婚，所以一定要让凯瑟琳娜这泼妇嫁了人以后，方才允许人家向比安卡提起亲事。

格鲁米奥　凯瑟琳娜这泼妇！一个姑娘家，什么头衔不好，一定要加上这么一个头衔！

霍顿西奥　皮特鲁乔，我的好朋友，现在我要请求你一件事。我想换上一身朴素的服装，扮成一个教书先生的样子，请你把我举荐给巴普蒂斯塔，就说我精通音律，可以做比安卡的教师。我用了这个计策，就可以有机会向她当面求爱，不至于引起人家的疑心了。

格鲁米奥　好狡猾的计策！瞧，现在这班年轻人瞒着老年人干的好事！

【格雷米奥、卢森修化装挟书上。

格鲁米奥　大爷，大爷，您瞧谁来啦？

霍顿西奥　别闹，格鲁米奥！这是我的情敌。

皮特鲁乔　我们站旁些。

格鲁米奥　好一个卖弄风流的哥儿！

格雷米奥　啊，很好，那些关于恋爱方面的书籍，我就去叫人把它们精工装订起来；你必须随时带在身边，念给他听。你懂得我的意思吗？巴普蒂斯塔先生给你的待遇当然不会错的，就是我也还要给你一份谢礼哩。把这张纸也带去。我还要叫人把这些书熏得香喷喷的，因为她自己比任何香料都要芬芳。你预备读些什么东西给她听？

卢森修　我无论向她读些什么，都是代您申诉您的心曲，就像您自己在她面前一样；而且也许我所用的字句，比您自己所用的更为适当，也未可知。

格雷米奥　啊，学问真是好东西！

格鲁米奥　啊，这家伙真是傻瓜！

皮特鲁乔　闭嘴，狗才！

霍顿西奥
格鲁米奥　不要多话。

格雷米奥　先生，您好！

格雷米奥　咱们遇见得巧极了，霍顿西奥先生，您知道我现在到什么地方去吗？我是到巴普蒂斯塔他家里去的。我答应他替比安卡留心访寻一位教师，算我运气，找到了这位年轻人，他的学问品行，都可以说得过去，他读过不少诗书，而且都是很好的诗书哩。

霍顿西奥　那好极了。我也碰到一位朋友，他答应替我找一位很好的声乐家来教她音乐，我对于我那心爱的比安卡总算也尽了责任了。

格雷米奥　我可以用我的行为证明，比安卡是我心爱的人。

霍顿西奥　格雷米奥，现在不是我们争风吃醋的时候，你要是对我客客气气，我可以告诉你一个好消息，对于我们两人都是一样有好处的。这位朋友我刚才偶然遇到，他已经答应愿意去向那泼妇凯瑟琳娜求婚。而且只要她的嫁妆丰盛，他就可以和她结婚。

格雷米奥　这当然很好，可是霍顿西奥，你有没有把她的缺点告诉他？

皮特鲁乔　我知道她是一个喜欢吵吵闹闹的长舌妇，倘然她只有这一点毛病，那我以为没有什么要紧。

格雷米奥　你说没有什么要紧吗，朋友？请教贵乡？

皮特鲁乔　舍间是维洛那，已故的安东尼奥就是家父。我因为遗产颇堪温饱，所以很想尽情玩玩，过些痛痛快快的日子。

格雷米奥　啊，你要过痛快的日子，却去找这样一位妻子，真是奇怪！可是你要是真有那样的胃口，那么我是非常赞成你去试一试的。但凡有可以效劳之处，请老兄尽管吩咐好了。可是你真的要向这头野猫求婚吗？

皮特鲁乔　那还用得着问吗？我倘不是为了这一件事情，何必到这儿来？你们以为一点点的吵闹，就可以使我掩耳退却吗？难道我不曾听见过狮子的怒吼？难道我不曾听见过海上的狂风暴浪，像一头疯狂的巨熊一样咆哮？难道我不曾听见过战场上的炮轰，天空中的霹雳？难道我不曾在白刃相交的激战中，听见过震天的杀声，万马的嘶奔，金鼓的雷鸣？你们现在却向我诉说女人的口舌如何可怕；就是把一枚栗子丢在火里，那爆声也要比它响得多吧。嘿，你们想捉了个跳蚤来吓小孩子吗？

格鲁米奥　反正他是不害怕的。

格雷米奥　霍顿西奥，这位朋友既然不以为意，那就再好也没有了，他自己既然人财两得，而且也帮了我们很大的忙。

霍顿西奥　他所需要的一切求婚费用．就归我们两个人共同担负吧。

格雷米奥　很好，只要他能够娶她回去。

格鲁米奥　只要我能够吃饱肚皮。

【特兰尼奥盛装偕比昂德罗上。

特兰尼奥　列位先生请了！我要大胆借问一声，到巴普蒂斯塔·米诺拉先生家里去打哪一条路走最近？

比昂德罗　您说的就是有两位漂亮小姐的那位老先生吗？

特兰尼奥　就是他，比昂德罗。

格雷米奥　先生，您说的不就是她——

特兰尼奥　也许是他，也许是她，这和你有什么相干？

皮特鲁乔　大概不是爱骂人的那个她吧？

特兰尼奥　先生，我不爱骂人的人。比昂德罗，我们走吧。

卢森修　（旁白）特兰尼奥，你装扮得很好。

霍顿西奥　先生，请您慢走一步。请问您也是要去向您刚才说起的那位小姐求婚的吗？

特兰尼奥　假如我是去求婚的，那不会有什么罪吧？

格雷米奥　只要你乖乖地给我回去，那就什么事都没有。

特兰尼奥　咦，我倒要请问，官塘大路，你走得我就走不得？

格雷米奥　她可不用你多费心。

特兰尼奥　这是什么理由？

格雷米奥　告诉你吧，因为她是格雷米奥大爷的爱人。

霍顿西奥　因为她是霍顿西奥大爷的意中人。

特兰尼奥　两位先生少安毋躁，你们倘然都是通达事理的君子，请听我说句话儿。巴普蒂斯塔是一位有名望的绅士，我的父亲和他也是素识，他的女儿就是再美十倍，也应该有比现在更多十倍的男子向她求婚，为什么我就不能在其中参加一份呢？勒达[1]的美貌的女儿有一千个求婚者，那么美貌的比安卡为什么不能在她原有的求婚者之外，再加上一个呢？虽然巴里斯希望鳌头独占，卢森修却也要参加这一场竞赛。

格雷米奥　啊，这个人的口才会把我们全都压倒哩。

卢森修　让他试试身手吧，我知道他会临阵怯退的。

皮特鲁乔　霍顿西奥，你们这样尽说废话，有什么意思？

霍顿西奥　请问尊驾有没有见过巴普蒂斯塔的女儿？

特兰尼奥　没有，可是我听说他有两个女儿，大的那个是出名的泼辣，小的那个是出名的美貌温文。

皮特鲁乔　诸位，那个大的已经被我定下了，你们不用提她。

格雷米奥　对了，这一份艰巨的工作，还是让我们伟大的英雄去独力进行吧。

皮特鲁乔　新来的朋友，让我告诉你，你听人家说起的那个小女儿。被她的父亲看管得非常严紧，在他的大女儿没有嫁人以前吗，他拒绝任何人向他的小女儿求婚，也不愿意把她许配给任何人。

特兰尼奥　这样说来，那么我们都要仰仗尊驾的大力，就是小弟也要沾您老兄的光了。您要是能够娶到他的大女儿，给我们开辟出一条路来，好让我们有机会争取他的小女儿，无论这一场幸运落在哪一个人身上，对您老兄总是一样终生感激的。

霍顿西奥　您说的有理，既然您说您自己也是一个求婚者，那么您对于这位朋友也该给他一些报酬才是，因为我们大家都是一样仰赖着他。

特兰尼奥。那可不用说，为了表示我的诚意，我想就在今天下午，请在

[1] 勒达(Leda)，古代斯巴达王后，主神宙斯与之通奸而生海伦。海伦嫁米尼劳斯(Menelaus)，后为特洛伊王子巴里斯(Paris)所盗占，结果酿成特洛伊战争。

场各位，大家在一块儿欢宴一次，恭祝我们共同的爱人的健康。我们应该像法庭上打官司的律师，在竞争的时候是冤家对头，在吃吃喝喝的时候还是像好朋友一样。

比昂德罗
格鲁米奥 妙极妙极！咱们大家去吧。

霍顿西奥 这建议果然不错，就这样决定吧。皮特鲁乔，让我来给你洗尘，好好招待你。（同下）

第二幕

第二幕 第一场 **帕度亚；巴普蒂斯塔家中一室**

【凯瑟琳娜及比安卡上。

比安卡 好姊姊，我是你的亲妹妹，不要把我当作婢子奴才一样看待。你要是不喜欢我身上穿戴的东西，那么请你松开我手上的捆缚，我会自己把它们拿下来的；只要你吩咐我，我把裙子脱下来都可以；你要我怎么做，我就怎么做，因为你是姊姊，我是应该服从你的。

凯瑟琳娜 那么我要问你，在那些向你求婚的男人中间，你最爱哪一个？你可不许说谎。

比安卡 相信我，姊姊，在一切男子中间，我到现在还没有遇到一个特别中我心意的人。

凯瑟琳娜 丫头，你说谎！是不是霍顿西奥？

比安卡 姊姊，你要是喜欢他，我可以发誓我一定竭力帮助你得到他。

凯瑟琳娜 噢，那么你大概希望嫁到一个比霍顿西奥更有钱的人；你要格雷米奥把你终生供养吗？

比安卡 你是为了他才这样恨我吗？不，你是说着玩的；我现在知道了，你刚才的话原来都是说着玩的。凯德好姊姊，请你松开我的手吧。

觊瑟琳娜 你说我说着玩，我就打着你玩。（打比安卡）

【巴鲁蒂斯塔上。

巴普蒂斯塔 怎么，怎么，这丫头！又在撒泼吗？比安卡，你站开些。可怜的孩子！你看，她给你欺侮得哭起来了。你去做你的针线活儿吧，别理她，你这恶鬼一样的贱人！她从来不曾惹过你，你怎么又欺侮她了？她什么时候顶撞过你一句？

凯瑟琳娜　她嘴里一声不响，心里却瞧不起我；我气不过，非叫她知道些厉害不可。（追比安卡）

巴普蒂斯塔　怎么，当着我的面你也敢这样放肆吗？比安卡，你快进去。（比安卡下）

凯瑟琳娜　啊！你不让我打她吗？好，我知道了，她是你的宝贝，她一定要嫁个好丈夫；像我这样的人一辈子也嫁不出去的，不要跟我说话，我要去找个地方坐下来痛哭一场。你看着吧，我总有一天要报仇的。（下）

巴普蒂斯塔　世上还有比我更倒霉的父亲吗？可是谁来了？

【格雷米奥率卢森修作寒士装束、皮特鲁乔率霍顿西奥化装乐师、特兰尼奥率比昂德罗携七弦琴及书籍各上。

格雷米奥　早安，巴普蒂斯塔先生！

巴普蒂斯塔　早安，格雷米奥先生！各位先生，你们都好？

皮特鲁乔　您好，老先生。请问，您不是有一位美貌贤德的令爱名叫凯瑟琳娜吗？

巴普蒂斯塔　先生，我有一个小女名叫凯瑟琳娜。

格雷米奥　你说话太莽撞了，要慢慢地说到题目上去。

皮特鲁乔　格雷米奥先生，请你不用管我。巴普蒂斯塔先生，我是从维洛那来的一个绅士，因为久闻令爱美貌多才，端庄贤淑，品格出众，举止温柔，所以不揣冒昧，到府上来做一个不速之客，瞻仰瞻仰这位心仪已久的绝世佳人。为了表示我的寸心起见，我特地介绍这位朋友给您，（介绍霍顿西奥）他熟谙音律，精通数理，可以担任令爱的教师。我知道她对于这两门功课一定研究有素。您要是不嫌弃我，就请把他收留下来；他的名字叫利西奥，是曼多亚人。

巴普蒂斯塔　你们两位我都一样欢迎。可是说起小女凯瑟琳娜，我实在非常抱歉，她是仰攀不上您这样的一位人物的。

皮特鲁乔 看来您是疼惜令嫒，不愿把她遣嫁，否则就是您对我这个人不大满意。

巴普蒂斯塔 哪里的话，我说的是实在情形。请问贵乡何处，尊姓大名？

皮特鲁乔 贱名是皮特鲁乔，安东尼奥是我的先父，他在意大利是很有一点名望的。

巴普蒂斯塔 我跟他是很熟的，您原来就是他的贤郎，欢迎欢迎！

格雷米奥 皮特鲁乔，不要尽管一个人说话，让我们也说几句吧；退后一步，你真太自鸣得意啦。

皮特鲁乔 啊，对不起，格雷米奥先生，我也巴不得把事情早点讲妥呢。

格雷米奥 我相信你一定会成功，可是以后你要是后悔今天不该来此求婚，可不要抱怨别人。巴普蒂斯塔先生，我相信您一定很乐意接受他这份礼物；我因为平常多蒙您另眼相看，十分厚待，所以也要同样地为您效劳，现在特地把这位青年学士介绍给您。（介绍卢森修）他曾经在里姆留学多年，对于希腊文、拉丁文以及其他各国语言，都非常精通，不下于那位先生对音乐和数学的造诣。他的名字叫堪比奥，请您准许他在您这儿服务吧。

巴普蒂斯塔 我非常感谢您的好意，格雷米奥先生；堪比奥，我很欢迎你。（向特兰尼奥）可是这位先生好像是从外省来的，恕我冒昧，请问尊驾来此有何贵干？

特兰尼奥 巴普蒂斯塔先生，我才要请您多多原谅呢，因为我初到贵地，居然敢大胆前来，向您美貌贤德的令爱比安卡小姐求婚，实在是冒昧万分。我也知道您的意思是要先给您那位大令爱许配了婚姻，然后再谈其他，所以我现在唯一的请求，是希望您在知道我的家世以后，能够给我一个和其他各位求婚者同等的机会。这一件不值钱的乐器，和这一包希腊文和拉丁文的书籍，是奉献给两位女公子的一点小小礼物。您要是不嫌菲薄，受纳下来，那就是我莫大的荣幸了。

巴普蒂斯塔　台甫是卢森修，请问府上在什么地方？

特兰尼奥　敝乡是比萨，文森修就是家严。

巴普蒂斯塔　啊，他是比萨地方数一数二的人物，我闻名已久，您就是他的令郎，欢迎欢迎！（向霍顿西奥）你把这琴拿了，（向卢森修）你把这几本书拿了，我就叫人领你们去见你们的学生。喂，来人！

【一仆人上。

巴普蒂斯塔　你把这两位先生领去见大小姐二小姐，对她们说这两位就是来教她们的先生，叫她们千万不可怠慢。（仆人领霍顿西奥、卢森修下）诸位。我们现在先到花园里散步片刻，然后吃饭，你们都是难得的佳宾，请你们相信我是诚心欢迎你们的。

皮特鲁乔　巴普蒂斯塔先生，我事情很忙，不能每天到府上来求婚。您知道我父亲的为人，您也可以根据我父亲的为人，推测到我这个人是不是靠得住！他去世以后，全部田地产业都已归我承继下来，我自己亲手也挣下了一些家产。现在我要请您告诉我，要是我得到了令爱的垂青，您愿意拨给她怎样一份嫁奁？

巴普蒂斯塔　我死了以后，我的田地的一半都给她，另外再给她二万个克郎[1]。

皮特鲁乔　很好，您既然答应了我这样一份嫁奁，我也可以向她保证要是我比她先死，我的一切田地产业都归她所有。我们现在就把契约订好，双方各执一份为凭吧。

巴普蒂斯塔　好的，可是最要紧的，还是先去把她的爱求到了再说。

皮特鲁乔　啊，那算得了什么难事！告诉您吧，老伯，她固然脾气高傲，我也是天性刚强；两股烈火遇在一起，就把怒气在燃料上消磨净尽了。一星星的火花，虽然会被微风吹成烈焰，可是一阵拔山倒海的飓风，却可以把大火吹熄；我对她就是这样，她见了我一定

---

[1]　克郎(crown)，往时各国上印王冠之货币名称，价值高下不一；英国之克郎值五先令。

会屈服的，因为我是个性格暴躁的人，我不会像小孩子一样谈情说爱。

巴普蒂斯塔　那么很好，愿你马到成功！可是你要准备着听几句刺耳的话呢。

皮特鲁乔　那我也有恃无恐，尽管狂风吹个不停，山岳是始终屹立不动的。

【霍顿西奥头破血流上。

巴普蒂斯塔　怎么，我的朋友！你怎么这样面无人色？

霍顿西奥　我是吓成这个样子的。

巴普蒂斯塔　怎么，我的女儿是不是一个可造之才？

霍顿西奥　我看令嫒很可以当兵打仗去；只有铁链可以锁住她，我这琴儿是经不起她一敲的。我不过告诉她她把音柱弄错了，按着她的手教她怎样弹奏，她就冒起火来，用琴敲着我的头，琴是给她敲穿了，我的头颈也给琴套住了；我像一个戴枷的犯人一样站着发怔，她还一面骂我拉胡琴的瘪三，沿街卖唱的叫花子，以及诸如此类的难听的话。

皮特鲁乔　哎呀，好一个勇敢的姑娘！我现在更加十倍地爱她了。啊，我真想跟她谈谈天！

巴普蒂斯塔　（向霍顿西奥）好，你跟我去，请不要懊恼；你可以去教我的小女儿，她很愿意虚心学习，很懂得好歹。皮特鲁乔先生，您愿意陪我们一块儿走走呢，还是让我叫我的女儿凯德出来跟您见面？

皮特鲁乔　有劳您去叫她出来吧，我就在这儿等着她。（巴普蒂斯塔、格雷米奥、特兰尼奥、霍顿西奥等同下）等她来了，我要提起精神来向她求婚；要是她开口骂人，我就对她说她唱的歌儿像夜莺一样曼妙；要是她向我皱眉头，我就说她看上去像浴着朝露的玫瑰一样清丽；要是她默不作声，我就恭维她的能言善辩；要是她叫我滚蛋，我就向她道谢，好像她留我多住一个星期一样；要是她不愿意嫁给我，我就向她请问吉期。她已经来啦，皮特鲁乔，现在要看看你的本领了。

【凯瑟琳娜上。

皮特鲁乔　早安，凯德，我听说这是你的小名。

凯瑟琳娜　算你生着耳朵会听，可是我这名字是会刺痛你的耳朵的。人家提起我的时候，都叫我凯瑟琳娜。

皮特鲁乔　你骗我，你的名字就叫凯德。你是可爱的凯德，人家有时也叫你泼妇凯德；可是你是世上最美最美的凯德，所以，凯德，我的心上的凯德，请你听我诉说：我因为到处听见人家称赞你的温柔贤德，传扬你的美貌娇姿，虽然他们嘴里说的话，还抵不过你实在的好处的一半，可是我的心却给他们打动了，所以特地前来向你求婚，请你答应嫁给我做妻子。

凯瑟琳娜　打动了你的心！哼！叫那打动你到这儿来的那家伙再打动你回去吧，我早知道你是个给人搬来搬去的东西。

皮特鲁乔　什么东西是给人搬来搬去的？

凯瑟琳娜　就像一张凳子一样。

皮特鲁乔　对了，来，坐在我的身上吧。

凯瑟琳娜　驴子是给人骑坐的，你也就是一头驴子。

皮特鲁乔　女人也是一样，你就是一个女人。

凯瑟琳娜　如果真是这样，你的样子可不能骑我。

皮特鲁乔　好凯德，我不会把你压坏，因为我知道你年纪轻轻——

凯瑟琳娜　的确很轻，这样的傻瓜抓不住；要说重，我也是蛮有分量的。

皮特鲁乔　真厉害！你这张嘴真够刁。

凯瑟琳娜　对了，你就是个大老雕。

皮特鲁乔　那么我的小乌龟，让大老雕捉住你好不好？

凯瑟琳娜　啊，小乌龟，小乌龟也能斗过大老雕？

皮特鲁乔　你火性这么大，就像一只黄蜂。

凯瑟琳娜　我倘然是黄蜂，那么留心我的刺吧。

皮特鲁乔　我就把你的刺拔下。

凯瑟琳娜　你知道它的刺在什么地方吗？

皮特鲁乔　谁不知道黄蜂的刺是在尾巴上。

凯瑟琳娜　我的刺可是在舌头上呢。现在我可要去了。

皮特鲁乔　不，别走，好凯德。你不要瞧我不起，我也是个堂堂绅士呢。

凯瑟琳娜　我倒要试试看。（打皮特鲁乔）

皮特鲁乔　你再打我。我也要打你了。

凯瑟琳娜　你要是打我，就是个冠冕堂皇的绅士。

皮特鲁乔　来，凯德，欣赏欣赏我的冠冕吧！

凯瑟琳娜　你的冠冕是什么？鸡冠吗？

皮特鲁乔　只要凯德做我的母鸡，我宁愿做没有鸡冠的公鸡。

凯瑟琳娜　我不要你这个公鸡，你打鸣的时候有气无力。

皮特鲁乔　好了好了，凯德，请不要这样怒目横眉的。

凯瑟琳娜　我看见了丑东西，总是这样的。

皮特鲁乔　这里没有丑东西，你应当和颜悦色才是。

凯瑟琳娜　谁说没有？

皮特鲁乔　请你指给我看。

凯瑟琳娜　我要是有镜子，就可以指给你看。

皮特鲁乔　啊，你是说我的脸孔吗？

凯瑟琳娜　年纪不大，见解倒很独到。

皮特鲁乔　凭圣乔治起誓，我对你来说太年轻了。

凯瑟琳娜　哪里？你已经皱巴巴的了。

皮特鲁乔　那是因为我思虑过多。

凯瑟琳娜　我可不管。

皮特鲁乔　哦，凯德，你听我说，你可不能这样一走了之。

凯瑟琳娜　倘然我留在这儿，我会叫你讨一场大大的没趣的，还是放我走吧。

皮特鲁乔　不，一点也不，我觉得你是无比的温柔，人家说你很暴躁，很骄傲，性情十分乖僻，现在我才知道别人的话完全是假的，因为你是潇洒娇憨，和蔼谦恭，说起话来腼腼腆腆的。就像春天的花朵一样可爱。你不会颦眉蹙额，也不会斜着眼睛看人，更不会像那些性情嚣张的女人们一样咬着嘴唇；你不喜欢在谈话中间和别人顶撞，你款待求婚的男子，都是那么温和柔婉。为什么人家要说凯德走起路来有些跷呢？这些爱造谣言的家伙！凯德是像榛树的枝儿一样娉婷纤直的。啊，让我瞧瞧你走路的姿势吧，你那窈窕的步伐是多么醉人！

凯瑟琳娜　傻子，少说些疯话吧！

皮特鲁乔　在树林里漫步的狄安娜女神，能够比得上在这间屋子里姗姗徐步的凯德吗？啊，让你做狄安娜女神，让她做凯德吧。你应当分给她几分贞洁，她应当分给你几分风流！

凯瑟琳娜　你这些好听的话是向谁学来的？

皮特鲁乔　我这些话都是不假思索，随口而出。

凯瑟琳娜　你是随着别人说的吧，你这没头脑的人。

皮特鲁乔　难道我还不够聪明。

凯瑟琳娜　去你的，找暖和的地方待着去吧。

皮特鲁乔　对呀，嫁给我吧，我正打算到你的床上去暖和暖和呢。闲话少说，让我老实告诉你，你的父亲已经答应把你嫁给我做妻子，你的嫁奁也已经议定了，你愿意也好，不愿意也好，我一定要和你结婚。凯德，我们两人是天造地设的一双佳偶，我真喜欢你，你是这样的美丽，你除了我之外，不能嫁给别人，因为我是天生下来要把你降伏的，我要把你从一个野性的凯德变成一个柔顺听话的贤妻良母。你的父亲来了，你不能不答应，我已经下了决心，一定要娶凯瑟琳娜做妻子。

【巴普蒂斯塔、格雷米奥及特兰尼奥重上。

巴普蒂斯塔　皮特鲁乔先生，您跟我的女儿谈得怎么样啦？

皮特鲁乔　难道还会不圆满吗？我知道我一定不会失败。

巴普蒂斯塔　啊，怎么，凯瑟琳娜我儿！你不大高兴？

凯瑟琳娜　你还叫我女儿吗？你真是一个好父亲，要我嫁给一个疯疯癫癫的汉子，一个轻薄的恶少，一个胡说八道的家伙．他以为凭着几句疯话，就可以把事情硬干成功。

皮特鲁乔　老伯，事情是这样的：人家所讲的关于她的种种的话，都是错的，就是您自己也有些不大知道令爱的为人；她那些泼辣的样子，都是故意装出来的，其实她一点不倔强，却像鸽子一样地柔和，她一点不暴躁，却像黎明一样地安静，她的忍耐、她的贞洁，可以和古代的贤媛媲美；总而言之，我们彼此的意见十分融洽，我们已经决定在星期日举行婚礼了。

凯瑟琳娜　我要看你在星期日上吊！

格雷米奥　皮特鲁乔，你听，她说她要看你在星期日上吊。

特兰尼奥　这就是你所夸耀的成功吗？看来我们的希望也都完了！

皮特鲁乔　两位不用着急，我自己选中了她，只要她满意，我也满意，不就行了？我们两人刚才已经约定，在当着人的时候，她还是装做很泼辣的样子。我告诉你们吧，她那么爱我，简直不能叫人相信；啊，最多情的凯德！她挽住我的头颈，把我吻了又吻，一遍遍地发着盟誓，我在一霎眼间，就完全被她征服了。啊，你们都是不曾经历过恋爱妙谛的人，你们不知道男人女人私下在一起的时候，一个最不中用的懦夫也会使世间最凶悍的女人驯如绵羊。凯德，让我吻一吻你的手。我就要到威尼斯去购办结婚礼服去了。岳父，您可以预备酒席，宴请宾客了。我可以断定凯瑟琳娜在那天一定打扮得非常富丽。

巴普蒂斯塔　我不知道应当怎么说，可是把您的手给我，皮特鲁乔，愿上帝赐您快乐！这头亲事算定当了。

特兰尼奥
格雷米奥　阿门！我们愿意在场作证。

皮特鲁乔　岳父，贤妻，各位，再见了。我要到威尼斯去，星期日就在眼前了。我们要有很多的戒指，很多的东西，很好的陈设，凯德，吻我吧，我们星期日就要结婚了。（皮特鲁乔、凯瑟琳娜各下）

格雷米奥　有这样速成的婚姻吗？

巴普蒂斯塔　老实对两位说吧，我现在就像一个商人，因为货物急于出手，这注买卖究竟做得做不得，也在所不顾了。

特兰尼奥　这是一笔使你摇头的滞货。现在有人买了去，也许有利可得，也许人财两空。

巴普蒂斯塔　我也不希望什么好处，但愿他们婚后平安无事就是了。

格雷米奥　他娶了这样一位夫人去，一定会家宅安宁的。可是巴普蒂斯塔先生，现在要谈到您的第二位令爱了，我们好容易才盼到这一天，你我是邻居素识，而且我是第一个来求婚的人。

特兰尼奥　可是我对于比安卡的爱，是不能用言语来形容，也不是您所能想象得到的。

格雷米奥　你是个后生小子，哪里会像我一样真心爱人。

特兰尼奥　瞧你胡须都斑白了，你的爱情是冰冻的。

格雷米奥　你的爱情会把人烧坏。无知的小儿，退后去，你不懂得应该让长者居先的规矩吗？

特兰尼奥　可是在娘儿们的眼睛里，年轻人是格外讨人喜欢的。

巴普蒂斯塔　两位不必争执，让我给你们公平调处；我们必须根据实际的条件判定谁是锦标的得主。你们两人中谁能够答应给我的女儿更重的聘礼，谁就可以得到我的比安卡的爱。格雷米奥先生，您能够给她什么保证？

格雷米奥　第一，您知道我在城里有一所房子，陈设着许多金银器皿，金盆玉壶给她洗纤纤的嫩手，室内的帷幕都用古代的锦绣制成，象牙的箱子里满藏着金币，杉木的橱里堆垒着锦毡绣帐、绸缎绫罗、美衣华服、珍珠镶嵌的绒垫、金线织成的瀛苏以及铜锡用具，一切应用的东西。在我的田庄里，我还有一百头乳牛，一百二十头公牛，此外的一切可以依此类推。我必须承认我自己已经上了几岁年纪，要是我明天死了，这一切都是她的，只要当我活着的时候，她愿意做我的妻子。

特兰尼奥　巴普蒂斯塔先生，请您听我说：我父亲只有我一个儿子，我是他唯一的后嗣，令爱倘然嫁给了我，我可以把我在比萨城内三四所像这位格雷米奥老先生所有的一样好的房子归在她的名下。此外还有田地上每年二千块金元的收入，都给她作为我死后的她的终身的产业。格雷米奥先生，您听了我的话很不舒服吗？

格雷米奥　每年二千块金元的田地上的收入！我的田地虽然没有那么多，可是我除了把我所有的田地给她之外，还可以给她一艘大商船，现在它就在马赛的码头边停泊着。啊，你听我说起了一艘大商船，吓得张不开口了吗？

特兰尼奥　格雷米奥，你去打听打听，我的父亲有三艘大商船，还有两艘大划船，十二艘小划船，我可以把这些都划给她；你要是还有什么家私给她的话，我都可以加倍给她。

格雷米奥　不，我的家私尽在于此，她可以得到我所有的一切。您要是认为满意的话，那么我和我的财产都是她的。

特兰尼奥　您已经有言在先，令爱当然是属于我的。格雷米奥已经给我压倒了。

巴普蒂斯塔　我必须承认您所答应的条件比他好，只要令尊能够亲自给她保证，她就可以嫁给您；否则恕我说句不客气的话，要是您比令尊先死，那么她的财产岂不是落了空？

特兰尼奥　那您可太多心了，他年纪已经老了，我还年轻得很哩。

格雷米奥　难道年轻的人就不会死？

巴普蒂斯塔　好，两位先生，我已经这样决定了。你们知道下一个星期日是我的大女儿凯瑟琳娜的婚期；再下一个星期，就是比安卡的婚期，您要是能够给她确实的保证，她就嫁给您，否则就嫁给格雷米奥。多谢两位光临，现在我要失陪了。

格雷米奥　再见，巴普蒂斯塔先生。（巴普蒂斯塔下）我可不把你放在心上，你这败家的浪子！你父亲除非是一个傻子，才肯把全部财产让你来挥霍，活到这一把年纪来受你的摆布。哼！一头意大利的老狐狸是不会这样慷慨的，我的孩子！（下）

特兰尼奥　这该死的坏老头子！可是我刚才吹了那么大的牛，无非是想要成全我主人的好事，现在我这个冒牌的卢森修，却必须去找一个冒牌的文森修来认做父亲。笑话年年有，今年分外多。人家都是先有父亲后有儿子，这回的婚事却是先有儿子后有父亲。（下）

第三幕

第三幕 第一场　帕度亚；巴普蒂斯塔家中一室

【卢森修、霍顿西奥及比安卡上。

卢森修　喂，弹琴的，你也太猴急了；难道你忘记了她的姊姊凯瑟琳娜是怎样欢迎你的吗？

霍顿西奥　谁要你这酸学究多嘴！这一位小姐是酷爱音乐的，所以还是让我先去教她吧；等我教完了一点钟，你就可以给她讲一点钟的书。

卢森修　荒唐的驴子，你因为没有学问，所以不知道音乐的用处！它不是在一个人读书或是工作疲倦了以后，可以舒散舒散他的精神吗？所以你应当让我先去跟她讲解哲学，等我讲解好了，你再弹奏你的音乐好了。

霍顿西奥　嘿，我可不能受你的气！

比安卡　两位先生，还是先教音乐，还是先念书，都要依我自己心里高兴，你们这样争先恐后，未免太不成话了。我不是在学校里给先生打手心的小学生，我念书没有规定的钟点，自己喜欢学什么便学什么，你们何必这样子呢？大家不要吵，请坐下来；您把乐器预备好，您一面调整弦音，他一面给我讲书；等您调好了音。他的书也一定讲完了。

霍顿西奥　好，等我把音调好以后，您可不要听他讲书了。（退坐一旁）

卢森修　你去调你的乐器吧，我看你永远是个不入调的。

比安卡　我们上次讲到什么地方？

卢森修　这儿，小姐：Hac ibat Sireois；hic est Sigeia tellus；Hic steterat Priami regia celsa senis.

比安卡　请您解释给我听。

卢森修　Hac ibat，我已经对你说过了，Simois，我是卢森修，hic est，比萨地方文森修的儿子，Sigeia tellus，因为希望得到你的爱，所以化装来此；Hic steterat，冒充卢森修来求婚的，priami，是我的仆人特兰尼奥，regia，他假扮成我的样子，celsa senis，是为了哄骗那个老头子。

霍顿西奥　（回原处）小姐，我的乐器已经调好了。

比安卡　您弹给我听吧。（霍顿西奥弹琴）哎呀，那高音部分怎么这样难听！

卢森修　朋友，你吐一口唾沫在那琴眼里，再给我去重新调一下吧。

比安卡　现在让我来解释解释看；Hac ibat Simois，我不认识你；hic est sigeia tellus，我不相信你；Hic steterat Priami，当心被他听见；regia，不要太自信；celsasends，不必灰心。

霍顿西奥　小姐，现在调好了。（旁白）这家伙一定在向我的爱人调情，我倒要格外注意他才好。

比安卡　慢慢地我也许会相信你，可是现在我却不敢相信你。

卢森修　请你不必疑心，埃阿西得斯就是埃阿斯，他是照他的祖父取名的。

比安卡　你是我的先生，我必须相信你，否则我还要跟你辩论下去呢。利西奥，现在要轮到你啦。两位好先生，我跟你们随便说着玩的话。请不要见怪。

霍顿西奥　（向卢森修）你可以到外面去走走，不要打搅我们，就这门音乐课用不着三部合奏。

卢森修　你还有这样的讲究吗？（旁白）好，我就等着，我要留心观察他的行动，因为我相信我们这位大音乐家有点儿色迷迷起来了。

霍顿西奥　小姐，在您没有接触这乐器、开始学习手法以前，我必须先从基本方面教起，简简单单地把全部音阶向您讲述一个大概，您会知道我这教法要比人家的教法更有趣更简捷。我已经把它们写在这里。

比安卡　音阶我早已学过了。

霍顿西奥　可是我还要请您读一读霍顿西奥的音阶。

比安卡　G是“度”，你是一切和谐的基础，

A是“累”，霍顿西奥对你十分爱慕；

B是“迷”，比安卡，他要娶你为妻，

C是“发”，他拿整个心儿爱着你；

D是“索”，也是“累”，一个调门两个音，

E是“拉”，也是“迷”，可怜我一片痴心。

这算是什么音阶？哼，我可不喜欢那个。还是老法子好，这种稀奇古怪的玩意儿我不懂。

【一仆人上。

仆人　小姐，老爷请您不要读书了，叫您去帮助他们把大小姐的房间装饰装饰，因为明天就是大喜的日子了。

比安卡　两位先生，我现在要少陪了。（比安卡及仆人下）

卢森修　她已经去了，我还待在这儿干吗？（下）

霍顿西奥　可是我却要仔细调查这个穷酸，我看他好像在害着相思。比安卡，比安卡，你要是甘心降尊纡贵，垂青到这样一个呆鸟身上，那么谁爱要你，谁就要你吧；如果你这样水性杨花，霍顿西奥也要和你一刀两断，另觅新欢了。（下）

第三幕 第二场　**同前；巴普蒂斯塔家门前**

【巴普蒂斯塔、格雷来奥、特兰尼奥、凯瑟琳娜、比安卡、卢森修及从仆等上。

巴普蒂斯塔　（向特兰尼奥）卢森修先生，今天是定好皮特鲁乔和凯瑟琳娜结婚的日子，可是我那位贤婿到现在还没有消息。这成什么话呢？牧师等着为新夫妇证婚，新郎却不知去向，这不是笑话吗！

卢森修　您说这是不是一桩丢脸的事情？

凯瑟琳娜　谁也不丢脸，就是我一个人丢脸，你们不管我愿意不愿意，硬要我嫁给一个疯头疯脑的家伙，他求婚的时候那么性急，一到结婚的时候，却又这样慢腾腾了。我对你们说吧，他是一个疯子，他故意装出这一副穷形极相来开人家的玩笑；他为了要人家称赞他是一个爱寻开心的角色，会去向一千个女人求婚，和她们约定婚期，请好宾朋，宣布订婚，可是却永远不和她们结婚。人家现在将要指点着苦命的凯瑟琳娜说，“瞧！这是那个疯汉皮特鲁乔的妻子，要是他愿意来和她结婚。”

特兰尼奥　不要懊恼，好凯瑟琳娜；巴普蒂斯塔先生，您也不要生气。我可以保证皮特鲁乔没有恶意，他今天失约，一定有什么缘故。他虽然有些莽撞，可是我知道他是个很有见识的人；虽然爱开玩笑，然而人倒是很诚实的。

凯瑟琳娜　算我倒霉碰到了他！（哭泣下，比安卡及余众随下）

巴普蒂斯塔　去吧，孩子，我现在可不怪你伤心；受到这样的欺侮，就是圣人也会发怒，何况是你这样一个脾气暴躁的悍妇。

【比昂德罗上。

比昂蕾罗　少爷，少爷！新闻！新闻！您从来没有听见过这种古怪的新闻！

巴普蒂斯塔　是什么新闻？

比昂蕾罗　皮特鲁乔来了，这不是新闻吗？

巴普蒂斯塔　他已经来了吗？

比昂德罗　不，老爷，他就要来了。

巴普蒂斯塔　他什么时候可以到这里？

比昂德罗　等他站在这地方和你们见面的时候。

特兰尼奥　可是你说你有古怪的旧新闻？

比昂德罗　皮特鲁乔就要来了；他戴着一顶新帽子。穿着一件旧马甲，他那条破旧的裤子脚管高高卷起；一双靴子千疮百孔，可以用来插蜡烛，一只用扣子扣住，一只用带子缚牢；他还佩着一柄武器库里拿出来的锈剑，柄也断了，鞘子也坏了，剑锋也钝了；他骑的那匹马儿，鞍鞯已经蛀破，镫子不知像个什么东西；那马儿鼻孔里流着涎，上腭发着炎肿，浑身都是疮疖，腿上也肿，脚上也肿，再加害上黄疸病、耳下腺炎、脑脊髓炎、寄生虫病，弄得脊梁歪转，肩膀脱骱；它的前腿是向内弯曲的，嘴里衔着只有半面拉紧的马衔，头上套着羊皮做成的勒，因为防那马儿颠踬，不知拉断了多少次，断了再把它结拢，现在已经打了无数结子，那肚带曾经补缀过六次，还有一副天鹅绒的女人用的马鞦，上面用小钉嵌着她名字的两个字母，好几块地方是用粗麻线补缀过的。

巴普蒂斯塔　谁跟他一起来的？

比昂德罗　啊，老爷！他带着一个跟班，装束得就跟那匹马差不多，一只脚上穿着麻线袜，一只脚上穿着罗纱的连靴袜，用红蓝两色的布条做着袜带，破帽子上插着一卷烂纸充当羽毛，那样子就像一个妖怪，哪里像个规规矩矩的仆人或者绅士的跟班！

特兰尼奥　他大概一时高兴，所以打扮成这个样子；他平常出来的时候，往往装束得很俭朴。

巴普蒂斯塔　不管他怎么来法，既然来了，我也就放了心了。

比昂德罗　老爷，他没有来。

巴普蒂斯塔　你刚才不是说他来了吗？

比昂德罗　我说谁？是皮特鲁乔吗？

巴普蒂斯塔　对啊，你说皮特鲁乔来了。

比昂德罗　没有，老爷。我说他的马来了，他骑在马背上。

巴普蒂斯塔　那还不是一样吗？

比昂德罗　圣杰美在上天，

我敢跟你赌钱，

一匹马，一个人，

比一个，多几分，

比两个，又差点。

【皮特鲁乔及格鲁米奥上。

皮特鲁乔　喂，这一班公子哥儿呢？谁在家里？

巴普蒂斯塔　您来了吗？欢迎欢迎！

皮特鲁乔　我是个不速之客。

巴普蒂斯塔　你来得很迅速。

特兰尼奥　我愿以为你会打扮得更体面一些。

皮特鲁乔　打扮不打扮的，反正我得尽快赶来。但是凯德呢？我的可爱的新娘呢？老丈人，您好？各位先生，你们怎么都皱着眉头？为什么大家出神呆看，好像瞧见了什么奇迹，什么彗星，什么稀奇古怪的东西一样？

巴普蒂斯塔　您知道今天是您举行婚礼的日子，我们刚才很觉得扫兴，因为担心您也许不会来了；现在您来了，却这样一点没有预备，更使我们扫兴万分。快把这身衣服换一换，它既然不配您的身份，而且在这样郑重的婚礼中间，更会叫人瞧着笑话的。

特兰尼奥　请你告诉我们什么要紧的事情绊住了你，害你的尊夫人等得这样久？难道你这样忙，来不及换一身像样一些的衣服？

皮特鲁乔　说来话长，你们一定不愿意听；总而言之，我现在已经守约前来，就是有些不周之处，也是没有办法；等我有了空，再向你们解释，一定使你们满意就是了。可是凯德在哪里？我应该快去找她，时间不早了，该到教堂里去了。

特兰尼奥　你穿得这样不成体统，怎么好见你的新娘？快到我的房间里去，把我的衣服拣一件穿上吧。

皮特鲁乔　谁要穿你的衣服？我就这样见她又有何妨？

巴普蒂斯塔　可是她见了您这样子，一定不愿意和您结婚的。

皮特鲁乔　我就是这样子，她也一定愿意和我结婚；她嫁给我，又不是嫁给我的衣服。可是我这样跟你们说些废话，真是个傻子，我现在应该向我的新娘请安去，还要和她亲一个正名定分的嘴哩。（皮特鲁乔、格鲁米奥、比昂德罗同下）

特兰尼奥　他打扮得这样疯疯癫癫，一定另有用意。我们还是劝他穿得整齐一点，再到教堂里去吧。

巴普蒂斯塔　我要看看他去。（巴普蒂斯塔、格雷米奥及从仆等下）

特兰尼奥　少爷，我们不但要得到她的欢心，还必须得到她父亲的好感，所以我也早就对您说过，我要去找一个人来扮做比萨的文森修，不管他是什么人，我们都可以利用他达到我们的目的。我已经夸下海口，说是我可以给比安卡多重的一份聘礼，现在再找了个冒牌的父亲来，叫他许下更大的数目，这样您就可以如愿以偿，坐享其成，得到一位如花似玉的夫人了。

卢森修　倘不是那个教音乐的家伙一眼不放松地监视着比安卡的行动，我倒希望和她秘密举行婚礼，等到木已成舟，别人就是不愿意也无可奈何了。

特兰尼奥　那我们可以慢慢地等机会。我们要把那个花白胡子的格雷米奥、那个精明的父亲米诺拉、那个可笑的音乐家、自作多情的利西奥，全都哄骗过去，让我的卢森修少爷得到最后胜利。

【格雷米奥重上。

特兰尼奥　格雷米奥先生，您是从教堂里来的吗？

格雷米奥　正像孩子们放学归来一样，我走出了教堂的门，也觉得如释重负。

特兰尼奥　新娘新郎都回来了吗？

格雷米奥　你说他是个新郎吗？哼，他是个魔鬼，是个魔鬼，简直是个魔鬼！

特兰尼奥　难道他比她更凶？哪有这样的事！她才是个魔鬼母夜叉呢。

格雷米奥　嘿！她比起他来，简直是头羔羊，是只鸽子。我告诉你，卢森修先生，当那牧师正要问他愿不愿意娶凯瑟琳娜为妻的时候。他就说，“是啊，他妈的！”他还高声赌咒，把那牧师吓得连手里的《圣经》都掉下来了；牧师正要弯下身子去把它拾起来，这个疯狂的新郎又一拳把他连人带书、连书带人地打在地上，嘴里还说，“谁要是高兴，让他去把他搀起来吧。”

特兰尼奥　那女人怎么说呢？

格雷米奥　她吓得浑身发抖，因为他顿足大骂。就像那牧师敲诈了他似的。可是后来仪式完毕了，他又叫人拿酒来，好像他是在一艘船上，在一场风波平静以后，和同船的人们开怀畅饮一样；他喝干了酒，把浸在酒里的面包丢到教堂司事的脸上，他的理由只是因为那司事的胡须稀疏干枯，好像要向他讨些东西吃似的。然后他就搂着新娘的头颈，亲她的嘴，那咂嘴的声音响得那样厉害，弄得四壁都发出了回声。我看见这个样子，倒觉得非常不好意思，所以就出来了。闹得乱哄哄的这一班人，大概也要来了。这种疯狂的婚礼真是难得看见。听！听！那边不是乐声吗？（音乐）

【皮特鲁乔、凯瑟琳娜、比安卡、巴普蒂斯塔、霍顿西奥、格鲁米奥及扈从等重上

皮特鲁乔　各位来宾，各位朋友，我谢谢你们的好意，我知道你们今天想要参加我的婚宴，已经为我备下了丰盛的酒席，可惜我因为事情很忙，不能久留，所以我想就此告别了。

巴普蒂斯塔　难道你今晚就要去吗？

皮特鲁乔　我们必须在天色未暗以前赶回去。你们不要奇怪。要是你们知道我还有些什么事情必须办好，你们就要催我快去，不会留我了。我谢谢你们各位，你们已经看见我把自己奉献给这个最和顺、最可爱、最贤惠的妻子了。大家不要客气，陪我的岳父多喝几杯，我一定要走了，再见.

特兰尼奥　让我们请您吃过了饭再走吧。

皮特鲁乔　那不成。

格雷米奥 请您赏我一个面子，吃了饭去。

皮特鲁乔 不能。

凯瑟琳娜 让我请求你多留一会儿。

皮特鲁乔 我很高兴。

凯瑟琳娜 你高兴留着吗？

皮特鲁乔 因为你留我，所以我很高兴；可是我不能留下来，你怎么请求我都没用。

凯瑟琳娜 你要是爱我，就不要去。

皮特鲁乔 格鲁米奥，备马！

格鲁米奥 大爷，马已经备好了。

凯瑟琳娜 好，那么随你的便吧，我今天可不去，明天也不去，要是一辈子不高兴去。我就一辈子不去。大门开着，没人拦住你，请吧。

皮特鲁乔 啊。凯德！请你不要生气。

觊瑟琳娜 我生气你便怎样？爸爸，别理他，我说不去就不去。

格雷米奥 她已经使出威风来了。

凯瑟琳娜 诸位先生，大家请入席吧。我知道一个女人倘然一点不知道反抗，她会终生被人愚弄的。

皮特鲁乔 凯德，你叫他们入席，他们必须服从你的命令。大家听新娘的话，快去喝酒吧，痛痛快快地高兴一下，否则你们就给我上吊去，可是我那娇滴滴的凯德必须陪我一起去。哎哟，你们不要睁大了眼睛，不要顿足，不要发怒，我自己的东西难道自己作不得主？她是我的家私，我的财产；她是我的房屋，我的家具，我的田地，我的谷仓，我的马，我的牛，我的驴子，我的一切；她现在站在这地方，看谁敢碰她一碰。谁要是挡住我的去路。不管他是个什么了不得的人物，我都要对他不起。格鲁米奥，拿出你的武器来，我们现在给一群强盗围住了，快去把你的主妇救出来，才是个好小子。别怕，好娘儿们，他们不会碰你的，凯德，就算他们是百万大军，我也会保护你的。（皮特鲁乔、凯瑟琳娜、格鲁米奥同下）

巴普蒂斯塔 让他们去吧，去了倒清静些。

格雷米奥 倘不是他们这么快就去了，我笑也要笑死了。

特兰尼奥 这样疯狂的婚姻今天真是第一次看到。

卢森修 小姐，您对于令姊有什么意见？

比安卡 我说，她自己就是个疯子，现在配到一个疯汉了。

格雷米奥 我看皮特鲁乔这回讨了个制伏他的人去了。

巴普蒂斯塔 各位高邻朋友，新娘新郎虽然缺席，桌上有的是美酒佳肴。卢森修，您就坐在新郎的位子上，让比安卡代替她的姊姊吧。

特兰尼奥 比安卡现在就要学做新娘了吗？

巴普蒂斯塔 是的，卢森修。来，各位。我们进去吧。（同下）

第四幕

第四幕 第一场 **皮特鲁乔乡间住宅中的厅堂**

【格鲁米奥上。

格鲁米奥 他妈的，马这样疲乏，主人这样疯狂，路这样泥泞难走！谁给人这样打过？谁给人这样写过？谁像我这样辛苦？他们叫我先回来生火，好让他们回来取暖。倘不是我小小壶儿容易热，等不到走到火炉旁边，我的嘴唇早已冻结在牙齿上，舌头冻结在上颚上，我那颗心也冻结在肚子里了。现在让我一面扇火，一面自己也烘烘暖吧，像这样的天气，比我再高大一点的人也要受寒的。喂！柯蒂斯！

柯蒂斯 谁在那儿冷冰冰地叫着我？

格鲁米奥 是一块冰。你要是不相信，可以从我的肩膀上一直滑到我的脚跟。好柯蒂斯，快给我生起火来。

柯蒂斯 大爷和他的新夫人就要来了吗，格鲁米奥？

格鲁米奥 啊，是的，柯蒂斯，是的，所以快些生火呀。

柯蒂斯 她真是像人家所说的那样一个火性很大的泼妇吗？

格鲁米奥 在冬天没有到来以前，她是个火性很大的泼妇；可是像这样冷的天气，无论男人、女人、畜生，火性再大些也是抵抗不住的。寒冷的天气降服了我的旧主人、我的新奶奶、我自己，还有你，柯蒂斯大哥。

柯蒂斯 去你的，你这三寸丁的傻瓜！别把我扯进去。

格鲁米奥 我是三寸丁吗？你头上的绿头巾足有一尺长，我也不比它短。快去生火，不然我就去告诉我们的新奶奶，让你尝尝她那双玉手的厉害！你不把炉子生热，就让你冷静冷静。

柯蒂斯　好格鲁米奥，好人，请你告诉我，外面有什么消息？

格鲁米奥　外面是一个寒冷的世界，柯蒂斯，只有你的工作是热的，所以快生起火来吧，大爷和奶奶都快要冻死了。

柯蒂斯　火已经生好，你可以讲新闻给我听了。

格鲁米奥　哎呀，冷死我了。厨子呢？夜饭有没有烧好？屋子有没有打扫？佣人们有没有穿上新衣服白袜子？桌布有没有铺起来？一切都布置好了吗？

柯蒂斯　都预备好了，那么请你讲新闻吧。

格鲁米奥　第一，我的马已经走得十分累了，大爷和奶奶都掉了下来。

柯蒂斯　怎么？

格鲁米奥　从马背上掉到烂泥里。因此就有了下文。

柯蒂斯　讲给我听吧，好格鲁米奥。

格鲁米奥　把你的耳朵伸过来。

柯蒂斯　好。

格鲁米奥　（打柯蒂斯）喏。

柯蒂斯　我要你讲给我听，谁叫你打我？

格鲁米奥　这一记耳光是要把你的耳朵打清爽。现在我要开始讲了。首先：我们走下了一个崎岖的山坡，奶奶骑着马在前面，大爷骑着马在后面——

柯蒂斯　是一匹马还是两匹马？

格鲁米奥　你问他干什么？你要是知道得比我还仔细，那么你去讲吧。都是你打断了我的话头，否则你可以听到她的马怎样跌了一跤，把她压在底下；那地方是怎样的泥泞，她浑身脏成怎么一个样子；他怎么让那马把她压住，怎么因为她的马跌了一跤而把我痛打；她怎么在烂泥里爬起来把他扯开；他怎么骂人；她怎么向他求告，她是从来不曾向别人求告过的；我怎么哭；马怎么逃走；她的马缰怎么断了；我的马鞭怎么丢了；还有许许多多新鲜的事情，现在只有让它们永远埋没，你到死也不能长这一分见识了。

柯蒂斯　这样说来，他比她还要难缠了。

格鲁米奥　是啊，你们等他回来瞧着吧。可是我何必跟你讲这些话？去叫纳森尼尔、约瑟夫、尼古拉斯、菲利普、华尔特和休格索普他们这一批人出来吧，叫他们把头发梳光，衣服刷干净，袜带要大方而不扎眼，行起礼来不要忘记屈左膝，在吻手以前，连大爷的马尾巴也不要摸一摸。他们都预备好了吗？

柯蒂斯　都预备好了。

格鲁米奥　叫他们出来。

柯蒂斯　你们听见吗？喂！大爷就要来了，快出来迎接去，还要帮衬帮衬新奶奶。

格鲁米奥　她有腮帮子。

柯蒂斯　这谁不知道？

格鲁米奥　你就好像不太清楚，不然你干吗要人给她腮帮子？

柯蒂斯　我是要他们帮她一把。

格鲁米奥　用不着，她把握得住。

【众仆上。

纳森尼尔　欢迎你回来，格鲁米奥！

菲利普　你好，格鲁米奥！

约瑟夫　啊，格鲁米奥！

尼古拉斯　格鲁米奥，好小子！

格鲁米奥　欢迎你；你好，你；啊，你；好小子，你；现在我们打过招呼了，我的漂亮的朋友们，一切都预备好，收拾清楚了吗？

纳森尼尔　一切都预备好了。大爷什么时候可以到来？

格鲁米奥　就要来了，现在大概已经下马了；所以你们必须——哎哟，静些！我听见他的声音了。

【皮特鲁乔及凯瑟琳娜上。

皮特鲁乔　这些混账东西都在哪里？怎么门口没有一个人来扶我的马镫，接我的马？纳森尼尔！格鲁米奥！菲利普！

众仆人　有，大爷；有，大爷。

皮特鲁乔　有，大爷！有，大爷！有，大爷！有，大爷！你们这些木头人一样的不懂规矩的奴才！你们可以不用替主人做事，什么名分都不讲了吗？我先打发他回来的那个蠢材在哪里？

格鲁米奥　在这里，大爷，还是和先前一样蠢。

皮特鲁乔　这婊子生的下贱东西！我不是叫你召齐了这批狗头们，到大门口来接我的吗？

格鲁米奥　大爷，纳森尼尔的外衣还没有做好，盖勃里尔的鞋子上没有鞋带，彼得的帽子没有粉刷过，华尔特的剑在鞘子里锈住了拔不出来，只有亚当、拉尔夫和格鲁米奥的衣服还算整齐，其余的都破旧不堪，像一群叫花子似的。可是他们现在都来迎接您了。

皮特鲁乔　去把晚饭盛出来。(若干仆人下)坐下来，凯德，你现在到了家里。

【数仆持食具重上。

皮特鲁乔　怎么，到这时候才来？——可爱的好凯德，你应当快乐一点。——混账东西，给我把靴子脱下来！该死的狗才！你把我的脚都拉痛了；(打仆人)凯德，你高兴起来呀。喂！给我拿水来！我的猎狗特洛伊罗斯呢？我的拖鞋在什么地方？怎么，没有水吗？凯德，你来洗手吧。(仆人失手将水壶跌落地上，皮特鲁乔打仆人)这狗娘养的！你故意让它跌在地下吗？

凯瑟琳娜　请您别生气，这是他无心的过失。

皮特鲁乔　这狗娘养的笨虫！来，凯德，坐下来，我知道你肚子饿了。这是什么？羊肉吗？

仆人甲　是的。

皮特鲁乔　谁拿来的？

仆人甲　是我。

皮特鲁乔　它焦了；所有的肉都焦了。这批狗东西！那个混账厨子呢？你们好大胆子，知道我不爱吃这种东西，敢把它拿了出来！（将肉等向众仆人掷去）盆儿杯儿盘儿一起还给你们吧，你们这些没有头脑不懂规矩的奴才！怎么，你在咕噜些什么？等着，我就来跟你算账。

凯瑟琳娜　夫君，请您不要那么生气，这肉烧得还不错哩。

皮特鲁乔　我对你说，凯德，它已经烧糊了；我不许你吃；因为吃了下去有伤脾胃，会使人脾气暴躁的。我们两人的脾气本来就暴躁，所以还是挨些饿，不要吃这种烧焦的东西吧。请你忍耐些，明天我叫他们烧得好一点，今夜我们两个人大家饿一夜。来，我领你到你的新房里去。（皮特鲁乔、凯瑟琳娜、柯蒂斯同下）

纳森尼尔　彼得，你看见过这样的事情吗？

彼得　这叫做即以其人之道，还治其人之身。

【柯蒂斯重上。

格鲁米奥　他在哪里？

柯蒂斯　在她的房间里，向她大讲节制的道理，嘴里不断骂人，弄得她坐立不安，眼睛也不敢看，话也不敢说，只好呆呆坐着，像一个刚从梦里醒来的人一般，看样子怪可怜的。快去，快去！他来了。（二人同下）

【皮特鲁乔重上。

皮特鲁乔　我已经开始巧妙地把她驾驭起来，希望能够得到美满的成功。我这只悍鹰现在非常饥饿，在她没有俯首听命以前，不能让她吃饱，不然她就不肯再练习打猎了。我还有一个治服这鸷鸟的办法，使她能呼之则来，挥之则去；那就是总叫她睁着眼，不得休息，拿她当一只乱扑翅膀的倔强鹞子一样对待。今天她没有吃过肉，明天我也不给她吃；昨夜她不曾睡觉，今夜我也不让她睡觉，我要故意嫌被褥铺得不好，把枕头、枕垫、被单、线毯向满房乱丢，还说都是为了爱惜她才这样做；总之她将要整夜不能合眼，倘然她昏昏思睡，我就骂人吵闹，吵得她睡不着。这是用体贴为名惩治妻子的法子，我就这样克制她的狂暴倔强的脾气；要是有谁知道还有比这更好的驯悍妙法，那么我倒要请教请教。（下）

第四幕 第二场 **帕度亚；巴普蒂斯塔家门前**

【特兰尼奥及霍顿西奥上。

特兰尼奥 利西奥朋友，难道比安卡小姐除了卢森修以外，还会爱上别人吗？我告诉你吧，她对我很有好感呢。

霍顿西奥 先生，为了证明我刚才所说的话，你且站在一旁，看看他是怎样教法。（二人站立一旁）

【比安卡及卢森修上。

卢森修 小姐，您的功课念得怎么样啦？

比安卡 先生，您教我什么功课。

卢森修 我教的是恋爱的艺术。

比安卡 我希望您在这方面成为一个专家。

卢森修 亲爱的，我希望您做我实验的对象。（二人退后）

霍顿西奥 哼，他们的进步倒是很快！现在你还敢发誓说你的爱人比安卡只爱着卢森修吗？

特兰尼奥 啊，可恼的爱情！朝三暮四的女人！利西奥，我真想不到有这种事情。

霍顿西奥 老实告诉你吧，我不是利西奥，也不是一个音乐家。我为了她不惜降低身价，乔扮成这个样子；谁知道她不爱绅士，却去爱上一个穷酸小子。先生，我的名字是霍顿西奥。

特兰尼奥 原来足下便是霍顿西奥先生，失敬失敬！久闻足下对比安卡十分倾心，现在你我已经亲眼看见她这种轻狂的样子，我看我们大家把这一段痴情割断了吧。

霍顿西奥　瞧，他们又在接吻亲热了！卢森修先生，让我握你的手，我郑重宣誓，今后决不再向比安卡求婚，像她这样的女人，是不值得我去钟情的。

特兰尼奥　我也愿意一秉至诚，作同样的宣誓，即使她向我苦苦哀求，我也决不娶她。不害臊的！瞧她那副浪相！

霍顿西奥　三天之内，我就要和一个富孀结婚，她已经爱我很久，可是我却迷上了这个鬼丫头。再会吧，卢森修先生，讨老婆不在乎姿色，有良心的女人才值得我去爱她。（霍顿西奥下；卢森修、比安卡上前）

特兰尼奥　比安卡小姐，祝您爱情美满！我刚才已经窥见你们的秘密，而且我已经和霍顿西奥一同发誓把您舍弃了。

比安卡　特兰尼奥，你又在说笑话了。可是你们两人真的都已经发誓把我舍弃了吗？

特兰尼奥　是的，小姐。

卢森修　那么利西奥不会再来打搅我们了。

特兰尼奥　不骗你们，他现在决心要娶一个风流寡妇，打算求婚结婚都在一天之内完成呢。

比安卡　愿上帝赐他快乐！

特兰尼奥　他还要把她管束得十分驯服呢。

比安卡　他这样说吗？

特兰尼奥　真的，他已经进了御妻学校了。

比安卡　御妻学校！有这样一个所在吗？

特兰尼奥　是的，小姐，皮特鲁乔就是那个学校的校长，他教授着层出不穷的许多驯伏悍妇的妙计和对付长舌的秘诀。

【比昂德罗奔上。

比昂德罗　啊，少爷，少爷！我守了半天，守得腿酸脚软，好容易给我发现了一位老人家，他从山坡上下来，看他的样子倒还适合我们的条件。

特兰尼奥　比昂德罗，他是个什么人？

比昂德罗　少爷，他也许是个商店里的掌柜，也许是个三家村的学究，我也弄不清楚，可是他的装束十分规矩，他的神气和相貌都像个老太爷的样子。

卢森修　特兰尼奥，我们找他来干吗呢？

特兰尼奥　他要是能够听信我随口编造的谣言，我可以叫他情情愿愿地冒充文森修，向巴普蒂斯塔一口答应一份丰厚的聘礼。把您的爱人带进去，让我在这儿安排一切。（卢森修、比安卡同下）

【老学究上。

学究　上帝保佑您先生！

特兰尼奥　上帝保佑您，老人家！您是路过此地，还是有事到此？

学究　先生，我想在这儿耽搁一两个星期，然后动身到罗马去；要是上帝让我多活几年，我还希望到特里坡里去一次。

特兰尼奥　请问府上是什么地方？

学究　敝乡是曼多亚。

特兰尼奥　曼多亚吗，老先生！哎哟，糟了！您敢到帕度亚来，难道不想活命了吗？

学究　怎么，先生！我不懂您的话。

特兰尼奥　曼多亚人到帕度亚来，都是要处死的。您还不知道吗？你们的船只只能停靠在威尼斯，我们的公爵和你们的公爵因为发生争执，已经宣布不准敌邦人民入境的禁令。大概您是新近到此，否则应该早就知道的。

学究　唉，先生！这可怎么办呢？我还有从佛罗伦萨汇来的钱，要在这儿取款呢！

特兰尼奥　好，老先生，我愿意帮您一下忙。第一要请您告诉我，您有没有到过比萨？

学究　啊，先生，比萨是我常去的地方，那边是以正人君子多而出名的。

特兰尼奥　在那些正人君子中间，有一位文森修您认识不认识？

学究　我不认识他。可是听到过他的名字；他是一个非常豪富的商人。

特兰尼奥　老先生，他就是家父；不骗您，他的相貌可有点儿像您呢。

比昂德罗　（旁白）就像苹果跟牡蛎差不多一样。

特兰尼奥　您现在既然有生命的危险，那么我看您不妨暂时权充家父，您生得像他，这总算是您的运气。您可以住在我的家里，受我的竭诚款待，可是您必须注意您的说话行动，别让人瞧出破绽来！您懂得我的意思吧，老先生；您可以这样住下来，等到办好了事情再走。如果不嫌怠慢，那么就请您接受我的好意吧。

学究　啊，先生，这样您真是我的救命恩人了，我一定永远不忘您的大德。

特兰尼奥　那么跟我去装扮起来。不错，我还要告诉您一件事：我跟这儿一位巴普蒂斯塔的女儿正在议订婚约，只等我的父亲来通过一注聘礼，关于这件事情我可以仔细告诉您一切应付的方法。现在我们就去找一身合适一点的衣服给您穿吧。（同下）

第四幕 第三场　皮特鲁乔家中一室

【凯瑟琳娜及格鲁米奥上。

格鲁米奥　不，不，我不敢。

凯瑟琳娜　我越是心里委屈，他越是把我折磨得厉害。难道他娶了我来，是要饿死我吗？到我父亲门前求乞的叫花子，也总可以讨到一点布施；这一家讨不到，那一家总会给他一些冷饭残羹。可是从来不知道怎样恳求人家、也从来不需要向人恳求什么的我，现在却吃不到一点东西。得不到一刻钟的安眠；他用高声的詈骂使我不能合眼，让我饱听他的喧哗的吵闹；尤其可恼的，他这一切都借着爱惜我的名义，好像我一睡着就会死去，吃了东西就会害重病一样。求求你去给我找些食物来吧。不管什么东西，只要可以吃的就是了。

格鲁米奥　您要不要吃红烧蹄子？

凯瑟琳娜　那好极了，请你拿来给我吧。

格鲁米奥　恐怕您吃了会不消化的。清炖大肠好不好？

凯瑟琳娜　很好，好格鲁米奥，给我拿来。

格鲁米奥　我不大放心，恐怕它也是不消化的。胡椒牛肉好不好？

凯瑟琳娜　那正是我爱吃的一道菜。

格鲁米奥　嗯。可是那胡椒太辣了点儿。

凯瑟琳娜　那么就是牛肉，不用放胡椒了吧.

格鲁米奥　那可不成，您要吃牛肉，一定得放胡椒。

觊瑟琳娜　放也好，不放也好，牛肉也好，别的什么也好，随你的便给我拿些来吧。

格鲁米奥　那么好，只有胡椒，没有牛肉。

凯瑟琳娜　给我滚开，你这欺人的奴才！(打格鲁米奥)你不拿东西给我吃，却向我报出一道道的菜名来逗我；你们瞧着我倒霉得意，看你们得意到几时！去。快给我滚！

【皮特鲁乔持肉一盆与霍顿西奥同上。

皮特鲁乔　我的凯德今天好吗？怎么，好人儿，不高兴吗？

霍顿西奥　嫂子，您好？

皮特鲁乔　不要这样垂头丧气的，向我笑一笑吧。亲爱的，你瞧我多么至诚，我自己给你煮了肉来了。(将肉盆置桌上)亲爱的凯德，我相信你一定会感谢我这一片好心的。怎么！一句话也不说吗？那么你不喜欢它；我的辛苦都白费了。来，把这盆子拿去。

凯瑟琳娜　请您让它放着吧。

皮特鲁乔　最微末的服务，也应该得到一声道谢；你在没有吃这肉之前，应该谢谢我才是。

凯瑟琳娜　谢谢您，夫君。

霍顿西奥　哎哟，皮特鲁乔先生，你何必这样！嫂子，让我奉陪您吧。

皮特鲁乔 （旁白）霍顿西奥，你倘然是个好朋友，请你尽量大吃。——凯德，这回你可高兴了吧；吃得快一点。现在，我的好心肝，我们要回到你爸爸家里去了；我们要打扮得非常体面，我们要穿绸衣，戴绢帽、金戒；高高的绉领，飘飘的袖口，圆圆的裙子，肩巾，折扇，什么都要备着两套替换；还有琥珀的镯子，珍珠的项圈，以及诸如此类的玩意儿。啊，你还没有吃好吗？裁缝在等着替你穿新衣服呢。

【裁缝上。

皮特鲁乔 来，裁缝，让我们瞧瞧你做的衣服；先把那件袍子展开来——

【帽匠上。

皮特鲁乔 你有什么事？

帽匠 这是您叫我做的那顶帽子。

皮特鲁乔 啊，样子倒很像一只汤碗。哼！这算个什么帽子！简直是个胡桃壳。拿去！换一顶大一点的来。

凯瑟琳娜 大一点的我不要；这一顶式样很新，贤媛淑女们都是戴这种帽子的。

皮特鲁乔 等你成为一个贤援淑女以后，你也可以有一顶；现在还是不要戴它吧。

霍顿西奥 （旁白）那倒还要经过相当的时间哩。

凯瑟琳娜 哼，我相信我也有说话的权利；我不是三岁小孩，比你尊长的人，也不能禁止我自由发言，你要是不愿意听，还是请你把耳朵塞住吧。我这一肚子的气恼，要是再不让我的嘴把它发泄出来．我的肚子也要气破了。

皮特鲁乔 是啊，你说得一点不错，这帽子真不好，你不喜欢它，所以我才格外爱你。

凯瑟琳娜 爱我也好，不爱我也好，我喜欢这顶帽子，我只要这一顶，不要别的。（帽匠下）

皮特鲁乔　你的袍子吗？啊，不错；来，裁缝，让我们瞧瞧看。哎哟，天哪！这算是什么古怪的衣服？这是什么？袖子吗？他妈的！裁缝，你把这叫做什么东西？

霍顿西奥　（旁白）看来她帽子袍子都穿戴不成了。

裁缝　您叫我照着流行的款式，把它用心裁制的。

皮特鲁乔　是呀，可是我没有叫你做得这样乱七八糟。去，给我滚回你的狗窠里去吧，我以后决不再来请教你了。我不要这东西，拿去给你自己穿吧。

凯瑟琳娜　我从来没有见过一件比这更漂亮、更好看的袍子了。你大概想把我当作一个木头人一样随你摆布吧。

皮特鲁乔　对了，他想把你当作木头人一样随意摆布。

裁缝　她说您想把她当作木头人一样随意摆布。

皮特鲁乔　啊，大胆的狗才！你胡说，你这拈针弄线的跳蚤，你这虫卵，你这冬天的蟋蟀！你拿着一绞线，竟敢在我家里放肆吗？滚！你这破布头，你这不是东西的东西！好好的一件袍子，给你剪成这个样子。

裁缝　请您明察，这袍子是我们东家照您吩咐的样子做的，格鲁米奥跟我们说了款式大小。

格鲁米奥　我什么都没讲；我就把料子给他了。

裁缝　你指望我们怎么给你做？

格鲁米奥　那还用说，老兄，用针线做啊。

裁缝　你没有吩咐我们裁吗？

格鲁米奥　你往上添了不少花样。

裁缝　是的。

格鲁米奥　少跟我放肆；这些玩意儿是你装上的，少跟我装腔。你要是放肆装腔，我是不买账的。我老实告诉你：我叫你们东家裁一件袍子，可是没有叫他裁成碎片。所以你完全是信口胡说。

裁缝　这儿有式样的记录，可以作证。

皮特鲁乔　念吧。

格鲁米奥　如果他说是我说的，便是撒谎。

裁缝　(读)“注：一件宽松女袍。”

格鲁米奥　老爷，如果我说过“宽松”，你就把我缝在袍子的裙摆里，用一捆黑线把我砸死。我说的是“一件女袍”。

皮特鲁乔　接着念。

裁缝　(读)“外带一个小斗篷。”

格鲁米奥　斗篷我倒是说过。

裁缝　(读)“一只灯笼袖。”

格鲁米奥　我说的是两只袖子。

裁缝　(读)“袖子的式样要新奇。”

皮特鲁乔　就是这里出了问题。

格鲁米奥　记错了，老爷，是他们记错了。我不过叫他裁出袖子来，缝在一起。你这家伙，我要让你知道知道我的厉害，不怕你小拇指上套着个顶针。

裁缝　我完全是实话实说，咱们打个场练练，让你看看我的厉害。

格鲁米奥　一言为定，你拿着账单，我拿着尺子，硬碰硬地干一场。

霍顿西奥　老天在上，格鲁米奥！他准不是你的对手。

皮特鲁乔　跟你说吧，先生，这件袍子我可不要。

格鲁米奥　您当然不能要，本来就是给奶奶做的。

皮特鲁乔　收起来，给你家主人处置吧。

格鲁米奥　混蛋，你敢！收起我家奶奶的袍子，给你家主人处置？

皮特鲁乔　怎么了，你这话里有什么意思？

格鲁米奥　哦，老爷，这话里意思可深着呢。收起我奶奶的袍子，给他家主人处置！不成话，太不成话了！

皮特鲁乔　(旁白)霍顿西奥，你给我从付几个赏钱给裁缝。(向裁缝旁白)快拿去，走吧走吧，别多说了。

霍顿西奥　(向裁缝旁白)裁缝，那袍子的工钱我明天拿来给你。他一时

使性子说的话，你不必跟他顶真，快去吧。（裁缝下）

皮特鲁乔　好吧，来，我的凯德，我们就老老实实穿着这身家常便服，到你爸爸家里去吧。只要我们袋里有钱，身上穿得寒酸一点，又有什么关系？因为使身体阔气，还要靠心灵。正像太阳会从乌云中探出头来一样，布衣粗服，可以格外显出一个人的正直。樫鸟并不因为羽毛的美丽，而比云雀更为珍贵；蝮蛇并不因为皮肉的光泽，而比鳗鲡更有用处。所以，好凯德，你穿着这一身敝旧的衣服，也并不因此而降低了你的身价。你要是怕人笑话，那么让人家笑话我吧。你还是要高高兴兴的，我们马上就到你爸爸家里去喝酒作乐。去，叫他们准备好，我们就要出发了。我们的马在小路那边等着，我们走到那里上马。让我看，现在大概是七点钟，我们可以在吃中饭以前赶到那里。

凯瑟琳娜　我相信现在快两点钟了，到那里去也许赶不上吃晚饭呢。

皮特鲁乔　不是七点钟，我就不上马。我说的话，做的事，想着的念头，你总是要跟我闹别扭。好，大家不用忙了，我今天不去了。你倘然要我去，那么我说是什么钟点，就得是什么钟点。

霍顿西奥　唷，这家伙简直想要太阳也归他节制哩。（同下）

第四幕　第四场　**帕度亚；巴普蒂斯塔家门前**

【特兰尼奥及老学究扮文森修上。

特兰尼奥　这儿已是巴普蒂斯塔的家了，我们要不要进去看望他？

学究　那还用说吗？我倘然没有弄错，那么巴普蒂斯塔先生也许还记得我，二十年以前，我们曾经在热那亚做过邻居哩。

特兰尼奥　这样很好，请你随时保持着做一个父亲的庄严风度吧。

学究　您放心好了。瞧，您那跟班来了。我们应该把他教导一番才是。

【比昂德罗上。

特兰尼奥　你不用担心他。比昂德罗，你要好好侍候这位老先生，就像他是真的文森修老爷一样。

比昂德罗　嘿！你们放心吧。

特兰尼奥　可是你有没有看见巴普蒂斯塔？

比昂德罗　看见了，我对他说，您的老太爷已经到了威尼斯，您正在等着他今天到帕度亚来。

特兰尼奥　你事情办得很好，这几个钱拿去买杯酒喝吧。巴普蒂斯塔来啦，快快装起一副严肃的容貌来。

【巴普蒂斯塔及卢森修上。

特兰尼奥　巴普蒂斯塔先生，我们正要来拜访您。（向学究）父亲，这就是我对您说起过的那位老伯。请您成全您儿子的好事，答应我娶比安卡为妻吧。

学究　吾儿且慢！巴普蒂斯塔先生，久仰久仰。我这次因为追索几笔借款，到帕度亚来，听见小儿向我说起，他跟令嫒十分相爱。像先生这样的家声，能够仰攀，已属万幸，我当然没有不赞成之理；而且我看他们两人情如胶漆，也很愿意让他早早成婚，了此一桩心事。要是先生不嫌弃的话，那么关于问名纳聘这一方面的种种条件，但有所命，无不乐从；我因为尚有琐事羁身，恐怕不能在此作长期稽留。

巴普蒂斯塔　文森修先生，恕我不会客套，您刚才那样开诚布公的说话，我听了很是高兴。令郎和小女的确十分相爱，如果是伪装，万不能如此逼真；您要是不忍拂令郎之意，愿意给小女一份适当的聘礼，那么我是毫无问题的，我们就此一言为定吧。

特兰尼奥　谢谢您，老伯。那么您看我们最好在什么地方把双方的条件互相谈妥？

巴普蒂斯塔　舍间恐怕不大方便，因为属垣有耳，我有许多仆人，也许会被他们听了泄露出去；而且格雷米奥那老头子痴心不死，也许会来打扰我们。

特兰尼奥　那么还是到敝寓去吧，家父就在那里耽搁，我们今夜可以在那边悄悄地把事情谈妥。请您就叫这位尊价去请令嫒出来；我就叫我这奴才去找个书记来。但恐事出仓促，一切招待未能尽如尊意之处，要请您多多原谅。

巴普蒂斯塔　不必客气，这样很好。堪比奥，你到家里去叫比安卡梳洗梳洗，我们就要到一处地方去；你也不妨告诉她卢森修先生的尊翁已经到了帕度亚，她的亲事大概就可定夺下来了。

比昂德罗　但愿神明祝福她嫁得一位如意郎君！

特兰尼奥　不要惊动神明了，快快去吧。巴普蒂斯塔先生，请了。我们只有些薄酒粗饭，谈不上什么款待；等您到比萨来的时候，才要好好地请您一下哩。

巴普蒂斯塔　请了。（特兰尼奥、巴普蒂斯塔及老学究下。）

比昂德罗　堪比奥！

卢森修　有什么事，比昂德罗？

比昂德罗　您看见我的少爷向您眨眼睛笑吗？

卢森修　他向我眨着眼睛笑又怎么样？

比昂德罗　没有什么，可是他要我慢走一步，向您解释他的暗号。

卢森修　那么你就解释给我听吧。

比昂德罗　他叫您不要担心巴普蒂斯塔，他正在和一个冒牌的父亲讨论关于他的冒牌的儿子的婚事。

卢森修　那便怎样？

比昂德罗　他叫您带着他的女儿一同到他们那里吃晚饭。

卢森修　带着她去又怎样？

比昂德罗　您可以随时去找圣路加教堂里的老牧师。

卢森修　这到底是什么意思？

比昂德罗　我也不知道是什么意思，我只知道趁着他们都在那里假装谈条件的时候，您就赶快同着她到教堂里去，找到了牧师执事，再找几个靠得住的证人，如此如此，这般这般。这倘不是您盼望已久的

好机会，那么您也从此不必再在比安卡身上转念头了。（欲去）

卢森修　听我说，比昂德罗。

比昂德罗　我不能待下去了。我知道有一个女人，一天下午在园里拔菜喂兔子，就这样莫名其妙地跟人家结了婚了；也许您也会这样。再见，先生。我的少爷还要叫我到圣路加教堂去，叫那牧师在那边等着你们。（下）

卢森修　只要她肯，事情就好办；她一定愿意的，那么我还疑惑什么？不要管它，让我向她婉转劝诱；要是堪比奥得不到她，我真要抱恨终身了。（下）

第四幕　第五场　公　路

【皮特鲁乔、凯瑟琳娜、霍顿西奥及从仆等上。

皮特鲁乔　走，走，到我们老丈人家里去。主啊，月亮照得多么光明！

凯瑟琳娜　什么月亮！这是太阳，现在哪里来的月亮？

皮特鲁乔　我说这是月亮的光。

凯瑟琳娜　这明明是太阳光。

皮特鲁乔　我指着我母亲的儿子，那就是我自己，起誓，我要说它是月亮，它就是月亮，我要说它是星，它就是星，我要说它是什么，它就是什么，你要是说我说错了，我就不到你父亲家里去。来，掉转马头，我们回去了。老是跟我闹别扭，闹别扭！

霍顿西奥　随他怎么说吧，否则我们永远去不成。

凯瑟琳娜　我们已经走了这么远，请您不要再回去了吧。您高兴说它是月亮，它就是月亮；您高兴说它是太阳，它就是太阳；您要是说它是蜡烛，我也就当它是蜡烛。

皮特鲁乔　我说它是月亮。

凯瑟琳娜　我知道它是月亮。

皮特鲁乔　不，你胡说，它是太阳。

凯瑟琳娜　那么它就是太阳。可是您要是说它不是太阳，它就不是太阳；月亮的盈亏圆缺，就像您心性的捉摸不定一样。随您叫它是什么名字吧，您叫它什么，凯瑟琳娜也叫它什么就是了。

霍顿西奥　皮特鲁乔，恭喜恭喜，你已经得到胜利了。

皮特鲁乔　好，往前走！正是顺水行舟快，逆风打桨迟。且慢，那边有谁来啦？

【文森修作旅行装束上。

皮特鲁乔　（向文森修）早安，好姑娘，你到哪里去？亲爱的凯德，老老实实告诉我，你可曾看见过一个比她更娇好的淑女？她颊上又红润，又白嫩，相映得多么美丽！点缀在天空中的繁星，怎么及得上她那天仙般美的脸上那一双眼睛的清秀？可爱的美貌姑娘，早安！亲爱的凯德，因为她这样美，你应该和她亲热亲热。

霍顿西奥　把这人当作女人，他一定要发怒的。

凯瑟琳娜　年轻娇美的姑娘，你到哪里去？你家住在什么地方？你的父亲母亲生下你这样美丽的孩子，真是几生修得；不知哪个幸运的男人，有福消受你这如花美眷！

皮特鲁乔　啊，怎么，凯德，你疯了吗？这是一个满脸皱纹的白发衰翁，你怎么说他是一个姑娘？

凯瑟琳娜　老丈，请您原谅我一时眼花，因为太阳光太炫耀了，所以看出来什么都是迷迷糊糊的。现在我才知道您是一位年尊的老丈，请您千万恕我刚才的唐突吧。

皮特鲁乔　老伯伯，请你原谅她；还要请问你现在到哪儿去，要是咱们是同路的话，那么请你跟我们一块儿走吧。

文森修　好先生，还有你这位淘气的娘子，萍水相逢，你们把我这样打趣，倒把我弄得莫名其妙。我的名字叫文森修，舍间就在比萨，我现在要到帕度亚去，瞧瞧我的久别的儿子。

皮特鲁乔　令郎叫什么名字？

文森修　他叫卢森修。

皮特鲁乔　原来尊驾就是卢森修的尊翁，那巧极了，算来你还是我的姻伯呢。这就是拙荆，她有一个妹妹，现在多半已经和令郎成了婚了。你不用吃惊，也不必忧虑，她是一个名门淑女，嫁奁也很丰富，她的品貌才德，当得起君子好逑四字。文森修老先生，刚才多多失敬，现在我们一块儿看你令郎去吧，他见了你一定是异常高兴的。

文森修　您说的是真话，还是像有些爱寻开心的旅行人一样，路上见了什么人就随便开开玩笑？

霍顿西奥　老丈，我可以担保他的话都是真的。

皮特鲁乔　来，我们去吧，看看我的话究竟是真是假；你大概因为我先前和你开过玩笑，所以有点不相信我。（除霍顿西奥外皆下）

霍顿西奥　皮特鲁乔，你已经鼓起了我的勇气。我也要照样去对付我那寡妇！她要是倔强抗命，我就记着你的教训，也要对她不客气了。（下）

第五幕

第五幕 第一场　**帕度亚；卢森修家门前**

【比昂德罗、卢森修及比安卡自一方上；格雷米奥在另一方步行。

比昂德罗　少爷，放轻脚步快快走，牧师已经在等着了。

卢森修　我会飞了过去的，比昂德罗。可是他们在家里也许要叫你做事，你还是回去吧。

比昂德罗　不，我要把您送到教堂门口，然后再奔回去。（卢森修、比安卡、比昂德罗同下）

格雷米奥　真奇怪，堪比奥怎么到现在还不来。

【皮特鲁乔、凯瑟琳娜，文森修及从仆等上。

皮特鲁乔　老伯，这就是卢森修家的门前；我的岳父就住在靠近市场的地方，我现在要到他家里去，暂时失陪了。

文森修　不，我一定要请您进去喝杯酒再走。我想我在这里是可以略尽地主之谊的。（叩门）

格雷米奥　他们在里面忙得很，你还是敲得响一点儿。

老学究自上方上，凭窗下望。

学究　谁在那里把门都要敲破了？

文森修　请问卢森修先生在家吗？

学究　他人是在家里，可是你不能见他。

文森修　要是有人带了一二百镑钱来，送给他吃吃玩玩呢？

学究　把你那一百镑钱留着自用吧，我一天活在世上，他就一天不愁没有钱用。

皮特鲁乔　我不是告过您吗？令郎在帕度亚是人缘极好的。废话少讲，请你通知一声卢森修先生，说他的父亲已经从比萨来了，现在在门口等着和他说话。

学究　胡说，他的父亲就在帕度亚，正在窗口说话呢。

皮特鲁乔　（向文森修）啊，怎么，朋友！你原来假冒别人的名字，这真是岂有此理了。

【比昂德罗重上。

学究　把这混账东西抓住！我看他是想要假冒我的名字，在这城里向人讹诈。

比昂德罗　我看见他们两人一块儿在教堂里，上帝保佑他们一帆风顺！可是谁在这儿？我的老太爷文森修！这可糟了，我们的计策都要败露了。

文森修　（见比昂德罗）这来，傻小子！

比昂德罗　我要是不愿意过来呢？

文森修　过来，狗才！你难道忘记我了吗？

比昂德罗　忘记你！我怎么会忘记你？也没有见过你哩。

文森修　怎么，你这该死的东西！你难道没有见过你家主人的父亲吗？

比昂德罗　啊，你问起我们的老太爷吗？瞧那站在窗口的就是他。

文森修　真的吗？（打比昂德罗）

比昂德罗　救命！救命！救命！这疯子要谋害我啦！（下）

学究　吾儿，巴普蒂斯塔先生，快来救人！（自窗口下）

皮特鲁乔　凯德，我们站在一旁，瞧这场纠纷怎样解决。（二人退后）

【老学究自下方重上；巴普蒂斯塔、特兰尼奥及众仆上。

特兰尼奥　老头儿，你是个什么人，敢动手打我的仆人？

文森修　我是个什么人！嘿，你是个什么人？哎呀，天哪！你这家伙！你居然穿起绸缎的衫子、天鹅绒的袜子、大红的袍子，戴起高高的帽子来了！啊呀，完了！完了！我在家里舍不得花一个钱，我的儿子和仆人却在大学里挥霍到这个样子！

特兰尼奥　啊，是怎么一回事？

巴普蒂斯塔　这家伙疯了吗？

特兰尼奥　瞧你这一身打扮，倒像一位明白道理的老先生，可是你说的却是一派疯话。我就是佩戴些金银珠玉，那又跟你什么相干？多谢上帝给我一位好父亲，他会供给我的消费。

文森修　你的父亲！哼！他是在贝格摩做船帆的。

巴普蒂斯塔　你弄错了，你弄错了。请问你知道他叫什么名字？

文森修　他叫什么名字？你以为我不知道他的名字吗？我把他从三岁起抚养长大，他的名字叫做特兰尼奥。

学究　去吧，去吧，你这疯子！他的名字是卢森修，我叫文森修，他是我的独生子。

文森修　卢森修！啊！他已经把他的主人谋害了。我用公爵的名义请你们赶快把他抓住。啊，我的孩子，我的孩子！狗才，快对我说，我的儿子卢森修在哪里？

特兰尼奥　去叫一个官差来。

【一仆人偕差役上。

特兰尼奥　把这疯子抓进监牢里去。

文森修　把我抓进监牢里去！

格雷米奥　且慢，官差，你不能把他送进监牢。

巴普蒂斯塔　您不用管，格雷米奥先生，我说非把他抓进监牢里不可。

格雷米奥　宁可小心一点，巴普蒂斯塔先生，也许您会上人家的圈套。我敢发誓这个人才是真的文森修。

学究　你有胆量就发个誓看看。

格雷米奥　不，我不敢发誓。

特兰尼奥　那么你还是说我不是卢森修吧。

格雷米奥　不，我知道你是卢森修。

巴普蒂斯塔　把那呆老头儿抓去！把他关起来！

文森修　你们这里是这样对待外方人的吗？好混账的东西！

【比昂德罗偕卢森修及比安卡重上。

比昂德罗 啊，我们的计策要完全败露了！他就在那里。不要去认他，假装不认识他否则我们就完了。

卢森修 （跪下）亲爱的爸爸，请您原谅我！

文森修 我的最亲爱的孩子还在人世吗？（比昂德罗、特兰尼奥及学究逃走）

比安卡 （跪下）亲爱的爸爸，请您原谅我！

巴普蒂斯塔 你做错了什么事要我原谅？卢森修呢？

卢森修 卢森修就在这里，我是这位真文森修的真正的儿子，已经正式娶您的女儿为妻，您却受了骗了。

格雷米奥 他们都是一党，现在又拉了个证人来欺骗我们了！

文森修 那个该死的狗头特兰尼奥竟敢对我这样放肆，现在到哪儿去了？

巴普蒂斯塔 咦，这个人不是我们家里的堪比奥吗？

比安卡 堪比奥已经变成卢森修了。

卢森修 爱情造成了这些奇迹。我因为爱比安卡，所以和特兰尼奥交换地位，让他在城里顶替着我的名字；现在我已经美满地达到了我的心愿。特兰尼奥的所作所为，都是我强迫他做的；亲爱的爸爸，请您看在我的面上不要见怪他。

文森修 这狗才要把我送进监牢里去，我一定要割破他的鼻子。

巴普蒂斯塔 （向卢森修）我倒要请问你，你没有得到我的允许，怎么就可以和我的女儿结婚？

文森修 您放心好了，巴普蒂斯塔先生，我们一定会使您满意的。可是他们这样作弄我，我一定要去找着他们出出这一口闷气。（下）

巴普蒂斯塔 我也要去把这场诡计调查一个仔细。（下）

卢森修 不要害怕，比安卡，你爸爸不会生气的。（卢森修、比安卡下）

格雷米奥 我的希望已成画饼，可是我也要跟他们一起进去，分一杯酒喝喝。（下）

【皮特鲁乔及凯瑟琳娜上前。

凯瑟琳娜 夫君，我们也跟着去瞧瞧热闹吧。

皮特鲁乔 凯德，先给我一个吻，我们就去。

凯瑟琳娜 怎么！就在街路中间吗？

皮特鲁乔 啊！你觉得嫁了我这种丈夫辱没了你吗？

凯瑟琳娜 不，那我怎么敢；我只是觉得这样接吻，太难为情了。

皮特鲁乔 好，那么我们还是回家去吧。来，我们走。

凯瑟琳娜 不，我就给你一个吻。现在，我的爱，请你不要回去了吧。

皮特鲁乔 这样不很好吗？来，我的亲爱的凯德，知过则改永远是不嫌迟的。（同下）

第五幕 第二场 **卢森修家中一室**

【室中张设筵席。巴普蒂斯塔、文森修、格雷米奥、老学究、卢森修、比安卡、皮特鲁乔、凯瑟琳娜、霍顿西奥及寡妇同上；特兰尼奥、比昂德罗、格鲁米奥及其他仆人等随侍。

卢森修 虽然经过了长久的争论，我们的意见终于一致了；现在偃旗息鼓，正是我们杯酒交欢的时候。我的好比安卡，请你向我的父亲表示欢迎；我也要用同样诚恳的心情，欢迎你的父亲。皮特鲁乔姻兄，凯瑟琳娜大姊，还有你，霍顿西奥，和你那位亲爱的寡妇，大家不要客气，在婚礼酒筵之后再来个尽情醉饱，都请坐下来吧，让我们一面吃，一面谈话。（各人就座）

皮特鲁乔 这真是饱食终日，无所用心了！

巴普蒂斯塔 皮特鲁乔贤婿，帕度亚的风气是这么好客的。

皮特鲁乔 帕度亚人都是那么和和气气的。

霍顿西奥 对于你我两人，我希望这句话是真的.

皮特鲁乔 我敢说霍顿西奥一定叫他的寡妇唬住了。

寡妇　我会被吓唬住？从来没有过。

皮特鲁乔　您很聪明。可是您还是没猜透我的意思；我是说霍顿西奥一定怕您。

寡妇　头眩的人以为世界在旋转。

皮特鲁乔　你的回答很周全。

凯瑟琳娜　嫂子，请教这句话是什么意思？

寡妇　对他我心里有数。

皮特鲁乔　您心里有数？那么霍顿西奥的位置何在？

霍顿西奥　我的寡妇是说她明白你的意思。

皮特鲁乔　你倒是滴水不漏。为这句话，您得吻他一下，好寡妇。

凯瑟琳娜　“头眩的人以为世界在旋转。”请您解释解释这句话是什么意思。

寡妇　尊夫因为家有悍妇，所以以己度人，猜想我的丈夫也有同样不可告人的隐痛。现在您懂得我的意思了吧？

凯瑟琳娜　您的意思真坏！

寡妇　说的是您么，当然好不了。

凯瑟琳娜　对您我当然不会给您好眼色看。

皮特鲁乔　对，给她点厉害瞧瞧，凯德！

霍顿西奥　给她点厉害瞧瞧，寡妇！

皮特鲁乔　我的凯德能把她压倒，我敢赌一百马克。

霍顿西奥　压倒她是我的工作。

皮特鲁乔　有魄力，老兄。我敬你一杯。（向霍顿西奥敬酒）

巴普蒂斯塔　格雷米奥先生，看这些傻瓜斗嘴玩多有意思？

格雷米奥　叫我说，他们说得还蛮像回事儿呢。

比安卡　像回事儿！碰上快嘴快舌的人，准得说您像回事儿但不像话。

文森修　哎哟，媳妇，你听见这话就醒了吗？

比安卡　醒了，但不是吓醒的。我再接着睡吧。

皮特鲁乔　没那么便宜；是你先向我挑肆的，就得吃我两箭！

比安卡　你拿我当鸟吗？我要另择枝头了，你就张弓搭箭地跟在后面追吧。——诸位，少陪了。（比安卡、凯瑟琳娜及寡妇下）

皮特鲁乔　特兰尼奥先生，你也瞄准了这只鸟，可惜没有一箭中的；让我们为那些没有射中目标的人干一杯吧。

特兰尼奥　哦，皮特鲁乔先生，卢森修把我当他的猎狗使唤。让我为他拼命奔忙，然后把猎物统统拿走。

皮特鲁乔　这比喻不错，但难免有点狗骚气。

特兰尼奥　还是您好，先生，自己猎来，自己享用，可是人家都说您那头鹿儿把您逼得走投无路呢。

巴普蒂斯塔　哈哈，皮特鲁乔！现在你给特兰尼奥说中要害了。

卢森修　特兰尼奥，你把他挖苦得很好，我要谢谢你。

霍顿西奥　快快招认吧，他是不是说着了你的心病？

皮特鲁乔　他挖苦的虽然是我，可是他的讥讽仅仅打我身边擦过，我怕受伤的十分之九倒是你们两位。

巴普蒂斯塔　不说笑话，皮特鲁乔贤婿，我想你是娶着了一个最悍泼的女人了。

皮特鲁乔　不，我否认。让我们赌一个东道，各人去叫他自己的妻子出来，谁的妻子最听话，出来得最快的，就算谁得胜。

霍顿西奥　很好。赌什么东道？

卢森修　二十个克郎。

皮特鲁乔　二十个克郎。这样的数目只好让我拿我的鹰犬打赌；要是拿我的妻子打赌，应当加二十倍。

卢森修　那么一百克郎吧。

皮特鲁乔　就是一百克郎，一言为定。

霍顿西奥　谁先去叫？

卢森修　让我来。比昂德罗，你去对你奶奶说，我叫她来见我。

比昂德罗　我就去。（下）

巴普蒂斯塔　贤婿，我愿意代你拿出一半赌注，比安卡一定会来的。

卢森修　我不要和别人对分，我要独自下注。

卢森修　啊，她怎么说？

比昂蕾罗　少爷，奶奶叫我对您说，她有事不能来。

皮特鲁乔　怎么！她有事不能来！这算是什么答复？

格雷米奥　这样的答复也算很有礼貌的了，希望尊夫人不给你一个更不客气的答复。

皮特鲁乔　我希望她会给我一个更满意的答复。

霍顿西奥　比昂德罗，你去请我的太太立刻出来见我。（比昂德罗下）

皮特鲁乔　哈哈！请她出来！那么她总应该出来的了。

霍顿西奥　老兄，我怕尊夫人随你怎样请也请不出来。

【比昂德罗重上。

霍顿西奥　我的太太呢？

比昂德罗　她说您在开玩笑，不愿意出来！她叫您进去见她。

皮特鲁乔　更糟了，更糟了！她不愿意出来！嘿，是可忍，孰不可忍！格鲁米奥，到你奶奶那儿去，说，我命令她出来见我。（格鲁米奥下）

霍顿西奥　我知道她的回答。

皮特鲁乔　什么回答？

霍顿西奥　她不高兴出来。

皮特鲁乔　她要是不出来，就算是我晦气。

【凯瑟琳娜重上。

巴普蒂斯塔　呀，我的天，凯瑟琳娜果然来了！

凯瑟琳娜　夫君，您叫我出来有什么事？

皮特鲁乔　你的妹妹和霍顿西奥的妻子呢？

凯瑟琳娜　她们都在火炉旁边谈天。

皮特鲁乔　你去叫她们出来，她们要是不肯出来，就把她们打出来见她们的丈夫。快去。（凯瑟琳娜下）

卢森修　真是怪事！

霍顿西奥　怪了怪了；这预兆着什么呢？

皮特鲁乔　它预兆着和睦、亲爱和恬静的生活，尊严的统治和合法的主权，总而言之，一切的美满和幸福。

巴普蒂斯塔　恭喜恭喜，皮特鲁乔贤婿！你已经赢了东道；而且在他们输给你的现款之外，我还要额外给你二万克郎，算是我另外一个女儿的嫁奁，因为她已经完全变了一个人了。

皮特鲁乔　为了让你们知道我这东道不是侥幸赢得，我还要向你们证明她是多么听话。瞧，她已经用她的妇道，把你们那两个桀骜不驯的妻子俘掳来了。

【凯瑟琳娜率比安卡及寡妇重上。

皮特鲁乔　凯瑟琳娜，你那顶帽子不好看，把那玩意儿脱下，丢在地上吧。（凯瑟琳娜脱帽掷地上）

寡妇　谢谢上帝！我还没有像她这样傻法！

比安卡　呸！你把这算做什么愚蠢的妇道？

卢森修　比安卡，我希望你的妇道也像她一样愚蠢就好了；为了你的聪明，我已经在一顿晚饭的工夫里损失了一百个克郎。

比安卡　你自己不好，反来怪我。

皮特鲁乔　凯瑟琳娜，你去告诉这些倔强的女人，做妻子的应该向她们的夫主尽些什么本分。

寡妇　好了，好了，别开玩笑了；我们不要听这些个。

皮特鲁乔　说吧，先讲给她听。

凯瑟琳娜　哎呀！展开你那颦蹙的眉头，收起你那轻蔑的瞥视，不要让它伤害你的主人，你的君王，你的支配者。它会使你的美貌减色，就像严霜噬啮着草原，它会使你的名誉受损，就像旋风摧残着蓓蕾；它绝对没有可取之处，也丝毫引不起别人的好感。一个使性的女人，就像一池受到激动的泉水，混浊可憎，失去一切的美丽，无论怎样喉干吻渴的人，也不愿把它啜饮一口。你的丈夫就是你的主人、你的生命、你的所有者、你的头脑、你的君王；他照顾着你.

扶养着你，在海洋里陆地上辛苦操作，夜里冒着风波，白天忍受寒冷，你却穿得暖暖的住在家里，享受着安全与舒适。他希望你贡献给他的，只是你的爱情，你的温柔的辞色，你的真心的服从；你欠他的好处这么多，他所要求于你的酬报却是这么微薄！一个女人对待她的丈夫，应当像臣子对待君王一样忠心恭顺；倘使她倔强使性，乖张暴戾，不服从他正当的愿望，那么她岂不是一个大逆不道、忘恩负义的叛徒？应当长跪乞和的时候，她却向他挑战；应当尽心竭力服侍他、敬爱他、顺从他的时候，她却企图篡夺主权，发号施令：这一种愚蠢的行为，真是女人的耻辱。我们的身体为什么这样柔软无力，耐不了苦，熬不起忧患？那不是因为我们的性情必须和我们的外表互相一致，同样的温柔吗？听我的话吧，你们这些倔强而无力的可怜虫！我的心从前也跟你们一样高傲，也许我有比你们更多的理由，不甘心向人俯首认输，可是现在我知道我们的枪矛只是些稻草，我们的力量是软弱的，我们的软弱是无比的，我们所有的只是一个空虚的外表。所以你们还是挫抑你们无益的傲气。跪下来向你们的丈夫请求怜爱吧。为了表示我的顺从，只要我的丈夫吩咐我，我就可以向他下跪，让他因此而心中快慰。

皮特鲁乔　啊，那才是个好妻子！来，吻我，凯德。

卢森修　老兄，真有你的！

皮特鲁乔　来，凯德，我们好去睡了。我们三个人结婚，可是你们两人都输了。（向卢森修）你虽然采到了明珠，我却赢了东道；现在我就用得胜者的身份，祝你们晚安！（皮特鲁乔、凯瑟琳娜下）

霍顿西奥　你已经降伏了一个悍妇，可以踌躇满志了。

卢森修　她会这样被他降伏，倒是一桩想不到的事。（同下）

轻经典

出 品 人：许　永
责任编辑：许宗华
装帧设计：海　云
内文制作：许宗华
印装总监：蒋　波
发行总监：田峰峥

投稿信箱：cmsdbj@163.com
发　　行：北京创美汇品图书有限公司
发行热线：010-53017389　59799930

创美工厂
官方微博

创美工厂
微信公众号